张—岱—文—集

快园道古

〔明〕张岱 著

车其磊 注译

团结出版社

图书在版编目（CIP）数据

快园道古 /（明）张岱著；车其磊注译 . -- 北京：团结出版社，
2023.3

（张岱文集）

ISBN 978-7-5126-9296-1

Ⅰ.①快… Ⅱ.①张… ②车… Ⅲ.①笔记小说—小说集—中
国—明代 Ⅳ.① I242.1

中国版本图书馆 CIP 数据核字 (2022) 第 007693 号

出版: 团结出版社

 （北京市东城区东皇城根南街 84 号 邮编: 100006）

电话:（010）65228880　65244790　（传真）

网址: www.tjpress.com

Email: zb65244790@vip.163.com

经销: 全国新华书店

印刷: 天宇万达印刷有限公司

开本: 145×210　1/32

印张: 37.25

字数: 920 千字

版次: 2023 年 3 月　第 1 版

印次: 2023 年 3 月　第 1 次印刷

书号: 978-7-5126-9296-1

定价: 136.00 元（全三册）

《谦德国学文库》出版说明

　　人类进入二十一世纪以来，经济与科技超速发展，人们在体验经济繁荣和科技成果的同时，欲望的膨胀和内心的焦虑也日益放大。如何在物质繁荣的时代，让我们获得内心的满足和安详，从经典中获取智慧和慰藉，或许是我们不二的选择。

　　之所以要读经典，根本在于，我们应当更好地认识我们自己从何而来，去往何处。一个人如此，一个民族亦如此。一个爱读经典的人，其内心世界必定是丰富深邃的。而一个被经典浸润的民族，必定是一个思想丰赡、文化深厚的民族。因为，文化是民族之灵魂，一个民族如果不能认识其民族发展的精神源泉，必定就会失去其未来的生机。而一个民族的精神源泉，就保藏在经典之中。

　　今日，我们提倡复兴中华优秀传统文化，当自提倡重读经典始。然而，读经典之目的，绝不仅在徒增知识而已，应是古人所说的"变化气质"，进一步，是要引领我们进德修业。《易》曰："君子以多识前言往行，以畜其德。"实乃读经典之要旨所在。

基于此理念，我们决定出版此套《谦德国学文库》，"谦德"，即本《周易》谦卦之精神。正如谦卦初六爻所言："谦谦君子，用涉大川"，我们期冀以谦虚恭敬之心，用今注今译的方式，让古圣先贤的教诲能够普及到每一个人。引导有心的读者，透过扫除古老经典的文字障碍，从而进入经典的智慧之海。

作为一套普及型的国学丛书，我们选择经典，不仅广泛选录以儒家文化为主的经、史、子、集，也将视野开拓到释、道的各种经典。一些大家所熟知的经典，基本全部收录。同时，有一些不太为人熟知，但有当代价值的经典，我们也选择性收录。整个丛书几乎囊括中国历史上哲学、史学、文学、宗教、科学、艺术等各领域的基本经典。

在注译工作方面，版本上我们主要以主流学界公认的权威版本为底本，在此基础上参考古今学者的研究成果，使整套丛书的注译既能博采众长而又独具一格。今文白话不求字字对应，只在保证文意准确的基础上进行了梳理，使译文更加通俗晓畅，更能贴合现代读者的阅读习惯。

古籍的注译，固然是现代读者进入经典的一条方便门径，然而这也仅仅是阅读经典的一个开端。要真正领悟经典的微言大义，我们提倡最好还是研读原本，因为再完美的白话语译，也不可能完全表达出文言经典的原有内涵，而这也正是中国经典的魅力所在吧。我们所做的工作，不过是打开阅读经典的一扇门而已。期望藉由此门，让更多读者能够领略经典的风采，走上领悟古人思想之路。进而在生活中体证，方能直趋圣贤之境，真得圣贤典籍之大用。

经典，是古圣先贤留给我们的恩泽与财富，是前辈先人的智慧精华。今日我们在享用这一份恩泽与财富时，更应对古人心存无尽的崇敬与感恩。我们虽恭敬从事，求备求全，然因学养所限、才力不及，舛误难免，恳请先贤原谅，读者海涵。期望这一套国学经典文库，能够为更多人打开博大精深之中华文化的大门。同时也期望得到各界人士的襄助和博雅君子的指正，让我们的工作能够做得更好！

团结出版社

2017年1月

前 言

清顺治十二年九月初三（1655年10月2日），绍兴快园渴旦庐内，五十九岁的张岱正持笔伏案，为自己的新书——《快园道古》撰写小序，其文曰：

"张子偬居快园，暑月日晡，乘凉石桥，与儿辈放言，多及先世旧事，命儿辈退即书之，岁久成帙。因为分门，凡二十类，总名之曰《快园道古》。"

思绪戛然而止。

张岱搁笔起身，来到窗前，望了一眼窗外的景色。

窗外，秋风习习，秋风中一丛矮壮的菊花正深沉地开着。

"己丑（1649）九月，偬居快园，茸茅编茨，居然园也。"（《快园十章·序》）

　　张岱站在窗前，不免想起六年前自己携家带口返回城中，租下诸氏快园（原为明御史大夫韩五云别业，后为其婿诸公旦所居）废址，以为全家二十余口栖身之所的情景。

　　"于惟国破，名园如毁。虽则如毁，意犹楚楚。薄言葺之，诛茅补垒。若曰园也，余讵敢尔。"（《快园十章·其一》）

　　"有何可乐？南面书城。开卷独得，闭户自精。明窗净几，蔬水曲肱。沉沉秋壑，夜半一灯。"（《快园十章·其七》）

　　"身无长物，惟有琴书。再则瓶粟，再则败衲。意偶不属，纳屦去矣。敢以吾爱，而曰吾庐。"（《快园十章·其十》）

　　张岱一边默诵着自己初来快园时所写的这些诗句，一边回到案前坐下，重新审视自己这部花费了数年精力而用心编撰的笔记体杂著——《快园道古》。

（一）

　　《快园道古》仿《世说新语》之体例编撰而成，但稍有变化。

　　全书共二十部，每部一卷，卷目依次为盛德、学问、经济、言语、夙慧、机变、志节、识见、品藻、任诞、偶隽、小慧、隐佚、戏谑、笑谈、志怪、鬼神、纰漏、诡谲、博物，每卷正文开头皆有小序简述该卷的编撰主旨和意图。

　　"有明一代说部书之盛，在数量上可谓超越前朝历代。陶宗仪《说郭》、陶珽《续说郭》、沈节甫《纪录汇编》、郑梓《明世学山》、何良俊《何氏语林》、李绍文《明世说》、陶石梁《喃喃录》……"想到《喃喃录》，张岱的脸上不禁现出一股严肃之气，"《喃喃录》虽是好书，但在择事行文上未免显得过于古板，令人读来昏昏欲睡、备感气闷！倒不如我的这本《快园道古》有嬉笑、有怒骂、有讽喻、有讥嘲，语既活泼生动，事亦广采多趣，非但长人学问、启人智识，亦可坚人志节、教人明理。这样的书，我虽不敢说超越前人，但也可谓别出心裁、自成一家啦。"

想及此，张岱重新拿过稿纸，提笔继续写道：

"盖老人喃喃喜谈往事，如陶石梁先生所记《喃喃录》者，无非盛德之事与盛德之言，绝不及嬉笑怒骂，殊觉厌人。后生小子见者如端冕而听古乐，则惟恐卧去。若予所道者，非坚人之志节则不道，非长人之学问则不道，非发人之聪明则不道，非益人之神智则不道，非动人之鉴戒则不道，非广人之识见则不道。入理既精，仍通嬉笑；谈言微中，不禁诙谐。余与石梁先生出口虽异，其存心则未始不同也。"

我的书里虽然多游戏之笔，诙谐笑谑之语，看似"不庄严""不正经"，可这只是记叙手法的不同，至于我写作此书的用意和目的却是与石梁先生相同的啊！

不知当世及后世的读者们是否能理解我的良苦用心呢？

如果不理解，你们不妨想想我在这本书中为何要把"盛德部"列在首位，为何一再强调"诙谐笑谑"对世道人心的风规作用，又为何着重记录过往明朝人物的逸闻趣事？

这难道都是偶然、无心的嘛？

不是！

(二)

字细如蚊脚，古墨发清香。

独坐了许久的张岱小心翼翼地翻看着《快园道古》。

首先映入眼帘的是卷之一《盛德部》。熟悉的字迹，熟悉的人物，熟悉的事迹，这一切都让他备感亲切。"圣人遇极儿戏之事，必存一分正经，用以持世。乃敢以极正经之事而概视为儿戏也哉？"这是他集录《盛德部》的原因。他觉得世间的大忠大孝、至清至洁看似儿戏，其实却是极正经之事。如果把这些极正经之事全部视同儿戏而一概抹杀则违背了圣人之教，不利于社会道德的树立和传承。因此，他在这一卷中记录了自甘清贫淡泊的吴琳、张继孟，事亲极孝的朱鸣和、席应珍，度量宽厚的杨翥、杨守陈，坐怀不乱的张松庵，礼贤下士的姚善，不接受馈赠的李远庵、爱惜囚命的夏原吉、忠心爱国的海瑞……在张岱眼中，他们无一不是具有盛德之人，无一不值得效法和学习。

接着，他翻到了卷之二《学问部》。说起明朝的博学之人，他立马想到了杨慎、解缙和徐渭三人。杨慎是正德年间的状元，有"明代记诵之博、著述之富第一人"之称。解缙是《永乐大典》的总编纂官，从小就有"神童""才子"之誉。徐渭是有明一代的奇才，于诗文、戏剧、书画、音乐等样样精通。清代郑板桥对他尊崇备至，甚至说"愿为青藤门下走狗"。

况且徐渭是绍兴人，可算张岱家乡的乡贤，因此他在《学问部》中不惜运用大量笔墨来记叙有关徐渭的故事，以示对这位乡贤的敬重与推崇。

卷之三《经济部》记录了王守仁、梅国桢、周忱等名臣运用奇谋巧计化解危机、解决棘手问题的事例。张岱认为"古人处事，如入荆棘丛中，掉臂能出，则非具大经济者不能也"。他也坚信，读者只要细心揣摩、体味本卷中的事例，一定能从中受到启发，获益良多。

卷之四《言语部》主要采撷了明朝陶石梁、陈眉公、钱彦林、王守仁等人所遗留的名言警句以及某些士人的机警对答，其中最令张岱记忆犹新的是王守仁答客问和僧答丘琼山问二则：

"王新建立论，每言人皆可为尧舜。一日，苍头辟草阶前，有客问曰：'此辟草者亦可为尧舜邪？'答曰：'此辟草者纵非尧舜，使尧舜辟草，不过如是。'"

"丘琼山过一寺，见四壁俱画《西厢》，曰：'空门安得有此？'僧曰：'老僧从此悟禅。'问：'从何处悟？'僧曰：'老僧悟处在"临去秋波那一转"。'"

巧妙的对答和富含哲理的话语，使张岱不禁会心一笑。

接着，他翻阅到了卷之五《夙慧部》。四岁能作大字的李东阳、六岁能作诗的解缙、八岁赋新月诗的潮阳女子苏福、年少就出语不凡的于谦、三岁能作对的陆景邺……这些在幼龄就已崭露才能的人物，无一不深深地印在张岱的脑海中。

都说往事如烟，可往事真的如烟吗？

如果往事真的如烟,那为何我却记得这么清楚?

张岱一边反问着自己,一边陷入了久远的回忆中。

"陶庵六岁,舅氏陶虎溪指壁上画曰:'画里仙桃摘不下。'陶庵曰:'笔中花朵梦将来。'虎溪曰:'是子为今之江淹。'"

"陶庵六岁,在渭阳家,一客见缸中荷叶出,出对曰:'荷叶如盘难贮水。'陶庵对曰:'榴花似火不生烟。'一座赏之。"

"陶庵年八岁,大父携之至西湖。眉公客于钱塘,出入跨一角鹿。一日,向大父曰:'文孙善属对,吾面考之。'指纸屏上《李白骑鲸图》曰:'太白骑鲸,采石江边捞夜月。'陶庵曰:'眉公跨鹿,钱塘县里打秋风。'眉公赞叹,摩予顶曰:'那得灵敏至此,吾小友也。'"

一幅幅画面,一幅幅影像,飞快地在张岱的脑海中闪过。

舅父何在?祖父何在?眉公何在?

都不在了,就连昔日的张岱如今也已变得满脸皱纹、白雪堆鬓。

叹息,叹息,除了叹息,还能做什么呢?

张岱叹息着,不禁加快了翻看的速度。

卷之六《机变部》、卷之七《志节部》、卷之八《识见部》……卷第十四《戏谑部》、卷第十五《笑谈部》。

《戏谑部》和《笑谈部》应该是《快园道古》里最受非议的两卷了吧!张岱想着,心里既担忧又得意。

担忧,是因为他害怕读者见到这两卷书后不理解地说他这是浪费笔墨、教人放浪。

得意, 是因为他觉得从前的说部书都作得太严肃、太正经、太道学, 唯有他敢于冲破既定的桎梏、陈旧的程式, 以嬉笑之事, 游戏之笔, 道出世俗的真相和人事的三昧。

"吾想月夕花朝, 良朋好友, 茶酒相对, 一味庄言, 有何趣? 眉公曰:'留七分正经以度生, 留三分痴呆以防死。'集戏谑第十四。"

是啊! 一味庄言, 是无趣的, 但一味谑语, 就有趣了吗? 未必!

张岱思考着, 决心再次申述一下庄言与谑语的关系以及自己用谑语创作此书的深意。

于是他提起笔, 写下了这样一段话作为《快园道古》序文的后一部分:

"世间极正经极庄严之事, 无过忠孝二者, 而东方曼倩偏以滑稽进谏, 老莱子偏以戏彩承欢。在君亲之侧尚不废谐谑, 而况不在君亲之侧乎? 则是世之听庄严法语而过耳即厌者, 孰若其听诙谐谑笑而刺心不忘? 余盖欲于诙谐谑笑之中窃取其庄言法语之意, 而使后生小子听之者之忘倦也。故饴一也, 伯夷见之谓可以养老, 盗跖见之谓可以沃户枢。二三子听余言而能善用之, 则黄叶止啼, 未必非小儿之良药矣。"

(三)

序写完矣, 只待题上落款。

可他面前的《快园道古》却还剩五卷自己尚未翻阅。

《志怪》《鬼神》二部继承了前代志怪小说的叙事传统,《纰漏部》采集了众多本自纰漏却"不自安于纰漏"者的可笑故事,《诡谲部》则记述了那些"心术不正"而以巧计巧言骗人害人的可警故事。

五卷之中,张岱最看重的是最后一卷《博学部》。

《博学部》的编辑成卷志在与西晋张华的《博物志》媲美。

张华是张岱十分服膺的一位西晋博物学家,其所著作的《博物志》,张岱也是读了又读。

可是在服膺张华的同时,张岱又觉得张华著作的《博物志》内容仅十卷,"未免有寒俭之叹"。因此,他自有知识以来,便注意搜集、记录自己"生平所亲知灼见"的"怪异之物",共得四十余卷,可惜后来失于兵火,多数亡佚。"今聊存其一二,特记忆之余耳,嗟嗟!"

在这一卷中,他所记述的怪异之物,超过一百多种,在展现自己广闻多见、博知庶物的同时,他也相信一定会给阅读此卷的读者带来耳目一新的感觉。"故凡人于耳目之前习闻习见,而其所未识者尽多。集博物第二十。"

(四)

洋洋洒洒,笔意奇恣。

嬉笑怒骂,皆为文章。

张岱疲惫地坐在那里,望着自己的新作发呆。

故国卵破,人物凋零。

尚可存者，文字而已。

五十九岁的张岱用哆哆嗦嗦的双手一遍又一遍地抚摸着自己的书稿，就像抚摸自己的孩子一般。

这本书的命运如何？

后人如何评价此书？

张岱的忧虑加深了，心情也忽然变得沉重起来。

往者不可谏，来者犹可追。

过去的事由我们这一代人评说，现世的事就让后世的人来评说吧！我只要问心无愧地做好就足够了！

"岁乙未九月哉生明日，陶庵老人书于龙山之渴旦庐。"终于，他为自己的新书《快园道古》的序文落了款。

（五）

时光荏苒，岁月飘忽。一霎便来到公元2021年11月5日。

狭窄的书房内，一个自称"寓蜀客"的不名文人获读此书，然后写下一首短小的绝句，以抒发自己阅读此书后的感想。

诗曰：

纷纷旧朝事，历历落毫端。

敢曰无深意？中藏大苦欢。

小 序

张子傀居快园，暑月日晡，乘凉石桥，与儿辈放言，多及先世旧事，命儿辈退即书之，岁久成帙。因为分门，凡二十类，总名之曰《快园道古》。

盖老人喃喃喜谈往事，如陶石梁先生所记《喃喃录》者，无非盛德之事与盛德之言，绝不及嬉笑怒骂，殊觉厌人。后生小子见者如端冕而听古乐，则惟恐卧去。若予所道者，非坚人之志节则不道，非长人之学问则不道，非发人之聪明则不道，非益人之神智则不道，非动人之鉴戒则不道，非广人之识见则不道。入理既精，仍通嬉笑；谈言微中，不禁诙谐。余与石梁先生出口虽异，其存心则未始不同也。

世间极正经极庄严之事，无过忠孝二者，而东方曼倩偏以滑稽进谏，老莱子偏以戏彩承欢。在君亲之侧尚不废谐谑，而况不在君亲之侧乎？则是世之听庄严法语而过耳即厌者，孰若其听诙谐谑笑而刺心不忘？余盖欲于诙谐谑笑之中窃取其庄言法语之意，而使后生小子听之者之忘倦也。故饴一也，伯夷见之谓可以

养老，盗跖见之谓可以沃户枢。二三子听余言而能善用之，则黄
叶止啼，未必非小儿之良药矣。

　　岁乙未九月哉生明日，陶庵老人书于龙山之渴旦庐。

目 录

卷之一　盛德部 …………………………………………… 1

卷之二　学问部 …………………………………………… 43

卷之三　经济部 …………………………………………… 65

卷之四　言语部 …………………………………………… 95

卷之五　夙慧部 …………………………………………… 147

卷之六　机变部 …………………………………………… 160

卷之七　志节部 …………………………………………… 168

卷之八　识见部 …………………………………………… 175

卷之九　品藻部 …………………………………………… 193

卷之十　任诞部 …………………………………………… 204

卷第十一　偶隽部 ………………………………………… 211

卷第十二　小慧部 ………………………………………… 214

卷第十三　隐佚部 ………………………………………… 267

卷第十四 戏谑部 …………………………………………… 281

卷第十五 笑谈部 …………………………………………… 327

卷第十六 志怪部 …………………………………………… 369

卷第十七 鬼神部 …………………………………………… 404

卷第十八 纰漏部 …………………………………………… 424

卷第十九 诡谲部 …………………………………………… 451

卷第二十 博物部 …………………………………………… 469

卷之一 盛德部

　　陶庵曰：冯子犹①集《古今笑》，以德行为迂腐，遂将献章求嗣②、周木问安③，皆以一笑抹之。则古之二十四孝，泣竹扇枕④，何事不是儿戏，而至今称为绝德耶？《论语》记：乡人傩，孔子朝服立于阼阶⑤。圣人遇极儿戏之事，必存一分正经，用以持世。乃敢以极正经之事而概视为儿戏也哉？集盛德第一。

　　【注释】①冯子犹：明代文学家冯梦龙，字子犹。②献章求嗣：明代大儒陈献章，每次进妻子卧室前，总要先秉告母亲，说："献章求嗣（您的儿子献章想求个儿子）。"③周木问安：明代官员周木，曾在早晨父亲还未起床时去敲门问安。父问谁，周木曰："周木问安。"父不应。片刻，又往，曰："周木问安。"父怒起，叱之曰："老人酣寝，何用问为？"④泣竹扇枕：三国时吴国孟宗的母亲病重，冬日想吃笋汤。宗无计可得，乃往竹林中，抱竹而泣。孝感天地，地裂，出笋数茎，持归作汤奉母。又东汉黄香，事父极孝。夏天暑热，为父亲扇凉枕席；冬天寒冷，用身体为父亲温暖被褥。⑤"乡人傩"二句：语见《论语·乡党篇》。傩（nuó）：古代一种迎神以驱逐疫鬼的风俗活动。阼（zuò）阶：大堂东边的台阶，主人站在那里迎送宾客。

　　【译文】陶庵曰：冯梦龙编撰的《古今笑》，视有德行的人为迂腐，于是将献章求嗣、周木问安等孝行，以笑话的形式一概抹杀。若如此，古代的二十四孝，像孟宗泣竹、黄香扇枕等，哪一件不是儿戏，却为何至今仍被人称作卓绝的德行呢？《论语》载："乡里人举行迎神驱鬼的仪式时，孔子总要穿上朝服站在东边的台阶上。"圣人遇到十分儿戏的事，必定存有一分正经，以此来维持世道人理。(圣人既这样)我又怎敢把十分正经的事一概视为儿戏呢！故集合诸故事将"盛德部"列为第一。

刘文成①曾祖濠为宋翰林掌书。每阴雨积雪，踞高阜②望其突，无烟者赈之。宋亡，林融为宋起义。元使使簿录③融，株连尽其里。濠盛治牛酒，延使者其家，醉之，胠④其箧私记其渠率⑤二百人，而自火其室，使者走，火失录，濠佯为使者游核，第以所记二百人上，而里人所全者以千计。

【注释】①刘文成：明朝开国功臣刘基，字伯温，封"诚意伯"，谥"文成"。②高阜(fù)：高的土山。③簿录：记录于册。④胠(qū)：打开，撬开。⑤渠率：首领。

【译文】刘基的曾祖刘濠，在南宋任翰林掌书(职掌文书印信的官)，每逢阴天积雪，坐在高丘上，望见烟囱没有炊烟冒出的人家便去救济。南宋灭亡后，刘濠的同乡林融因不甘宋亡而发动起义，元朝政府派使者去清查登记林融的党羽，株连的人数将近一乡。刘濠准备好丰盛的酒肉，延请使者到家，趁使者酒醉，打开其书箱，暗自记下为首的二百余人的名字，并放火焚烧了屋室。使者因火灾而丢失名册。刘濠假装为使者到处寻找核查，最后只以所记的二百人的名单呈上，因此乡里被保全者有上千人之多。

吴尚书琳家居，太祖遣使察之。使者至公舍，旁见一人，坐小机，拔秧布田，貌甚端谨。问曰："此间有吴尚书者，家何在？"公敛手对曰："琳是也。"使者还，白状①。召入为冢宰②。

【注释】①白状：上奏，向上级报告。②冢宰：周官名，为六卿之首，后亦称吏部尚书为冢宰。

【译文】尚书吴琳在家闲居，明太祖派使臣前往察访。使者到了驿馆，在旁边见一人坐在小凳上，插秧布田，相貌十分端庄。使臣上前问曰："此地有位吴尚书，他的家在哪里？"那人拱手回答："我就是吴琳。"使臣还京，告知皇上。（不久）召为吏部尚书。

冢宰陈恭介①致政归，夫人遣舍人②儿迓于西湖，索油盖③数百。恭介讶问故，对曰："夫人言，杌隍④数椽，何恃不为暑雨计？"闻者嗟叹。

【注释】①陈恭介：陈有年，字登之，谥"恭介"。浙江余姚人，明代官员。②舍人：宋元以来俗称显贵子弟为舍人。③油盖：油伞。④杌隍（wù niè）：倾危不安的样子。

【译文】吏部尚书陈有年致仕归乡，他的夫人派了家族中一个较有身份的年轻人前往西湖迎接，（年轻人见到陈有年）向他索要数百件绳索、油伞。陈有年惊讶地问为什么，年轻人回答："夫人说，倾危的几间小屋，怎么能依靠它们遮挡夏日的暴雨呢？"听见这话的人都发出叹息之声。

张少参①继孟年未五十致仕。家徒四壁，居旁建茅屋三楹，扁曰"一笑亭"。日觞咏其中。客至，第肃至阶，送亦不出门。即朝贵往访，止折简②相答。间留客，不过脱粟③饭，或出蔬果杯酒，三五巡即止。凡造门者，得公一饭，深以为荣。

【注释】①少参：明代官名，布政使佐官，又称"参议"。②折简：折半之简，比喻礼轻。③脱粟：只去皮壳、不加精制的粗米。

【译文】曾任少参一职的张继孟，年龄不到五十就退休还乡了，家徒四壁，在正屋旁建了三间茅屋，自题匾额为"一笑亭"，每日在其中饮酒赋诗。有客人来，他只肃穆地站在阶前相迎，送客也不走出门外。即使是朝中权贵来访，他也只以轻礼应酬。偶尔留客吃饭，不过以粗米饭招待，有时也会摆出菜蔬、水果，若饮酒则酬答三五杯即止。凡登门拜访者，只要能吃到张公家的饭，就深以为荣。

黄副使卷盛年归里。家去城四十里。经岁不一至，至则市童见敝舆群指曰："黄公来矣!"居常好客，客在座，徐起临庖，服犊鼻衣①，治具无兼味②，毕乃盥手，更衣出，率以为常。常借农具于邻，其人欲舁③送之，力辞，自肩至田。

【注释】①犊鼻衣：即围裙。形如犊鼻，故名。②无兼味：食物只要一样，没有第二样。③舁（yú）：抬。

【译文】曾担任副使的黄卷，时值壮年就已退居乡里。其家距县城四十里，整年不入一次城。一旦入城，街市上的儿童就成群地指着他乘坐的破旧马车说："黄公来啦!"其居家十分好客，有客在座时，他便缓缓起身，走进厨房，穿上犊鼻衣，为客人备办一样吃食，备办完了便洗手更衣出来，客人们对此都习以为常。有一次，他向邻居借农具，邻居要帮他把农具抬送到田里，他极力拒绝，而是自己用肩扛着去了田里。

王新建①封拜，见父执，事之甚谨。冬节拜牌②，新建貂蝉③乘马，从者言："韩尚书在后。"新建亟下马立道左。韩至，不下舆，第拱手，曰："伯安行矣，予先往。"新建拱立，俟其过，乃上马。时人两贤之。

【注释】①王新建：明代官员王守仁，字伯安，封"新建伯"，谥"文成"。②拜牌：明清时，外官逢节日或庆典向皇帝龙牌跪拜行礼以示朝贺。此泛指朝贺。③貂蝉：即貂蝉冠，以貂尾和附蝉为饰的帽子。

【译文】王守仁被拜授"新建伯"后，见到父亲的朋友，依然十分恭谨。某一年的冬至节，朝廷举行庆祝大典，王守仁戴着貂蝉冠骑马前往，侍从说："韩尚书在后面。"王守仁急忙下马，站立于道路左侧。韩尚书来到，不下车，只拱手答礼说："伯安快走吧，我要先你而行了。"王守仁恭敬地站着，等韩尚书的车马过去，自己才上马前行。当时的人们都夸赞二人是贤者。

罗春坊①洪先大魁②天下，官修撰。侍其父宪副③双泉公于家。客至，令衣冠行酒，拂席授几，如命从事。公欣然服役。

【注释】①春坊：太子官所属官署名，有左春坊、右春坊之分。②大魁：即状元，科举考试中殿试的第一名。③宪副：明清时都察院副长官左副都御史的别称。

【译文】曾在左春坊任职的罗洪先中状元后，官任翰林院修撰，

（后告归）在家侍奉曾担任过左副都御史的父亲罗双泉。客人来时，他的父亲常命其穿戴着礼服礼冠为客人依次斟酒或擦桌搬凳，就像命令下属一样。（每次）罗公都欣然接受役使。

太祖筑泗州陵寝，中多杂冢，有司请徙之，太祖曰："此皆我家旧邻舍，祭时可人予一分面。春秋仍许其出入祭扫。"

【译文】明太祖命人在泗州建造陵墓，此地有很多乡人的乱坟，负责此事的部门请求将这些乱坟迁移，太祖说："这些人都是我家的旧邻居，祭祀时也可以分给他们每人一块面，（另外）春秋季节仍允许他们的家人出入祭扫。"

钟山孝陵成，门外有吴大帝冢，工部请择地别徙，太祖曰："孙权亦是好汉子，留他守门。"

【译文】钟山孝陵建成，门外有三国时吴国大帝孙权的墓，工部请求择地迁移，明太祖说："孙权也是好汉子，可以留他守门。"

南京宫殿成，太祖与高后往视，见轮奂①嵯峨，辄叹曰："胡做乱做，做出如许事业！"仰视，见有画工在上，自悔失言，呼下欲除之。高后示画工以意，自摸其耳，画工遂假作耳聋，屡呼不应。太祖使人摘下，问是耳聋，遂赦之。

【注释】①轮奂：形容屋宇高大众多。
【译文】南京宫殿建成，明太祖与高皇后前往视察，见其屋宇众多、高大华丽，便感叹着说："胡做乱做，竟能做出这样的事业！"（说完）仰头一看，发现有一个画匠正在房梁上绘画，明太祖自悔失言，想把那人唤下来杀掉。（这时）高皇后一边摸着自己的耳朵，一边向那个画匠示意，于是画匠装作耳聋，任凭明太祖多次呼唤，也不答应。明太祖派人把那人捉下来，问了几次话，确认他是耳聋后，便赦免了他。

太祖尝怒宋濂，使人即其家诛之。高皇后是日茹素，上问故，后曰："闻今日诛宋先生，妾不能救，聊为持斋，以资其冥福耳。"上悟，即驰驿赦之。

【译文】明太祖曾经宋濂心怀怒恨，派人至其家打算将其诛杀。高皇后在这天食素，太祖问其原因，高皇后说："听说今日要诛杀宋先生，妾不能救，姑且持斋，以助其在阴间享福。"太祖醒悟，立即派人骑着快马去赦免宋濂。

萧山何兢①，父舜宾，以御史谪戍，赦归。忤县令邹鲁，诡言赦无验，械送戍所，属解人掩杀于昌国寺，捕兢。兢窜奔父友王鼎家。伺鲁迁官，兢募死士，伏钱唐沙上，击鲁垂毙，矐②其目，弃道旁，仇民以粪涂其口得活。兢诣廉访③自首，廉访语稍阿鲁，兢啮臂肉喷入公座④，廉访不能断。上闻遣官即讯，坐鲁死，兢比唐梁悦⑤例，戍福宁。正德改元赦还。

【注释】①何兢：应作"何竞"，明浙江萧山人，字邦直。《明史》有传。②矐（huò）：使眼睛失明。③廉访：明清时对按察使的尊称。此指按察使办公的衙门按察司。下句中的"廉访"指按察使。④公座：官吏办公的坐席。⑤梁悦：唐宪宗年间的孝子，曾为父报仇而杀死仇人秦杲，罪判流放。

【译文】浙江萧山县人何竞的父亲何舜宾，任御史时因受人排挤而谪戍（广西庆远卫），后被赦免，返回萧山老家，因事得罪了县令邹鲁。邹鲁假称何舜宾被赦没有凭据，遂将其重新押送回广西戍所，并暗中叮嘱押解的差役在途中的昌国寺把他闷杀。邹鲁派人去逮捕何竞时，（预先得知消息的）何竞已逃往父亲的朋友王鼎家中。等到邹鲁升官，何竞招募勇于赴死之士，埋伏在钱塘江岸边，趁邹鲁经过，击杀致其将死，并弄瞎了他的双眼，把他抛弃在道边，帮何竞报仇的这些人中有人用粪土涂抹在邹鲁的伤口上，才保住了他的性命。（事后）何竞到按察司自首，审案的按察使话语中有偏袒邹鲁之意，何竞怒而咬下手臂上的肉，吐在公座上，按察使不能决断。皇上听闻此事，派朝中官员前往审理，判邹鲁死罪，对于何竞则依唐朝梁悦替父报仇之例，判其流放福宁。明武宗正德年间，遇赦还家。

朱太守明和①，事亲极孝，自县令至知府，皆奉其封公②以往。凡坐堂，于堂后设一帘，每事必告而后行。岁时燕会，必于堂上设筵，封公上坐，自隅坐侍饮，极声伎之奉。常自言曰："朱瑞凤可为荣亲极矣！"郡中缙绅有设席者，必着人问曰："有封公帖否？"无封公帖，则不赴。

【注释】①朱太守明和：明代官员朱瑞凤，字仪鸣，号鸣和。明和，当作"鸣和"。②封公：犹封翁，封建时代因子孙显贵而受封典的人。本书中多指某人的父亲。

【译文】太守朱鸣和，侍奉双亲极其孝顺，从县令到升任知府，他都把父亲带在身边奉养。凡坐堂审案，他都会堂后挂一布帘，每判决一事必先禀告父亲而后执行。逢年过节，举行宴会，他必定在正堂上摆设筵席，请父亲坐于尊位，而自己则坐在筵席的一角侍奉父亲饮酒，并且还时常请来歌姬为父亲助兴表演。朱太守常自言："朱瑞凤可算让父亲荣耀极了！"郡中士大夫有设席相请者，他必会派人询问："有我父亲的请帖吗？"没有父亲请帖的，他就不赴宴。

朱明和待兄弟极友爱。作县时，出谒司道，其弟得狱中重囚贿，悉纵之。狱吏仓皇走白，屡言之不应，狱吏长跽①曰："纵囚，大事也，有碍主人官守，何置之不问？"明和笑曰："蠢才，衙内相公②放去，决不是白白放去，你急他怎也？"

【注释】①跽（jì）：跪而耸身挺腰。②衙内相公：泛指官府子弟，此指朱鸣和的弟弟。

【译文】朱鸣和对待兄弟极其友爱。他做县令时，有一天，出门拜访上级，他的弟弟因为受了狱中重罪囚犯的贿赂，竟将其全部释放。狱吏慌张地跑来禀告，禀告了多次，朱鸣和也不回应，狱吏长跪不起着说："释放囚犯，是大事，会妨碍您的官位职守，为何置之不问呢？"朱鸣和笑着说："蠢才，我弟弟释放囚犯，肯定不是白白地释放，你着急干什么？"

朱明和在仕途，其族人有假其书牍当道关说①者，事露家人请治之。明和曰："朱瑞凤乡会②报至，我族人皆欣然有喜色，却是为何？"

【注释】①关说：替人说情。②乡会：乡试和会试，中试者分别称为

"举人"和"贡士"。

【译文】朱鸣和当官时,他的一个族人拿着他的书信向掌权者说情,事情泄露,家人请治其罪。朱鸣和说:"朱瑞凤考中举人、贡士时,我的族人皆欣欣然有喜色,为的是什么呢?"

张文恭①少年读书龙光楼,有秘室为太仆公②私藏。凡亲戚臧获盗取货物者,进出其前,文恭埋头读书,都如不见。

【注释】①文恭:张岱的曾祖张元忭,字子盖,别号阳和,谥"文恭"。②太仆公:张岱的高祖张天复,字复亨,号内山。曾任太仆寺卿,故张岱称之为"太仆公"。

【译文】我的曾祖父张文恭公少年时读书于龙光楼,楼内有密室,是太仆公私藏财物之处。凡亲戚、奴婢来此盗取财物,进出其前,文恭公埋头读书,都像没看见一样。

张文恭试礼部,出罗文懿①门,放榜日,挟门生刺②往候,文懿笑曰:"我与若结发友也,奈何以一日遂废半生?"固辞不受。文恭熟视良久,曰:"诚哉言也!然非罗康洲不肯,非我张阳和不敢。"遂坐上座。

【注释】①罗文懿:明代官员罗万化,字一甫,号康洲,谥"文懿"。②刺:名帖。

【译文】我的曾祖父张文恭参加礼部主持的会试时,被主考官罗文懿选中,放榜日,他携带门生帖子前往拜见,罗文懿笑着说:"我与你从小是朋友,怎么能因今日之事而废掉半生的友情呢?"坚决推辞,不肯受帖。我的曾祖父对罗文懿注目了很久，说："你的话很对！但这样的事非你罗康洲不肯做，非我张阳和不做敢。"（说完）便坐在了上座。

朱文懿^①当国，有江右房师^②子，以贡入廷试，文懿知之，往拜。房师子造宅回拜，百结鹑衣^③，自挟一刺。文懿款之书斋，欲属选司授一美缺，言之不应。夜冷加暖耳，强而后受。次日以暖耳进门上，不辞而归。文懿去位，始出就选。

【注释】①朱文懿：明代万历年间内阁首辅朱赓，字少钦，号金庭，谥"文懿"。②房师：明清科举制度中，举人、进士对荐举本人试卷的同考官的尊称。③鹑衣：破旧的衣衫。因鹑鸟的尾巴秃破，故称

【译文】朱文懿执掌国政，有一次他江西房师的儿子考中贡士后进入殿试，文懿公得知消息，前往拜访。（不久）他房师的儿子登门回拜，身上穿着缀满补丁的破旧衣衫，手中拿着一张名帖。朱文懿在自己的书斋款待了房师的儿子，并打算嘱托主管铨选的部门授给他一个好的职位，朱文懿把这话告诉了房师的儿子，房师的儿子却不作回应。当时夜晚寒冷，朱文懿送给房师的儿子一副暖耳，几次勉强，房师的儿子才被迫接受。第二天，房师的儿子又把暖耳送回朱文懿的府宅，然后不辞而归。等到朱文懿卸任，他才出来应选。

陶恭惠^①以八座^②家居，一敝袴十年不易，补缀无完幅。朱少师衡岳^③里居，侍养封公，客至，常身自行酒，毫不介意。

【注释】①陶恭惠：明代官员陶承学，字子述，号泗桥，谥"恭惠"。②八座：封建时代中央政府的八种高级官员。明清时用以指称六部尚书。陶

承学致仕前任南京礼部尚书, 故称"八座"。③朱少师衡岳: 明代官员朱燮元, 字懋和, 号衡岳 (一作恒岳), 官封少师。

【译文】陶恭惠从南京礼部尚书任上退职后, 在家闲居, 一条破旧的裤子穿了十年仍不改换, 上面打满补丁, 没有完整的地方。另, 少师朱衡岳乡居之时, 侍养父亲, 有客人来, 常亲自为其斟酒, 毫不介意。

席应珍髫年即辞家学老氏, 孝于母。母死后, 祀享必恸哭。或谓: "亲爱既割, 何必若此?"应珍曰: "吾法当割爱入道, 然世间岂有不孝神仙?"

【译文】席应珍幼年时即辞家学道, 侍奉母亲极孝。母亲死后, 他每次祭祀都会放声痛哭。有人问: "你的母亲早已去世, 何必如此呢?"席应珍说: "按理我应当舍弃对母亲的思念而专心修道, 可世间哪有不孝的神仙呢?"

薛文清①与王振同乡, 振荐之起用, 不肯诣振谢。振怒, 中以危法, 当刑。门人皆奔走哭, 文清神色自若。振有老仆, 伏灶下抱薪而哭, 振怪问之, 仆曰: "闻今日薛夫子将刑, 故哭也。"振感悟, 遂得释。

【译文】①薛文清: 明代官员薛瑄, 字德温, 号敬轩, 谥"文清"。

【译文】薛文清是王振的同乡, 在王振的举荐下重被任用, 可重被任用的他却不肯去王振那里谢恩。王振大怒, 诬陷中伤薛文清, 薛文清当受死刑。其门生皆奔走哭诉, 薛文清却神色自若。王振有一老仆, (听闻此事) 也伏在灶下抱柴而哭。王振奇怪地问他为什么哭, 老仆答道:"听说今日薛夫子将要受刑,因此而哭。"王振感悟,遂将薛文清释放。

苏人范从文,文正公①嫡裔也,洪武中为御史,忤旨,下狱论死。明太祖阅狱案,见其姓名籍贯,遽呼问曰:"若非范文正后乎?"对曰:"臣仲淹十一世孙也。"太祖命取帛五方,书"先天下之忧而忧,后天下之乐而乐"二语赐之,谕曰:"免汝五次死。"人称太祖怜才,而叹文正遗泽之远也。

【注释】①文正公:北宋名臣范仲淹字希文,谥"文正",世称范文正公。

【译文】苏州人范从文,是范文正公的后代,洪武年间任御史,因违抗圣旨,下狱论死。皇上审阅案卷时,见到他的姓名、籍贯,急忙叫他前来,问曰:"你是不是范文正的后代?"范从文回答:"臣是范仲淹的十一世孙。"皇上命人取来五幅布帛,在上面亲笔写下"先天下之忧而忧,后天下之乐而乐"二语赐给范从文,并说:"免你五次死罪。"当时之人都称赞皇上爱惜人才,也感叹范文正公遗留的德泽远被后代。

杨铁崖①居松江,有一贵游子弟破产流落,数踵先生门。一日,竟持先生所购倪云林②一画去。左右欲发之,先生曰:"吾哀其困,使往见一达官,以书画为介耳,非盗也。"竟置不言。

【注释】①杨铁崖:明代文学家杨维桢,字廉夫,号铁崖。②倪云林:元末明初画家倪瓒,字泰宇,号云林子。

【译文】杨铁崖避乱隐居于松江一带,有一个破产流落的贵族子弟,多次登门拜访。一日,那人竟把铁崖先生所买的一幅倪云林(倪瓒)

的画拿了出去。左右欲告官，先生说："我可怜他穷困，叫他去求见一位大官，这幅书画是媒介，不是他盗去的。"自此以后，竟绝口不提此事。

杨尚书翥有厚德。居京师，乘一驴，邻翁老而得子，闻驴鸣辄惊，公遂卖驴徒行。天久雨，邻垣穴潴①水流溢，家人欲与竞，公曰："晴日多，雨日少。"后复侵越其址，公作诗曰："普天之下皆王土，再过些儿也不妨。"金水桥成，诏简有德者试涉，廷臣首推公焉。

【注释】①潴（zhū）：水积聚。

【译文】尚书杨翥，德行淳厚。居京城时，常骑着一头驴出门，邻翁老年得子，其子一听见驴鸣就惊觉不已，于是杨公就卖掉驴子，步行出门。（有一次）长时间下雨，从邻家墙洞中流出的雨水全都积聚在杨公的宅院内，杨公的家人打算与邻居说辩，杨公说："晴天多，雨天少。"后来邻家修筑院墙侵占了杨公家的一些地基，杨公作诗曰："普天之下皆王土，再过些儿也不妨。"金水桥建成时，皇帝下诏选拔有德行的人前去试走，朝廷大臣首先推荐了杨公。

杨二山至孝，为吏部侍郎，朝参毕，辄闭户谢客，终日侍母侧。盥漱匜盂、搔摩扶掖，必躬任之。春时为村妆，负太夫人迤逦行花丛中，婆娑香荫，供取娱悦。

【译文】杨二山（杨巍）极孝顺，任吏部侍郎，上朝回来，就闭门谢客，整日在母亲身边侍奉母亲。或端盆倒水侍奉母亲洗漱，或为母亲搔痒按摩，或搀扶着母亲进进出出，这些事他都亲力亲为。每年春天，他都换上乡村的装束，背着母亲在花丛中曲折行走，花影婆娑，香气浓郁，以此供母亲取乐。

文徵明①书画盛行，有以赝笔就正②者，必曰"真迹"。有人问其故，曰："卖画求售，是必贫子。我一言阻之，举家受困矣。"

【注释】①文徵明：明代画家，初字征明，后改字徵仲。②就正：请求指导纠正。

【译文】文徵仲的书画盛行于当时，凡有拿着赝品来向他求证的，他都说是真迹。有人问他原因，他说："卖画求售的，必定是贫穷之人。如果我说一句话就让人家的画卖不出去，那他全家就要受困了。"

陆师道师事文衡山①，人谓："陆公已贵，胡折节乃尔？"公曰："文先生以艺藏道，无适②非师。"奉之益笃。

【注释】①文衡山：文徵明号"衡山居士"，世称"文衡山"。②无适：犹无往，到处。

【译文】陆师道以师礼对待文衡山，有人问："您已经显贵，为何还如此屈己下人呢？"陆师道回答："文先生将大道藏于书画之中，处处都可做我的老师。"自此以后，更加诚心地侍奉文衡山。

明洪武初，有孝子王渐，作《孝经义》五十卷。凡乡里有斗讼之事，渐即诣门高声诵《义》一卷，情即解释。后有病者亦请诵书。

【译文】洪武年间，有个名叫王渐的孝子，著有《孝经义》五十卷。凡是乡里有争斗诉讼之事，王渐便到其门前高声诵读一卷《孝经义》，其怨恨之情立即就会消除。后来，有些得病的人也请王渐来诵读《孝经义》。

刘祭酒①弟琎，方轨正直。祭酒常夜呼与语，琎必下床著衣立，然后应。祭酒怪其久不答，琎曰："向束带未完。"

【注释】①刘祭酒：南朝齐学者刘瓛，字子珪，在刘宋时任祭酒主簿。

【译文】祭酒刘瓛的弟弟刘琎，品行端方正直。刘瓛常在夜间呼唤弟弟前来谈话，每次刘琎一定要下床穿好衣服才作回应。有次，刘瓛责怪弟弟许久都不答应，刘琎说："刚才还未系好衣带。"

张松庵与某人同开药铺。先生四子，而是人乏嗣，欲求公为种一子。一日，留公于其家，醉之，扶入内寝，命其妻侍寝。公酒醒，见其妻，大惊，起，其妻挽住，道其故。公曰："不难，呼若家长来，吾有话说。"其妻走觅其夫，公逸出。次日语其夫曰："汝无子，皆因斫丧①之故。今后伴我宿，候内人经期过，则放汝入内。"如公言，后果得一子。公后病革②时，梦神人告之曰："汝有阴德，与你子孙纱帽一船。"

【注释】①斫丧：摧残，伤害，特指因沉溺酒色而伤害身体。②病革：病势危急。

【译文】我的始祖张松庵，与某人同开药铺。松庵公当时生有四个儿子，但那人却没有子嗣，想求松庵公为其代种一个儿子。一天，那人把松庵公请至家中，趁其酒醉，扶入卧室，命他的妻子侍奉伴眠。松庵公酒醒，看见那人的妻子，大惊起身，那人的妻子挽住松庵公说出事情的原委。松庵公道："这事不难，把你的丈夫叫来，我有话说。"那人的妻子出去寻觅丈夫，松庵公趁机逃走。第二天，松庵公对那人说："你没有子嗣，都是因为沉溺于酒色而伤害了身体之故。今后伴我而眠，等你妻子的经期过去后，我再放你去同妻子共寝。"那人依照松庵公的话去做，后来果然得到一个儿子。松庵公晚年病危时，梦见一个神人对他说："你有阴德，送给你的子孙一船乌纱帽。"

孔寺丞坦率宏恕，于物无争。所居园囿近水，有盗夜涉，盗其蔬果，寺丞曰："晦夜涉水，恐有沦没。"即为造桥。盗惭不复渡。

【译文】北宋时，寺丞孔牧，坦率宽容，于世无争。他家的菜园临近水边，某夜有小偷渡水，盗其蔬果，孔寺丞说："黑夜渡水，恐有溺水之祸。"便为小偷造了一座简易的桥。小偷惭愧，不再渡水偷盗。

姚苏州善①下车，访知处士王宾，命驾往见之。及门，宾望见驺从②，趋告姚曰："恐惊老母，乞损驺侍。"善至里门下车，徒步自入，教人毋从。

【注释】①姚苏州善：明代官员姚善，曾任苏州知府。②驺（zōu）从：骑马的侍从，泛指侍从。
【译文】苏州知府姚善刚到任，就访知此地有位叫王宾的隐士，于是他命人备车前往拜访。来到王宾家的大门前时，出来迎接的王宾看见姚善所带的侍从众多，便快步近前对姚善说："恐怕惊吓到我的母亲，请您带少数的侍从进来。"于是，姚善到里门前下车，徒步一个人进去，叫侍从不要跟随。

董进士损斋以差过岳州，刘忠宣①宅忧在里，损斋造谒。忠宣留之饭，饭麦糈②，馔惟糟虾，无他具。损斋感省，终身砥砺清节。

【注释】①刘忠宣：明代官员刘大夏，字时雍，号东山，谥"忠宣"。②糈（xǔ）：粮食。

【译文】进士董损斋因差事路过岳州，当时刘忠宣公（刘大夏）正丁忧在家，遂往拜见。忠宣公留他吃饭，饭食只有粗麦饭和糟虾，再无他物。董损斋内心感动，终身磨练、修持自己清高的节操。

太宰屠襄惠公①度量宽厚。里有柴姓者，假称屠公子，沿途骚扰，人以闻于公。公但呼而戒之曰："汝为吾子，置汝父于何地耶？法有明禁，自今慎无复为此。"其人顿首，谢罪而退。

【注释】①太宰屠襄惠公：明代屠滽，字朝宗，号丹山，弘治、正德年间任吏部尚书，谥"襄惠"。太宰，明清时称吏部尚书为太宰。

【注释】吏部尚书屠滽，度量宽厚。乡里有个姓柴的人，假称是屠公的儿子，四处骚扰百姓，有人将这事报告给了屠公。屠公只是把那人叫过来训诫道："你假称是我的儿子，那把你的父亲置于何地呢？法律有明确的规定，自今以后你千万不要这样做了。"其人叩头，谢罪而退。

杨文懿公守陈①，以洗马②乞假归。行次一驿，其丞不知为何官，与之抗礼，且问公曰："公职洗马，日洗几马？"公曰："勤则多洗，懒则少洗。"俄而，报一御史至，丞乃促公让驿。公曰："此固宜，然待其至而让未晚。"比御史至，则公门人也，跽而起居。丞乃蒲伏③谢罪，公卒不较。

【注释】①杨文懿公守陈：明代官员杨守陈，字维新，号镜川，谥"文懿"。②洗马：官名，太子宫属官。③蒲伏：犹匍匐，伏地而行。

【译文】文懿公杨守陈，任洗马时有一次请假回家探亲。走到一个驿站，驿丞不知道洗马是什么官，接待时竟与他对面而坐，并问道："你的职务是洗马，那么一天能洗几匹马呢？"杨公答道："如果勤快的话可以多洗几匹，如果懒惰的话就少洗几匹。"过了一会儿，有人报告说有一个御史马上要到了，驿丞就催促杨公让出上等的住处。杨公说："这是应该的，但等他到了后我再让出也不迟。"等御史来到，原来是杨公的门生，御史见到杨公就长跪问安。驿丞见状，赶紧匍匐在地上谢罪，杨公最终也没有与他计较。

邹立斋智，年十六中四川解元①。迎宴日，闾巷观者藉藉叹羡。公马上占绝句云："龙泉山下一书生，偶占三巴第一名。世上许多难了事，市儿何用喜相惊。"比上春官②，里中朝贵谓曰："予见某省解元与子相若也。"公喜其为同志亟访之。其人忽问曰："子省榜首坊金，视众举子增几何？"公大恚，即拂衣起，不答而出。

【注释】①解元：乡试第一名。②春官：礼部的别称。

【译文】邹智，号立斋，十六岁考中四川解元。举行宴会迎接喜报的当天，街巷间前来观看的人纷纷赞叹美慕。邹公骑在马上口占一绝句云："龙泉山下一书生，偶占三巴第一名。世上许多难了事，市儿何用喜相惊。"等到他参加礼部主持的会试时，同乡中有个朝贵对他说："我见某省的解元与你才华相似。"邹公高兴得以为遇到了志同道合之人，急忙前去拜访。那人忽然问道："你们省考中榜首所交纳的钱，比一般考中举人的人要多交多少呢？"邹公大怒，挥衣起身，不答而出。

丰布政庆，一日行部①，有知县以赃败，闻公至，乃以白金为烛馈之，公未之省。既而厅子以告，公佯曰："试燃之。"厅子曰："燃而不着。"公曰："燃不着，则还之。"次日，从容谓知县曰："汝烛燃不着，将去换来。"终不露其事。

【注释】①行部：巡行所属部域，考核政绩。

【译文】河南布政使丰庆，有一天去巡行视察所属部域，有一个地方的县令担心自己贪赃的事情败露，听说丰公要来，便把银子熔铸成蜡烛的样子送给丰公，丰公先前不知道这是银子（后来才知道）。不久，侍者拿来蜡烛，并告诉丰公这是那个县令送的，丰公假意说："点燃蜡烛。"侍者说："燃不着。"丰公说："燃不着，就还回去。"第二天，丰公从容地对县令说："你送的蜡烛燃不着，拿回去换成能燃的来。"丰公始终没有把这事告诉别人

吉水彭教，天顺八年会试，宿逆旅，楼上倾盆水，有金钏堕地，其苍头匿之。行十余日，资斧乏，乃白其事。公曰："急返之。"仆曰："如返，则误试期矣！"公曰："此必女子所堕，父母以其私与人，征求急，必致死。人命事大，试事小耳！"亟返，其女政欲自尽，见钏得活。至京，果逾期，是年闱中灾火，八月重试，彭乃状元及第。

【译文】江西吉水人彭教，天顺八年（1464）去参加会试，路上住在客店中，楼上倾倒盆里的水，有个金镯子落在地上，他的仆人将其藏匿起来。走了十来天，彭教盘缠匮乏，仆人说出此事。彭公说："快还回去。"仆人说："如果还回去，就要耽误考试的时间了。"彭公

说:"这必然是某位女子掉落的,女子的父母肯定会误认为是她私自赠与了别人,逼迫急了,就要闹出人命。人命事大,考试事小!"说完,急忙返回。(彭公回到客店时)那丢了金镯的女子正要自尽,她看见彭公送回的金镯才(打消自尽的念头)活了下来。彭公到达京城的时候,果然超期,这年考场发生火灾,八月重新开考,彭公便是在这年的考试中得中状元。

松江曹定庵以宪副归里,家甚贫。太守使人馈粟以斗计。易箦^①前,太守以粟至,曹公不受,作书曰:"老夫不食三日矣,不敢虚贤府公之赐。"其清介如此。

【注释】①易箦(zé):曾参临终时要儿子为他更换寝席,后因称人病重将死为"易箦"。箦,竹席。

【译文】松江府人曹定庵(曹时中)从左副都御史任上退休还乡,家中十分贫困。当地太守知道后派人送一斗米给他。及至曹公病危将死的时候,太守送的米才到,曹公不接受,并写信给太守说:"我已经三天没吃饭了,不敢再白白虚耗贤太守的恩赐。"彭公是如此的清正耿直。

三原温纯封翁,少卖豆腐,日必羡^①银数分,留以防老,四十余年,银且满百。一日他出,封母闻邻家卖妻女完官,分别甚惨,为之堕泪。封公归问,封婆告之故。封公曰:"渠所欠几何,何不以我所藏与之。"封母曰:"我亦有是意,虑汝不舍耳。"封公曰:"亟与弗迟。"邻人得银,事解,妻女亦免去。是夜梦天赐一子。封母年逾六十,而癸水^②复至,遂生温纯。少年登第,官至尚书。而二老皆寿登百岁。

【注释】①羡：有余，余剩。②癸水：妇女月经。

【译文】陕西三原人温纯的父亲，早年以卖豆腐为生，每日必定清数所余的银两，留出一份以备养老，四十多年，积累下上百两银子。一日他因事出门，他的妻子听见邻家要卖掉妻女缴纳赋税，分别时景况凄惨，不觉为之落泪。温纯的父亲回到家，问妻子为何落泪，妻子告诉他原因。他说："他家欠多少，何不把我的积蓄送给他家？"妻子说："我也正有此意，只怕你舍不得。"他说："快送银子过去，不要迟缓。"邻居得到银子，事情解决，也不用再卖掉妻女了。这天晚上，温纯的父亲梦见上天赐给他一个儿子。他的妻子年逾六十，重来月经，于是生下温纯。温纯少年考中进士，官至尚书。其父、其母都寿至百岁。

胡参政存斋好周旋宾客，多所贻赠，家人厌之。有客来访，属阍人辞以出外。存斋无事燕居①，即悬一牌在门，曰"胡存斋在家"。

【注释】①燕居：闲居。

【译文】参政胡存斋（胡颐孙）喜欢应酬宾客，赠送给宾客很多东西，家人对此厌烦。后来，凡是有客来访，胡公的家人就叮嘱守门者以胡公外出为由拒绝接待。胡存斋闲居在家，无事可做，便在门上悬挂一牌，上书"胡存斋在家"

杨椒山①读书容城宁国寺，寺门有屠者供其饘粥，三年不怠。公既登第，屠者不复来见。及令诸城，一至署候公，公赠以一缣、白金二十两。屠者曰："某岂为金帛来耶？"辞不受。后公以忤嵩下狱，每秋谳②，必侍其夫人母子入京，候问甚谨。公赴义，家人不知，独屠者经纪其藁葬③事，设奠痛哭而去。

【注释】①杨椒山：明代官员杨继盛，字仲芳，号椒山，谥"忠愍"。②秋谳(yàn)：秋审。③藁(gǎo)葬：草草埋葬

【译文】杨椒山在容城宁国寺读书时，离寺门不远的地方有一个屠夫每天供给他稀粥吃，三年以来从不懈怠。杨公考中进士后，屠夫不再来见。等杨公出任诸城县令时，屠夫单独一人来到官署中等候杨公，杨公赠给他一匹布和二十两白银。屠夫说："我难道是为金帛而来的吗？"推辞不接受。后来杨公因弹劾严嵩而下狱，每逢秋审，屠夫必侍奉着杨公的夫人母子入京，恭敬地向杨公问安。杨公就义，家人不知，只有屠夫经营其丧葬之事，祭奠完毕后痛哭而去。

冀元亨以通濠事下狱，臬司①逮其妻李氏与二女，俱不怖，曰："吾夫平生尊师讲学，岂有他哉！"狱中治麻枲②不辍，暇诵歌诗。事旦白，守者欲出之，李氏曰："未见吾夫，吾出安归？"臬司诸僚妇召见之，辞不赴。已，洁一室就见之，则以囚服见，手不释麻枲。问："尔夫何学？"曰："吾夫之学不出闺门衽席③间。"闻者悚然。

【注释】①臬司：明清时提刑按察使司的别称，主管一省司法。②麻枲：即麻，此指纺绩之事。③衽(rèn)席：床褥与卧席。

【译文】冀元亨因被人诬陷与叛王朱宸濠私通而下狱，司法部门逮捕了他的妻子李氏和两个女儿，李氏与二女对此一点也不恐惧，李氏说："我的丈夫平生尊师讲学，哪做过其它的事？"李氏在狱中搓麻不止，闲暇则读书吟诗。冤情即将昭雪时，狱卒打算放她出去，李氏说："见不到丈夫，我即使出去又能到哪里去呢？"有些司法官员的妻子召见李氏，李氏皆推辞不去。不久，狱卒让在她到一所干净的室内面

见丈夫，她去见丈夫时身穿囚衣，手中仍拿着麻线。事后，狱卒问她："你的丈夫有何学问？"李氏答曰："我丈夫的学问不会进入闺房褥席之间。"闻者皆肃然恭敬。

刘方伯①毅督学②山东，考某学，至晚掩门，号灯下有士子稿完，而誊止半篇者，方伯就灯下阅其稿，谓曰："汝文不特冠场，且将连捷。"撤案前烛与之，坐至二鼓，俟其誊完，遂定第一。士子名吴光龙，丙午、丁未捷两榜，为浙江巡蹉御史。

【注释】①方伯：一方诸侯之长，后泛称地方长官。②督学：明清时派驻各省督导教育及考试的专职官员。也称"学政"。

【译文】布政使刘毅在山东督学，试考某科学问，晚上即将关闭考场的门时，某间号房内的灯下有一个学生答完题，却只誊抄了半篇，布政使在灯下审阅那人的试卷，说："你的文章不但胜过全场考试之人，而且将来还会连中。"刘公将桌上的蜡烛拿给那人，一直坐到二更，待其誊抄完毕，遂定为第一名。那人名叫吴光龙，在丙午、丁未的考试中连中两榜，后出任浙江巡蹉御史。

张庄懿公①巡按山东，初到临清行香②，偶酒家望子掣落其纱帽，左右皆失色。公恬不介意，取纱帽著之径行。明日，知州锁押酒家请罪，公徐语曰："此上司往来处，今后酒标须高挂些。"亦不与知州交一言，径遣出。

【注释】①张庄懿公：明代官员张鏊，字廷器，号简庵，谥"庄懿"。②行香：入庙上香。旧时习俗，新官赴任后要举行入庙焚香仪式。

【译文】张庄懿公视察山东，最先来到临清行香，不巧有家酒店的酒幌子掣落了张公的纱帽，随从之人皆大惊失色。张公却安然自若、毫不在意，捡起纱帽戴上，径自行走。第二天，当地知府锁押着那家酒店的老板前来请罪，张公口气和缓地说："这里是上级领导来往的交通要道，今后那酒幌子要挂得高一点。"（说完）也没和知府交谈，就直接把那人放回家了。

陈白沙①访庄定山②，庄携舟送之。有士人附载，滑稽无忌，定山怒，至厉声色。白沙则否，当彼谈时，若不闻其声；及彼既去，若不识其人。定山大服。

【注释】①陈白沙：明代学者陈献章，字公甫，别号石斋，广东新会县白沙里人，世称白沙先生。②庄定山：明代学者庄昶，字孔旸，号木斋，卜居定山二十余年，世称定山先生。

【译文】陈白沙拜访庄定山，（回程时）庄定山乘舟送行。有一士子同船搭乘，言行滑稽，无所顾忌，庄定山大怒，以至声色俱厉。陈白沙则不这样，当那人说话时，好像不闻其声；等那人离去时，好像不识其人。庄定山十分佩服。

江缵石公偶立门首，遇一醉人呼名骂之，公徐入。明日，里人牵其人登门谢罪，方恐其不解也，公乃诒曰："何为至此？"其人叩头求释，公曰："我昨日并不出门，何曾有人骂我。"酒食而遣之。

【译文】巡抚江缵石有次在门前站立，遇见一个喝醉的人喊着他的名字骂他，江公缓缓走入门内。第二天，乡人押着那人登门谢罪，正担心江公不会饶恕他的时候，江公诧异地说："你来此做什么？"那人叩头请求原谅，江公说："我昨日并未出门，何曾有人骂我。"以酒食款待那人后就送他回去了。

孝子丘铎既葬母，乃结庐墓侧，朝夕上食如生时。当寒宵月夜，悲风萧飗①，铎恐母岑寂②，辄巡墓号曰："铎在斯，铎在斯！"其地多虎，闻铎哭声，辄避去。

【注释】①萧飗：形容风吹树木的声音。②岑寂：寂寞，孤独冷清。

【译文】孝子丘铎埋葬母亲后，就在墓旁建了一座茅屋居住，早晚献食祭祀，像侍奉活着的母亲一样。每当寒夜月黑、悲风萧飗之时，丘铎担心母亲寂寞，便绕着坟墓号哭说："儿子丘铎在此，儿子丘铎在此。"墓地的周围多老虎，听见丘铎的哭声，就避走远离。

李远庵居官清介，即门生故吏，不敢以物馈之。郑晓，其得意门人也。袖一布鞋，逡巡不敢出手。远庵问："袖中何物？"郑曰："晓之妻手制一布鞋，送老师。"远庵遂取而着之。生平受人馈，止此而已。

【译文】李远庵为官清正耿直，即使门生故吏，也不敢馈赠给他一件物品。郑晓是李公的得意门生。有一次，他袖中藏着一双布鞋（打算送给李公），但犹豫了很久，也不敢拿出来。李远庵问："你的袖中是什么东西？"郑晓说："我的妻子做了一双布鞋，送给老师。"于是李远庵接过来穿上。李公生平接受别人馈赠的，只有这一回。

江文昭公，凡所着表衫，不论好恶，人至者，任衣之而去，竟不问。后有韩尚书罹无妄之祸，公归问夫人云："家中所有几何？"夫人云："举家所有不过尔尔，恃以为饥寒备者。"公曰："韩公有事，安论家为？"即尽纤悉赠之。

【译文】江文昭公，凡他穿过的衣衫，不论好坏，有人来，任凭那人穿之而去，丝毫不过问。后来，韩尚书平白无故地遭遇灾祸，江公回到家询问夫人说："家中还有多少钱？"夫人说："全家的所有不过这些罢了，这些是防备饥寒用的。"江公说："韩公有事，我哪能只顾自家呢？"说完，立刻搜罗家中的大小财物全部赠与韩公。

朱少师恒岳侍养其封公，有所指使，不命臧获，必身亲为之。夏畦辛苦，封公命以黍肉饷其长年，少师必亲携行烈日中，恐拂封公意，不敢张盖。

【译文】少师朱恒岳（朱燮元）侍养父亲，（凡是父亲）有所指使，他从不命令奴婢去做，而一定是亲力亲为。夏天耕作劳苦，朱恒岳的父亲命其带着米饭和肉去给田里劳作的长者送吃食，（这时）朱恒岳必定亲自提着食物，行走在烈日下，他害怕违背父亲的心意，不敢撑伞遮阳。

朱少师元配庄夫人晋封一品。易箦之时，子妇皆集，庄夫人曰："吾将死，无以教训若辈。"因指所服布裾，补缀无完幅，曰："此吾适朱氏妆奁裾也，吾服之三十年，未尝易一新裾，汝辈志之。"

【译文】少师朱恒岳（朱燮元）的元配夫人庄氏晋封一品诰命夫人。庄夫人临终时，儿子、儿媳都聚集在床前，庄夫人说："我将要死了，没有什么教训你们的。"接着指一指身上所穿的到处打满补丁的布衣说："这是我嫁到你们朱家时的妆奁中的一件衣服，我穿了三十年，不曾换过一件新衣，你们记住。"

庄夫人随朱少师之苏州府治，解任之日，夫人行扛有大卷箱六，捆载甚固，少师骇异，命于堂上发之，皆夫人在署所纺绵丝，别无他物。少师笑曰："村妇行藏不能改也。"命封固载还之。

【译文】（朱少师任苏州知府时）庄夫人随其到府衙居住，卸任之日，夫人扛出六个大卷箱，捆载十分牢固，朱少师惊异，命人在大堂打开箱子，里面全是夫人在衙署居住时所纺的棉丝，别无他物。朱少师笑着说："这个粗野妇人的行事始终不改。"命人密封、装载牢固后还给夫人。

先君大涤①以鲁国相署篆②嘉祥。前令赵二仪缺库银千两，胥吏留难其丧輀③、妻孥。先君见其妻孥相向哭，自解其橐金完库，复熔其金带赠行。邑人为立张国相捐金碑。

【注释】①大涤：张岱的父亲张耀芳，字尔弢，号大涤，曾任鲁献王的右长史，其职务相当于汉朝藩国的国相。②署篆：署印。因官印皆刻篆文，故名。此指署理。③輀（ér）：载运灵柩的丧车。

【译文】先父张大涤以鲁国国相的身份出任嘉祥县令。前任县令赵二仪欠府库千两银子，府中办事的官吏阻留其丧车、妻子儿女以作习难。先父见他的妻子儿女相对哭泣，拿出自己囊中的金银替他补足欠银，并把自己的金带熔化成碎金赠给他途中使用。县中百姓为之建立了一座"张国相捐金碑"。

先君子待婢仆极宽厚，即有过犯，未尝少加声色。见儿辈有怒笞臧获者，辄诵陶渊明《诫子书》曰："彼亦人子，可善视之。"

【译文】先父对待婢仆极其宽厚，即使婢仆犯有过错，他也未曾稍加动怒。见后辈有怒笞婢仆者，他就高声朗诵陶渊明的《诫子书》说："他们也是别人的子女，应该好好对待他们。"

余状元煌封公心咸先生，性卞急，待其诸子极严厉。公及第后，少忤封公意，辄令长跪厅事①。有时扑责，则伏地受杖，非命起不敢动移。童仆、亲朋有窥见者，急出避之。

【注释】①厅事：堂屋，厅堂。
【译文】状元余煌的父亲余心咸先生，性情急躁，对儿子非常严厉。余煌考中进士后，稍微违背父亲的心意，其父就令他长跪厅堂。有时责打他，他就伏地受杖，没有父亲的命令不敢移动。家童仆人、亲戚朋友即使有看见的，也急忙避开。

会稽谢寤云①以武科状元官至都护。家居患病，时川黔不通，附子②一枚价直八十两，用以入药，命苍头炙之。苍头不慎，煅以猛火，遂成煤炭。寤云知之，曰："误也。"举炭弃之，一字不加谯诃③。

【注释】①谢寤云：明代官员谢国，一名弘仪，字简之，号寤云。②附子：一种药材。③谯（qiáo）诃：喝骂，申斥。

【译文】会稽人谢寤云（谢国）以武科状元官至都护，家居患病时，四川、贵州之地道路不通，一枚附子价值八十两银子，用以入药，命仆人烘烤。仆人不慎，以猛火烤之，附子遂变成煤炭。谢寤云知道后，说："失误而已。"拿起炭扔掉，没说一句斥责的话。

歙县程铎，万历丁酉上公车①。扬州夜泊，见一妇人携周岁儿赴水。救起问之，言邻家失火，急起走避，其衣不全，恐天明，故赴水。程留之前舱，解衣衣之，黎明送其起岸。十三科后为崇祯戊辰，程入场，邻号一少年，烛欹焚其卷。程阅其稿，甚佳，"请以惠我"，少年许之，遂得中式②。一日少年问曰："先生际遇之奇，曾有阴德否？"乃言及此事，少年惊起曰："此吾母也，周岁儿即某也。当年吾父谓吾母昏夜投客舟，遂弃吾母，吾母无以自白。如先生言，先生其今之柳下惠③矣！场中焚卷，天以此报先生也。归当述之吾父。"后少年父母相好如初。

【注释】①公车：汉代以公家车马递送应征的人，后因以"公车"代指举人应试。②中式：科举考试合格。③柳下惠：春秋时鲁国贤人。著名的"坐怀不乱"之事即发生在他的身上。

【译文】安徽歙县人程铎，万历二十五年去参加丁酉科考试，某夜他乘坐的船只停泊在扬州码头，看见一个妇人抱着周岁小儿跳水自尽。程铎将其救入船中，问她为何跳水，妇人说邻家失火，她走避得太急，衣服不全，担心天亮后被人看见，所以跳水。程铎留她在前舱，脱下自己的外衣给妇人披上，黎明，送她上岸。经过十三次科考之后已是崇祯元年，（这天）程铎又进场考试，他旁边的号房里有个少年，因弄翻蜡烛而焚烧了试卷。程铎阅读那人残存的试卷，觉得很好，就说"请赠给我"，少年同意，于是程铎中第。一天，少年问程铎："先生有这么奇特的遭遇，是否积有阴德呢？"程铎便说起当年之事，少年惊奇地站起来说："那是我的母亲，我就是那个周岁小儿。当年我的父亲说我母亲黑夜投宿在别人的舟中，便抛弃了她，我的母亲无法自我辩白。如先生所言，先生就是当今的柳下惠啊！考场焚卷之事，是上天借此来报答先生。我回家后必当把事情的经过讲述给父亲听。"后来，少年的父母和好如初。

南阳李文达①大父家种棉花，载卖湖湘。有三商交值三百两讫，忽邸舍失火，烧罄。三商穷蹙，几欲自尽。公慰之曰："汝货未及舟，尚为我物。物失值存，我应还汝，汝若失此货本，何以为生？"即悉还之。

【注释】①李文达：明朝官员李贤，字原德，谥"文达"。
【译文】南阳人李文达的祖父家种棉花，运往湖湘之地去卖。有三个商人以三百两银子与他做成一笔生意后，忽然货栈失火，烧毁了所有棉花。三个商人陷入窘迫困厄之境，几乎想要自尽。李文达的祖父安慰他们说："你们的货物还未装船，那就还是我的东西。货物没了，但银两还在，我应当还给你们，你们如果没有这些本钱，何以为生呢？"立刻把全部银两还给了他们。

吴江徐孝祥隐居好学。偶到后园，见树根栅陷，有石瓮，皆白金，掩而勿取。逾三十年，值岁饥，祥曰："是物当出世耶。"乃启瓮，尽数收籴^①以散贫人，全活甚众。

【注释】①收籴（dí）：收购粮食。

【译文】江苏吴江人徐孝祥，隐居好学。有次到自家后园，看见树根坍陷，里面藏有一个石瓮，装的全是白银，于是他将石瓮重新掩埋，但未取拿银两。过了三十年，正逢当地发生饥荒，徐孝祥说："你们这些东西应该出世了！"便打开石瓮，拿出里面的全部银两收购粮食，散发穷人，因此保全救活了很多人。

张知在上庠^①日，有白金十两，同舍生发箧取之。学官^②集同舍生检得^③。知曰："非吾金也。"同舍生感激，夜袖以还。知怜其贫，以半遗之。夫遗人以金可能也，仓卒得金不认不可能也。

【注释】①上庠：古代的大学。②学官：主管学务的官员和官学教师。③检得：查到。

【译文】张知在太学读书时，有十两白银，被同舍的学生开箱取走，学官在那个同舍生那里查找到白银。张知说："这不是我的银两。"那个同舍生十分感激，夜晚把银子藏在袖子里还给张知。张知知道并可怜那人贫穷，便把一半的银两赠给了他。赠人银子是可能的，仓促之间得到银两却不认是不可能的。

徐铉^①市宅以居，后见故宅主贫甚，召谓曰："得非售宅亏价以致是乎？予近获撰碑钱二百千，可偿尔矣。"故宅主坚辞不获，命左右辇^②以付之。

【注释】①徐铉：字鼎臣。五代至北宋初年诗人。②辇：古时用人拉的车，此指乘车。

【译文】徐铉买了一座宅子居住，后来看见这所宅子的旧主人非常贫困，把他叫过来说："莫不是亏本卖给我宅子导致的吧？我最近为人撰写碑文得了二万钱，可以补偿给你。"那宅子的旧主人坚决推辞不受，徐铉命侍从乘着辇给他送了过去。

余姚王华馆①一富翁家。翁妾众，无子。一夕，有妾奔王寝所，出一纸曰："欲借人间种。"王即书其旁曰："恐惊天上神。"终不纳，明日遂行。是秋中乡榜②。太守梦迎状元，旗上有一联云："欲借人间种，恐惊天上神。"明春大魁。太守质所梦，讳而不言。

【注释】①馆：指坐馆，担任塾师。②乡榜：科举乡试的录取名单。

【译文】浙江余姚人王华在一个富翁家坐馆，富翁妻妾众多，但没有儿子。一天晚上，富翁的一个小妾跑进王华的住处，拿出一张纸，上面写着："欲借人间种。"王华立刻在那行字的旁边写道："恐惊天上人。"终究没有接纳，第二天他便离开了富翁家。这年，王华乡试得中。当地太守某夜梦见自己迎接状元，旌旗上写着一副对联："欲借人间种，恐惊天上人。"第二年春天，王华考中状元。太守向王华询问自己梦中所见的事情，王华隐讳不答。

嘉靖时广东张连倡乱，镇海县汪一清为贼所获。已而执一妇人至，汪视之，则友人妻也。因绐贼曰："此吾妹氏，请无污之，以待赎。不则吾与妹俱碎首于此，若曹阿利焉？"贼因并汪与妇人闭空室中，昏夕相对，凡匝月始赎归，终不乱。

【译文】嘉靖年间，广东张连带头作乱，镇海县令汪一清被贼俘获。不久，贼人押着一个妇人进来，汪一清一看，是自己友人的妻子，于是骗贼说："这是我的妹妹，请不要玷污她，让她静等着被赎回。不然我与妹妹都会撞死于此，（如果这样）你们有什么利益呢？"贼人便把汪一清和妇人一起关押在一所空屋内，二人朝夕相对，整整一个月才被赎回，（在此期间）汪一清对妇人始终没有乱礼的行为。

魏文靖公骥[①]，在南都时，官舍止一苍头，举俸赍付之同乡子，其人请封钥。公曰："后生何待先辈薄乎？"时同乡子有婿以伪银易之。比公归，令工碎之，则伪也。工语苍头曰："某尝为此物，出予手，将无是乎？"苍头以告，公曰："慎勿泄，彼将不安。"已而事稍露，同乡子携赍以偿，公曰："误矣，予银故在，未有以伪易者。"

【注释】①魏文靖公骥：明代官员魏骥，字仲房，号南斋，谥"文靖"。
【译文】文靖公魏骥，在南京任职时，官舍只有一个仆人，他便把自己多年积蓄的薪金全部交给自己一个同乡的儿子保管。魏公同乡的儿子请求封存那仆人的钥匙，魏公说："你这个后生对待前辈怎么这么薄情呢？"有次（魏公外出），同乡子的女婿用假银子替换了真银。等魏公回来，令工匠熔碎之，才发现是假银。那工匠对仆人说："我曾经制造过一批假银，出自我手的，该不会是这些吧？"仆人把这事告诉了魏公，魏公对仆人说："小心不要泄露出去，不然我那同乡的儿子将会心有不安。"不久，事情泄露，魏公同乡的儿子携带钱财前来偿还，魏公说："你弄错了，我的银子仍在，没有人以假银子置换。"

夏忠靖原吉①曾夜阅文书,抚案叹息,笔欲下而止者再。夫人问之,答曰:"适所批者,岁终大辟②奏也,一下笔,死生决矣。是以惨阻不忍下也。"

【注释】①夏忠靖原吉:明代官员夏原吉,字维喆,谥号"忠靖"。②大辟:古代五刑之一,指死刑。

【译文】忠靖公夏原吉,曾在夜间批阅公文,他用手拍着桌子叹息,数次想下笔却又止住,夫人问其缘故,他回答:"刚才所批阅的,是今年年底处以死刑的人员的奏章,一旦下笔,就决定了某人的生死。因此悲痛地不忍下笔。"

胡镜水先生曾祖、祖皆为清白吏。家贫不能举火①。少时入乡塾,多枵腹②。恐人笑之,高声诵读,反异群儿。时人呼之"胡蚜蟟③"。

【注释】①举火:生火做饭,引申为生活、过活。②枵(xiāo)腹:空腹,指饥饿。③蚜蟟(zǐ liáo):蝉的俗称。

【译文】胡镜水先生的曾祖、祖父皆是为官清廉的人,家中贫困,难以过活。胡公幼年入学读书,多空腹而去。怕人嘲笑他,故意高声诵读,显得与其他小孩不同寻常。当时的人都叫他"胡蚜蟟"。

周宁宇先生里居恬退,意甚简朴。入其庭,阒若无人,除读书外,不见一人,亦不与一事。缙绅有公事传单至者,先生书其名下曰:"若有不与者,则愿在不与之列。"

【译文】周宁宇先生辞官乡居时,恬淡谦让,生活简朴,入其庭院，静若无人，他除读书外，不接见任何宾客，也不参与任何应酬。官员有公事派人送通知单请他去的，他便在通知单上自己的姓名下面写上："如果有不参与的人，我也愿意在不参与之人的行列里面。"

山东许道光为学士，母丧居家。一日族叔负米囊置于路，见学士曰："汝为我负之。"公欣然肩负随行，送至其家而去。

【译文】山东人许道光任翰林学士，因母丧回家居住。一天，他的一位族叔把背着的米袋放在路上歇息，看见许学士说："你替我背回去。"许公欣然从命，扛着米袋跟随族叔前行，一直把米给族叔送到家里才离去。

胡少保①总制浙直，威权甚重。家僮过淳安，知县海瑞略不为意，家僮诉总制，总制竟不让。一日语藩臬②曰："昨闻海令为母寿，市肉二觔矣。"盖异之也。

【注释】①胡少保：明代官员胡宗宪，字汝贞，号梅林，官封太子少保。②藩臬：藩司和臬司。明清两代对布政使和按察使的并称。

【译文】少保胡宗宪总督浙直（包括南直隶、浙江、山东、福建、广东、广西等地），威权极大。家仆路过浙江淳安，知县海瑞不以为意，家仆向胡总督告状，胡总督竟没说一句责备海瑞的话。一天，胡公对布政使和按察使说："昨天听闻海县令为母亲祝寿，买了二斤肉。"大概胡公对此觉得诧异。

海忠介①在狱，会明世庙②宾天。提牢主事③设盛馔款之。忠介饱啖，饮酒逾常度，主事曰："先生有所闻乎，何欢之甚也？"忠介曰："欲作饱鬼耳。"盖故事明日赴西市，前一夕必与酒饭一次，故忠介自分必死。主事曰："非也。"附耳曰："宫车宴驾，先生旦夕出此且大用矣。"忠介问曰："果否？"曰："果矣。"即大恸投体，吞酒尽呕出，狼藉满地。绝而复苏，扶归禁处，终夜哭不辍声。于此见忠介骨鲠批鳞④，罔非忠爱。

【注释】①海忠介：海瑞，字汝贤，号刚峰，谥"忠介"。②世庙：指明世宗朱厚熜，年号嘉靖，后世称嘉靖帝。③提牢主事：掌管刑部监狱的官，属刑部主事。④批鳞：相传龙喉下有逆鳞，触之必怒而杀人。常比喻臣下触犯君主。

【译文】海忠介在狱中，逢明世宗驾崩，提牢主事备下丰盛的食物款待他。海忠介饱食后，饮酒超过平常，提牢主事问："先生是不是听见了什么？为何如此欢快？"海忠介说："我只想做个饱死鬼。"原来按照旧例，第二天前赴西市刑场处决的囚犯，前一晚必给他一次好的酒食，因此海忠介自认为明日必死。提牢主事说："不是这样。"贴耳对他说道："皇上驾崩，您很快就会离开这里，并将受到重用。"海忠介问："真的吗？"提牢主事回答："真的。"（听完后）海忠介就大声痛哭，跪地下拜，刚才所吃的酒食尽数吐出，狼藉满地，昏倒苏醒后，被人扶回牢房，整夜哭声不止。由此可见，海忠介的正直刚健、犯上直谏，无不出于他的忠君爱国之心。

海刚峰卒于官，同乡苏户部简点其官囊，破簏①中存俸银八两，葛布一端②、旧衣数袭而已。王弇州③评之曰："不怕死，不爱钱，不立党。"只此九字，为有明一人。

【注释】①箧（lù）：竹箱。②一端：古代布帛二端相向卷，合为一匹，一端为半匹，其长度约二丈。③王弇（yǎn）州：明代官员王世贞，字元美，号凤洲，又号弇州山人。

【译文】海刚峰（海瑞）在居官期间逝世，同乡苏户部料理其官囊，破箱子中只有八两薪金、半匹葛布、数件旧衣服而已。王弇州评价海刚峰说："不怕死，不爱钱，不结党。"只这九个字，在大明只有海瑞一人能做到。

徐存斋督学浙中，年未三十。一士子用"颜苦孔之卓"，置四等，批曰："杜撰。"发落日，士子领责，执卷请曰："宗师①见教诚当，但'颜苦孔卓'实出《扬子法言》，非杜撰也。"存斋起立曰："本道②侥幸太早，未尝学问，承教多矣。"拔置一等。

【注释】①宗师：明清时对提督学道、提督学政的尊称。②本道：本地道府，此徐存斋的自称。道，古代行政区划名。

【译文】徐存斋（徐阶）去浙江督学时，年龄不到三十。一个士子因文章中有"颜苦孔之卓"的语句，被徐存斋列为四等，并批示说："杜撰。"发榜之日，那个士子前来领受责罚，拿着试卷请教说："宗师教训得是，但'颜苦孔卓'实际出自《扬子·法言》，非我杜撰。"徐存斋站起身说："我只是侥幸地太早考中进士，未曾认真研究学问，承蒙你教诲我这么多。"于是拔置一等。

周文襄忧①阅一死狱，欲活之无路，形于忧叹。使吏抱成案读之，至数万言，背手立听，至一处，忽点首曰："幸有此，可生矣！"遂出此人。

【注释】①周文襄忱:明朝官员周忱,字恂如,号双崖,谥"文襄"。

【译文】文襄公周忱批阅一宗应判死刑的案件,想要让他活命,却没什么好的办法,遂发出忧叹之声。役吏抱着从前已经定案的案卷朗读,一读就是数万字,周公背着手,站着细听,听到一处,忽然点头说:"多亏有此案例,他可以活下来了!"遂将那人列在死刑犯之外。

萧山方伯王三才,为某省提学①,别太夫人之任,太夫人曰:"汝父在日,凡遇考试,虑考劣等,寝食为之不宁。汝今为提学,须记吾言,不可多发劣等。"后三才考试,六等极少,而四、五不过数人。

【注释】①提学:官名。明清时提学道或提学使的简称,负责教育和科考等事。

【译文】萧山人、布政使王三才,任某省提学,上任时前去向母亲辞行,他的母亲说:"你父亲活着时,凡遇考试,考虑劣等文章,常为此寝食不安。你现今做了提学,必须记住我说的话,不可多置劣等。"后来王三才主持考试,列为六等的极少,列为四、五等也不过寥寥数人。

太司空墨池王公精于佛理,登第后即断荤血,绝嗜欲,后竟不食盐醋,服淡二十余年。其夫人师事之,朝夕晤对①,执弟子礼,甚谨。

【注释】①晤对:会面交谈。

【译文】大司空王墨池先生精于佛理,考中进士后即断绝荤腥和自身喜好,后来竟连盐醋也不食用,吃素二十余年。他的夫人拜他为师,朝夕相对，每天都十分恭敬地以学生对待老师的礼节来对待王公。

陈玄宴先生于张某司马郎署应顺天乡试。揭榜日，先生中式。闻报后，仍至馆中课业如故。张某意其落第不敢问，少顷，见小录，趋贺先生，先生谢曰："诚得侥幸附名。"神色不动。

【译文】 陈玄宴先生在某张姓司马郎署家坐馆期间参加顺天乡试。发榜日，先生考中，他在自己居住的小屋内听到喜报后，仍然像平常那样去馆中教学。张某猜测他可能落第了，不敢问，片刻后，看见某人用小纸抄录的中榜者名单，急忙快步前去祝贺，陈先生谦逊地说："实在是侥幸附名。"（说话时）他的神色不变。

陶兰亭①公住陶堰，城中造新宅。其尊人念斋公②卒于京邸，旅榇归，公扶榇入城，迎入新宅。凡厨湢③、厩库无不遍历，至一处，必向榇告曰："此地作某事用。"纤悉告之。仍供中堂三年，然后出殡。

【注释】 ①陶兰亭：明代官员陶允宜，字懋中，号兰亭。②斋公：陶允宜的父亲陶大临，字虞臣，号念斋。③湢（bì）：浴室。

【译文】 陶兰亭公住在陶堰（地名，在今浙江省绍兴城东），城中建了一座新宅。其母考虑到自己的丈夫是客死在京城住宅的，便命人运送灵柩回家，陶公亲自扶棺入城，迎入新宅中。凡厨房、浴室、牲口房、库房无不一一经过，每到一处，必向父亲的灵柩禀告说："这个地方是做某事用的。"禀告得细致详尽。（并且）仍将父亲的灵柩供奉在中堂三年，然后才出殡。

胡璞完先生性极长厚，元旦出拜年，乘小舟过水冈^①，妇人泼水适中公舟，袍帻皆湿，从人与哄。公曰："新春元旦，人家都要吉利，一与角口，则举族惊惶，万万不可。"遂敕反棹归家易衣再出。

【注释】①水冈：靠水的冈丘，即水边高地。

【译文】胡璞完先生，为人极其恭谨宽厚。大年初一出去拜年，乘着小船经过一处靠水的冈丘，其上住家中的一个妇女泼水时正好泼中胡公的船，胡公衣衫头巾皆湿。仆人们争相吵闹，胡公说："新年初一，人们都要吉利，一旦与其争吵，就会闹得全族惊惶不安，万万不可。"于是命人返航回家，换了件衣服重新出门。

徐参政檀燕，通籍^①三十年，家业不逾中人。族人两缙绅争尺寸地，治兵相杀，讼累岁不已。檀燕出橐中赀，各与百五十金，争乃罢，有古人毁璧止斗^②之风。罢官归。惟耽于诗酒，常^③梦中得句曰："风清鸟定泉鸣枕，夜静僧归月满床。"其襟期之旷达如此。

【注释】①通籍：汉制，士人做官后要将姓名、年龄、样貌等记于竹片，挂在官门外，以备出入时查对。后遂称做官为"通籍"。籍，二尺长的竹片。②毁璧止斗：疑作"璧"，事见东晋干宝《搜神记》："澹台子羽赍（携带）璧渡河，风波忽起，两龙夹舟。子羽奋剑斩龙，波乃止。登岸，投璧于河，河伯（河中之神）三归之。子羽毁璧而去。"③常：当作"尝"。

【译文】徐檀燕参政，做官三十年，家中产业不超普通平民。他的族人中有两个乡绅为争夺一块小田地，两家持械相斗，多年诉讼不止。徐檀燕拿出自己所存的钱，各给他们五十两，于是两家停止争斗，人们都夸赞徐公有"毁璧止斗"之风。胡公罢官归家后，只潜心于饮酒赋诗，曾梦中得句曰："风清鸟定泉鸣枕，夜静僧归月满床。"其襟怀是如此的旷达。

卷之二 学问部

陶庵曰：古之博识有二，有从学问得者，有不从学问得者。沈寔、毕方、驺牙、巫雀[1]，是从学问得者也；俞儿、贰负[2]、龙鲊[3]、凫毛[4]，是不从学问得者也。径而趋之与迂其道而至者，其所至则一。孔子辨萍实[5]而归之楚谣，辨肃慎之矢而归之世史。盖不欲以生知废学问也。集学问第二。

【注释】①沈寔、毕方、驺牙、巫雀：沈寔、驺牙皆古代神话传说中的神兽，毕方、巫雀皆古代神话传说中的神鸟。②俞儿、贰负：皆古代神话传说中的神氏。③龙鲊：龙肉。④凫毛：海凫鸟的毛。海凫，一种海鸟。古代有海凫出、天下乱的传说。“龙鲊”与“凫毛”之事俱见《晋书·张华传》。⑤孔子辨萍实：与下句“辨肃慎之矢”之事俱见西汉刘向《说苑·辨物》。

【译文】陶庵曰：古人的学识广博有二种，一种从学问中得来，一种不从学问中得来。对沈寔、毕方、驺牙、巫雀等神兽、神鸟的认知，需要从学问中得来；对俞儿、贰负、龙鲊、凫毛等神氏、异物的认知，不需要从学问中得来。直奔目标与绕道而至的人，其所到达的目的地是一样的。孔子辨认出萍实而说楚地的歌谣中有载，辨认出肃慎氏之箭而说流传的史书中有载。（孔子之所以这样说）是不想让人因生而知之而废弃学问。故集合诸故事将“学问部”列为第二。

杨用修①在翰林，明武宗阅《文献通考》，天文星名有"注张"，内阁取《秘书通考》又作"汪张"。中使下问钦天监及翰林各官，皆莫能对，用修曰："注张，柳星也。"历引《周礼》《史记》《汉书》以复。

【注释】①杨用修：明代学者、官员杨慎，字用修，号升庵，谥"文宪"。

【译文】杨用修在翰林院任修撰，（有一次）明武宗阅读《文献通考》，见书上记载着一颗名为"注张"的天文星，内阁取《秘书通考》查对，见上面又标作"汪张"。宦官前去询问钦天监及翰林院各官，皆不能对答。杨用修说："注张，柳星也。"遂遍引《周礼》《史记》《汉书》以为答复。

杨用修淹博群书。"湖广土官水尽潦通塔平长官司进贡"，同官疑为三地名，于"长官司"上添一"三"字。用修曰："此六字地名也。"取《大明官制》证之。

【译文】杨用修学问广博，遍读群书。"湖广土官水尽潦通塔平长官司进贡"，同僚认为是三个地名，便在"长官司"前添加了一个"三"字。杨用修说："这是六个字的地名。"于是取《大明官制》证实。

张鹤楼上疏言时政，论学术不正，有"矞宇嵬琐①"之语。上问内阁，用修适在馆中，即取《荀子·非十二子篇》以复。

【注释】①矞（yù）宇嵬（wéi）琐：诡诈奸邪。

【译文】张鹤楼上疏言时政，谈到学术不正的问题，中有"矞宇蒐琐"一词。皇上派人询问内阁，当时恰巧杨用修也在，他便以该词出自《荀子·非十二子篇》作为答复。

高皇帝微行，见虹蜺^①，口占二语："谁将红绿线两条，连云和雨系天腰。"难续下韵，政费吟哦，一士问故，戏续云："应是晚来銮驾出，万里长空架玉桥。"帝甚喜之，使为某处布政。

【注释】①虹蜺：即彩虹。有内外二环，内环称虹，外环称蜺。

【译文】明太祖微服出行，看见彩虹，随口吟出两句诗："谁将红绿线两条，连云和雨系天腰。"难以补足，正当吟哦思考之时，一个士子问明原因，戏续道："应是晚来銮驾出，万里长空架玉桥。"太祖十分高兴，遂命其到某处布政司任职。

杨椒山学乐于韩尚书，尚书欲制十二律之管，管各备五音七声^①而成一调。椒山退而沉思，废寝食者三日，梦大舜坐殿上，授椒山以金钟曰："此黄钟也。"醒而汗，恍若有悟，起篝灯促役制管，至明而成者六。已而十二管成，尚书叹异之，曰："昔余辑《乐志》成，而九鹤飞舞于庭，其应乃在子矣。"

【注释】①五音七声：我国古代用以表示音律高低的方法。

【译文】杨椒山向韩尚书学习音乐，韩尚书想制造一种十二律的乐管，乐管上具有五音七声，弹奏时可以合为一调。杨椒山回家后陷入沉思，废寝忘食了三日，梦见大舜坐在殿堂上，赠给他一口铜钟说："这是黄钟。"（杨椒山）醒来后汗湿衣衫，若有所悟，便立马起床点灯，催促仆役制作乐管，到天亮时制出六支乐管。不久，十二管全部制成，韩尚书惊异地叹息说："昔日我编辑《乐志》完成，有九只仙鹤飞舞于庭，（看来）这征兆是应验在你身上了。"

北平宫阙成，文皇帝命解缙书门帖。缙构思甚苦，偶见小书①"日月光天德，山河壮帝居"，即书以进。上大喜，赐赉甚厚。

【注释】①小书：价值不大的著作。

【译文】北平宫殿建成，明成祖朱棣命解缙书写门帖。解缙苦苦构思，偶然见到一本小书上有"日月光天德，山河壮帝居"的句子，便抄写下来呈上。明成祖大喜，赐予他十分丰厚的赏赐。

成祖巡北，有白鹊之瑞。仁宗监国，例有贺表，命赞善①某撰稿，以示杨士奇。杨曰不着题，因改两联，一云："望金门而送喜，驯彤陛以有仪。"又云："与凤同类，跄跄②于帝舜之廷；如玉其辉，皓皓在文王之圃。"仁宗喜曰："此方是帝王家白鹊气象。"

【注释】①赞善：官名，又称"赞善大夫"，在太子宫中掌侍从、讲授。②跄跄：有节奏地舞蹈。

【译文】明成祖北巡，有白鹊出现，时人以为祥瑞。当时仁宗监国，按例应当有贺表呈上，于是命某赞善撰稿，并拿给杨士奇审阅。杨士奇认为文不切题，遂改动两联，其中一联曰："望见金门而特来送喜，驯于丹墀故仪表非凡。"另一联曰："与凤凰同类，翩翩起舞于舜帝的朝廷；像玉般光辉，皓皓照耀于文王的园圃。"仁宗高兴地说："这才是帝王之家白鹊的气象。"

文皇帝中秋夜宴，月为云掩，召解缙赋诗。缙口占《风落梅》一阕，其词云："嫦娥面，今夜圆。下云帘，不着臣见。拚①今宵倚栏不去眠，看谁过，广寒殿。"上览之欢甚，为停杯以待。夜午，月复明，上大笑曰："解缙真才子夺天手也。"命宫人赐以卮酒，尽欢而罢。时人比之李白《清平调》。

【注释】①拚（pān）：犹"拼"，舍弃，不顾惜。

【译文】明太祖在中秋之夜宴饮，月亮被云遮住，于是召来解缙赋诗，解缙口吟《风落梅》一首，其词曰："嫦娥面，今夜圆。下云帘，不着臣见。拚今宵倚栏不去眠，看谁过，广寒殿。"成祖读之大喜，便停下酒杯等待月出。午夜，月复明，成祖大笑着说："解缙真是个具有夺天手笔的才子。"于是命宫人赐给他一杯酒，尽欢而罢。当时之人都将解缙的这首词比作李白的《清平调》。

成祖一贵妃死，致祭，召学士解缙读祭版。读时止白纸一张，内书四"一"字。缙即读曰："巫山一片云，峨岭一堆雪，上苑一树花，长安一轮月。云散，雪消，花残，月缺，呜呼哀哉，尚飨①！"上悦。

【注释】①尚飨：古代祭文结束时的常用语，表示希望死者来享用祭品。

【译文】明成祖的一个贵妃去世，（成祖）前往祭祀时，召来学士解缙朗读祭文。解缙读时，只见白纸一张，纸上有四个"一"字。解缙随即读道："巫山一片云，峨岭一堆雪，上苑一树花，长安一轮月。云散，雪消，花残，月缺，呜呼哀哉，尚飨！"成祖心中喜悦。

孙蕡为蓝玉题画，太祖见其画，命杀之。临刑，蕡赋诗曰："鼍鼓①三声急，西山日又斜。黄泉无客店，今夜宿谁家？"上问监杀指挥："孙蕡死时有何话？"指挥以诗对。上曰："有此好诗，而汝不奏闻，何也？"竟杀指挥。

【注释】①鼍（tuó）鼓：用鼍皮蒙的鼓。鼍，扬子鳄。

【译文】孙蕡为蓝玉题画，明太祖见到画上的诗，命人将其诛杀。临刑时，孙蕡赋诗说："鼍鼓三声急，西山日又斜。黄泉无客店，今夜宿谁家？"明太祖问监杀官："孙蕡死时有何话？"监杀官以此诗对答。太祖说："有这么好的诗，你为什么不上奏？"竟将监杀官杀掉。

正德间有妓女，马湘兰，于客所分咏，以骰子为题，有诗曰："一片寒微骨，翻成面面心。自从遭点污，抛掷到如今。"座客惊叹。

【译文】正德年间有个妓女，不知其名，与客人作诗分咏，她以骰子为题，有诗曰："一片寒微骨，翻成面面心。自从遭点污，抛掷到如今。"座客惊叹。

徐文长①《阙篇》成，自序用"怯里赤马"。先大父尚幼，私语人曰："徐先生那得误'怯里马赤②'作'怯里赤马'邪？"其人往告，文长曰："几被后生觑破。"

【注释】①徐文长：明代文学家徐渭，字文长，号青藤老人。②怯里马赤：蒙古语，意为翻译者或代言人。

【译文】徐文长写成《阙篇》，自序中有"怯里赤马"之语。我祖

父张汝霖当时尚幼，暗中与人说："徐先生哪能将'怯里马赤'误作
'怯里赤马'呢？"那人把这话告诉了徐文长，徐文长说："差点被一
个后生看破。"

    陈松，六合人，客游顺德，止邮舍，题诗墙间，有"山色三分
犹白昼，钟声十里已黄昏"之句。亭长猝辟客曰："太守来！"松
跄踉①走。太守至，读墙间诗，讦亭长故，曰："奈何逐诗人！"榜
之，亟物色松，松去已远。太守，李于鳞也。

【注释】①跄踉（qiàng liàng）：脚步不稳的样子
【译文】陈松，江苏六合人，客游广东顺德，在驿站歇宿时，题诗
墙壁，有"山色三分犹白昼，钟声十里已黄昏"之句。（某天）驿站长突然
驱逐客人道："太守来了。"陈松闻此言慌忙逃走。太守到来，读罢墙上
的诗句，质问驿站长说："为什么要驱逐诗人呢！"于是命人张贴告示，
急忙寻访陈松，然而陈松早已去得远了。这位太守就是李于鳞。

    柳小虞瀫家有屏画《石崇金谷园》图，二女鬟私语。小虞题
其上："何事双鬟口语殷，明朝宾客集如云。行酒征歌①都不恨，
座上怕有王将军②。"文长常称之。

【注释】①征歌：征招歌伎。②王将军：元康六年（296年），征西大
将军王诩（xǔ）前往长安，石崇与众人在金谷园设宴相送。
【译文】柳小虞瀫家的屏风上画有《石崇金谷园》图，图中有两
个婢女在私语。小虞题诗其上曰："何事双鬟口语殷，明朝宾客集如
云。行酒征歌都不恨，座上怕有王将军。"徐文长常称赞之。

方正学①过嘉禾，见朱买臣弃妻之墓，曰："羞墓。"作诗咏之："青草塘边土一丘，千年埋骨不埋羞。丁宁②嘱付人间妇，自古糟糠合到头。"

【注释】①方正学：明代学者方孝孺，在汉中府任教授时，蜀献王赐名其读书处为"正学"，故世人称其为"正学先生"。②丁宁：同"叮咛"，反复嘱咐。

【译文】方正学路过浙江嘉禾，看见朱买臣弃妻之墓，说："羞墓。"并作诗咏之："青草塘边土一丘，千年埋骨不埋羞。丁宁嘱付人间妇，自古糟糠合到头。"

陆诗伯《咏雪下枇杷树》诗："一株枇杷树，两个大丫叉①。"后韵未成，吴匏庵续之曰："未结黄金果，先开白玉花。"陆摇首曰："脂粉气②。"

【注释】①丫叉：树枝分叉如丫形。②脂粉气：谓诗过于香艳。

【译文】陆诗伯《咏雪下枇杷树》诗："一株枇杷树，两个大丫叉。"后面的句子尚未写成，吴匏庵（吴宽）为之续道："未结黄金果，先开白玉花。"陆诗伯摇着头说："有脂粉气。"

钱鹤滩应童子试，作"非帷裳，必杀之①"而忘其注。破题曰："非先王之法服，服先王之上刑。"书旨背谬，而文字典古，文宗杖而取之。

【注释】①"非帷裳"二句：语出《论语·乡党篇》。意为如果不是礼服，其他衣服的布料一定要把多余的裁去。杀，音shài，减少，剪裁。

【译文】钱鹤滩（钱福）参加童子试，以"非帷裳，必杀之"为题作文，但忘了前人的注解。（于是）他破题道："服从的并非是先王制定的律法，服从的是先王所制定的刑罚。"对书中要旨的解释全部错误，但文字古典，文宗皇帝命人杖责后录取了他。

　　于忠肃少时赋《石灰》诗，有云："千槌万凿出深山，烈火丛中炼几番。粉骨碎身都不顾，只留清白在人间。"遂成诗谶②。

【注释】①于忠肃：明代官员于谦，谥"忠肃"。②诗谶：谓所作诗无意中预示了后来发生的事。

【译文】于忠肃（于谦）少年时作有《石灰吟》一诗，诗曰："千槌万凿出深山，烈火丛中炼几番。粉骨碎身都不顾，只留清白在人间。"后来他的遭遇果然像诗中所说的那样。

　　钱鹤滩归田，有言江都妓美，即访之，既至，已嫁盐贾。公往叩求见，贾令妓出见之，衣裳缟素，出白绫帕请留诗句。公即书曰："淡罗衫子淡罗裙，淡扫蛾眉淡点唇。可惜一身都是淡，如何嫁了卖盐人。"

【译文】钱鹤滩（钱福）辞官回乡居住，有人说扬州某位妓女貌美，他随即寻访，访到后，那妓女已嫁给盐商。盐商令妓女出来拜见，（那妓女）身着白色衣裳，拿出一块白绫手帕请钱公题留诗句。钱公随即在手帕上写道："淡罗衫子淡罗裙，淡扫蛾眉淡点唇。可惜一身都是淡，如何嫁了卖盐人。"

郭定襄送岳正诗曰："青海四年羁旅客，白头双泪倚门亲。莫道得归心便了，天涯多少未归人。"又曰："甘州城南河水流，甘州城北塞云愁。玉关人老貂裘敝，苦忆生平马少游①。"李西涯②称其诗为国朝武臣之冠。

【注释】①马少游：东汉人，马援从弟。其志向淡泊，知足求安，无意功名。后人将其视为士人不求仕进、知足求安的典型。②李西涯：明代文学家李东阳，字宾之，号西涯。

【译文】郭定襄（郭登）送给岳正的诗曰："青海四年羁旅客，白头双泪倚门亲。莫道得归心便了，天涯多少未归人。"又说："甘州城南河水流，甘州城北胡云愁。玉关人老貂裘敝，苦忆生平马少游。"李西涯称赞这两首诗在明朝武臣的诗中是第一。

张江陵夺情①，编修吴中行、简讨赵用贤疏上，江陵大怒，即日受杖，驱出国门，同官不敢候见。许文穆方以庶子充日讲，镌玉杯一，曰"班班者何卞生泪，英英者何蔺生气，追之琢之永成器。"以赠中行。镌犀杯一，曰"文犀一角，其理沉黝。不惜剖心，宁辞碎首？黄流在中，为君子寿"，以赠用贤。

【注释】①夺情：古代礼俗，官员遭父母丧应弃官居家守制，服满再行补职。丧期未满，即应诏除去丧服，出任官职者称"夺情"。

【译文】张江陵居丧期间仍在朝为官，吴中行编修、赵用贤检讨上疏弹劾，张江陵大怒，当日命人予以杖责，并逐出京城，同僚皆不敢相见送行。当时许文穆正以太子属官的身份担任翰林日讲，他在一个玉杯上刻上"斑点众多不减卞和的眼泪，奇伟杰出不让蔺相如的志气，雕琢一下可永远作为精美的器具"赠给吴中行。又在一个犀角杯上刻上"一块犀角，纹理深黑。不惜剖心，宁辞碎首？黄色的酒贮存其中，借此祝君子长寿"，赠给赵用贤。

徐文长游五泄①，寺有石鼓，令门人王海牧刻字其上，曰："银河堕流，观者忘休。深林无人，杳不可留。"

【注释】①五泄：山名，在今浙江诸暨县，因山有五瀑布而得名。
【译文】徐文长（徐渭）去五泄山游玩，山上的寺庙内有一个石鼓，他便命弟子王海牧在石鼓上刻了几行字，内容为："瀑布像银河从天而降，观看者忘记疲倦休息。深林内寂静无人，幽暗深远得不可逗留。"

马湘兰有画兰扇一柄，前有九妓题咏。徐文长跋其后曰："南国才人不下千百，能诗文者九人而已。才难，不其然乎！"

【译文】马湘兰有一柄画有兰草的扇子，上面已有九个妓女的题诗。徐文长（徐渭）在后面写道："南国才人不下千百，能诗文者九人而已。人才难得，不是这样嘛！"

越僧某索画于沈石田①，寄一绝云："寄将一副剡溪②藤，江上青山画几层。笔到断崖泉落处，石边添个看云僧。"石田欣然画其意答之。

【注释】①沈石田：明代书画家沈周，字启南，号石田。②剡溪：水名，在浙江嵊县南。

【译文】越地的一个僧人向沈石田索要一幅画,他寄给沈石田一首七绝说:"寄将一幅剡溪藤,江上青山画几层。笔到断崖泉落处,石边添个看云僧。"沈石田高兴地按照诗中的意境作了一幅画赠给他。

徐文长一端石研①,曾携入狱中者,铭曰:"演《易》治《书》,汝则从予;白水苍山,我宁不汝俱。譬诸小白毋忘带钩,仲毋忘槛车②。"

【注释】①研:同"砚"。②"譬诸"二句:春秋时管仲最初是公子纠的臣属,为了帮助公子纠争夺齐国国君之位,曾以箭射齐桓公,误中其衣带钩。后齐桓公夺得君位,遂囚禁管仲。小白:即齐桓公,姜姓,名小白。

【译文】徐文长(徐渭)有一端石砚台,(他坐牢时)曾携入狱中,其上有铭文曰:"我研读《周易》、学习《尚书》时,你陪伴我;我游览白水青山时,又怎能不让你陪伴呢。这就像齐桓公不会忘记管仲曾以箭射中他的衣带钩,管仲也不会忘记曾被齐桓公关押在囚车里。"

徐文长铭其所用罗盘曰:"斗霄县①北,姬旦指南。道者妙用,在股掌间。"

【注释】①县:同"悬",此指指向、对着。

【译文】徐文长(徐渭)在他所用的罗盘上刻有铭文曰:"夜晚将指针对准北斗星,周公旦用之辨别南方。道的妙处,在于人的手脚怎么使用它。"

徐文长一《石磬铭》曰:"客话余,煮茗罢,三二声,秋月下。"

【译文】徐文长（徐渭）作有一篇《石磬铭》曰："客话余，煮茗罢，三二声，秋月下。"

徐文长《竹臂阁①铭》曰："阁臂以书，停毫摹想，是故刻王氏父子于上。"

【注释】①臂阁：即"臂搁"，俗称"手枕""腕枕"，古人书写时用以搁置腕臂的器具，多为竹制。

【译文】徐文长（徐渭）《竹臂搁铭》曰："书写时用以搁臂，停笔时对之构思，因此将王羲之、王献之父子的画像雕刻在上面。"

徐文长《鼍矶①研铭》曰："箕翕舌②，饮河水。斗何之？化七豕③。陨而为石兮，归野史。"

【注释】①鼍矶（tuó jī）：砚石名。因产于东海中的鼍矶岛，故名。②箕翕舌：语出《诗经·小雅·大东》："维南有箕，载翕其舌。"意为南天有箕星，（它底狭口大）好像张着大口吸着舌头作吞噬状。翕其舌：吸着舌头。③化七豕：道教认为北斗七星乃七猪所化。

【译文】徐文长（徐渭）《鼍矶砚铭》曰："箕星张着大口吸着舌头，好像要吞饮天河中的水。斗星到哪里去了呢？它已化为七猪。野史上说，它们的残体落于地面变成陨石。"

徐文长衣袖二铭，一曰："语则举，默则止。小人轩轩，君子几几。"一曰："有口而不语，尔取①；有口而不啜，尔节。"

【注释】①取：同"趣"。

【译文】徐文长（徐渭）作有《衣袖铭》二篇，一篇曰："说话时衣袖举动，静默时衣袖垂止。（由此可知）小人躁动，君子安重。"另一篇曰："有口而不语，可以看出你的志趣；有口而不饮，可以看出你的节操。"

徐文长《四仙图赞》：铁拐李，曰："色声不全，为非法器。此虚言耳，神光断臂。"钟离权，曰："是宜上升，为神仙祖。无挂碍心，是活子午①。"吕岩，曰："遍游人间，翁常见人。人不见翁，索翁以形。"张果老，曰："当其骑驴，不免寻觅。今其下驴，欲觅何物？"

【注释】①活子午：活子时和活午时皆是道教提倡的修炼内丹功的关键时机。

【译文】徐文长（徐渭）作有《四仙图赞》：称赞铁拐李说："色声不全，为非法器。此虚言耳，神光断臂。"称赞钟离权说："是宜上升，为神仙祖。无挂碍心，是活子午。"称赞吕岩说："遍游人间，翁常见人。人不见翁，索翁以形。"称赞张果老说："当其骑驴，不免寻觅。今其下驴，欲觅何物？"

徐文长《端石研铭》曰："颔则燕而虎为头，眶则螭而鸂鵣为之眸。彼飞而食肉，此飞而饮于流，墨卿耳，何足以侯？"

【译文】徐文长（徐渭）《端石砚铭》曰："燕颔而虎头，螭眶而鸂鵣眼。别的飞禽食肉，此飞禽饮水，只是墨卿，哪里能够封侯？"

徐文长《鼍矶研铭》曰："稠隃糜①，一何捷。败颖兔，猛于猎。马善走,必蹄啮。才难哉!"又曰:"拔中山②,吾女③讶。犹胜彼攻即墨者,终岁而不能下④。"

【注释】①隃糜:古县名,以产墨著称,后世因借指墨或墨迹。②中山:古国名,战国时为赵国所灭。③女:同"汝",你。④"犹胜"二句:史载,战国时燕国名将乐毅围攻齐国即墨(古地名,在今山东平度市东),三年不能下。

【译文】徐文长(徐渭)《隃糜砚铭》曰:"浓稠的墨汁,挥洒起来是多么畅快迅捷。它打败兔毫笔(让其脱毛)的速度,猛于狩猎。良马善于奔跑,但也必须善于用蹄踢和用嘴咬才行。有才华的东西是多么难得啊!"又曰:"(赵国五次征伐)攻下中山国,令你我都很惊讶。犹胜过那攻打即墨的人,终年也无法攻下。"

先大父游雁宕①,拾寒溪石子为研,作铭曰:"与女识,溪之侧。人唤女,是寒山。我唤女,是拾得。"

【注释】①雁宕:即雁荡山,在今浙江省东南部。

【译文】我的祖父去雁荡山游玩,拾取寒溪中的石块制成砚台,作铭曰:"与你相识,在溪水之侧。别人称呼你,叫你寒山之石。我称呼你,叫你拾得。"

李崆峒①作诗,一句不工,即弃去不录,何大复②深惜之。李曰:"自家物终久还来。"

【注释】①李崆峒:明代文学家李梦阳,字献吉,号空同(或作崆峒)。②何大复:明代文学家何景明,字仲默,号白坡,又号大复山人。

【译文】李崆峒作诗，有一句不工，就丢弃不录，何大复对此常深表惋惜。李崆峒说："我写诗的灵感终究还要来的。"

松江唐士雅双目失明，听书数千卷。陶庵遇之芜湖，陶庵适著《义烈传》，以目录读与听，恐有未备，乞士雅查之。士雅闭门七日，喃喃默念，云已查遍二十一史，某代尚有某某，呼书记①一一写出，补入二百余人。

【注释】①书记：担任书写、记载工作的人员

【译文】松江人唐士雅双目失明，（他叫人读书给他听）已听了数千卷。我在芜湖与之相遇，当时我正写作《义烈传》，就把目录读给他听，我担心书中收录的人物不齐全，便请求他代为审查。唐士雅闭门七日，口中喃喃作声地暗暗思考，（后来）他对我说已查遍二十一史，某代尚有某某还未收录，便叫来书记一一写出，补添二百余人。

先大父携声伎往游曹山，陶石梁作《山君檄》讨之，有曰："尔以丝竹，秽我山灵"。大父作《曹山判》曰："谁云鬼刻神镂，竟是残山剩水。"陶司成见之，谓石梁曰："文人也，可犯其锋？不若自认。"乃磨崖镌此四字。

【译文】我祖父携带歌伎前往曹山游玩，陶石梁（陶奭龄）作《山君檄》予以声讨，其中有句子说："你带来的丝竹，污染了我山中的神灵。"我祖父作《曹山判》答曰："谁说这里鬼刻神镂，我见到的竟是残山剩水。"陶司成见到这篇文章，对陶石梁说："他是文人，岂可冒犯？不如自己承认。"于是，陶石梁磨平某处山崖的石壁镌刻上"残山

剩水"四字。

胡少保燕将士烂柯山, 酒酣乐作, 命沈嘉则作铙歌[1]。嘉则援笔立就, 有云:"衔枚[2]疾走五千兵, 密受将军号令明。狭巷短兵相接处, 杀人如草不闻声。"胡起, 捋沈须曰:"何物沈郎, 雄快若是!"

【注释】[1]铙(náo)歌:军歌。[2]衔枚:古代士兵行军时口中衔着枚, 以防出声。

【译文】胡少保在烂柯山宴请诸将士, 饮酒正酣之际, 有人奏起了音乐, (胡少保)便命沈嘉则作一首铙歌。沈嘉则提起笔, 很快写成, 辞曰:"衔枚疾走五千兵, 密受将军号令明。狭巷短兵相接处, 杀人如草不闻声。"胡少保起身, 捋着沈嘉则的胡须说:"沈郎是什么东西做成的, 写起诗来竟然如此雄快!"

姑苏[1]李氏女善诗, 偶拾半钱, 咏曰:"半轮残月掩尘埃, 依希犹见开元[2]字。想见清光未破时, 买尽人间不平事。"

【注释】[1]姑苏:苏州吴县的别称。[2]开元:唐玄宗年号。

【译文】姑苏李姓女善诗, 偶然拾得半枚铜钱, 作诗说:"半轮残月掩尘埃, 依希犹见开元字。想见清光未破时, 买尽人间不平事。"

吴彻为陈友谅宾师[1], 间行觇我, 有缚以献者。高帝素闻彻名, 解其缚, 使题《天闲百马图》。彻应上诗曰:"问渠何日渡江来, 百骑如云画鼓催。九十九中皆汗血[2], 当头一个是龙媒。"高帝奇之。度其不为我用, 乃刺"诡谲秀才"于面, 遣之还。

【注释】①宾师：不居官职而受到君主尊重的人。②汗血：与下句"龙媒"，皆骏马名。

【译文】吴彻是陈友谅的宾师，暗地里窥探我方军情，（被发现后）有人将其绑缚着押送到太祖朱元璋面前。太祖素闻吴彻之名，为其解开绳索，命他在《天闲百马图》上题诗。吴彻遵照太祖的命令题诗说："问渠何日渡江来，百骑如云画鼓催。九十九中皆汗血，当头一个是龙媒。"太祖对吴彻的才华十分惊奇，但考虑到吴彻不会为我方所用，便命人在他的脸部刺上"诡谲秀才"四字，将其释还。

嘉靖戊午，倭乱昆山，夏生为倭所获，自称能诗。倭将以竹舆乘之，令从行，日与唱和，竟免祸。久之乞归，厚赠而返。夏称倭将亦能诗，其咏《丈菊》有云："五尺栏干遮不尽，还留一半与人看。"

【译文】嘉靖戊午年，倭寇侵扰昆山，一个姓夏的书生被倭寇俘获，他自称善于作诗。倭寇的将领乘坐着竹舆，令夏生随行，每天与其唱和，夏生竟然因此免祸。很久之后，夏生乞求回家，倭寇的将领赠给他丰厚的钱物将其释还。夏生（回家后）对人说倭将也会作诗，其咏《丈菊》诗有句云："五尺栏干遮不尽，还留一半与人看。"

旧院①妓马湘兰有诗云："自君之出矣，不共举琼巵；酒是消愁物，能消几个时？"王稚登称之曰："即唐之鱼玄机、李季兰，何遂能过！"

【注释】①旧院：南京城内一地名，明朝时为妓女丛聚之所。②琼巵：玉制酒杯。

【译文】南京旧院中的妓女马湘兰有诗曰："自君之出矣,不共举琼卮;酒是消愁物,能消几个时?"王稚登称赞说:"即使是唐朝的鱼玄机、李季兰,又岂能超过她的才华!"

《水浒传》形容汴京灯景云:"楼台上下火照火,车马往来人看人。"只此十四字,古今灯诗灯赋,千言万语,刻画不到。

【译文】《水浒传》里形容汴京的灯景说:"楼台上下火照火,车马往来人看人。"只这十四个字,古今的灯诗灯赋,千言万语,无一能刻画得到。

孝宗御经筵①,问讲官曰:"吴融何以字若川?"讲官不能对。有中书某对曰:"臣闻天地之气融而为水,结而为山。臣意'若川'之字吴融,其犹'次山'之字元结。"孝宗大喜,命改授翰林。

【注释】①经筵:古时帝王为讲论经史而特设的御前讲席
【译文】明孝宗亲临经筵参与讨论,问讲官说:"吴融为何字若川?"讲官不能对答。某中书对答说:"臣闻天地之气融而为水,结而为山。臣猜测吴融取字'若川',就像元结取字'次山'一样。"孝宗大喜,命其到翰林院任职。

嘉靖中,胡梅林总制浙闽。文场揭榜,中式举人七十七名,总制命徐文长人送一对。词彩颖发①,妙不可言,而更妙于贴合名次,一字不可改移。

【注释】①颖发：才华显露。

【译文】嘉靖年间，胡梅林（胡宗宪）总制浙闽。科考揭榜，考中的举人有七十七名，胡梅林命徐文长（徐渭）作一副对联送来。徐文长送去的对联，文采显耀，妙不可言，而更妙的是切合各人名次，一字不可改动。

徐文长《白鹿表》名世，其中警句"奇毛洒雪，岛中银浪争辉；妙体抟①冰，天上瑶星应瑞"，语只平平耳，不若其《代进白灵龟灵芝表》有云："珊然素雪，应堪莲叶之巢（龟千岁则巢莲叶之上）；复以青云，正合菁茎之守。"此联工确，匪夷所思。

【注释】①抟（tuán）：集聚。

【译文】徐文长（徐渭）所作的《白鹿表》名扬于世，其中警句"奇毛洒雪，岛中银浪争辉；妙体抟冰，天上瑶星应瑞"，只是平常之语，不如其《代进白灵龟灵芝表》有句云："珊然素雪，应堪莲叶之巢（千岁的龟会在莲叶上作巢）；复以青云，正合菁茎之守。"此联工整切合，匪夷所思。

古人墓铭愈简愈妙。孔子铭季札①云："呜呼，有吴延陵季子之墓。"傅奕自铭曰："傅奕，青山白云人也，以醉死。"二语名世，何必长篇累牍然后不朽。

【注释】①季札：春秋时吴国贤士，因受封于延陵一带，又称"延陵季子"。

【译文】古人的墓志铭愈简愈妙。孔子给季札写的墓铭曰："呜呼，有吴延陵季子之墓。"唐初学者傅奕自作墓志铭曰："傅奕，青山白云人也，以醉死。"这两篇墓志铭皆名扬后世，何必长篇累牍才能不朽呢！

桑悦补博士弟子。部使者按水利下邑，悦前谒之，书刺"江南才人桑悦"，使者大骇。已侦知悦名，延之校书，预刊落以试悦。悦校至不属，即执笔请书下误。使者大悦。

【译文】桑悦成为博士弟子。某部官员因视察水利出巡乡邑，桑悦前往拜见，递上写有"江南才人桑悦"的名片，官员见之大惊。后来这位官员探知桑悦的名声，便请他前来校书，并预先删掉一些内容来测试桑悦。桑悦校对到文意不连贯的地方，就取过笔来，请求补上缺失的文字。官员见此心中大喜。

嵩山僧赠眉公①木瘿炉②，眉公铭之曰："形固可使为槁木乎？心固可使为死灰乎？惟我与尔有是乎！"

【注释】①眉公：明代文学家陈继儒，字仲醇，号眉公。②木瘿炉：用外部隆起有瘤状物的树木制成的炉子。

【译文】嵩山某僧人赠给陈眉公（陈继儒）一个木瘿炉，陈眉公作了篇铭文说："形体可以使它像干枯的树木吗？心灵可以使它像死灰一般吗？惟我与你可以做到。"

王弇州曾集词人赋绿牡丹，连篇累牍，具未极其风韵。一人忽投一绝曰："雨后卷帘看霁色①，却疑苔影上花来。"众各自失。

【注释】①霁色：雨后天晴时天空的颜色，此处借指绿牡丹的颜色。

【译文】王弇州（王世贞）曾召集文人为绿牡丹赋诗，连篇累牍，都未写尽绿牡丹的风韵。某人忽然送来一首绝句，其中有两句说："雨后卷帘看霁色，却疑苔影上花来。"众人心中皆若有所失。

卷之三 经济部

陶庵曰：司马温公破甓①救儿，在童稚时已具有救时宰相手段。盖事在仓卒，出死入生止有此着，即使宿学老谋筹划终日，无以易此。昔人理乱丝，取刀断之曰："乱者须斩！"此不过一时苟且应急之言，问其头绪，则未之有得也。古人处事，如入荆棘丛中，掉臂能出，则非具大经济者不能也。集经济第三。

【注释】 ①甓（pì）：砖。按文义，疑当作"瓮"。

【译文】 陶庵曰：司马温公砸缸救出小孩，在童年时就已具有拯救时局的宰相手段。大概此事发生在仓促之间，将人从死地救出只有这一种办法，即使学识渊博、善于谋略的人筹划一天，也不能想出其它办法代替。前人整理乱丝，取刀斩断说："乱者须斩！"这不过是一时的敷衍应急之言，问他乱丝的头绪何在，他依然未能理出。古人处事，如果身陷荆棘丛中，甩动一下手臂就能出来，（这种事）非具有治国安民的大才是不能做到的。故集合诸故事将"经济部"列为第三。

王新建平宸濠，武宗下诏亲征，人情汹汹。二中贵①先至浙，新建张燕于镇海楼，酒半，屏人去梯，出二箧示之，皆中贵交通逆藩之书也, 罄箧与之。中贵感激, 从中维护之。新建得以免祸。

【注释】①中贵: 显贵的侍从宦官。

【译文】王新建平定朱宸濠叛乱, 明武宗下诏亲征, 人心动荡不安。武宗宠幸的两个宦官先行来到浙江, 王新建在镇海楼设宴接待, 饮至半酣, 命人撤去楼梯, 出示二个书箱, 里面全是这两个宦官与朱宸濠串通的书信, 于是王新建把所有的书信送给了他们。这两个宦官非常感激, 便从中维护王新建。新建因此免祸。

王阳明既禽逆濠, 囚于浙省。武宗南征, 驻跸留都, 中官诱令阳明释濠还江西, 俟御驾亲获。差二中贵至浙谕旨, 阳明责中官具领状, 中官畏怯, 事遂寝。

【译文】王阳明擒住叛逆朱宸濠后, 将之囚禁于浙江的监牢。明武宗南征, 暂在旧都南京逗留, 有宦官想诱使王阳明把朱宸濠放还江西, 等御驾亲征时让皇帝再将其俘获。那个宦官便派两名手下人前去口头宣旨, 王阳明要求宦官必须立下字据, 那宦官害怕, 事情遂止。

武宗南巡还, 当弥留之际, 杨介夫①已定计擒江彬。虑其边兵②数千人, 仓卒为变, 因谋之王晋溪。晋溪曰:"当录其扈从南巡之功, 至南通颁赏。"于是边兵尽出, 而彬遂就擒。

【注释】①杨介夫: 明武宗时的首辅杨廷和, 字介夫, 号石斋。②边兵: 守边之兵, 此指随皇帝南巡的士兵。

【译文】明武宗南巡返回, 当病重濒死之时, 杨介夫已定下擒拿江彬的计策。但考虑到江彬手下有数千士兵，可能会一时叛变，便去找王晋溪商议。王晋溪说："可以记录那些随皇上南巡的士兵的功劳，让他们到南通领赏。"于是江彬手下的士兵尽数离开，江彬遂被擒获。

黔国公沐朝弼犯法当逮，朝议皆难之。谓朝弼纪纲之卒且万人，不易逮，逮恐生变。张江陵擢用其子，而驰单使缚之，卒不敢动。既至，请贷其死，而锢之南京。

【译文】黔国公沐朝弼违犯国法，理应被逮捕，朝中官员议政时都觉得这事很难办。大臣们都说沐朝弼有上万训练有素的军队，不容易逮捕，逮捕他恐怕会激起士兵叛变。张居正先提升沐朝弼的儿子，然后派出一个使者将沐朝弼逮捕，士兵都不敢动。沐朝弼被逮到京城后，张居正请求赦免他的死刑，（皇帝同意）把他囚禁在南京的大牢里。

罗通以御史按蜀，蜀王富甲诸国，出入僭用①乘舆、卤簿，通欲检制之。一日王至御史台，公突使人收王所僭用卤簿，蜀王气阻②。藩臬俱来见，问状，且曰："报闻王罪且不测，奈何？"通曰："诚然，公等试思之。"诘旦复来，通曰："易耳，宜密语王，但言黄屋左纛③故玄元皇帝庙中器，今复还之矣。"玄元皇帝庙，玄宗幸蜀建祀老子者也。从之，事乃得解。王亦自敛。

【注释】①僭（jiàn）用：越分使用。②气阻：呼吸急促，形容情绪紧张。③黄屋左纛（dào）：皆帝王仪仗。黄屋，黄缯车盖。左纛，设在车衡左边的羽旗。

【译文】罗通以御史的身份巡察蜀地，蜀地的藩王富甲天下，所用的车子、仪仗皆超越礼制，罗通打算约束他一下。一天，蜀王经过御史府，罗通突然命人收掉蜀王越分使用的仪仗，蜀王情绪紧张。当地的布政使、按察使都来请见，询问情况，并说："传闻蜀王将要遭遇不测之祸，怎么办？"罗通说："确实如此，你们试着想想办法。"第二天，布政使和按察使又来请见，罗通说："此事容易，你们只要悄悄告诉蜀王，让他说他所用的黄缯车盖和车衡左边的羽旗是昔日玄元皇帝庙中的器物，现在归还了。"玄元皇帝，是唐玄宗幸蜀建庙祭祀老子时追封老子的尊号。二人依照嘱咐去做，事情乃罢，蜀王也自行收敛了。

梅衡湘总制三边①，虏②献铁数镒③，云："此沙漠新产也。"公受之曰："此冀我弛铁禁耳。"乃以其铁铸一剑，镌云："某年月某王赠铁。"因告诸边："虏中已产铁矣，不必市釜。"后虏以缺釜来请，公曰："汝国产铁，可自冶也。"虏使哗言无有，公乃出剑示之。虏使叩头伏罪，不敢欺公一言。

【注释】①三边：明代指延绥、甘肃、宁夏三地区。②卤：即"虏"，清人为避讳故意写作此。③镒（yì）：古代重量单位，合二十两（或曰二十四两）。

【译文】梅衡湘（梅国桢）总制三边防务，胡虏献铁数镒，说："这是沙漠中新出产的。"梅公收下后对人说："这是希望我解除铁禁啊！"乃将其铁铸成一剑，刻上文字曰："某年月某王赠铁。"并传令所辖地区："胡虏已能产铁，不必再卖给他们铁锅了。"后来，胡虏以国中缺少铁锅为由请见，梅公说："你们国家已能产铁，可以自己锻造。"胡虏派来的使者大声说他的国家不能产铁，于是梅公拿出那把刻字的铁剑给他看，虏使叩头认罪，从此不敢对梅公说任何谎话。

张佳胤令滑，巨盗任敬、高章诈传密旨，挟匕首以千金劫张，张曰：“库藏空虚，我将贷诸豪右①。”乃手书十人名，令人持百金来。十人素善捕盗者，须臾，人捧二十金以进。公佯怒曰：“赋汝百金，胡二十也？”取法马②兑之，良久，贼少懈。一人前，忽跃而就之，刺一人，余皆就缚。

【注释】①豪右：豪门大族。汉以右为上，故称。②法马：同“砝码”，天平、磅秤上用作重量标准的物体。此借指秤。

【译文】张佳胤出任滑县县令，县内大盗任敬、高章假扮锦衣卫前来传旨，持匕首胁迫张佳胤交付千金，张佳胤说：“库藏空虚，我得向本地的豪门大族借贷。”于是手写十人姓名，令其每人携带百金前来。这十个人平日里都是捕盗的能手，很快，每人捧着二十金进来呈献。张佳胤假装发怒说：“征收你们每人百金，为何只带二十金来？”取过砝码秤挨个称量，许久，贼人懈怠。一人上前，忽然跃至贼人身旁，刺杀一人，其余皆被擒受缚。

祁门胡兴为赵王长史①。汉庶人②将反，密使至，赵王大惊，将执奏之。兴曰：“彼举事有日矣，何暇奏乎？万一事泄，是趋之叛。”一日尽歼之。汉平，赵王让还护卫，宣宗闻斩使事，曰：“吾叔非二心者。”赵遂得免。

【注释】①长史：郡府、王府中掌兵马的官。②汉庶人：指因叛乱被贬为庶人的汉王朱高煦。

【译文】祁门县人胡兴在赵王府中任长史。汉王朱高煦将要谋反，密派使者前来约会赵王，赵王大惊，要上疏启奏。胡兴说：“他要谋反已有很长时间了,哪里来得及上奏呢?(况且)万一事泄,就会促使其叛变。"一日之内,赵王把汉王派来的密使全部杀掉。汉王之乱平定后,赵王把自己的护卫军还给朝廷,明宣宗听到他斩杀使者之事,说:"我的叔叔不是怀有二心的人。"赵王遂得免祸。

乔白岩为应天府①尹,武宗南巡,江彬所领边兵皆跋扈骄横,白岩命于南方教师中取其最矮小而便捷者百人,每日与彬相期至教场比试。南人轻捷,北人麄坌,方欲交手,或撞其胁②,或触其腰,皆倒地僵卧。江气大阻丧,而异谋亦寝。

【注释】①应天府:明朝时南京的称呼。②胁:从腋下到肋骨尽处的部分。

【译文】乔白岩(乔宇)为应天府尹,明武宗南巡,江彬所率领的卫兵皆跋扈骄横,乔白岩命人从南方教授武艺的人中挑选了一百个个子矮小但行动敏捷的人,每天与江彬相约去教场比武。南方士兵行动轻捷,北方士兵行动粗笨,才一交手,南方士兵便或撞其胁,或触其腰,北方士兵皆倒地僵卧。江彬大为沮丧,其反叛的图谋亦暂时止息。

黄淮为相,阿鲁台①遣使纳款,请并女直②、吐番听其约束。廷臣多许之,独淮曰:"此卤奸谋。使各为心,则易制;并之,难图矣。"文皇曰:"黄淮如立高冈,无远不见。"遂不许。

【注释】①阿鲁台:当时鞑靼的首领。②女直:又称"女真",当时居住在东北地区的少数民族。

【译文】黄淮供职内阁时,阿鲁台派使者前来表示归顺,使者请求将女真、吐蕃二族一并归鞑靼管理。（议政时）朝中很多大臣都表示同意，只有黄淮说："这是胡虏的奸计。使这三个民族各自为政，则容易制服；如果将其合并，就难以对付了。"明成祖朱棣说："黄淮如同站在高冈上，看见的都是远处。"便没有答应阿鲁台的要求。

康陵①好佛，自称"大庆法王"。外廷闻之，无徵以谏。俄内传番僧请胰田千亩，为大庆法王下院，乃书"大庆法王"，与圣旨并传。尚书珪佯不知，执奏："孰为大庆法王者，敢与至尊并书？亵天子，坏祖宗法，大不敬。"上弗问，寺田竟止。

【注释】①康陵：明武宗朱厚照和皇后夏氏的合葬陵墓。此借指明武宗。

【译文】明武宗喜好佛教，自称"大庆法王"。朝臣听闻，在没有实据的情况下纷纷进谏。不久，宫中传出一纸命令说番僧要申请一千亩肥沃的田地，作为大庆法王的别院，落款写着"大庆法王"几个字，（这张纸令）与圣旨一起传出。尚书傅珪假装不知，上疏回奏说："谁是大庆法王，敢与皇帝的尊称写在一起？亵渎天子，破坏祖宗家法，大为不敬。"明武宗不计较，也不再索要寺田。

法司奏："石亨等既诛，其党冒夺门功，升官者数千人，俱合查究。"上召李贤曰："此事恐惊动人心。"贤曰："朝廷许令自首免罪，事方妥。"于是，有功者四千余人尽首改正。

【译文】法司上奏说："石亨等人已被诛杀，其党羽假冒夺门之功的，有数千人升官，这些人都应该予以查办追究。"皇上召来李贤说："这样做恐惊动人心。"李贤说:"朝廷必须允许那些自首的人可以免罪,事情才能办妥。"于是,四千多个假冒夺门之功的人全部自首改正。

王威宁①出军安陆。一日大雪,方坐地炉②,使诸妓抱琵琶,捧觞侍。一千户诇③卤还,即召入,与谈卤事,甚悉,大喜曰:"寒矣。"手金卮饮之。复谈,则益喜,命弦琵琶侑酒,并金卮予之。又谈,则又喜,指妓中最丽者赐之。自是千户所至,辄效死力。

【注释】①王威宁:明代官员王越,字世昌,因功封威宁伯。②地炉:即火炕。又称"地炕"。③诇(xiòng):侦察。
【译文】王威宁出兵安陆。一日大雪,正坐在火炕上,让诸歌妓抱着琵琶,捧着酒杯侍立于侧。一个千户侦察敌情回营,王威宁立即召其前来,与之谈论敌情,那千户回答得十分详细,王威宁大喜曰:"天气寒冷。"手持金杯让千户饮酒。再与之谈,王威宁越发高兴,遂命歌妓弹琵琶助兴,并把金杯赠给了千户。又谈,则又喜,王威宁将歌妓中最美丽的一个赐给千户。自此,那个千户不论走到哪里,都拼命效力。

庄浪土帅①鲁麟为甘肃副将,求大将②不得,恃其部落强,径归庄浪,以子幼请告。有欲予之大将印者,有欲召还京师予之散地者。刘忠宣曰:"彼虐,用其众,无能为也,然未有罪。今予之印,非法;召之不至,损威。"乃为疏奖其先世之忠③,而听其就闲,麟卒鞅鞅而死。

【注释】①土帅:由当地土司担任的军职。鲁麟是庄浪卫世袭指挥。②大将:即总兵。③先世之忠:鲁麟的父亲鲁鉴曾领兵平叛,官至甘肃总兵。

【译文】庄浪土帅鲁麟任甘肃副将，他因向朝廷请求加封自己为大将但没有成功，便依仗自己部落的势力强大，直接回到庄浪，并以儿女年幼为由请假告休。(对此)朝臣议论纷纷，有的主张把大将之印授与他，有的主张召他进京给他个闲职。尚书刘大夏说："他对部众残暴，即便召集起来也是不能有所作为的，然而他也没有罪过。现在，给他将印，不合法制；召之不来，又损朝廷威信。"于是给皇帝上疏，奖励鲁麟先世的忠勇功绩，对鲁麟则听任其赋闲在家，最终鲁麟郁闷而死。

汪青湖①知泗州，武宗南巡，报驾至，州邑傍徨，民皆逃匿，公独凝然不动，曰："驾来未的，科派②肆扰，费集而驾至则善，倘费集而驾不至，奈何？"时中使③络绎道路，恣为求索。公率壮士百余人列舟次，呼声震地。中使阻丧。公麾使人牵舟速行，顷刻百里，遂出泗境。后有至者敛戢不敢肆，公复礼遇之，于是皆咎前使而深德公。

【注释】①汪青湖：明代官员汪应轸，字子宿，号青湖。②科派：指摊派力役、赋税或索取钱物。③中使：宫中派出的使者。多指宦官。

【译文】汪青湖任泗州知府，明武宗南巡，有人传言御驾将至，州邑各官惊慌不宁，百姓皆逃走隐匿，惟有汪公凝然不动，说："御驾要来泗州的消息还不确定，如果大肆摊派，征集费用，御驾来此还好，倘若征集了费用而御驾不来，怎么办？"当时宫中派出的使者来往于道路，肆意索取钱财。汪公率领百余名壮汉站列码头，呼声震地地迎接御舟。中使沮丧。(船来了)汪公指挥纤夫拉着御舟速行，顷刻走出百里，于是御驾离开泗州境地。后面来泗州索求的人皆有所收敛，不敢放肆，而汪公对他们仍然以礼相待，于是他们都责备前面的使者而深深称赞汪公的德行。

卢次楩为邑宰陷死罪，以其家富，无敢白者。陆庄简^①继令浚，欲出之，告台使者，使者曰："此人富有声。"陆曰："但当问其枉不枉，不当问其富不富。果不枉，夷、齐无生理；果枉，陶朱无死法。"使者曰："其原案若何？"陆曰："原案谓楩之雇工人，因病转雇某应役^②，后代役者向楩索工钱，楩遂殴之死，法应抵。据职勘之，某若系转雇应役，自当从雇彼者索钱。今乃向楩索钱，则为楩之雇工人无疑矣，当从民家殴死雇工入律坐徒^③。"楩竟免死。

【注释】①陆庄简：明代官员陆光祖，字与绳，谥"庄简"。②应役：受征召服劳役。此指应役之人。③徒：徒刑，古代刑法名，即拘禁使服劳役。

【译文】卢次楩（卢楩）任县令时因为某件事被冤枉成死罪，因其家中富有，无人敢为之辩白。陆庄简公继卢次楩之后出任浚县县令，欲为他辩白，便把这事告诉给了监察御史，御史说："此人因富有而名声在外。"陆公说："只应该问他冤枉不冤枉，不应该管他富有不富有。如果不冤枉，即使伯夷、叔齐也应处以死刑；如果冤枉，即使富商陶朱公也不应该处死。"御史说："这件案子最初的案卷是怎样的？"陆公说："原案上说卢次楩雇了一个工人做工，那工人因生病便又雇佣了另一个工人代为应役，后来代为应役的人向卢次楩索要工钱，卢次楩遂将其殴死，按法律卢次楩应当抵罪。据卑职勘查，那人如果真是被人转雇来应役的，就应该向雇他的人要钱。现在他向卢次楩要钱，那么他必定是卢次楩雇来的工人（而非转雇来的工人），应当按寻常百姓家殴死雇工入的法律判处徒刑。"卢次楩竟因此免除了死罪。

周文襄忧所卧榻韬①灯留笔简，筹度有得，辄起注之，虽气候亦有报侦。一粮长②有所侵匿，以江风解，忧曰："江是日无风，何得失船？"粮长骇服。久之，乃知令金焦山僧日报晴雨风涛。其详确若此。

【注释】①韬：弓袋，弓套。②粮长：负责征收、解运所在粮区田粮的人员。

【译文】文襄公周忱的卧榻旁放有用弓袋装着的灯具、笔简，他筹划漕运之事时一旦想到办法，就立刻起床记下，即使是气候也必令人探知回报（然后记录于册）。某粮长侵吞了几船粮食，便以粮船江行遇风作为解释，周忱说："那天江上无风，怎么会丢失粮船呢？"粮长惊讶佩服。很久以后，那粮长才知道周公每天都令金焦山的僧人向他报告当日的晴雨风涛情况。周公记录的内容详细精确到如此程度。

己巳之变①，朝议烧通州仓，适周忱在京议事，曰："通州去京四十余里耳，又有数百万粮，此可给京军一岁饷，令自往取。何至付灰烬，而曰无资盗粮耶？"京军一时腾饱。

【注释】①己巳之变：即土木堡（今河北怀来县东）之变，指1449年明英宗被瓦剌俘获于土木堡之事。

【译文】己巳之变发生后，朝廷决议烧掉通州粮仓，正巧周忱也在京城，他议论此事说："通州距京城四十多里，又有数百万粮食，这足够供给京城军队一年的粮饷。何至于将其烧毁，而说不资助粮食给敌人呢？"（朝廷采纳了他的建议）京称军士一时之间尽皆吃得大饱。

于忠肃①超拜兵部侍郎，兼治河南、山西。忠肃命郡邑岁饶则多出官镪②，籴民粟归庾；俭则吐庾粟，减直以粜。公私得相赡，而于下尤利。齐、秦民饥，徙入河南者，忠肃令邑各给田，与之牛、种，而以次责其税，毋令与土著淆。流民不致失所。

【注释】①于忠肃：明代官员于谦，字廷益，号节庵，官至少保，谥"忠肃"，世称"于少保""于忠肃"。②镪：同"繦"，穿钱的绳子，代指铜钱或钱币。

【译文】于忠肃越级升任兵部侍郎，兼治理河南、山西。他命各郡县在丰年之时多拿出官银，收买百姓的粮食存入粮库；荒年之时则拿出粮库中的粮食，低价卖给百姓。（如此）官府与百姓都能丰足，尤其对百姓有利。齐、秦之地的饥民，迁徙入河南的，他下令各郡县供给田地与耕牛、种子，并且低一等收税，（收税时）不把他们与本地的土著混淆。（这样）流民才不致于没有安身之地。

于少保为本兵①。卤将入塞，议者请烧通州仓，以绝卤望。少保令各卫军预支半年粮，令其往取。于是肩负者踵接，不数日京师顿实，而通州仓为之一空。

【注释】①本兵：明代兵部尚书的别称。

【译文】于少保（于谦）为兵部尚书。北方蒙古人将侵入关塞，朝廷决议烧掉通州粮仓，以断绝敌人夺取我军粮食而为己用的企图。于少保命令所有守卫京城的军队预支半年粮食，又命令他们自行前往取粮。于是肩负着粮食的士兵络绎不绝，没几天京城的粮库就充满了，而通州粮仓为之一空。

铜梁张肖甫戡浙江兵变，未入境，而民变复作。公抵台治事，乱民啸聚益众，公曰："吾奉命戡悍兵，宜自悍民始。"乃召伍长①抚之曰："前幕府诚误，用汝死力而不汝饱，汝宁无快快？"众唯唯。则又曰："市无赖子乱成矣，彼无他劳，非汝曹例。汝能为吾讨捕之②，吾且以汝功折罪。"众踊跃听命，顷刻缚乱民百五十余人，斩其渠，余悉释去矣。俟明年春汛，发兵哨海，复歼其乱首二魁。二变俱靖。

【注释】①伍长：古代军制以五人为伍，每伍有一人为长，称"伍长"。②"汝能"句："能"字后疑脱一"为"字。

【译文】铜梁人张肖甫（张佳胤）前往浙江平定兵变，未入境，又发生民变。张公到达府衙理事时，乱民集聚得更多，张公说："我奉命前来平定悍兵，应该先从悍民着手。"于是召来伍长安抚说："前任幕府错待了你们，让你们尽力效命却不让你们吃饱，你们怎能不闷闷不满呢？"众士兵恭敬地应答。张公又说："城中无赖子弟已开始闹事，他们不像你们有为国守土的辛劳，所以不能和你们的事一概而论。你们若能为我逮捕他们，我将让你们以功抵罪。"众士兵皆踊跃听命，顷刻间逮捕乱民一百五十多人，（张公）斩杀了乱民的首领，其余之人则全部无罪释放。到第二年春汛时，张公发兵巡海，又歼灭带头兵变的二人。（于是）兵变和民变都得以平定。

许逵令乐陵，流贼猖獗，逵预筑城浚隍，贫富均役，逾月而成。又使民各筑墙，高过屋檐，仍开墙窦如圭，仅可容一人。家令一壮丁执刀俟于窦内，其余人皆入队伍。令曰："守吾号令，视吾旗鼓，违者从军法。"设伏巷中，洞开城门。未几，贼果至，火无所施,兵无所加,旗举伏发,尽擒斩之。

【译文】许逵任乐陵知县时,流寇猖獗,他为了防备流寇,便发动民众筑造城墙、疏通城壕,贫富之民皆来应役,一月有余便完成了工事。他又叫居民在房外筑墙,墙高过屋檐,墙上凿出圭形小门,只能容一人通过。各家选一个强壮的人拿着刀守候在小门内,其余的人都编入队伍。他又下令说:"遵守我的号令,看清听清旗鼓的动静,违者以军法论处。"命人埋伏巷中,大开城门。不久,贼寇果然进城,还未来得及杀人放火,(许逵)旗帜一举,伏兵四起,贼人就全部被擒或被杀了。

永乐间,降虏多安置河南、东昌等处,生养蓄息,骄悍不驯。方也先①入寇,皆乘机骚动,几至变乱。至是,发兵征湖、贵及广东西诸寇盗。于忠肃奏遣其有名号者,厚与赏犒,随军征进。事平,遂奏于彼,数十年积患一旦潜消。

【注释】①也先:当时蒙古瓦剌部领袖。

【译文】永乐年间,归降的蒙古人多被安置在河南、东昌等地,(他们)生息繁衍,骄悍不驯。恰逢也先侵犯边境,他们皆趁机骚动,几乎至于变乱。这时,朝廷发兵征讨湖、贵州和广东广西的盗贼。于忠肃(于谦)上奏派遣其中有名声的降虏,给予厚赏,随军征伐。盗贼平息后,于忠肃遂上奏将他们安置在那里,(这样)数十年的积患一朝就暗中消除了。

王文成既平宸濠,武宗亲征,北军至江西,恣肆。文成传谕百姓:北军离家苦楚,居民当敦主客之礼。"每出,遇有死丧疾病者,必停车问劳,厚恤之,北军感服。会冬至节近,预令城市举奠。时新经濠乱，哭亡酹酒①者声闻不绝，北军无不思家，泣下求归。

【注释】①酹（lèi）酒：以酒浇地，表示祭奠。

【译文】王文成（王阳明）平定宁王朱宸濠叛乱后，明武宗亲征，北方的军队到达江西，肆意妄为。王文成传谕百姓说："北军远离家乡，内心苦楚，当地居民应该尽地主之谊，厚待北军。"他每次外出，遇到死丧、疾病的北军，必要停下马车慰问安抚，给予厚赐体恤，（久而久之）北军感动悦服。时冬至节将近，王文成命令百姓在城中举行祭奠。那时的百姓刚刚经历朱宸濠兵变的战乱，因此以酒祭奠哭吊亡灵的哀声不绝于耳，北军（听了）无不勾起思家之情，纷纷流着眼泪要求还乡。

刘忠宣出理边饷。或曰北边粮草，半属中贵人子弟抱揽，公刚，不免取祸。忠宣曰："处事以理不以势矣，至彼图之。"既至，召边上父老，日夕讲究，遂得其要领，揭之通衢云："某仓缺粮若干石，每日给官价若干，凡境内外官民客商之家，但愿输者，米自十石以上，草自百束以上，俱准告，虽中贵子弟亦不禁。"不两月，仓场充轫。盖往时粮必百石、草必千束方准告，故中贵子弟得以抱揽。此法立，民间一有粮草，自得告输，故仓场立足。

【译文】刘忠宣前往边境处理兵饷。有人劝他说："北方边塞的粮草皆被宦官的子弟垄断买卖，你性格刚直，不免招祸。"刘忠宣说："处理事情以理不以势，待我到后解决。"到达边境后，刘忠宣召集边境上的百姓，每天与他们谈论，很快便抓住事情的关键，于是他在大街上发布告示说："某府库缺粮若干石，每日官府出钱若干，凡是境内外官民客商之家，只要愿意运送粮草来的，米十石以上，草百束以上，都允许上报收进，即使宦官的亲戚也不禁止。"不到两个月，府仓储积有余。原来从前边塞上粮必须百石、草必须千束才允许上报收进，因此宦官的子弟得以垄断买卖。此法令一出，民间百姓一旦有粮草，就可以报告运来，所以府仓很快充足。

陈霁岩知开州，大水，赈饥府下。有司议："极贫者谷一石，次贫者五斗。"放赈时编号执旗，鱼贯而进。公坐仓门点名，视其衣貌极老而贫者暗记之。次年，上司行牒再赈极贫者。吏胥禀出示另报，公曰："不必也。"第出点名簿暗记极贫者，唤领。乡民以为神明。

【译文】陈霁岩任开州知府时，发生大水灾，他决定打开府仓赈济饥民。他与有关部门的官吏商议说："最贫穷的发一石谷物，次贫的发五斗。"发放救济时，官府对灾民编号，让他们拿着号旗依次排队前进。陈公亲自坐在仓库门口点名，观察灾民的衣服容貌，看见十分衰老且贫困的就暗中标记出来。第二年，上级有公文通知再次赈济最贫困的人，工作人员打算张贴公告，让贫穷的百姓重新申报，陈公说："不必了。"只拿出从前点名册上暗中标记的极贫之人，通知他们来领救济粮。百姓们都认为他很神明。

赵豫，松江太守，侍郎周文襄有所经划，必与之商榷。公每见讼者非急事，则谕之曰："明日来。"人始皆笑之，不知讼者求释一时之忿，经宿气平，或众为譬解，因而息者多矣。

【译文】赵豫任松江太守期间，巡抚江南的侍郎周文襄（周忱）有所筹划，必与之商议。赵公处理诉讼，只要诉讼者诉讼的不是急事，他便告诉诉讼者说："明日来。"百姓皆嘲笑他，但他们不知道（赵公之所以这样做是因为）起讼者皆因一时忿怒发起诉讼，经过一夜起诉者忿怒渐平，或被众人晓示劝解（便不会再来起诉了），因此赵公在任期间平息了很多诉讼。

何良俊曰："今之抚按^①，有第一美政所当急行者：要将各项下赃罚银，督令各府县尽数籴谷；其有罪犯自徒流以下，许其以谷赎罪。大率上县每年积谷一万，下县五千，两直隶下有县一百，则每年有谷七十余万，积至三年，即有二百余万矣。若遇一县有水旱之灾，则听于无灾州县通融借贷，俟来年丰熟补还，则凶荒不能为害矣。"

【注释】①抚按：明清时巡抚、巡按的合称。

【译文】何良俊说："当今的巡抚巡按，应当急切施行的第一德政是：将各项赃款及罚银，督促各府县全数购买谷物；犯有徒刑、流放以下罪刑的罪犯，准许他们用谷物来赎罪。（这样）大致大县每年可存谷物一万石，小县可存五千石，两直隶地区下辖一百个县，则每年就有七十多万石谷物，积累三年，就有两百多万石了。如果遇到一个县有水旱灾，可以听任其向无灾害的县通融借贷，等明年丰收后补还，（如此）灾荒便不能为害了。"

梅衡湘为固安令，有中贵乞为征负。公设饮，召负者前，诃之。负者诉以贫，公叱曰："贵人债何债，而敢以贫辞乎！今日必偿，徐之，死杖下矣！"负者泣而去，中贵色动，公觉之，乃复呼前曰："吾故知汝贫，然无可奈何。亟鬻而子女与尔妻孥，速持锾来。虽然，吾为汝父母，何忍使尔骨肉骤离。姑宽汝一日夜，归与妻子诀，此生不复得相见矣！"负者闻言愈泣，中贵亦泣，辞不愿徵，为之破券。

【译文】梅衡湘（梅国桢）任固安县令，有宦官请梅公为其讨债。梅公设宴款待宦官，召欠债者前来，斥责了一顿。欠债者哭诉自己贫穷，梅公大声怒骂道："宦官大人好心借钱给你们，你们竟敢哭穷赖债！今天必须偿还，若再拖延，我就命人用棍杖打死你们！"欠债者哭泣着离去，宦官脸色有动，梅公觉察，再次把欠债者叫来说："我原本知道你家贫穷，但我也是无可奈何。快回家卖掉你的儿女、妻子，速速拿钱来。即使如此，我作为你的父母官，也不忍心让你骨肉骤然分离。姑且宽限你一日夜，回去与妻子诀别，你们此生恐怕再也不能相见了！"欠债者闻言哭得更加厉害，宦官也禁不住哭泣，当场表示不再讨债，并且撕毁了借据。

周新为浙江观察使，常巡历属县。微服，触县官，收系狱中，与囚语，遂知一县疾苦。明日往迓观察，乃出自狱中。县官惭惧，皆解绶去。由是诸郡县闻风莫不谨饬。

【译文】周新任浙江观察使，常巡行视察下属各县。（有次）他微服出巡，触犯某县县官，被关押进狱中，（他在狱中）与囚犯详谈，于是了解了县中百姓的疾苦。第二天，县官前往迎接观察使（没有迎接到），观察使竟然从狱中走了出来。县里的官员惭愧惧怕，皆解印辞官。由此，每个郡县的官员闻听此事无不谨慎自律。

杨文襄^①与张永既平安化乱^②，永复命，文襄于袖中出二疏，一言平寘鐇，一请诛刘瑾，永骇之。杨徐言曰："公班师入，见上，先进宁夏疏，上必就公问，公诡言请屏人语，乃进内变疏。"永曰："不济奈何？"杨曰："他人言，济不济未可知；公言，必济。顾言时须有节次，万一不从公，公可顿首请上即时召瑾，没其兵器，劝上登城验之：'若无反状，杀奴喂狗！'又顿首哭泣，上收瑾必矣。"一如公策，瑾果获诛。

【注释】①杨文襄：杨文襄：明代官员杨一清，字应宁，号邃庵，谥"文襄"。②安化乱：指明朝正德五年（1510）安化王朱寘鐇在安化（今甘肃庆阳县）发动的叛乱。

【译文】文襄公杨一清与张永平定安化王之乱后，张永回朝复命，杨文襄从袖中拿出两封奏疏，一封讲平定朱寘鐇之事，一封请求诛杀刘瑾，张永见之惊骇。杨文襄缓缓说道："您班师回朝，见到皇上，先呈献第一封奏疏，皇上必然向您询问情况，您假称必须屏退他人才能详细禀报，等您进入内房后呈献第二封奏疏。"张永说："如果事情不成，怎么办？"杨文襄说："他人上奏，成不成未可知，您上奏事情必成。但上奏时话语必须有次序，万一皇上不答应您的请求，您可以叩头请求皇上立刻召见刘瑾，没收刘瑾的兵器，劝皇上登城察验，并说：'如果刘瑾没有谋反的迹象，杀了我喂狗！'然后再叩头哭泣，这样皇上就必然下令逮捕刘瑾了。"（张永回朝后）遵照杨公的计策去做，刘瑾果然被诛杀。

王璋，河南人，永乐中为右都御史。时有告周府反者，上欲及其未发讨之，问璋，璋曰："事未有迹，讨之无名。"上曰："俟发则迟矣。"璋曰："臣请往，可不烦兵。"上曰："用众几何？"

曰:"臣一人足矣。然须奉敕,以臣巡抚其地乃可。"遂命草敕,即日行。到任,直造周府。王惊愕,问璋来意,璋曰:"人有告王谋反,朝廷已命丘大帅提兵十万将至。臣以王事尚无迹,故来先谕。"王举家环跪,哭不已。璋曰:"哭亦何益,愿求所以释上疑者。"曰:"唯公命之。"璋曰:"能以三护卫①献,则无事矣。"王从之。璋出示曰:"护卫军三日不从者,斩。"不数日而散。

【注释】①三护卫:负责护卫亲王府邸的军队。明朝编制,每一护卫有军士五千六百人,三护卫有军士一万六千八百人。

【译文】王璋,河南人,永乐年间任右都御史。当时有人上告周王朱橚即将谋反,明成祖打算在朱橚还未起事前就派兵讨伐,(对于出兵一事)明成祖向王璋询问,王璋说:"周王谋反之事尚无迹象,讨之无名。"明成祖说:"等到他起事再派兵讨伐就迟了。"王璋说:"臣请求前往处理此事,可以不用烦劳朝廷发兵。"明成祖说:"你要带多少人去呢?"王璋说:"我一个人就够了。但是,我必须奉敕前往,(这敕令)需任命臣巡抚周王殿下的所在地才行。"于是明成祖命人拟定敕令,当天王璋就奉敕出发了。到任后,王璋径直前往周王的府邸造访。周王惊愕,询问王璋此来的目的,王璋说:"有人向朝廷告发您将要谋反,朝廷已命丘大帅统兵十万前来讨伐,大兵即将到来。臣以为殿下谋反之事尚无迹象,所以先来告知您。"周王朱橚全家围着王璋哀哭不已。王璋说:"哭有什么用呢,应该想想用什么办法消除皇上对您的疑虑。"周王说:"我惟你的命令是从。"王璋说:"殿下如果能够将三护卫献给朝廷,大概就不会有什么事了。"周王遵从。王璋告诉三护卫的军士道:"三日之内,三护卫有不按指令迁离者,立即处斩。"没过几天,周王的三护卫便被朝廷解散安置。

周襄敏①抚宣大。总督侍郎以苛刻失众心，请粮不从，众遂大哄，围帅府。公时以病告，诸属告急，公曰："吾在也，毋恐。"即便服坐院门，召诸把总②，佯骂曰："是属辈刻削之过，不然，诸军士岂不自爱而至此？"欲痛挞之。军士闻公不罪己，气已平，乃跪而前，为诸把总请曰："非把总罪，乃总制③贪则不恤众耳！"公从容为陈利害，众欢曰："公生我。"遂散去。

【注释】①周襄敏：明代官员周金，字子庚，号约庵，谥"襄敏"。②把总：明清时低级武官。③总制：官名，即总督。

【译文】襄敏公周金巡抚宣化、大同（两者皆当时北方军事重地）。总督侍郎因克扣兵饷失去军心，众士兵请求粮饷不得，遂群起闹事，包围了帅府。周公当时正因病告假，诸属下向他告急，周公说："有我在此，你们不用害怕。"随即穿着便服坐在院门口，召来各个把总，假装怒骂道："都是你们这些人克扣的罪过，不然，诸军士怎么会如此不自爱而群起闹事呢？"欲痛加鞭挞。闹事的士兵听见周公不怪罪他们，怒气平息，都跪地向前，为各个把总求情说："不是把总的罪过，是总督贪心而不体恤士兵。"周公从容地为闹事士兵陈说利害，众人听完后高兴地说："是您救了我们。"于是散去。

抚州饥，黄震奉命往救荒，但期会富民耆老以某日至。至则大书"闭粜者籍，强籴者斩"八字揭于市，米价遂平。

【译文】抚州发生饥荒，黄震奉命前往救荒，（到了那里）他只约定日期让富民和年老的士绅前来。等他们来到后，黄震郑重地写下"闭粜者籍（关闭店门不让大家买米的商户要抄没），强籴者斩（强行买进大米以作囤积的商户要斩首)"八个字,张贴在集市中,米价于是平稳。

徐杲者,世宗时木匠,由营缮所^①丞历官至工部尚书。当乾清宫灾,欲除瓦砾,徐云:"基址愈高愈好,可无去。"从之,省工费若干。阶檐石乃白玉石,长阔坚厚,皆难其选,应易之。徐以火止及其一面,其三面并好,可翻转用,省采取扛运工费若干。

【注释】①营缮所:又称"营缮司",古代官署名,隶属工部,掌修治陵寝、坛庙、官府、城垣、仓库等。

【译文】徐杲是明世宗时的木匠,由营缮所丞升官至工部尚书。当乾清宫发生火灾后,工部官员建议清除瓦砾,徐杲说:"(修建宫殿)基址越高越好,可以不用清除。"工部按照他说的去做,省了很多工费。原先乾清宫的阶檐石是白玉石,长阔坚厚,难以选用,工部官员都说应当换掉。徐杲认为大火只烧毁了阶檐石的一面,其它三面都是完好的,可以翻转使用,(工部按照他说的去做)省掉了许多采取扛运的工费。

陆兵道景邺^①莅黔中,制府檄点诸营军。点兵多冒滥,遇点则倩人代之,每什不过二三人,稍急之,则脱巾而噪。景邺初至,即请查七军,令各鱼贯集贡院,身坐大门,禁阑入者。时各兵已点者思出外更番应点,至是术穷。第七军高拱北,号兵四百名,应点者止五人,遂立斩高拱北。先后汰兵万人,而兵不敢哗。

【注释】①陆兵道景邺:明代官员陆梦龙,字君启,号景邺。兵道,即兵备道,明代在各省重要地方设置的整饬兵备的道员。陆梦龙曾往贵州监军,故称。

【译文】兵道陆景邺前往贵州平乱时，当地总督按名册清点诸营士兵。被点名的士兵多为假冒，遇到点名就请人代替，十人的队伍实际上不过二三人，稍微逼得急了，他们就扔掉军帽大声喧闹。陆景邺刚到贵州，就立即请求清查各军，令士兵依次排好队聚集在贡院，他则坐在大门前，禁止冒充者擅自进入。当时已被点过名的士兵想出去代替别人应付点名，但在这种情况下就无计可施了。第七军的首领高拱北，号称军中有四百人，被点到名的却只有五人，于是陆景邺立即将高拱北斩首。陆景邺在贵州先后淘汰了一万名士兵，他们都不敢喧哗闹事。

黔督抚檄各卫指挥籴米，既隔岁，复令变价。米既积日多耗，而变价无贸者。镇远指挥走告监军道陆景邺，景邺曰："是不难，命所部先期支饷两月。各负担自携，以省转输。"既先期，又食佳米，众争往，数日而毕。即以饷银补偿，卫人感泣。

【译文】贵州督抚发令让各卫所的指挥收买大米，隔了一年后，又发令让他们卖出大米换钱。库中大米积存得久了多有霉烂，虽然变卖也无人来买。镇远指挥跑来报告监军道陆景邺，景邺说："这不难办，命你的部下先行支取两个月的粮饷，并令他们各自负担、携带，以省去转运。"既能先支取粮饷，又能吃到好米，众士兵争相前往领取，几天之内，库中的大米便没有了。随后，陆景邺又以饷银补偿，各卫所的人皆感动流泪。

魏忠贤逮周顺昌，苏民激变，立礰旗校①五、六人。巡抚毛一鹭束手无措，但抱圣旨牌挤入人丛中，冠带尽裂。太守寇慎带牙役直入旗校②卧房，搜出白金三千八百两，令人舁至府治，对众大言曰："官旂索诈，赃物具在，明日可据以进本。官旂之头底在此，诸百姓勿得过于张皇，致误大事。"众心稍安，随即散去。

【注释】①旗校：旗军的校官。②旂校：同"旗校"。

【译文】魏忠贤命人逮捕周顺昌，苏州百姓因过于激动而发生变乱，瞬间打死了五六个旗军的校官。巡抚毛一鹭束手无策，只是抱着圣旨牌挤入人群（想要劝导），（可谁知）他身上的冠带也被民众撕裂了。太守寇慎带着差役径直闯入旗军校官的卧房，搜出白银三千八百两，令人搬运到府衙，对众人大声说道："旗校敲诈勒索的赃物都在这里，明天可以据此向皇上上书。旗校勒索害人的底细在此，诸位百姓不必过于惊慌，以致误了大事。"众人心中稍安，随即散去。

登子①母董太君捐米七百石，赈饥越中。故套：凡赈米之家，强者攫之去，妇女老弱都无颗粒。陶庵刻一票，令里总报定各坊饥户，躬至其家看验。上贫者给米票若干，次贫者递减。分城中为十区，日查一区，次日赍票领米，十日俱遍，其赈米粒粒皆果饥民之腹。

【注释】①登子：张岱的族兄弟张陛，字登子。

【译文】登子的母亲董太君捐米七百石，赈济越中的饥民。旧例：凡捐米赈济的人家，其所捐献的米粮往往被强壮之人率先取走，妇女老弱则颗粒不得。（为防止此种弊端）我制定了一种票据，令里长汇报各坊的饥户，并亲至其家察验。最贫困的给他家米票若干，次贫困的则适量递减，并且我把城中分为十区，每日查验一区，（凡是持有米票的人家）第二天就可凭票领米，十天之内我就把米票送遍了贫困之家，其用于赈济的米粮每一粒都进入了饥民的腹中。

燕客①弟以杀人激变，啸聚万余人，攻其内宅，门几破，众将举火以焚其庐。陶庵出募壮士二百余人入护，诸人曰："势大，难与斗。"陶庵曰："不要尔斗，仍要尔攻。"诸人不解，陶庵曰："尔众人跻入将破之处，第言：'尔辈何怯，让我辈生力向前！'声张其势，下手稍缓。俟日晡时②，声言今日晚矣，玉石难辨，俟明蚤攻进未晚也。"一招径行，余人皆散。

【注释】①燕客：张岱的堂兄弟张萼，号燕客。②晡时：午后三时至五时，多代指傍晚。

【译文】我的堂弟张燕客因为杀了人激起民变，一万多人聚集在一起，攻打其内宅，门已经攻破，众人将要放火烧掉他的居室。我招募了二百多个壮士命他们进内护卫，众人说："对方势力强大，难以争斗。"我说："不要你们斗，只要你们攻。"众人不解，我解释道："你们攻到他们将要攻破的地方，只大声说：'你们怎么这样怯弱呢，让我们这些生力军在前！'然后故意虚张声势，而轻缓动手。等到傍晚，你们就声称今日太晚了，好坏难辨，等明早再来进攻也不迟。"这一招径直施行，众人皆散。

周文襄巡抚江南日，巨珰①王振当权，虑其挠己也。时振初作居第，公预令人度其斋阁，使松江作剪绒毯遗之，不失尺寸。振益喜，凡公上利便事，振悉从中赞之。江南至今赖焉。

【注释】①巨珰：有权势的宦官。

【译文】周文襄（周忱）巡抚江南时，大宦官王振当权，他担忧王振会阻挠自己做事。当时王振刚建了一座住宅，周公预先命人测量了其居室，并让松江的工匠制作了一幅剪绒毯赠给王振，尺寸大小完全合适。王振非常高兴，凡周公上书请求要做的事，王振皆从中帮助。至今江南人民仍享受周公遗留的德泽。

文皇帝御奉天门录囚①，既多矜宥，尚虑有枉者，召锦衣卫等官，谕曰："囚皆久于狱，而初至朕前。久于狱，虽枉不求辩；初至朕前，则不敢言。尔等更从容察之，果尚有冤，即来白。"

【注释】①录囚：审讯登录囚犯的罪状

【译文】明成祖到奉天门审讯囚犯，宽赦了许多人之后，仍担心有受冤枉的，便召来锦衣卫等官，晓示说："囚犯们久在狱中，这是第一次来到朕的面前。久被关押，虽有冤枉也不愿申辩；第一次来到朕的面前，则不敢说话。你们要耐心审察，果真尚有被冤枉的，即可来报。"

洪武时，户部奏苏州连逋三十万，请论守臣罪。上曰："积逋不偿，民困可知。若逮其官，必责于民，民重困矣。"并所逋赦之。

【译文】洪武年间，户部奏报苏州累积欠税三十万，请明太祖判处守臣的罪过。明太祖说："积欠赋税不缴，可以知道当地的百姓是多么困苦。如果逮捕其长官，当地的官员必然大肆向百姓索取，这样就会加重百姓的困苦。"于是（赦免苏州长官的同时）也一并把苏州的赋税给免了。

永乐时，皇太子过邹县，见民间灶釜不治，衣皆百结，叹曰："民隐不上闻若此乎！"时布政石执中来迎，太子责之曰："为民牧，而视民穷若此，亦动念否？速往督郡县，取勘饥民口数，发官粟赈之。毋惧擅发，予当自奏也。"至京，即奏之。上曰："昔范纯仁^①犹举麦舟济父之故旧，况百姓吾赤子乎！"

【注释】 ①范纯仁：北宋名臣范仲淹之子。有一次，他到苏州去运一船麦子，返回时遇见无钱运送父亲灵柩回家的石曼卿，于是他便将一船麦子全部送给石曼卿，让石曼卿作为回乡的费用。

【译文】 永乐年间，皇太子途经邹县，看见百姓不治灶锅，穿的都是打满补丁的衣服，叹息道："像这样的民间疾苦（地方官）都不向朝廷呈报啊！"当时布政使石执中前来迎接皇太子，太子责备道："作为百姓的长官，看见百姓如此穷苦，你就一点也不动心吗？快回去督促各郡县，查核饥民人数，发放库米予以赈济。你不要惧怕有擅自发放之罪，我一定会向皇上奏明。"回到京城，太子立即上奏。明成祖说："从前范纯仁尚能把一船麦子送给父亲的老友助其还乡，何况百姓都像我的儿女一样呢！"

洪熙元年，上闻淮、徐、山东民多乏食，召杨士奇等草诏免夏税。士奇曰："可令户、工二部与闻。"上曰："救民之穷，当如救焚拯溺。有司虑国用不足，必持不决之意，卿等姑勿言，速遣使赍行。"左右言："地方千余里，宜有分别。"上曰："恤民宁过厚，为天下主，可与民尺寸较量耶？"

【译文】 洪熙元年，明仁宗听闻淮、徐、山东的百姓食用不足，便召来杨士奇等命他们拟订诏书免除这些地方夏季的赋税。杨士奇说："可让户部、工部也参与进来。"皇上说："救济苦难的百姓，应该像拯救陷于水、火之灾的人一样。有关部门担心国家的费用不足，必然迟疑着难做决定，你们不要多说了，快派使者带着诏令出发。"身边有人说：

"这些地方幅员千余里，（赈济时）应当有所区别。"皇上说："救济百姓宁可丰厚，我作为天下的君主，怎么能与百姓斤斤计较呢？"

嘉靖八年，陕西佥事^①齐之鸾言："臣由舒、霍逾汝宁，及经潼关，目击禾穗无遗，流民载道，偶有居民刈获，喜而问之，答曰：'蓬也，有绵、刺两种，子可为面，饥民仰此而活者五年矣！'臣见有食者，取而啖之，整口涩腹，呕逆移日。小民困苦，可胜道哉！谨将蓬子封题赍献，乞颁臣工使知民瘼。"诏命设法赈之。

【注释】①佥（qiān）事：官名，相当于副职或助理等职。佥，辅助。

【译文】嘉靖八年，陕西佥事齐之鸾上书说："臣由舒城县、霍山县（两者今均隶属安徽省六安市）过汝宁府（府治在今河南省汝南县），以及经过潼关的路上，看见禾苗上没有禾穗，流民布满道路，偶见有人收割，我就高兴前去询问（他们收割的什么），收割的人回答：'蓬有绵、刺两种，果实可以制成面粉，饥民靠吃这东西存活已经有五年了。'臣见有人正在吃，便取来尝了一个，吃入口腹只觉粗糙干涩，呕吐反胃了许多天。百姓的困苦，哪里能够说尽啊！我现在小心地将蓬子封存献上，乞求您传示给群臣百官，让他们知道百姓的疾苦。"（于是）明世宗下令设法赈济。

武宗南巡，驾至淮安，太守薛赟拆去沿河民房，以便扯船，纤取绢帛为之。及过扬州，太守蒋瑶曰："沿河非临幸之地，扯船自有河岸，何必拆毁民居？如有罪，太守自当之。"又江彬传旨，命扬州报大户，蒋曰："扬州四大户：一两淮盐运司，一扬州府，一钞关^①，一江都县。百姓穷，别无大户。"彬又传旨选绣女^②，蒋曰："扬州止三个绣女。"江问何在，蒋曰："民间并无，止知府亲生三女，必欲选时，可以备数。"江语塞，事遂寝。

【注释】①钞关：明清时收取关税之所。因以钞纳税，故名。②绣女：备选为妃嫔、宫女的少女。

【译文】明武宗南巡，御驾来到淮安，太守薛赟拆去沿河民房，以便纤夫拖船，拖船的纤绳是用绢帛制成的。等御驾经过扬州，太守蒋瑶说："沿河非圣驾临幸之地，扯船自有河岸可行，何必毁坏民居？如果皇上怪罪，我这个太守承担。"另外，皇帝的宠臣江彬传旨，要扬州官员报告当地的大户人家，蒋瑶说："扬州有四大户：一个是两淮盐运司，一个是扬州府，一个是钞关，一个是江都县。百姓穷，别无大户。"江彬又传旨让选绣女，蒋瑶说："扬州只有三个绣女。"江彬问在哪里，蒋瑶说："百姓家没有，我自己有三个亲生女儿，必欲选时，她们可以充数。"江彬语塞，事情遂罢。

天顺中，朝廷好宝玩，命中贵查西洋水程故牒①。时刘大夏为郎，先捡匿之。尚书项襄毅公②诘曰："署中牒，焉得失？"刘在傍微笑曰："昔下西洋，费钱谷数十万，军民死者以万计。此一时弊政，牒即存，当立毁之，犹追究其有无耶？"项再揖谢曰："公达国体，此位不久属公矣。"

【注释】①故牒：旧日的公文档案。②项襄毅公：明代官员项忠，字荩臣，号乔松，谥"襄毅"。

【译文】天顺年间，明英宗爱好搜集奇珍异宝，(他听说郑和下西洋时带回无数的珍奇宝物)便命宦官到兵部查看当年郑和下西洋时航海路线的公文档案。当时刘大夏任兵部侍郎,(知道此事后)预先把相关资料藏匿了起来。项襄毅公质问属下说:"官署中的旧公文,怎么会遗失呢?"刘大夏在一旁微笑着说:"昔日郑和下西洋,花费钱、谷数十万,牺牲了上万的军民。这是当时朝政上的一大弊端,即使公文还在,也应该立即毁掉,现在还追究它有没有干吗?"项襄毅公再三称谢说:"您通达大体,这个位子不久就应该属于您了。"

汪待举知处州,民有争讼,呼之使前,面定曲直,不以属吏。百姓颂曰:"官舍却如僧舍静,吏人浑似野人①闲。"

【注释】①野人:隐士。
【译文】汪待举任处州知府时,遇有百姓争讼,他便把争讼者叫到跟前,当面判定是非曲直,从不交给执法官吏处理。百姓歌颂他说:"官舍却如僧舍静,吏人浑似野人闲。"

卷之四 言语部

陶庵曰：视燕图者言燕，而燕不核也；及至燕，而始能言燕。则空言之无当于实见也。盲者摸象，得象耳者曰象如簸，得象鼻者曰象如杵。盲者虽无象见，其胸中犹有簸与杵见也。与其摸象而终不得象，孰若摸象之耳鼻而犹知簸与杵之象？盖象者假象，而簸与杵者真见也。有真见，则虽存其言可也。集言语第四。

【译文】陶庵曰：看着燕国地图的人谈论燕国，所言往往与燕国的实际情况不符。等他亲身到了燕国，才能说出燕国的实际情况。由此可知，空泛的谈论不如实际的见闻。盲人摸象，摸到象耳的说象像簸箕，摸到象鼻的说象像棒槌。盲人虽然不知道大象的样子，心里却知道簸箕、棒槌的样子。与其摸遍大象的全身而最终还是不知道大象的样子，不如摸到象耳、象鼻而仍可以知道大象犹如簸箕与棒槌。盲人谈论的象是假象，而簸箕与棒槌却是他们真实见到过的。有真实的见闻，即使只言片面也值得保存。故集合诸故事将"言语部"列为第四。

郁离子[①]曰："尧舜之于民，犹以漆抟沙；三代之于民，犹以胶抟沙；霸者之于民，犹以水抟沙；后世之于民，犹以手抟沙。"

【注释】①郁离子：明代刘基著有《郁离子》一书，在书中刘基以"郁离子"作为托称。

【译文】郁离子说："尧舜时的百姓，就像用漆抟和起来的沙子一样；夏、商、周三代的百姓，就像用胶抟和起来的沙子一样；靠武力统治下的百姓，就像用水抟和起来的沙子一样；后世的百姓，就像用手抟沙子一样。"

太祖郊天，祝文有"予""我"字，上怒，将罪作者。桂良彦进曰："汤祀天曰'予小子履'，武祭文曰'我将我向'，儒生泥古不通，烦上谴诃。"众得释。

【译文】明太祖到郊外祭天，祝祷文中有"予""我"字，太祖大怒，将要治作者的罪。桂良彦进言道："商汤祭天时说'予小子履'，周武王祭奠周文王时说'我将我向'，儒生拘守古人的说法，不知变通，烦请皇上谴责呵叱。"众人被释放。

太祖召浦江郑济至京，嘉叹其家法，厚赐遣还。高后曰："闻郑氏千余人，老幼一心，为所欲为，何事不可，宜设法防之。"太祖又复召问："汝家十世同居，何以得此？"对曰："只是不听妇人言耳。"太祖大笑，许即归里。

【译文】明太祖召浙江浦江人郑济到京城，夸赞其治家有法，在给予他丰厚的赏赐后遣送回家。高皇后说："听闻郑氏家族有一千多人，老幼团结一心，（如果）他们为所欲为，什么事做不成，应该设法防备。"太祖又召郑济前来，问道："你家十世同居，是怎么做到的？"

郑济回答："只是不听妇人言罢了。"太祖大笑，准许其归乡。

元幼主死，太祖命作文以祭，多不称旨。海虞钱甦①草一通以献，中有云"尔失天下，乃夷狄之所本无；我得天下，乃中华之所固有。"太祖大喜。

【注释】①甦（sū）：同"苏"。
【译文】元朝年幼的君主去世，明太祖命人作文祭奠，文章多不符合上意。海虞县的钱甦写了一篇呈献，文章中有"你失去天下，是因为天下本不属于夷狄；我得到天下，是因为天下本来就属中华所有。"太祖见之大喜。

德王奏请其母妃之国，词甚哀切，阁下不能难。尹直曰："臣能折之。"乃为词云："尔母即我母，我养即尔养，以一国养，不若朕以天下养也。"德王遂服。

【译文】德王上奏为他的母亲请求到封国颐养天年，言辞十分哀切，内阁找不到理由反驳。尹直说："臣能反驳。"于是写道："你的母亲即朕的母亲，朕赡养即你赡养，你以一个封国的力量赡养，不如朕以天下之力赡养。"德王遂服从。

太祖召宋濂，问廷臣臧否①，第言善者。复问否者为谁，对曰："其善者，与臣交，故知之也。若不善者，纵有之，臣不知也。"卒无所毁。

【注释】①臧否：善恶，得失。

【译文】明太祖召来宋濂，询问朝中大臣的善恶，宋濂只评说良善的大臣。明太祖又询问谁是恶臣，宋濂回答："臣所交往的，都是良善的大臣，因此知道他们的言行。至于恶臣，纵使有，臣也不知道。"最终宋濂也不曾诋毁一人。

会稽宣温，洪武中被召，上询以治道，温条对甚悉。因问曰："汉高祖杀功臣，光武全功臣，优劣何如？"对曰："高祖杀功臣，功臣自杀；光武全功臣，功臣自全。"悦其言，授四川右参政。

【译文】会稽人宣温，洪武年间被召入京城，明太祖向他询问治国之道，（面对询问）宣温都能十分详细地逐条对答。期间明太祖问道："汉高祖杀戮功臣，光武帝保全功臣，谁优谁劣？"宣温答曰："汉高祖杀戮功臣，是因为功臣自有可杀之处；光武帝保全功臣，是因为功臣自有值得保全之处。"明太祖对他的回答很高兴，任命他为四川右参政。

户部尚书滕德懋，坐盗用军粮腰斩。太祖使使觇其妻，妻方绩麻于邸，使者告曰："若夫盗粮十万，犯辟死矣。"妻曰："是宜死。盗国家如许粮，不以升合归赡老妾，其及固宜。"以其妻言，末减。

【译文】户部尚书滕德懋，犯盗用军粮罪被判处腰斩。明太祖派使者探察他妻子的反应，滕德懋的妻子当时正在宅中搓麻线，使者告诉她说："你丈夫私吞了十万军粮，犯下死罪被处死了。"滕德懋的妻子说："他做这事该死。他私吞了国家这么多粮食，却一升也不拿回来供我使用，弄到这地步实在该死。"因为滕德懋妻子这话，太祖将滕德懋从轻论罪。

陶石梁曰：“世间极闲适事，如临泛游览，饮酒奕棋，皆须觅伴寻对；惟读书一事，止须一人，可以竟日，可以穷年。环堵之中而观览四海，千载之下而觌面古人，天下之乐，无过于此。而世人不知，殊可惜也。”

【译文】陶石梁（陶奭龄）说：“世间特别闲适的事情，如游山水、赏胜迹、饮酒、下棋，都要寻觅同伴、对手；惟有读书这件事，只需独自一人就够了，（一个人读书）可以读一整天，也可以读上一年；坐在小屋中纵览天下，隔了上千年也能晤对古人，这是天下任何其它的快乐之事，都比不上的。然而世人却不知道其中的乐趣，太可惜了。”

陶石梁翻司马君实语曰：“积金以遗子孙，子孙未必能败；积书以遗子孙，子孙未必能卖；积德以遗子孙，子孙未必能耐。”与君实三言，尤较深刻。

【译文】陶石梁（陶奭龄）改动司马君实（司马光）的名言说：“积累金钱留给子孙，子孙未必就会挥霍；积累图书留给子孙，子孙未必就会卖掉；积累善德留给子孙，子孙未必就能承受。”与司马光的话比较，陶石梁说得更深刻。

先大父雨若翁①令清江，行取②去，继之者日于公座上打绵线。上司知之，与诸县令语曰：“人品不同如此：前清江在此，筑城浚隍，无有宁日；而新清江日扯绵线。”宜春令向上一揖，曰：

"此之谓一为茧丝，一为保障③。"

【注释】①雨若翁：张岱的祖父张汝霖，字肃之，号雨若。②行取：明清时，地方官经推荐保举后调任京职。③"此之谓"二句：语出《国语·晋语九》："赵简子使尹铎为晋阳。请曰：'以为茧丝乎？抑为保障乎？'"茧丝：指敛取人民的财物像剥茧抽丝一样，直到抽干为止。

【译文】我的祖父张汝霖任清江县令，后来调任京职，继任者每天在公堂上打绵线。上司知道后，与诸县令说："人品是这样的不同：前任清江县令在任时，筑造城墙，疏挖城壕，没有安闲之日；而新任的清江县令每天只是扯绵线。"宜春县令向上作了一揖，说："这就是所谓的一个抽丝剥茧，一个保障民生。"

万士亨、士和举进士，其父古斋公①每致书曰："愿若辈为好人，不愿若辈为好官。"

【注释】①古斋公：明代官员万吉，字克修，号古斋。

【译文】万士亨、万士和考中进士，其父万古斋公时常写信给他们说："希望你们做好人，不希望你们做好官。"

徐奇以广东布政入觐，载藤簟、蜡丸以馈廷臣，逻者获其单目以进。上视之，无杨士奇名，召问之，士奇曰："奇自给事中①受命赴广，众皆作诗赠行，故有此馈。"上曰："独不及卿，何也？"士奇曰："臣时有病，无所作，不然亦不免。今单虽具，受否未可知，且物甚微，可无问也。"上意解，令毁其单。

【注释】①给事中：官名，掌规谏，稽察等事。

【译文】广东布政徐奇进京朝见皇上，带了一些岭南的藤席、蜡丸赠给朝中大臣。恰逢巡逻士卒捡到了徐奇要赠送朝臣们的名单，便呈进给了皇上。皇上看后，见名单上无杨士奇的名字，便召杨士奇前来，询问原由，杨士奇说："徐奇在给事中的任上奉命前往广州时，许多人作诗为他送行，因此如今他才有此回赠。"皇上说："为何名单上只不提及你的名字？"杨士奇说："我当时有病在身，不能为他送行，不然，今日也会受到徐奇的回赠。现在众臣名单虽在，可大臣们是否接纳尚未可知，而且礼物微薄，可不必追问。"皇上疑心顿消，遂即把名单焚毁。

虞德园问莲池大师曰："俗言买东西，不言买南北，何也？"师即应声曰："南方主火，北方主水，水火家家具足，故不必买。东方主木，西方主金，金木人人所无，宁得不买？"

【译文】虞德园（虞淳熙）问莲池大师说："人们口语中都说买东西，不说买南北，为什么？"莲池大师应答说："南方主火，北方主水，水火家家都有，所以不必买。东方主木，西方主金，金木都缺，怎能不买？"

张洪阳曰："我无是心，而人疑之，于我何与？我无是事，而人诬之，于我何惭？纵火烧空，何处着热？风波汹涌，虚舟①自闲。"

【注释】①虚舟：无人驾驶的船只，常比喻人胸怀旷达。

【译文】张洪阳（张位）说："我没这种打算，但有人怀疑我有这种打算，这与我何干呢？我没做这种事，但有人诬陷我做了这种事，我为何要惭愧呢? 纵火烧空, 哪能烧着什么? 即使风波汹涌, 空着的小船也悠闲自得。"

缪当时曰:"疲精瘁神以骛朝市^①, 如蜗牛升壁, 涎枯而不知止。敛聪收明以慎屋漏, 如虬龙藏渊, 犗投而不能动。故善学者爱其身, 以为万物之主; 不善学者轻其身, 以为万物之役。"

【注释】①朝市: 朝廷和市集, 泛指名利之场。

【译文】缪当时(缪昌期)说:"耗损精神地在名利场中争逐, 就像蜗牛爬墙, 涎水枯竭也不知停止。收敛聪明以谨慎地防止精神泄漏, 就像虬龙潜藏在深渊之中, 即使投一头牛给它, 它也不为所动。因此善于学习的人爱惜自身, 能够成为万物的主人; 不善于学习的人轻视自身, 将会被万物所驱使。"

高景逸曰:"丈夫坎壈在一世, 精神在千古。今人为身后名, 此何足道? 直是一点灵光^①可对天地, 即与天地俱无尽也。吾辈保此无价之珍而已。"

【注释】①灵光: 即明朝心学家所谓的"良知"。

【译文】高景逸(高攀龙)说:"男子汉境遇坎坷不过一世, 而精神却能千古长存。今人追求死后的美名, 这有什么值得称道的呢? 只要有一点灵光可对天地, 就能与天地一起无穷无尽。我们只要能保住这个无价之宝就行了。"

赵梦白曰:"知天地神人顷刻不离, 自然常存敬畏。知祖宗父子荣辱相关，自然爱惜身名。"

【译文】赵梦白（赵南星）说："知道天地和人间的神灵片刻不离自身，自然就会常存敬畏之心。知道自己的言行与祖宗、父子荣辱相关，自然就会爱惜名声。"

洪武时，一上舍①任左都御史，群僚忽之，约二三新差巡按者请教，左都厉声曰："出去不可使人怕，回来不可使人笑。"群属凛然。

【注释】①上舍：对读书人的尊称。

【译文】洪武年间，有一读书人任左都御史，同僚们都轻视他，约了二三个新被任命为巡抚的人去向他请教，这位左都御史严厉地说："出去不可使人怕，回来不可使人笑。"众官皆现出敬重的神态。

白昂成进士，候乡达胡忠安公①问处世之要，胡曰："多栽桃李，少种荆棘。"

【注释】①胡忠安公：明代官员胡濙（yíng），字源洁，号洁庵，谥"忠安"。

【译文】白昂考中进士，向同乡显达的前辈胡忠安公请教处世的要诀，胡公说："多栽培后生，少树立敌人。"

陈眉公曰："无为曰道，无欲曰德，无近于鄙俗曰文，无入于幽暗曰章，是道德文章。赵补于天地曰功，有关于世教曰名，有精神曰富，有廉耻曰贵，是功名富贵。"

【译文】陈眉公（陈继儒）说："无为就是道，无欲就是德，不接近鄙陋庸俗就是文，不进入幽暗之地就是章，这就是所谓的道德文章。有助于天地造化就是功，有关于世俗礼教就是名，有精神就是富，有廉耻就是贵，这就是所谓的功名富贵。"

赵大洲在京师，何吉阳问曰："大洲近来讲学否？"大洲曰："不讲。"吉阳曰："若不讲，何所成就？"大洲曰："不讲，正是我成就处。"

【译文】赵大洲在京师，何吉阳问他："你近来讲学没有？"赵大洲说："没讲。"何吉阳说："如果不讲学，何以有所成就？"赵大洲说："不讲学，正是我的成就之处。"

杨文襄总制全陕，每谕诸将曰："无事常如有事时提防，有事还如无事时镇静。"

【译文】杨文襄（杨一清）总制陕西全境，时常晓示诸位将领说："没有战事要常像有战事时那样提防，有了战时要像没战事时那样镇静。"

邓文洁曰："功名富贵是两事，不要轻看功名。世间少功名之士，多富贵之士，如宋韩、范诸公，方称功名。"

【译文】邓文洁说："功名与富贵是两件事，不要轻看功名。世间缺少功名之士，多富贵之士，像宋朝的韩琦、范仲淹二人，才可以称得上功名之士。"

陈眉公曰："读未见书，如得良友；见已读书，如逢故人。"

【译文】陈眉公（陈继儒）说："阅读自己未曾看过的书，就像结识了好朋友一样；重读自己已看过的书，就像会晤了老朋友一样。"

徐文贞当国，书之座右曰："以威福①还朝廷，以政务还诸司，以黜陟还公道。"

【注释】①威福：语出《尚书·洪范》："惟辟作福，惟辟作威。"指统治者的赏罚之权。

【译文】徐文贞（徐阶）主持国事，写有座右铭曰："把权力还给朝廷，把政务还给各部，把官员的黜退、晋升还给公道。"

先伯九山①年逾六十，而精神不减少年，或叩以长生之术，九山曰："长生何术，吾惟有两语，尔辈识之：饮食吃得去，只管吃；吃不去这一碗，断不可吃。色欲做得来，只管做；做不来这一次，断不可做。"

【注释】①九山：张岱的伯父张焜芳，字九山。

【译文】我的伯父张九山年逾六十，其精神仍与少年人相当，有人向他请教长寿之术，我伯父说："长寿哪有什么特别的方法，我只有两句话，你们记住：吃饭时吃得下，就尽管吃；吃不下这一碗，断不可吃。色欲做得来，就尽管做。做不来这一次，断不可做"

陶石梁曰："每从枕上呼童子，十呼犹未离床蓐^①。一日，自起推户，而童子已披衣趋走于前。以身教者从，以言教者讼。信夫！"

【注释】①蓐（rù）：同"褥"。
【译文】陶石梁（陶奭龄）说："我常躺在床上叫儿子起床，叫十次他也仍未离开床褥。一天早晨，我自己先起床，推开门，看见儿子已经披着衣服在前庭奔走忙碌了。以自身的行为教育别人，别人就会服从，只是以言语说教（而不以身作则）就容易起争执。确实如此啊！"

王文成曰："后生美质，须令晦养深厚。天道不翕聚，则不能发散，花之千叶者无实，为其英华太露也。"

【译文】王文成（王阳明）说："凡是天资聪颖的子弟，必须让他掩藏才华，含而不露，养成深沉持重的气质。自然天道的变化规律是，不善于聚合收敛就难以发散，那些有着许多花瓣的花木常常不结果实，是因为它的精华全都显露在外表了。"

陈眉公曰："田鼠化为鴽^①，雀入大水为蛤。虫鱼尚有变化，而人至老不变，亦可嘅^②也。"

【注释】①鴽（rú）：一种鹌鹑类的小鸟。②嘅：同"慨"，叹息。
【译文】陈眉公（陈继儒）说："田鼠变为鴽，雀入水变为蛤蜊。

虫鱼尚且有变化，而人至老不变，实在值得慨叹啊。"

陶石梁曰："莲之始开也，暮则复合，至不能合，则落矣。人家富贵，如莲始开，使常有收敛意，尚可长久。若开不可复合，吾惧其凋落之不远也。"

【译文】陶石梁（陶奭龄）说："初开的莲，傍晚则复合，等到不能复合时，也就凋落了。一人一家的富贵，也像初开的莲一样，让它常知道收敛，则能长久。如果一开而不能复合，我担心其距离凋落也就不远了。"

陶石梁曰："人家父子、兄弟、夫妇之间不相和叶，决无兴盛之理，就令偶致贵，亦有何乐？譬如荆棘林中，虽繁花异卉，烂焉满目，终无可着脚处也。"

【译文】陶石梁（陶奭龄）说："家中父子、兄弟、夫妇之间不相和谐，决无兴盛之理，即使偶然富贵，又有什么值得高兴的呢？这就像身处荆棘丛中，即使花卉奇多，灿烂满眼，终究没有着脚之处。"

陶石梁曰："小儿扫地，若置垢秽于中庭，其粪除必尽；若扫置屏处，虽堆积狼籍，亦终无运出之理，其意只欲人不见也。故曰小人之过也必文。"

【译文】陶石梁（陶奭龄）说："童子扫地，如果把脏物扫到庭院正中，必然清除干净；如果把脏物扫到隐蔽之处，即使堆积散乱，最终也不会运出，因为他的目的只是不想让人看见。由此可知，有了过错必然掩饰。"

陶石梁曰："世间极奇特事，识破原只寻常。譬如演戏，作诸魔怪，千态万状，小儿怖畏呼啼，寝惊梦噩，而长者视之，不直一笑。"

【译文】陶石梁（陶奭龄）说："世间极其奇特的事，识破后便知道它原本只是寻常的事。譬如演戏，演出的妖魔鬼怪，千态万状，小孩看了恐惧啼哭，睡觉也被噩梦惊醒，但大人看了，却觉得不值一笑。"

陶石梁曰："俗语有'浅水长流'之说，余深有味其言。唐人诗云：一团茅草乱蓬蓬，蓦地烧天蓦地空。争似满炉煨榾柮①，慢腾腾地暖烘烘。"

【注释】①榾柮（gǔ duò）：树根疙瘩，块状木柴。
【译文】陶石梁（陶奭龄）说："俗语中有'浅水长流'的说法，我觉这话深有意味。唐人诗说：'一团凌乱蓬松的茅草，（燃烧起来后）火焰突然冲上天空又突然消散。倒不如那炉子里煨火的树根疙瘩，慢腾腾地烧着令满屋子都暖和。'"

陶石梁曰："秦桧千古奸人，然亦有一言可取，谓'官职如读书，速则易终而少味'。方崔、魏擅国时，士大夫至有以台省曹郎不一二年便服蟒垂玉者。何似随流平进，反耐咀嚼也。"

【译文】陶石梁（陶奭龄）说："秦桧是千古奸人，但也有一句话值得选取，他说'做官像读书，读得太快不但容易读完而且缺少趣味'。当崔呈秀、魏忠贤独揽国政时,士大夫有的从台省曹郎任上不到一二年便升至穿蟒袍、佩玉带的高官显位。(这样瞬间到达高位)不如顺着官阶一点点上升,反而耐得住咀嚼。"

景帝①意欲易储,间语太监金英曰:"七月二日东宫生日也。"英叩头曰:"东宫生日乃十一月二日。"盖谓宪宗也。景帝默然。

【注释】①景帝:明代宗朱祁钰,谥"恭仁康定景皇帝",史称明景帝。

【译文】明景帝意欲换掉太子,私下对太监金英说:"七月二日是太子的生日。"金英叩头说:"太子的生日是十一月二日。"金英说的是明宪宗朱见深的生日。景帝沉默不语。

丘琼山过一寺,见四壁俱画《西厢》,曰:"空门安得有此?"僧曰:"老僧从此悟禅。"问:"从何处悟?"僧曰:"老僧悟处在'临去秋波那一转'。"

【译文】丘琼山经过一座寺庙,见四面墙壁上画的都是《西厢记》里的故事,说:"佛教空门怎么能画这东西呢?"僧人说:"我借此悟禅。"丘琼山问:"从何处悟?"僧人说:"我的悟禅之处在'临去秋波那一转'这句话。"

张洪阳见《玉茗堂四记》,谓汤义仍①曰:"君有如此妙才,何不讲学?"义仍曰:"此正是吾讲学。公所讲是性,吾所讲是情。"

【注释】①汤义仍：明代戏曲家汤显祖，字义仍，斋号"玉茗堂"。其所作《牡丹亭》《紫钗记》《邯郸记》《南柯记》四剧，合称"玉茗堂四记"。

【译文】张洪阳（张位）看到《玉茗堂四记》，对汤显祖说："您有如此高妙的才华，为何不讲学呢？"汤显祖说："我创作戏剧就是讲学。您讲学讲的是性，我所讲的是爱。"

余肃敏公①为户部时，两势家争田未决，部檄公理之。甲以其地名与己姓同，执是故产，公笑曰："若是，则张家湾着张家认了去。"

【注释】①余肃敏公：明朝官员余子俊，字士英，谥"肃敏"。

【译文】余肃敏公在户部任职时，有两个权势之家争夺田地而尚未判决，户部传令让余公处理。一方因该地的地名与自己同姓，便执意说这是他家昔日的田产，余公笑着说："如果这样，张家湾就让姓张的人家认领了去吧。"

陈眉公曰："有人闻人善则疑之，闻人恶则信之，此满腔杀机也。"

【译文】陈眉公（陈继儒）说："有人听说别人有善行就怀疑，听说别人有恶行就相信，这样的人满腔都是杀机。"

陈眉公曰："人生莫如闲，太闲反生恶业；人生莫如清，太清反类俗情。"

【译文】陈眉公（陈继儒）说："人生没有比闲适更好的了，但太闲适反而做出不善之事；人生没有比清高更好的了，但太清高反而显得做作。"

吴因之曰："造谤者甚忙，受谤者甚闲。"

【译文】吴因之说："造谣毁谤人的人非常忙碌，受人诬陷毁谤的人非常清闲。"

屠长卿曰："人常想病时，则尘心渐减；人常想死时，则道心自生。"

【译文】屠长卿说："人常常想到生病的时候，名利之心就会逐渐较少；人常常想到死亡的时候，求道之念便会自然而生。"

一士人从王文成学，初闻"良知"，不解，卒然问曰："良知何色，黑耶，白邪？"群弟子皆笑。士人惭而面赤。先生曰："良知非白，非黑，其色正赤。"

【译文】一个读书人跟着王文成（王阳明）学习，起初听到"良知"这个词，不解何意，突然问道："良知是什么颜色，黑色，还是白色？"弟子们听了都发出嘲笑。那个读书人羞愧地满脸通红。王先生说："良知不是白色，也不是黑色，它的颜色是纯正的红色。"

陈眉公曰："小儿辈不当以世事分读书，当令以读书通世事。"

【译文】陈眉公（陈继儒）说："年轻人不应该根据世事的不同选

择读书的类型，要让他们借读书通晓世事。"

陈眉公曰："做秀才，如处子，要怕人；既入仕，如媳妇，要养人；归林下，如阿婆，要教人。"

【译文】陈眉公（陈继儒）说："做了秀才，要像未出阁的少女，小心待人；做官后，要像嫁了人的媳妇，负责百姓的衣食；辞官回乡后，要像慈祥的老妇，和善地教导后代。"

陈眉公曰："有一言而伤天地之和、一事而折终身之福者，切须检点。"

【译文】陈眉公（陈继儒）说："有时一句话说错了就会伤害天地的和谐，一件事做错了就会影响终身的幸福，因此一定要注意检点自己的言行。"

邵文庄曰："宁为真士夫，不为假道学。"

【译文】邵文庄说："宁可做一个真正的君子，也不可做一个假道学。"

陈眉公曰："后生辈胸中落'意气'两字，则交游定不得力；落'骚雅①'二字，则读书定不深心。"

【注释】①骚雅：风流儒雅，此指附庸风雅。
【译文】陈眉公（陈继儒）说："青年人胸中若怀有'意气'二字，

则在外做事、交友，一定不很和谐；心里若怀有'骚雅'二字，则读书必不能专心致志。"

陈眉公曰："看中人，看其大处不走作；看豪杰，看其小处不沁漏。"

【译文】陈眉公（陈继儒）说："看一般的人，要看他在大节上是否违背规矩；看豪杰，要看他在小处是否有漏洞。"

陈眉公曰："待富贵人，不难有礼而难有体；待贫贱人，不难有恩而难有礼。"

【译文】陈眉公（陈继儒）说："对待富贵的人，做到恭敬有礼不难，难的是还要做到举止得体；对待贫苦的人，施与恩惠不难，难的是还要做到恭敬有礼。"

吴燕礼曰："须眉之士在世，宁使乡里小儿怒骂，不可使乡里小儿见怜。"

【译文】吴燕礼说："男子汉处世，宁可被乡里小儿怒骂，不可被乡里小儿怜爱。"

商文毅①致政归，刘文安见其子孙多贤，乃叹曰："某与公同处若干年，未尝见公笔下妄杀一人，宜子孙若是。"公应曰："实不敢使朝廷妄杀一人。"

【注释】①商文毅：明代官员商辂（lù），谥"文毅"。

【译文】商文毅辞官回乡，刘文安见其子孙多贤，于是感叹道："我与您相处多年，未曾见您笔下妄杀一人，子孙多贤是应该的。"商文毅答道："实在不敢让朝廷妄杀一人。"

国初，朱善为大学士。太祖问："卿家丰城，乡里人物何如？"对曰："乡有长安、长乐，里有凤舞、鸾歌，人有张华、雷焕，物有龙泉、太阿。"

【译文】明朝建国之初，朱善任大学士。明太祖问："你的家在丰城县，乡里人物如何呢？"朱善回答："乡有长安乡、长乐乡，里有凤舞里、鸾歌里，历史名人有张华、雷焕，珍奇宝物有龙泉剑、太阿剑。"

施槃在翰林，宣宗问："卿家吴下①，有何胜地？"对曰："有四寺四桥，皆胜地也。"上问："何名？"应声曰："四寺者，承天、万寿、永定、隆兴；四桥者，凤凰、采苑、吉利、太平。"

【注释】①吴下：即吴地。下，用于名词后表示处所。

【译文】施槃任翰林学士，明宣宗问："你的家在吴地，那里有什么名胜之处吗？"施槃回答："有四寺四桥，皆名胜之处。"明宣宗问："它们都有什么名字？"施槃应声答曰："四寺分别是承天寺、万寿寺、永定寺、隆兴寺，四桥分别是凤凰桥、采苑桥、吉利桥、太平桥。"

世宗登极之日，御龙袍颇长，上俯视不已，杨廷和奏曰："陛下垂衣裳而天下治①。"

【注释】①垂衣裳而天下治：语出《周易·系辞下》，后用以称颂帝王无为而治

【译文】明世宗登极之日，所穿龙袍过长，世宗频频低头察看，杨廷和启奏说："陛下垂衣裳而天下治。"

留都振武军邀赏投帖，词甚不逊，众忧之。徐文贞檄操江都御史①出居龙江关，整理江操之兵，万一有事，即据京城，调江兵杜其入孝陵②之路。且曰："事不须密，正欲其闻吾意。"戒令各自为计，变遂寝。

【注释】①操江都御史：明代官名，又称提督操江，因多以副金都御史为之，故称。掌上下江防之事。②孝陵：明太祖朱元璋的陵墓，在今南京市东北。此处代指南京。

【译文】留守京城的振武军上书请求封赏，文辞极为傲慢，百官担忧他们可能变乱。徐文贞（徐阶）下令操江都御史出守龙江关，整理属下的士兵，万一有事，立即入京据守，并调江防士兵扼守住从东北进入南京的道路。并且说："这事无须保密，我正想让他们知道我的意图。"又下令禁止各自行事，（振武军的）哗变于是得以平息。

戚继光每以鸳鸯阵取胜，其法：二牌并列，每牌用筤筅①二枝夹之，二短兵居后。遇战，伍长二人低头执挨牌前进，如已闻鼓声而迟留不进，即以军法斩首。其余紧随牌进交锋，筅以救牌，长枪救筅，短刀、弓矢救长枪。牌手阵亡，伍下兵通斩。

【注释】①筤筅：即狼筅，古代兵器。以带有枝丫的整根毛竹制成，

顶端装有矛头。

【译文】戚继光每次都以鸳鸯阵取胜，其阵法是这样的：二士兵持盾牌并列于前，每个盾牌兵有两个手持筤筅的士兵夹护，后面是二个手持短兵的士兵。遇到战争，队长二人低头持盾牌前进，如果听见鼓声却逗留不前，即以军法斩首。其余士兵紧随着盾牌兵前进交战，筤筅兵护卫盾牌兵，长枪手护卫筤筅兵，短刀手、弓箭兵护卫长枪手。盾牌兵陈亡，全队的士兵通通斩首。

屠枰石督学两浙，禁诸生严峻。一生宿妓馆，为保甲所缚，并擒其妓抵署门。保甲入言状，屠佯为不见，理案自如。保甲膝行前，离两累渐远，屠瞬门役判其臂曰："放秀才去。"门役潜出之。屠昂首曰："秀才安在？"保甲愕塞无以对。杖三十，逐之。

【译文】屠枰石在江浙一带任督学时，对学生要求十分严厉。有一个学生在妓女家过夜，被保甲捉住，保甲就把学生和妓女一并送到衙门。保甲一入公堂，就大声地诉说事情的经过，屠枰石假装没有听见，照常处理文书。保甲跪地向前，距离秀才和妓女越来越远，屠枰石用眼睛示意差役，把两人分开，释放秀才。差役悄悄地走过去把秀才带出门（保甲一点都不知道）。（秀才出去后）屠枰石抬头问道："秀才在哪里？"保甲（见秀才不在）吓得说不出话。屠公便罚他三十大板，将其赶走。

严介溪①当国，宫中见鬼多手多目，问张真人，张不能对。或以王弇州博识，往询之。弇州曰："何必博识，《大学》云'十目所视，十手所指'，下句②是说恁的？"

【注释】①严介溪：明代奸臣严嵩，字惟中，号介溪。②下句："十目所视，十手所指"的下句是"其严乎"。王弇州此话的意思是这个鬼就是严嵩。

【译文】严介溪（严嵩）执掌国政，（有一次）宫中有人见到一个多手多目的鬼，便去询问张真人（这鬼是什么东西），张真人不能答。有人说王弇州（王世贞）博学多识，宫人便前往询问。王弇州说："何必博学多识的人才知道呢，《大学》上说'十目所视，十手所指'，下句是怎么说的了？"

世宗好言长生，乙丑会试，题"夫政也者，蒲芦也①"，又"民之秉彝，好是懿德"，上问辅臣："蒲芦是何物？秉彝是何义？"徐阶对曰："彝是有恒之义，蒲芦是长生之物。"②

【注释】①"夫政也者"二句：语出《中庸》，意为国政兴盛就像蒲苇的生长那样容易。②"民之秉彝"二句：语出《诗经·大雅·烝民》，意为人的常性与生俱来，追求善美是其德。

【译文】明世宗喜欢谈论长生之术，嘉靖四十四年（1565）乙丑科会试，考题为"夫政也者，蒲芦也"和"民之秉彝"，世宗问内阁大臣说："蒲芦是何物？秉彝是何义？"徐阶回答说："彝是有恒的意思，蒲芦是长生的植物。"

宗子相①才高，雄视一时，常谓同社曰："朝廷若无我辈文章之士，则凤鸟不必鸣岐山，而麒麟化为梼杌②。"

【注释】①宗子相：明代文学家宗臣，字子相。②梼杌（táo wù）：传说中的凶兽。

【译文】宗子相才华高超，称雄一时，常对社友说："朝廷如果没有我们这些文章之士，则凤鸟不会在岐山鸣叫，而麒麟会化为梼杌。"

张宁晚年无子，祷于家庙曰："宁何阴骘^①，至斩先祀？"傍一妾云："担误我辈^②，即是阴骘。"

【注释】①阴骘：疑当作"罪孽"。②担误我辈：疑当作"不担误我辈"。

【译文】张宁晚年仍无子嗣，（有一天）在家庙中向祖先祷告说："我张宁有何罪孽，以致断绝祖先的继嗣？"张宁旁边的一个小妾说："不耽误我辈嫁人，就是阴骘。"

陈眉公曰："人有一字不识而多诗意，一偈不参而多禅意，一勺不濡而多酒意，一石不晓而多画意，淡宕故也。"

【译文】陈眉公（陈继儒）说："有的人一字不识却富有诗意，一句佛偈也不参悟却富有禅意，一滴酒也不沾却满怀酒趣，一块石头也不把玩却满眼画意，这是因为他淡泊而无拘束的缘故。"

解大绅^①尝从游内苑，上登桥，问绅当作何语，对曰："一步高如一步。"及下桥，又问之，对曰："后步高如前步。"上大悦。

【注释】①解大绅：明代官员解缙，字大绅。

【译文】解缙曾陪同皇上游览内苑，皇上一登上桥阶，就问解缙"这应该怎么说"，解缙说："这叫做一步高过一步。"等下桥的时候，皇上又问了同样的问题，解缙说："这叫做后面高过前面。"皇上非常高兴。

解大绅应制，作《虎顾众彪图》诗曰："虎为百兽尊，谁敢触其怒，惟有父子情，一步一回顾。"文皇见诗感悟，即遣夏原吉迎太子于南京。

【译文】解缙受明成祖诏命为《虎顾众彪图》题诗，诗曰："虎为百兽尊，谁敢触其怒。唯有父子情，一步一回头。"成祖看了诗后百感交集，立即下令夏原吉到南京将太子迎接回宫。

倪鸿宝曰："岳王祠泥范武穆，铁铸桧、禼[1]，人之欲不朽桧、禼也，甚于存武穆也。"

【注释】[1]禼：指万俟禼（mò qí xiè），南宋初年宰相、奸臣。
【译文】倪鸿宝说："岳王祠中岳飞的像是泥塑的，秦桧、万俟禼的像是铁铸的，人们想让秦桧、万俟禼成为永远教训的心情，超过保存岳飞的教训啊。"

倪鸿宝曰："圣贤尽性于忠孝，必立命于文章。圣贤不惧不得为忠臣孝子，惧不得为文人。"

【译文】倪鸿宝："圣贤穷究忠孝的本性，必借助于文章以安身立命。圣贤不怕做不成忠臣孝子，怕做不成文人。"

张凤翼刻《文选纂注》，一士夫语之曰："既云文选，何故有诗？"张曰："昭明太子为之，他定不错。"曰："昭明太子安在？"张曰："已死。"曰："既死，不必究他。"张曰："便不死，亦难究。"曰："何故？'张答曰："他读得书多。"

【译文】张凤翼出版了自己著作的《文选纂注》后，一个士大夫问他："既然是文选，为何里面有诗？"张凤翼说："昭明太子编选的此书，他定然不会错。"那人问："昭明太子在哪里？"张凤翼说："他已经死了。"那人说："既然已经死了，就不必追究他的过错了。"张凤翼说："即使不死，也难以追究。"那人问："为什么？"张凤翼答道："他读得书多。"

全椒旧有项王庙，余翔为令，一炬焚之。王弇州曰："此殆为咸阳三月火复仇耳。"

【译文】全椒县从前有一座项王庙，余翔任县令时，一把火将其烧掉。王弇州（王世贞）说："这大概是为大火连烧了三个月的咸阳阿旁宫复仇吧。"

朱平涵曰："讲闲话，可以远口舌；读闲书，可以文寂寥。此老废人上上补药，少年学此则败矣。"

【译文】朱平涵（朱国桢）说："讲闲话，可以远离口舌之争；读闲书，可以掩饰生活寂寥。这是老而无用之人的最好补药，少年人学此就没有出息了。"

朱平涵曰："古人只说三不惑①，不及'气'字，何居？要见此字难去，去了又做不得英雄，惟直养之，则方为贤圣。"

【注释】①三不惑：语出《后汉书·杨秉传》："秉尝从容言曰：'我有三不惑，酒色财也。'"

【译文】朱平涵（朱国桢）说："古人说的'三不惑'里面，没有提及'气'字，为什么？要知道此字难以去除，去除了就做不成英雄，惟有用正义去培养它，才可成为贤圣。"

陆平泉为祭酒①，请告归，时唐荆川②以中丞御倭，叹曰："公得请，未知余何日归耳！"陆曰："某如西宾，病则主人只得放回。公乃良医，病势未愈，如何肯放你家来？"

【注释】①祭酒：官名，国子监的主管官。②唐荆川：明代官员唐顺之，字应德，号荆川。

【译文】陆平泉（陆树声）任祭酒，上书请求告老还乡，当时唐荆川正以中丞的身份率兵抗倭，叹息道："您的所请获准，不知道我何时才能辞官回家呢！"陆平泉说："我像家塾教师，生病了，主人只得放我回去。您是良医，国家的病势还未痊愈，如何肯放你回家去？"

方杨，歙县人，隆庆辛未进士，志行端方，常语人曰："善，阳也。而为善宜阴，此人身上真水①也。"

【注释】①真水：人体所必需的津液。

【译文】方杨，歙县人，隆庆五年（1571）辛未科进士，品行端正，常对人说："善，属于显明的一面。但做善事应该暗中去做，这是人身上的真水。"

徐华亭孙元春举进士，华亭戒之曰："无竞之地可以远忌，无恩之身可以远谤。"咸为名言。

【译文】徐华亭（徐阶）的孙子徐元春考中进士，徐华亭告诫他说："没有竞争的地方可以远离别人的忌妒，没有受过恩赐的人可以远离别人的诽谤。"人们都认为这是名言。

汤若士嗣君开远举贤书①，若士作一对与之曰："宝精神则本业固，谨财用而高志全。"且曰："吾歌鹿鸣②三十年，而寻一避债台不可得，尔其念之。"

【注释】①举贤书：科举时代称乡试中式为"举贤书"或"登贤书"。②歌鹿鸣：泛指交际应酬。鹿鸣，古代宴会群臣、嘉宾时所用的乐歌。

【译文】汤若士（汤显祖）的儿子汤开远乡试中榜，汤若士写了一副对联赠给他说："珍爱精神就会使身体强健，谨慎用钱就能成就高远志向。"又说："我与人交际应酬了三十年，连一个避债的地方都找不到，你一定要谨记。"

王心斋曰："有意于轻功名富贵者，其弊必至于无父无君；有意于重功名富贵者，其弊必至于弑父与君。"

【译文】王心斋（王艮）说："有意去轻视功名富贵的人，他们的流弊到达极致就会目无尊长；有意去重视功名富贵的人，他们的流弊到达极致就会杀父杀君。"

陈眉公曰："富贵人须放一分宽，聪明人要学一分厚。"便有无限受用处。

【译文】陈眉公（陈继儒）说："富贵之人待人要多一分宽容，聪明之人待人要学一分厚道。"这样就有无穷的好处。

王缑山^①主盟艺坛，四海名士多就之。董玄宰^②方为诸生，岳岳不肯下，曰："神仙自能拔宅^③，何事傍人门户！"

【注释】①王缑山：明代官员王衡，字辰玉，号缑山。②董玄宰：明代书画家爱董其昌，字玄宰，号思白、香光居士。③拔宅：《太平广记》载，许真君于太康二年八月一日拔宅上升而去，后遂以"拔宅"作为成仙之典。

【译文】王缑山为文坛盟主，天下名士多趋附之。董玄宰刚考中秀才，傲然不肯趋下，说："神仙自能拔宅飞升，何必依傍他人门户！"

先君在兖东道刘半舫座，半舫善大书，滕邑宰李请其颜署^①，拟议未得，先君曰："薛归于滕，今李宰晋秩郡司马，宜书滕薛大夫。"半舫称善。后先君亦请颜署，半舫曰："能工确如前语乎？"先君曰："季孟之间^②，非鲁右司而何？"一座叫绝。

【注释】①颜署：即题署，指在宫室楹联或其他器物上题写文字。②季孟之间：春秋时，鲁国有三卿，季氏为上卿，孟氏为下卿，后遂以"季孟之间"借指介于上等和下等之间。

【译文】我的父亲张耀芳在职任兖东道的刘半舫家中做客，刘半舫善写大字，原滕县县令李氏请求他为自己题署，刘半舫思虑未得，我父亲说:"薛地归滕县管理,如今李县令晋升为郡司马,应当为之题写'滕薛大夫'。"刘半舫称赞叫好。接着,我父亲也请求刘半舫为自己题署,刘半舫说:"能想出像刚才那样工整恰当的语句吗?"我父亲说:"我的职位在您与李县令之间,不题写'鲁右司(鲁国右司马)'还题什么呢?"满座之人皆叫好称绝。

钱彦林曰:"日月在东,光乃在西;日月在西,光乃在东。人所可见者非其体也。体在此,光满此,体在彼,光满彼,便是骄吝。"

【译文】钱彦林说:"太阳和月亮出现在东方,它们的光却能照射到西方;太阳和月亮出现在西方,它们的光却能照射到东方,人们所见到的只是它们的光而非它们的本体。本体在这边,光就充满这边,本体在那边,光就充满那边,如果这样便是骄傲吝啬。"

钱彦林曰:"日之明过于月,然月有韵而日不韵。乃知太了了处,其韵不无少减。"

【译文】钱彦林说:"太阳的光明胜过月亮,但人们都觉得月亮有韵味而太阳无韵味。由此可知,太清晰明了之处,其韵味定会减少。"

钱彦林曰:"金以杀人,戈以杀人,一金从二戈①,安不杀人?"

【注释】①一金从二戈:指钱("钱"的繁体字)。
【译文】钱彦林说:"金能杀人,戈能杀人,由一金、二戈构成的'钱',怎能不杀人呢?"

钱彦林曰："天下无真儒，而禅门有真儒；天下无真禅，而儒门有真禅。"

【译文】钱彦林说："天下的儒门中没有真正的儒士，真正的儒士存在于禅门中；天下的禅门中没有真正的修禅之人，真正的修禅之人存在于儒门中。"

钱彦林曰："王右丞①辋川别墅甚奇胜，然右丞原以娱母，及母亡，右丞遂舍为寺。园林泉石载以孝友，便觉景物皆含至性。"

【注释】①王右丞：唐代诗人王维，曾官尚书右丞，故世称"王右丞"。

【译文】钱彦林说："王右丞的辋川别墅景物非常优美，然而王右丞建此别墅原本是为了让母亲在此开心，等母亲去世后，他便将别墅改成了寺院。园林泉石与孝顺友爱之人为伴，便觉得景物都含有卓绝的品性。"

思宗曾谕廷臣曰："岳少保①言：'文官不爱钱，武官不怕死，则天下太平。'如今日，文武官与前大不同。文官爱钱不怕死，武官怕死又爱钱。"大哉王言，可谓切中时弊。

【注释】①岳少保：南宋名将岳飞，官封少保，世称"岳少保"。

【译文】明思宗曾晓示朝廷大臣说："岳少保说：'文官不爱钱，武官不怕死，则天下太平。'像今世，文武官员与从前大不相同。文官爱钱不怕死，武官怕死又爱钱。"明思宗的话太洪大了，可以说是切中时弊。

江邦柱曰："谚曰：'欠债还钱，杀人偿命'。近世土豪巨室，讨取租债，威逼至死，尸亲讨命，问官执法，不过多用几贯黄钱便可解释。由此言之，乃是'杀人还钱，欠债偿命'。"

【译文】江邦柱说："谚语有云：'欠债还钱，杀人偿命'。近代的世家大族，为了索要租债，威逼人至死，死者亲属要求偿命，法官执法审问，那些世家大族不过多花几贯铜钱就可以糊弄过去。由此说来，那谚语已经变成'杀人还钱，欠债偿命'。"

钟伯敬曰："陈馀遗章邯书，历数秦功臣之死，曰'功多，秦不能尽封，故以法诛之'。人主待功臣，与造物待文士略相似。"

【译文】钟伯敬（钟惺）说："（秦末之时）陈馀给章邯的书信，详细讲明秦朝功臣被诛杀的原因，说'因为他们战功太多，秦朝廷不能予以相应的封赏，所以就从法律上找借口诛杀了他们'。君主对待功臣，与造化对待文人略有相似。"

钱彦林曰："目之明量可周天壤，而域于眶中，物之有光者，以聚不以散也。思不可出位，亦患其光散。"

【译文】钱彦林说："人眼之明可以遍及天地，但被纳入视野中的，全是有光之物，这是因为人的眼睛可以吸纳光亮而不能散失光亮。人的神思不可超越本分，也是担心它的光亮会散失。"

钱彦林曰："迫人饮，饮者寡；任人饮，饮者多。故君子之教人, 但为人具佳酿, 不为人严觞政^①。"

【注释】①觞政: 酒令。

【译文】钱彦林说: "强迫人喝酒, 喝酒者往往喝得少; 在宽松的环境下任人随意地喝, 喝酒者往往喝得多。所以, 君子借酒来教育别人, 只为人酿造可口的美酒, 不为人设置严厉的罚人喝酒的酒令。"

钱彦林曰: "凡有挟而求诸古人者, 是以钓饵之术读书。鲲鹏蛟龙不可以丝缗^①得, 能为江海, 则神物自生。"

【注释】①丝缗(mín): 钓丝, 钓绳。缗, 钓鱼绳。

【译文】钱彦林说: "凡是怀着名利之心去读古人书的, 都是以用饵钓鱼的方法去读书。鲲鹏蛟龙用钓丝是钓不到的, 只要成为江海, 神奇之物自然就会在里面生长。"

江邦申曰: "势不可使尽, 福不可享尽, 事不可做尽, 话不可说尽。凡事不尽处, 意味偏长。"

【译文】江邦申说: "有势不可使尽, 有福不可享尽, 做事不可做尽, 说话不可说尽。凡是只要留有余地, 就会意味深长。"

王新建立论, 每言人皆可为尧舜。一日, 苍头辟草阶前, 有客问曰: "此辟草者亦可为尧舜邪? "答曰: "此辟草者纵非尧舜, 使尧舜辟草, 不过如是。"

【译文】王新建有个观点，常说人都可以成为尧舜。一天，他的仆人在阶前除草，有客人问道："这个除草的仆人也可以成为尧舜吗？"王新建回答："这个除草的人纵使成不了尧舜，让尧舜来除草，也不过像他这样。"

尔蕴叔常言："人而无友，不如有仇。见仇人，亦足祛人眉宇间窳惰①气。"

【注释】①窳(yǔ)惰：懒惰。
【译文】尔蕴叔常说："一个人如果没有朋友，那便不妨有仇人。见到仇人，也可以除去他眉额间的懒惰之气。"

陈眉公曰："吾本薄福人，宜行厚德事；吾本薄德人，宜行惜福事。"

【译文】陈眉公（陈继儒）说："我是没有福气的人，所以应该做积德的事；我是道德不厚的人，所以应该做珍惜福气的事。"

陈眉公曰："宦情太浓，归时过不得；生趣太浓，死时过不得。"甚矣，有味于淡也。

【译文】陈眉公（陈继儒）说："对于官位太痴迷，到退休时就受不了；对于生命太痴迷，到死亡时就受不了。太应该在淡泊中寻求滋味了。"

陈眉公曰："一念之善，吉神随之；一念之恶，厉鬼随之。知此可以役使鬼神。"

【译文】陈眉公（陈继儒）说："心中有一个善的念头，降福的吉神就会随之而来；心中有一个恶的念头，为祸的厉鬼就会随之而来。明白这一点便可以差使鬼神了。"

陈眉公曰："救荒不患无奇策，只患无真心，真心即奇策也。"

【译文】陈眉公（陈继儒）说："救济灾荒不怕没有奇谋良策，只怕没有真诚之心，真诚之心就是奇谋良策。"

陈眉公曰："吾不知所谓善，但使人感者即善也；吾不知所谓恶，但使人恨者即恶也。"

【译文】陈眉公（陈继儒）说："我不知道人们所说的'善'是什么，只知道让人感动的就是'善'；我不知道人们所说的'恶'是什么，只知道让人憎恨的就是'恶'。"

陈眉公曰："严君平①卖卜，与子言依于孝，与臣言依于忠，与弟言依于悌。终日讲学，而无讲学之名，此真讲学者也。"

【注释】①严君平：西汉蜀郡人严遵，字君平，隐居不仕，在成都以卜筮为生。
【译文】陈眉公（陈继儒）说："严君平以占卜谋生，与作为儿子的人谈话就教育他要孝敬父母，与作为臣子的人谈话就教育他要效忠君王，与作为弟弟的人谈话就教育他要友爱兄长。他整日讲学，却无讲学的名声，这才是真正的讲学。"

陈眉公曰："好谈人闺门及好谈人祸患者，必为鬼神所怒，非有奇祸，必有奇穷。"

【译文】陈眉公（陈继儒）说："喜好谈论人家闺阁内的事以及喜好谈论人家灾难的人，必定惹鬼神动怒，即使没有不测之祸，也必定会有厄运。"

陈眉公曰："俗语近于市，纤语近于娼，诨语近于优。士君子一涉此，不独损威，亦难迓①福。"

【注释】①迓(yà)：迎接，引申为获得。
【译文】陈眉公说："说话低俗好像市场的小贩，言语挑逗好像娼门的妓女，话语逗笑好像唱戏的戏子。读书人一旦有此言行，不但损失威严，而且也难以获得福气。"

陈眉公曰："喜时之言多失信，怒时之言多失体。"

【译文】陈眉公说："高兴时说的话多不可靠，发怒时说的话多不得体。"

陈眉公曰："留七分正经以度生，留三分痴呆以防死。"

【译文】陈眉公说："要用七分正经的态度去过日子，用三分糊涂的态度去预防死亡。"

陈眉公曰："静坐，然后知平日之气浮；守默，然后知平日之言疏；省事，然后知平日之费妄；闭户，然后知平日之交滥；寡欲，然居①知平日之病多；平情，然后知平日之念刻。"

【注释】①然居：疑当作"然后"。译文从"然后"。
【译文】陈眉公说："经常静坐，然后可以知道平日里情绪的浮躁；适当保持沉默，然后可以知道平日里言语的疏漏；反思做过的事情，然后可以知道平日里枉费了多少心机；适当闭门不出，然后可以知道平日里滥交了多少朋友；节制欲望，然后可以知道平日里毛病太多；平衡心情，然后可以知道平日里想法刻薄。"

陈眉公曰："任事者，当置身利害之外；建言者，须设身利害之中。"

【译文】陈眉公说："做事情的人，应当置身于利害之外（不要考虑事情对自己有利还是有害）；提建议的人，必须置身于利害之中（设身处地考虑这建议对当事人有利还是有害）。"

武宗朝，韩公文欲攻刘瑾，属李梦阳具奏草，曰："毋文，文，览弗省也。"曰："毋多，多，览弗竟也。"此言极得告君之体。

【译文】明武宗时，韩文打算弹劾刘瑾，嘱托李梦阳草拟奏稿，说："不要文绉绉的，文绉绉的，皇上看不懂。"又说："字数不要多，字数多，皇上没耐心看完。"这话非常准确地把握住了奏章的体式。

神宗呼光宗至膝下，出一对曰："敬天地。"光宗对曰："孝父母。"神宗曰："平仄不叶。"光宗曰："韵虽不叶，舍却父母，不敢上并天地。"

【译文】明神宗把太子叫到跟前，出了一个对子："敬天地"。太子对曰："孝父母。"神宗说："平仄不协。"太子说："韵律虽然不协，但除了父母，不敢用其他的字与天地并列。"

陈眉公曰："余极喜诵南宋陈仲微二语：禄饵可以钓天下之中才，而不可啖赏天下之豪杰；名航可以载天下之猥士，而不可沉陆天下之英雄。"

【译文】陈眉公说："我十分喜爱吟诵南宋陈仲微的两句话：'以利禄为诱饵可以招来天下中等才能的人，但不能使天下的豪杰来品尝；以名位为身可以运载天下卑鄙之人，但不能使天下的英雄埋没。'"

陶石梁曰："夏日之蚊，其嘬入肤，必回翔审视，喋人之血而人或不知；至秋月，则匆遽无理，遇人便螫，血未濡吻而身已糜碎。晚近贪吏，皆秋月蚊也，固是品格日下，亦是时序使然。"

【译文】陶石梁（陶奭龄）说："夏季的蚊子，螫人肌肤，一定会徘徊飞翔、仔细观察，饮人之血，而人不知晓；到了秋季，蚊子匆忙蛮横，见人便螫，血还没濡湿嘴唇而身体就被人拍得粉碎。近代的贪官，都像秋季的蚊子一样，固然是品格日渐卑下，也是由于时节的缘故使其如此。"

陶庵曰："世乱^①之后，世间人品心术历历皆见，如五伦^②之内无不露出真情，无不现出真面。余谓此是上天降下一块大试金石。"

【注释】①世乱：指明朝灭亡。
【译文】陶庵说："明朝灭亡以后，世人的人品都清清楚楚地展现在眼前，比如君臣、父子、兄弟、夫妻、朋友之间的伦理关系无不露出真实情况，无不现出真实面目。我认为这是上天降下的一块大试金石。"

陶庵曰："世界鼎革^①，譬如过年清销账目，余见积善与积不善之家俱有奇报，而目前造孽之人受报尤速者。此是年近岁逼，赊取年货，一到除夜都要销算，不能久延也。"

【注释】①鼎革：立新破旧，借指改朝换代。
【译文】陶庵说："世上的改朝换代，就像过年清销账目，我看见积累善行与积累恶行的人家都受到难以预料的报应，而现世作孽的人受到的报应尤其迅速。这是年关逼近，赊来的年货，一到除夕就要清算，不能拖延。"

陶石梁曰："慈湖先生^①曰，先君常步至蔬圃，谓园丁曰：'吾蔬每为人盗，取何计防之？'园丁曰：'须挤一分与盗者乃可。'先君顾某曰：'此园丁吾师也。'作家者亦宜知此意。"

【注释】①慈湖先生：元代理学家王幼学，字行卿，别号慈湖，人称"慈湖先生"。

【译文】陶石梁（陶奭龄）说："慈湖先生讲，其父曾步行至菜园，对园丁说：'我家的蔬菜常被人偷盗，应该采取什么方法预防呢？'园丁说：'必须拿出一点赠给盗贼才行。'我父亲看着我说：'这个园丁是我的老师。'治家之人也应该懂得这个道理。"

陶石梁曰："狄仁杰不识娄师德，师德每于武后前称仁杰之贤；寇准短王旦，而旦专称其美。人皆服二公德量。余谓此深于涉世者，非独德量之过人也。行之久久，不特令人主见重，亦当令其人闻而自愧。"

【译文】陶石梁（陶奭龄）说："狄仁杰不认识娄师德，娄师德常在武则天面前称赞狄仁杰的贤能；寇准屡次在皇上面前说王旦的短处，然而王旦却极力称赞寇准的长处。世人都佩服二人的德行气量。我认为这是老于世故的行为，不只是德行气量超过常人。长时间这样行事，不仅能使君主看重自己，也能让对方知道后而自觉惭愧。"

江邦玉曰："李纲极善作事，苦不得君；王安石极为得君，不善作事；孔明忠而早死，人恨其夭；褚渊①老而失节，人恨其寿。是以谓之缺陷。"

【注释】①褚渊：字彦回，南朝宋宰相，后助萧道成代宋建齐，故此称"老而失节"。

【译文】江邦玉（江元祚）说："李纲非常善于理政，可惜得不到君主的信任；王安石能得到君主的非常信任，却不善于理政；孔明忠心但死得早，世人对他的早死都表示遗憾；褚渊晚年失节，世人都对其长寿表示不满。所以他们都有缺陷。"

陈眉公曰："富贵功名，上者以道德享之，次以功业当之，又其次以学问识见驾驭之，其下不取辱则取祸。"

【译文】陈眉公说："富贵功名，靠高尚的道德享有是最好的，其次是靠功业享有，再其次是靠学问和识见享有，再其次（要想获得富贵功名）不是遭受耻辱便是惹来灾祸。"

富平孙冢宰①在位日，诸进士谒选，齐往受教。孙曰："做官无大难事，只莫作怪。"真名臣之言。

【注释】①孙冢宰：指明万历年间吏部尚书孙丕扬，字叔孝，号立山，陕西富平县人。

【译文】富平人孙尚书在位时，新考中进士的人赴吏部应选，一起前往孙尚书处聆听教诲。孙尚书说："做官没有太难的事，只是不要作怪。"真是名臣之言。

王文成与友人讲学，友人曰："某非不愿学，只是好色。"文成笑曰："家里只这个丑婆子，怎么好色？"其友于言下猛省。

【译文】王文成（王阳明）与友人讲论学问，友人说："我不是不愿学习您的学说，只是我喜好女色。"王文成笑着说："家里只有一个丑婆娘，怎么能好色呢？"友人听了他的话猛然醒悟。

近一仕宦，贪得无厌，其母诚之曰："人吃饭是一碗一碗吃的，你贪多，左右嚼不碎。"

【译文】近代有一个做官的人，贪得无厌，他的母亲告诫他说："人吃饭是一碗一碗吃的，你贪图吃得多，各方面都会咀嚼不碎。"

石亨恃宠，造第越分。一日，上登翔凤楼，见亨新第，顾问恭顺侯吴瑾、抚宁伯朱永曰："此何人居？"永谢不知，瑾曰："此必王府。"上笑曰："非也。"瑾顿首曰："非王府，谁敢僭妄若此？"上不应，始疑亨。

【译文】石亨仗着皇帝宠爱，建造了一座不合自己身份的宅邸。一天，皇上登上翔凤楼，看见石亨的新宅，回头询问恭顺侯吴瑾、抚宁伯朱永说："这是何人的住宅？"朱永推说不知道，吴瑾说："这一定是某王的王府。"皇上笑着说："不是。"吴瑾叩头说："不是王府，谁敢如此僭越？"皇上不答，自此开始猜忌石亨。

江邦玉曰："东逝之长波，西垂之残照，击石之火星，骤隙之迅驹[①]，风里之微灯，草头之悬露，临崖之朽树，灼目之电光，人世之不足恃，类如此。"

【注释】①骤隙之迅驹：意同"白驹过隙"，形容时间过得极快。

【译文】江邦玉（江元祚）说："向东流逝的长河，向西坠落的残阳，敲打石头发出的火星，骤然从缝隙前跑过的快马，风中微弱的灯光，草尖附着的露珠，靠近悬崖的枯树，耀眼刺目的电光，人世间不足凭恃的东西，大都像它们一样。"

钟伯敬①督学闽中，方孟旋送之曰："君此行，须办三十年精神，使此三十年间所用道德、功业、文章皆出君门下，勿徒爱恋一榜中耀目也。"

【注释】①钟伯敬：明代官员、文学家钟惺，字伯敬，号退谷。

【译文】钟伯敬去福建督学，方孟旋为他饯行时说："你此去，一定要为福建做出三十年的精神规划，使这三十年间所用的道德、功业、文章之士都出自你的门下，切勿只爱惜考试上榜的那几个耀眼的人才。"

归子慕敕其子曰："人能亲近贤者，虽有下才，不至堕落。吾无以贻汝，贻以此言。"

【译文】归子慕告诫儿子说："一个人能亲近贤者，即使才智愚蠢，不至于堕落。我没什么赠给你的，把这句话赠给你。"

六婶娘性下急，以争屋事与钱相公家大哄，颇骇听闻。陶石梁先生偶至叔家，婶娘出诉，备陈其颠末。石梁先生乃顾六叔曰："尔鞋，此皆尔不是，凡人家抵御外侮，皆男子之事，奈何累及夫人？"陶庵在旁，深服其答付之妙。

【译文】我的六婶娘性情急躁，因争夺屋界之事与钱相公家大吵大闹，颇骇人听闻。陶石梁（陶奭龄）先生偶然来我六叔家做客，婶娘出来哭诉，详细地陈述了事情的始末。石梁先生便看着我六叔说："尔韡（张岱六叔的字），这都是你的不是，凡是人家抵御外来的欺凌，都是男子出马，为何牵连到你夫人身上呢？"当时我也在场，深深佩服石梁先生的应对之妙。

王阳明行于衢，有二人相诟，甲曰："你没天理。"乙曰："你没天理。"甲曰："你欺心。"乙曰："你欺心。"先生闻曰："小子听之，斯两人谆谆然讲道学也。"门人曰："诟也，焉为学？"先生曰："汝不闻乎？曰天理，曰欺心，非讲学而何？"曰："既讲学，又焉诟。"曰："夫夫也，惟知求诸人，不知反诸己故也。"

【译文】王阳明先生在街上行走，遇到两个人吵架互骂，甲说："你没天理。"乙说："你没天理。"甲说："你欺心。"乙说："你欺心。"王先生听见后，对弟子说："你听着，这两个人在反复地讲论道学。"弟子说："互骂，怎能算讲学呢？"王先生说："你没听见吗？他们说天理，说欺心，不是讲学是什么？"弟子说："既然是讲学，又为什么互骂呢？"王先生说："这是这两个男子，只知道责求别人，不知道反省自己的缘故。"

陈眉公曰："人之嗜名节，嗜文章，嗜游侠，如嗜酒然，易动客气，当以德性销之。"

【译文】陈眉公说："人们爱好声名节操，爱好文章辞藻，爱好行侠仗义，就像爱好美酒一样，容易冲动，应该用道德修养来抑制这种冲动。"

陈眉公曰："嗜异味者，必得异毒；挟怪性者，必得怪疾；习阴谋者，必得阴祸；作奇能者，必得奇穷。庄子一生放旷，却曰'寓诸庸'，原跳不出中庸二字也。"

【译文】陈眉公说："好吃奇异食物的人，必中奇异的毒；性格古怪的人，必得怪病；惯于阴谋诡计的人，必受阴祸报应；具有怪异才能的人，必有离奇的困厄。庄子一生旷达，却说'要寄身于凡俗之中'，看来还是逃不出中庸之道。"

陈眉公曰："颐卦慎言语，节饮食。然口之所入者，其祸小；口之所出者，其罪多。故鬼谷子云：'口可以饮，不可以言。'"

【译文】陈眉公（陈继儒）说："《周易·颐卦》教人谨慎言语，节制饮食。然而食物吃进嘴里，惹祸小；言语从嘴里说出，获罪多。因此鬼谷子说：'嘴可以用来饮食，不可以用来胡乱说话。'"

陈眉公曰："药以生人，而庸医以之杀人；兵以杀人，而圣贤以之生人。"

【译文】陈眉公（陈继儒）说："药物可以救人，但庸医用了却能杀人；兵器可以杀人，但圣贤用之却能救人。"

海忠介抚江南，为徐华亭处分田宅过于刻核，华亭不堪。有为华亭解者，谓海曰："圣人不为已甚。"海艴然①曰："诸公岂不知海瑞非圣人邪？"言者默塞。

【注释】①艴（fú）然：恼怒貌。

【译文】海忠介（海瑞）巡抚江南，严厉地处罚了仗势侵夺民田的徐华亭（徐阶），徐华亭不能忍受。有官员前来为徐华亭说情，对海瑞说："圣人不应该做过分的事情。"海瑞恼怒地道："你们难道不知道海瑞不是圣人吗？"说情之人沉默不语。

祖制，京官三品始乘轿，科道①骑马，后来皆僭用轿矣。王化按浙，一举人大帽入谒，按君不悦，因问曰："举人戴大帽始自何年？"举人答曰："始自老大人乘轿之年。"

【注释】①科道：此指科道官。明清时，六科给事中与都察院各道监察御史统称为"科道官"。

【译文】明朝祖制，京官三品及以上才能乘轿，科道官只能骑马，后来京官不分大小都越制乘轿了。（嘉靖年间）监察御史王化巡按浙江，有一举人头戴大帽前来拜见，王化很不高兴（觉得这举人太过僭越，身份与帽子不配），于是问道："举人戴大帽始自何年？"举人回答道："始于老大人乘轿之年"

时纯甫与王季重弈，时边已失，角亦将危，辄苦曰："鼸鼠又来食角①。"季重曰："食谁之角，但可云'杀时犉牡，有捄其角②'。"

【注释】①"鼫鼠"句：语出《春秋·成公七年》："鼫鼠又食其角。"鼫鼠，一种小鼠，有毒，啮人畜至死不觉痛。②"杀时犉（chún）牡"二句：语出《诗经·周颂·良耜》。意谓杀一头黄毛黑唇的公牛，它有弯弯的长角。犉牡，黄毛黑唇的公牛。捄（qiú），形容牛角很长。

【译文】时纯甫与王季重（王思仁）下围棋，时纯甫的边棋已被吃掉，角棋也处在危险之中，于是他苦恼地说："鼫鼠又来食角。"王季重说："吃谁的角呢，只应该说'杀时犉牡，有捄其角'。"

锦衣王佐孽子①不肖，好博纵饮。有别墅三，其二为陆炳所得，其一最雄丽，复欲得之，乃指以狎邪，捕其党与、家奴，证成其罪。不肖子母，故佐妾也，亦在捕中。入对簿，子强辨，母膝行前，道其子罪甚详。子恚，呼曰："儿到此地，母奈何速之死？"母叱之曰："死即死，何说？"指炳坐，顾曰："而父坐此非一日，作此等事不止一件，而生汝不肖子，天道也，复奚为？"炳颊发赤，趋遣之出，事遂寝。

【注释】①孽子：非正妻所生之子。

【译文】锦衣卫总监王佐有个妾生的不肖儿子，平日喜欢喝酒赌博。王佐死后留给他三座别墅，其中有两座已被新任锦衣卫总监陆炳用计夺去，剩下的最雄丽的那座，陆炳也想得到，于是就以王佐的儿子为非作歹为由，把他和他的党羽、家奴一同逮捕入狱，并唆使他们指证王佐儿子的罪行。这个不肖子的母亲，是已故的王佐的妾，也在被捕之中。受审时，王佐的儿子强辩不认罪，他的母亲却跪地向前，详述儿子的罪状。王佐的儿子大怒，高声埋怨母亲道："我身陷此地，您再说这种话不是要我快死吗？"他母亲叱责道："死就死，说了又何妘。"说完,她又手指陆炳的坐椅说:"想当初你父亲坐在这个位子也非一天两天了,他做过的这样的事也不只一件,他生下你这个不肖的儿子,只能说是老天爷的报应,还有什么好说的呢。"陆炳(听闻此言)羞得面红耳赤,(不久后)就把他们母子都释放了,并不再有夺取王佐遗产的念头。

张禺山晚年好纵笔作草书,不师法帖,殊自矜贵。常书一纸寄升庵,书其后曰:"野花艳目,不必牡丹;村酒醉人,何须绿蚁①。"

【注释】①绿蚁:新酿的米酒,未过滤时,酒面浮渣,微现绿色,细如蚂蚁,称为"绿蚁"。

【译文】张禺山(张含)晚年喜好纵笔写草书,不效法字帖,(每写成一副字)他自己都十分珍视。他曾写过一幅字寄给杨升庵(杨慎),这幅字的末尾写着:"野花艳目,不必牡丹;村酒醉人,何须绿蚁。"

世宗皇帝问一古德:"杭州飞来山从何处飞来?"古德曰:"天竺飞来。"帝曰:"既能飞来,何不飞去?"古德曰:"一动不如一静。"又看一大士像,问:"大士手中何物?"曰:"念佛珠。"帝曰:"所念何佛?"古德曰:"念大慈大悲救苦救难灵感观世音菩萨。"帝曰:"何以自念自己?"古德曰:"求人不如求己。"

【译文】明世宗问一位年老德劭的高僧:"杭州的飞来山从何处飞来?"高僧答:"从天竺飞来。"明世宗问:"既能飞来,何不飞去?"高僧答:"一动不如一静。"世宗又看见一座观世音菩萨像,问:

"菩萨手中拿的何物？"高僧答："念佛的佛珠。"世宗问："念的什么佛？"高僧答："念的是大慈大悲救苦救难灵感观世音菩萨。"世宗问："为什么自己念自己呢？"高僧答："求人不如求己。"

一禅师被召朝见至尊，口称万岁。至尊下殿，手挽之曰："师莫行礼，且说明何以谓之万岁？"禅师合掌遽言曰："尧、舜、禹、汤、文、武，至今还在。"至尊大悦，宠礼甚厚。

【译文】某禅师被召入京城，朝见皇上，口呼"万岁"。皇上走下殿阶，用手扶起禅师说："禅师不要行礼，且说明为什么称我为'万岁'？"禅师双手合掌，立即答道："尧、舜、禹、汤、文、武，至今还在。"皇上大悦，对他宠爱礼遇甚厚。

湖州庄龙①作明史，以查伊璜②刻入较阅姓氏。伊璜知之，即检举学道，发查存案。次年七月，归安知县胡子容③持书出首，累及伊璜，伊璜辩曰："查继佐系杭州举人，不幸薄有微名，庄龙遂将继佐刻入较阅。继佐一闻，即出检举，盖在庚子十月，胡子容为庄龙本县父母，其出首在辛丑七月。若以出首蚤为功，则继佐前而子容后，继佐之功当在子容之上；若以检举迟为罪，则继佐蚤而子容迟，子容之罪不应在继佐之下。今子容以罪受上赏，而继佐以功受显戮，则是非颠倒极矣！诸法台幸为参详。"公衙门俱以查言为是，到部对理，竟得昭雪。遂与胡子容同列赏格，分庄龙籍产之半。

【注释】①庄龙：当作"庄廷鑨"，字子襄，明末清初人，与人合著有《明史辑略》。②查伊璜：即查继佐，号"伊璜"，清初浙江海宁人，③胡子容：当作"吴之荣"。

【译文】湖州庄廷鑨著成《明史辑略》，将查伊璜作为校阅人员之一刻在书里。查伊璜知道后，立即向浙江学道做出检举，学道下令查验，并予以备案。第二年七月，归安知县吴之荣拿着书告发了庄氏的罪行，牵连到查伊璜，查伊璜辩解说："查继佐是杭州举人，不幸薄有微名，于是庄廷鑨将我的名字刻在校阅人员的名单中。我听闻此事，立即出来检举，大概在顺治十七年（1660）十月，吴之荣是庄廷鑨所在县的父母官，他的检举时间是顺治十八年（1661）七月。如果以检举得早论功，我查继佐在前而他吴之荣在后，我的功劳应当在吴之荣之上；如果以检举得晚论罪，则我检举得早而吴之荣检举得晚，吴之荣的罪不应该在我之下。现今吴之荣因罪受到上等封赏，而我查继佐却因功受到公开的刑罚，如此则是非颠倒至极了！请诸位法官详细考虑。"各衙门的审判官皆认为查伊璜说得有理，回去后共同商议，遂为查伊璜洗清了冤屈。于是，查伊璜与吴之荣共同受到封赏，也分到庄廷鑨的一半家产。

陈眉公曰："余二十年前读《太阳元精论》，即大暑能坐卧赤日中。年来懒习此法，即厂堂匡池，高梧修竹，颇以炎蒸为烦。因思此时田野耕耘，道途推挽，其匍匐状殆不可言。若狱中人，杂秽粪土，烦冤疫痢，转视此等，又如天上人耳。京师每奉旨热审①，他未有能行者，若得仁人君子请定为例：暑月无得滥受词，无得轻羁候。务使眼前火坑化作清凉世界，只在当路者念头动，舌头动，笔头动，一霎时耳。"

【注释】①热审：明清时，每年小满后十日至立秋前一日，因天气炎热，对某些罪犯减等处理，称"热审"。

【译文】陈眉公（陈继儒）说："我二十年前读《太阳元精论》，即使大暑天也能坐卧在烈日之下。年来懒习此法，即使坐卧在四面通风的厅堂和方正的水池边，高大的梧桐和长长的竹子下，也常觉得十分炎热烦闷。于是想到此时在田野中耕耘的人，道路上的搬运工，其劳顿颠沛的样子简直难以形容。再想到狱中的囚犯，杂处在肮脏的粪土中，烦躁愤懑，身染痢疾，与他们比较，我的生活简直像天上的神仙一般。京城官员常奉旨热审，其它的不敢要求施行，如果有仁人君子可以向皇上请求，将下面两条定为条例：暑月不得随意听取供词，不得轻易判处拘留候审。要使眼前的火坑化作清凉世界，只在当政者的念头一动，舌头一动，笔头一动，（这不过是）刹那间的事情罢了。"

陈眉公曰："余读书南湖，每饮必施鸟，童子遂于施食处张罗待之。余谓门人云：'隧人氏教民火食，而秦始皇以之烹儒焚书；阎立本、吴道子画地狱变相于寺壁，化导愚顽，而酷吏仿其刑具以恣罗织。自古好事尝被恶人弄坏，即鸟食一事，所施未几，而童子之杀心动矣。故曰好事不如无。'"

【译文】陈眉公（陈继儒）说："我在南湖读书时，每次饮宴，必施与鸟儿一点食物，于是我家的童仆就在我施食的地方张网捕鸟。我对弟子说：'隧人氏教育人民用火烤煮食物，而秦始皇却用火来烹儒焚书；阎立本、吴道子把地狱轮回中的景象画在寺院的墙壁上，教化愚昧习顽之人，而酷吏却仿制其刑具以肆意罗织罪名。自古以来，好的事情常被恶人弄坏，即使施与鸟儿食物一事，所施没有多少，但童仆却因此动了杀心。因此可以说做好事不如不做。'"

王阳明曰："凡人言语正到快意时，便截然能忍默得；意气正到发扬时，便翕然能收敛得；忿怒嗜欲正当腾沸时，便廓然能消化得，非大勇者不能。"

【译文】王阳明说："凡是人说话正在兴高采烈的时候，能够斩钉截铁地忍耐住；情绪正在蓬勃高涨的时候，能够突然一下子收敛住；忿怒嗜好正在沸腾激烈的时候，能够彻底无余地化除掉，这些不是天下最勇敢的人是不能做到的。"

卷之五 夙慧部

陶庵曰：昔孔文举①聪明绝世，而陈韪嘲之曰："小时了了，长未必佳。"向以为陈韪一时嫉妒之言，今乃阅世既久，而知斯言之未始不确也。汉昭帝十四能知上官桀之奸，而长来聩聩，一无所闻；鲍照才思藻发，及至有年，顿觉才尽；而王勃自《滕王阁》一序之外，亦遂凋落，无所见长。盖少年智慧亦似电光石火，政不可据以为常也。嗟余老惫，犹忆稚年，文举有言："想君少时，必当了了。"集夙慧部五。

【注释】①孔文举：东汉末年名士孔融，字文举。其与陈韪之事见《世说新语·言语第二》。

【译文】陶庵说：从前孔文举聪明绝世，而陈韪嘲讽他说："小时候聪明，长大了未必有才华。"我一向认为这是陈韪一时的嫉妒之言，现今我久经世事，才知道陈韪的这句话未必就不确切。汉昭帝十四岁能察知上官桀是奸臣，但长大后却昏聩糊涂，丝毫不能辨察忠奸；鲍照才思勃发，等到晚年，却顿感才华消退；即使唐朝的王勃自从写出《滕王阁序》后，也才华凋落，再也没有什么好的文章。这大概由于少年时的智慧像电光石火般转瞬即逝，实在不能凭借它作为人生的长久之事。自叹年老体衰，却仍时常记起少年之事，孔文举有言："我猜想您小时候，一定很聪明。"故集合诸故事将"夙慧部"列为第五。

舒芬之父得一葬地，形家曰："此地必发鼎元，然当在四世之后。"舒父曰："我不能待也。"芬童年侍侧，曰："信若此，何不葬芬三世之祖？"父从之，芬果大魁天下。

【译文】舒芬的父亲觅得一块坟地，风水先生说："葬在此处，子孙一定能考中状元，但是必须要等到四代之后。"舒芬的父亲说："我是等不到那个时候了。"当时，年幼的舒芬正陪侍在父亲身旁，说："果真如此的话，何不把我的三世祖埋葬在此处呢？"舒芬的父亲依照舒芬的话去做，后来舒芬果然考中状元。

洪钟四岁能作大书，宪宗召见，命书"圣寿无疆"，钟握笔不动。上曰："汝容有不识者乎？"钟叩首曰："臣非不识，第不敢于地上书耳。"上命异几，一挥而就。

【译文】洪钟四岁能写大字，明宪宗召见他，让他书写"圣寿无疆"，洪钟握笔不动。宪宗问："难道有你不认识的字吗？"洪钟叩头说："臣不是不认识，只是不敢在地上书写。"宪宗命人搬来一张矮桌，洪钟提笔一挥就写成了。

王弇州髫时见有鬻刀者，其师戏刻韵教之作诗，王辄成句云："少年醉舞洛阳街，将军血战黄沙漠。"师曰："子异日必以文章名世。"

【译文】王弇州（王世贞）幼年时看见一个人卖刀，他的老师开玩笑似地限韵让他作诗，王弇州立刻写成一首，其中有句云："少年醉舞洛阳街，将军血战黄沙漠。"王弇州的老师说："他日你必定以文章名显于世。"

李东阳四龄能作大字，景帝召见文华殿，命书"麟凤龟龙"四字，写至龙字，手腕无力，其勾用小靴戳上。上大喜，抱置膝上，赐珍果及宝镪①。六岁，与程敏政同召，上试以对云："螃蟹浑身甲胄。"敏政曰："凤凰遍体文章。"东阳曰："蜘蛛满腹经纶。"后程官学士，李大拜②，兆于此矣。

【注释】①宝镪：皇家所赐的钱。②大拜：拜相。明代不设宰相，李东阳曾任内阁首辅，职位相当于从前的宰相，故称。

【译文】李东阳四岁能写大字，明景帝在文华殿召见他，让他写"麟凤龟龙"四个字，李东阳写到"龙"字时，手腕无力，就用自己穿的小靴将'龙'字的勾戳上。景帝非常喜欢，把李东阳抱来放在膝上，赐给果品和钱钞。六岁时，李东阳与程敏政同受召见，皇上用对联来考试他们的才学说："螃蟹浑身甲胄。"程敏政对曰："凤凰遍体文章。"李东阳对曰："蜘蛛满腹经纶。"后来程敏政官居翰林学士，李东阳成为内阁首辅，此时就已露出先兆了。

杨用修十二岁随太师①守制蜀中，大父授《易》，两旬而洽。拟作《古战场文》，有"青楼断红粉之魂，白日照苍苔之骨"数语，大父极称赏。后命拟作《过秦论》，益大奇之，曰："吾家贾谊也。"

【**注释**】①太师：杨慎的父亲杨廷和，死后追赠"太师"。

【**译文**】杨用修十二岁时随父亲回蜀中守孝，他的祖父教授他《周易》，杨用修仅用了两旬的时间就学习完了《周易》的所有内容。他仿作《古战场文》，其中有"青楼断红粉之魂，白日照苍苔之骨"的句子，他的祖父读后极为称赞。后来，他祖父又让他仿作《过秦论》，读后更加大为惊奇地说："你是我家的贾谊。"

戴大宾，莆田人，八岁应童子试，见主司，主司怜其幼，指所坐椅云："'虎皮褥盖太师椅'，试作一对。"大宾应声曰："兔毫笔写状元坊。"主司称赏。正德戊辰，果探花及第。

【**译文**】戴大宾，福建莆田人，八岁参加童子试，拜见主考官时，主考官可怜他年纪幼小，就指着自己的坐椅说："'虎皮褥盖太师椅'，你试着对出下联。"戴大宾应声对道："兔毫笔写状元坊。"主考官对其称赞了一番。正德三年（1508），戴大宾果然考中戊辰科探花。

解缙，吉水人，六岁能作诗。祖父戏之曰："小儿何所爱？"缙应声曰："小儿何所爱，爱者芝兰室①。更欲附龙飞，上天看红日。"祖大称赏。年十八，登洪武二十一年进士，选入翰林。

【**注释**】①芝兰室：语出《孔子家语·六本》："与善人居，如入芝兰之室。"后比喻贤士的居所。

【**译文**】解缙，江西吉水人，六岁能作诗。祖父同他开玩笑说："小儿何所爱？"解缙应声对曰："小儿何所爱，爱者芝兰室。更欲附龙飞，上天看红日。"祖父大为称赞。十八岁时，解缙在洪武二十一年的考试中考中进士，被选入翰林院。

彭华年十五，常过邑城，坐客有持故契争产者，辩论不已。华齿坐下，独抗声曰："此赝契也！"众惊问故，曰："契果出革除^①庚辰年，则当以建文三年书，乃曰洪武三十三年，非赝而何？"争者赧然而罢。

【注释】①革除：明成祖朱棣篡夺建文帝皇位后，下诏革除建文年号，复称洪武，臣下嫌计数麻烦，遂称建文年间为"革除"。

【译文】彭华十五岁时，去县城朋友家做客，席上有客人拿出一张旧日的地契向朋友索要田产，双方争论不休。当时彭华因年龄小而坐在末位，他大声说："这张地契是伪造的！"众人惊奇地问他原因，他说："这张地契如果真是革除庚辰年订立的，那么订立的日期应该写建文三年，它上面写洪武三十三年，不是伪造的是什么？"争地产的人脸红惭愧，放弃了争夺的念头。

先高祖太仆，葬天衣祖垅，开圹，有黑气弥瞒，匠石恐泄气，欲遽掩之，先文恭甫六齿，言："此杀气，政须放尽乃佳。"太仆从之。黑气尽，清气冉冉，乃遂掩圹。十三年后，而文恭遂荐贤书。

【译文】我的高祖太仆公，欲葬在天衣寺之下的祖坟里，挖穴建墓时，内有黑气弥漫，工匠担心泄气，立即想重新掩埋，当时我的曾祖父张文恭公才六岁，他说："这是杀气，必须散尽才好。"太仆公听从了他的意见。待黑气散尽，清气冉冉上升，才重新掩埋住墓穴。十三年后，文恭公遂乡试中榜。

潮阳女子苏福，八岁赋新月诗："气朔①盈虚又一初，嫦娥底事半分无。却于无处分明有，好似先天太极图。"惜十四而夭。

【注释】①气朔：云气和每月的朔日。朔，农历每月初一。

【译文】潮阳女子苏福，八岁作有新月诗，诗曰："气朔盈虚又一初，嫦娥底事半分无。却于无处分明有，好似先天太极图。"可惜她十四岁就夭折了。

杨石淙五六岁聪敏绝世，人欲试其心计，戏取铺家日了帐，杂记各姓所买米、盐、鱼、鲞之数，令目一过，用别本写出，半字不讹。

【译文】杨石淙五六岁时聪敏绝世，有人想考验他的计算才能，便玩笑着拿来某家店铺一天的账目，上面杂乱地记载着谁谁所买的米、盐、鱼、鲞的数量，让杨石淙阅览一遍，然后又让他在另一个账本上写出，杨石淙写得与原账所记一字不差。

袁太冲七岁与群儿戏，自称小相公。彭鲁溪公出对云："愿为小相。"袁应声曰："窃比老彭。"

【译文】袁太冲七岁时，与同龄孩子们玩耍，自称"小相公"。（有一次）他到彭鲁溪尚书家去拜寿，彭尚书给他出了一个对子："愿为小相。"袁太冲立即对道："窃比老彭。"

于忠肃少有大志，出语不凡。八岁时，衣红衣骑马，有邻老呼其名，戏之曰："红孩儿，骑黑马游街。"公应声曰："赤帝子，斩白蛇当道。"闻者惊异。

【译文】于忠肃（于谦）少有大志，出语不凡。他八岁时，穿着红衣，骑马出行，邻居老翁喊他的名字，并同他开玩笑说："红孩儿，骑黑马游街。"于公应声答道："赤帝子，斩白蛇当道。"闻者无不惊叹异常。

解学士童时，妇翁过其家，解父抱缙置椅上，妇翁戏云："子坐父立，礼乎？"缙曰："嫂溺叔援，权也。"

【译文】解缙学士年幼时，他后来的岳父到他家做客，解学士的父亲把他抱出来放在椅子上，他后来的岳父开玩笑地说："儿子坐着，父亲站着，合乎礼仪吗？"解缙应声答曰："嫂子溺水，小叔援救，要知变通啊！"

于少保髫时，梳丫髻，僧古春戏曰："牛头喜得生龙角。"于应曰："狗口何曾出象牙。"走归，梳三角髻出。僧又戏曰："三权如鼓架。"于应曰："一秃似擂槌①。"

【注释】①雷槌：即擂槌，研物用的槌子。
【译文】于少保（于谦）年幼时，梳着双角辫，僧人兰古春同他开玩笑说："牛头喜得生龙角。"于少保应声答曰："狗口何曾出象牙。"走回家，（不久）梳成三角辫出门。僧人兰古春又同他开玩笑说："三权如鼓架。"于少保立即对曰："一秃似雷槌。"

高祖太仆公成进士，文恭十岁。太仆公出对语令文恭对，曰："脱颖渐居客后。"文恭应声曰："致身①肯让人先。"太仆公大奇之。

【注释】①致身：出仕，做官。

【译文】我的高祖父太仆公成为进士时，我的曾祖父文恭公才十岁。太仆公出了一个对子让文恭公对："脱颖渐居客后。"文恭公应声对曰："致身肯让人先。"太仆公对此大为惊奇。

解学士七岁时，友人持其父影至，解横写"图写禽兽"四字于上，友人大恚怒。解取笔续之云："图公之象，写公之形，禽中之凤，兽中之麟。"友人笑而奇之。

【译文】解缙学士七岁时，解缙的父亲有位朋友拿着自己父亲的图像，想让小解缙在上面题写几个字，解缙随手在上面写了"图写禽兽"四个字，父亲的朋友大为愤怒。解缙提笔接着写道："图公之象，写公之形，禽中之凤，兽中之麟。"解缙父亲的朋友笑着称赞解缙是奇才。

王文恪七岁时，附学于舅氏，一小女使送茶，王戏握其手。有告舅氏者，舅氏出一对曰："奴手为拏①，此后莫拏奴手。"王即对曰："人言是信，从今毋信人言。"

【注释】①拏（ná）：同"拿"。

【译文】王文恪七岁时，在他舅舅家的家塾里读书学习，一个年小的女仆前来送茶，王文恪开玩笑似地握住了那女仆的手。有人把这事告诉他的舅舅，他舅舅出了一个对子让他对："奴手为拏，此后莫拏奴手。"王文恪立即对曰："人言是信，从今毋信人言。"

顾东桥填①楚，张江陵才十二岁，应童子试。东桥曰："童子能属对乎？"出曰："雏鹤学飞，万里风云从此始。"张曰："潜龙奋起，九天雷雨及时来。"东桥大喜，解金带赠之。

【注释】①填：疑当作"镇"。译文从"镇"。

【译文】顾东桥出任湖广巡抚时，张江陵才十二岁，他去参加童子试。顾东桥说："你能对对子吗？"于是就出了一个对子："雏鹤学飞，万里风云从此始。"张江陵对曰："潜龙奋起，九天雷雨及时来。"顾东桥十分高兴，解下自己的金腰带赠给张江陵。

景清少颖敏，同学生有秘书①借阅，次早索还，清曰："亡有。"讼之学师，清持书往见，曰："此清所业书。"即诵终卷。生则不能忆一字。学使叱使去。清出，即还其书曰："书故尔书，聊相戏耳。"

【注释】①秘书：少见的珍贵书。

【译文】景清少年聪慧，他同宿舍的学生有一本罕见而珍贵的书籍，景清向其借阅，第二天早上，那个学生要景清还书，景清说："我没借你的书。"那个学生向学校的主管官诉讼此事，景清拿着所借的书往见，说："这是我景清所作的书。"说完，将书整篇背了出来。（学官问那个学生）那个学生却一个字都背不出来。学官叱喝着把那个学生赶来出来。景清随后出来，把书还给那个学生说："这书原本就是你的书，我只是同你开个玩笑罢了。"

山东于阁老慎行，年八岁，看邻家造新房，有老人出一句，呼慎行对之，曰："磨砖砌地。"于即应："炼石补天。"出口即有宰辅气象。

【译文】山东于慎行阁老，八岁时，看邻家造新房，有位老人出了一句上联，让于慎行对之，上联曰："磨砖砌地。"于慎行随即应声对曰："炼石补天。"于慎行这时说出的话就已具有宰辅气象。

苏州状元施槃丱角①时，有张都宪②者，令属对，曰："新月如弓，残月如弓，上弦弓，下弦弓。"槃应曰："朝霞似锦，晚霞似锦，东川锦，西川锦。"都宪大奇之。

【注释】①丱（guàn）角：儿童的头发束成两角形，借指童年时期。②都宪：明代都御史的别称。
【译文】苏州状元施槃童年时，有位姓张的都宪，出了一句上联让他对，上联曰："新月如弓，残月如弓，上弦弓，下弦弓。"施槃应声对曰："朝霞似锦，晚霞似锦，东川锦，西川锦。"张都宪大为惊奇。

陆景邺三岁能作对，夏日采菱，匿数枚，封公呼命之曰："'畏母偷菱走'，能对则食。"答曰："思亲怀橘归①。"四岁在乡塾，先生出对曰："石狮子呆笑。"对曰："铁马儿假嘶。"又出对曰："屋下点天灯。"答曰："楼上打地铺。"

【注释】①"思亲"句：用三国吴陆绩于袁术席上，怀橘三枚，归以遗母之事。事见《三国志·吴志·陆绩传》。
【译文】陆景邺三岁时就能对对子，有年夏天采摘菱角，他私藏了数枚，他父亲把他叫过来说："'畏母偷菱走'，你能对上这个上联就可以吃菱角。"陆景邺对曰:"思亲怀橘归。"四岁时,陆景邺在乡塾中读书,先生出对曰:"石狮子呆笑。"陆景邺对曰:"铁马儿假嘶。"先生又出对曰:"屋下点天灯。"陆景邺对曰:"楼上打地铺。"

陆景邺十四岁时,古虞田父获禹鼎,塾师命赋之,前四句云:"泗鼎沉秦后,了溪①得铎余。尚遗物自夏,兼以地当虞。"塾师赏之。又赋《送族兄客楚》诗云:"相携白玉壶,相送有言无,茜裙②最好处,莫约共樗蒲③。"

【注释】①了溪:即今浙江嵊州之剡溪,因大禹治水毕功于此,故称。②茜裙:绛红色的裙子,代指女子。③樗蒲:古代的一种赌博类游戏。

【译文】陆景邺十四岁时,塾师让他以古代虞地的老农获得了一口禹时的铜鼎为题作诗,陆景邺所作诗的前四句为:"泗水中出现的周鼎自秦代后就不知去向了,有人在了溪得到了古时的大铃。老农获得的这口铜鼎是夏代的遗物,它是在虞地被发现的。"塾师很称赞这首诗。陆景邺又作有《送族兄客楚》诗云:"相携白玉壶,相送有言无,茜裙最好处,莫约共樗蒲。"

祁世培六岁时,太夫人喜啖鸡蛋,煮数枚作供,为小婢窃食,问不肯承,世培曰:"匆争。"命持一盆水来,令诸婢逐一嗽之,窃食者吐出皆蛋黄。

【译文】祁世培六岁的时候,他母亲喜欢吃鸡蛋,(祁世培就为她)煮了几个以作供养,(但是)被一个小婢女偷吃了,问她,她不肯承认,祁世培说:"不必争执。"命人端一盆水来,让家里所有的婢女逐一漱口，偷吃鸡蛋的人吐出来的都是蛋黄。

陶庵六岁，舅氏陶虎溪指壁上画曰："画里仙桃摘不下。"陶庵曰："笔中花朵梦将来。"又一客见缸中荷叶出，出对曰："荷叶如盘难贮水。"陶庵对曰："榴花似火不生烟。"一座赏之。虎溪曰："是子为今之江淹。"

【译文】陶庵六岁的时候，舅舅陶虎溪指着墙上的画说："画里仙桃摘不下。"陶庵对曰："笔中花朵梦将来。"另外一个客人看见缸中的荷叶长出缸面，就出了一个上联："荷叶如盘难贮水。"陶庵对曰："榴花似火不生烟。"满座的客人都予以称赞。陶虎溪说："这个孩子是当今的江淹。"

陶庵年八岁，大父携之至西湖。眉公客于钱塘，出入跨一角鹿。一日，向大父曰："文孙①善属对，吾面考之。"指纸屏上《李白骑鲸图》曰："太白骑鲸，采石江边捞夜月。"陶庵曰："眉公跨鹿，钱塘县里打秋风。"眉公赞叹，摩予顶曰："那得灵敏至此，吾小友也。"

【注释】①文孙：对他人之孙的美称
【译文】我八岁的时候，祖父携带着我到西湖游玩。当时，陈眉公（陈继儒）正客居钱塘，出入常骑乘一只一角鹿。一天，陈眉公对祖父说："你的孙儿善于做对子，我当面考试他一下。"（于是）陈眉公指着纸屏风上所画《李白骑鲸图》说："太白骑鲸，采石江边捞夜月。"我对曰："眉公跨鹿，钱塘县里打秋风。"陈眉公赞叹，摸着我的头顶说："怎么灵敏至此，真是我的小友。"

　　陶庵比邻有童子,十四岁能作诗。丙申闰五月十五日月食十分,既而色微带赤,童子咏之曰:"今年天狗太贪饕①,食月何曾剩一毫? 天是骰盆月是色②,孤孤一点大金幺③。"

　　【注释】①贪饕(tāo):贪吃。②色(shǎi):即骰(tóu)子。俗呼骰子为色子。③幺:指色子上的一点。

　　【译文】陶庵的邻居家有个小儿子,十四岁能作诗。顺治十三年(1656)闰五月十五日发生月食,开始是月全食,不久月亮微微发出红色,邻居家的儿子咏道:"今年天狗太贪饕,食月何曾剩一毫? 天是骰盆月是色,孤孤一点大金幺。"

卷之六 机变部

　　海刚峰为教谕①。浙御史怒一县令,县令使盗窃其印。御史明知县令所为而不敢发,问计于海。海教其夜半厨中发火,郡属赴救,御史持印箱付县令曰:"某知县护印!"火灭,县令上印箱,印已在其中矣。

　　【译文】海刚峰(海瑞)初任福建南平县教谕,后升浙江淳安县知县。浙江御史惹怒了一个县令,县令暗中派人偷窃了御史的官印。御史明知道是县令所为,却不敢发作,于是向海刚峰请教计策。海刚峰教他深夜在厨房中放一把火,郡里的属员都来救火,御史把装官印的箱子交给那个派人偷窃了官印的县令说:"你替我保护官印。"火灭后,县令交还印箱,官印已经放在印箱中了。

　　王文成与宁王战,值风不便,兵少挫,急令斩先却者头。知府伍文定等立于铳磹①之间,方督各兵死战,忽见大牌书:"宁王已擒,毋得纵杀。"一时惊扰,贼兵大溃。次日,贼既穷促,宸濠欲潜遁,见一渔船隐在芦苇之中,宸濠大声叫渡,渔船移棹请渡，竟送中军，人皆不晓。

【注释】①铳礮：火炮。礮，同"炮"。

【译文】王文成（王阳明）与宁王朱宸濠交战，遇上逆风，军队略显败象，他急忙下令斩杀先退的士兵。知府伍文定等人站在火炮旁边，正督促士兵死战，忽然看见有人举起一块大牌，上面写着："宁王已被擒获，不要滥杀无辜。"一时之间，叛军惊慌骚乱，尽皆溃败。第二天，叛军陷入困厄窘迫之境后，朱宸濠打算暗中逃跑，他看见一只渔船隐藏在芦苇丛中，便大声叫唤渔夫，说自己要渡江，渔夫划过船来，请他上船，一直把他送到王文成的中军营帐，（此事）人们都不知晓。

沈炼既论斩，复逮其长子襄，一妾随行。至中道，闻严氏将杀之，襄惧欲窜，而顾妾不能割。妾曰："君一身，沈氏宗祧所系，第去勿忧我。"襄遂绐①押者索金某年家，押者恃妾在，不疑，纵之去。久待不返，押者往年家迹之，无有，还复叩妾。妾把其袂大恸曰："吾夫妇患难相守，无顷刻离，今去而不返，必汝曹受严氏指，杀我夫矣！"观者如市，不能判，闻于监司。监司亦疑严氏真有此事，使妾暂寄尼庵，而限押者迹襄。未几，嵩败，襄出与妾俱归。

【注释】①绐（dài）：欺骗。

【译文】沈炼被判处斩刑后，严嵩又命人逮捕了他的大儿子沈襄，沈襄的一名爱妾随之同行。走到半路，沈襄听到严嵩将要杀掉他的传闻，心中害怕，想趁机逃逸，但又舍不得丢下爱妾。爱妾说："夫君身系沈氏一门香火，只管逃命，不要顾虑我的安危。"于是沈襄骗押解的吏卒，说他要去城中一户姓年的人家讨债（只要讨得债款就分给押解的吏卒一部分），吏卒见他的爱妾在自己手上，便放他去了。过了许久，不见沈襄回来，吏卒便前往姓年的人家寻找，沈襄却不在那里，（吏卒找不到沈襄）就回来质问沈襄的爱妾。沈襄的爱妾一把揪住吏卒的衣袖，大哭着说："我们夫妻二人患难相守，从不曾有片刻的分离，今天我丈夫出门后就不见他回来，一定是你们受了严嵩的指使，杀了我的丈夫。"在旁围观的人很多，众人也无法断定谁是谁非，只好请监司裁夺，监司心中也怀疑真是严嵩指使杀了沈襄，便命沈襄的爱妾暂时寄住在尼姑庵，而下令吏卒在限期内找到沈襄。不久，严嵩被罢官，这时沈襄才露面，与爱妾两人再度团圆，回家安居。

明成祖召解缙曰："宫中夜来有喜，可作一诗。"缙方吟曰："宫中昨夜降金龙①。"曰："是女。"曰："应是嫦娥下九重。"曰："死矣。"曰："料得世间留不住。"曰："已投之水矣！"曰："翻身跳在水晶宫。"上叹其敏。

【注释】①降金龙：指生儿子。
【译文】明成祖召来解缙说："宫中夜里有喜事，你可以作一首诗。"解缙刚吟出："宫中昨夜降金龙。"明成祖说："是个女儿。"解缙忙说："应是嫦娥下九重。"明成祖说："她已经死了。"解缙又说："料得世间留不住。"明成祖说："已把她投水里了。"解缙又说道："翻身跳在水晶宫。"明成祖感叹解缙的才思敏捷。

有友人召乩仙①作《梅花》诗。首书"玉质亭亭清且幽"，其人云："要红梅。"即云："着些颜色点枝头。牧童睡起朦胧眼，错认桃林去放牛。"又作《鸡冠花》诗云："鸡冠本是胭脂染。"其人云:"要白的。"即云:"洗却胭脂似雪妆。只为五更贪报晓,至今犹带一头霜。"

【注释】①乩(jī)仙:扶乩时请托的神灵

【译文】我的一个朋友召来乩仙作《梅花》诗。乩仙首先写出一句"玉质亭亭清且幽",我那朋友说:"要描写红梅的。"乩仙随即写道:"着些颜色点枝头。牧童睡起朦胧眼,错认桃林去放牛。"(我那朋友又请求乩仙)作《鸡冠花》诗,乩仙刚写出一句:"鸡冠本是胭脂染。"我那朋友说:"要描写白鸡冠花的。"乩仙随即写道:"洗却胭脂似雪妆。只为五更贪报晓,至今犹带一头霜。"

王文成征洞蛮,路崎曲难认,敕军士各携菜子随路撒之,旬日,皆长青苗。认苗而出,蛮人惊以为神。

【译文】王文成(王阳明)征讨南蛮,山中道路崎岖,难以辨认,他命令士兵每人携带菜子随路播撒,不久,所撒的菜子长成青苗,军队顺着青苗走出山中,蛮人惊奇地将其视为神灵。

韩雍弱冠为御史,出按江西。时有诏下镇守中官,而都御史误启其封,惧,以咨雍。雍请宴中官,而身为解之。明日,伪为封识①,而令吏藏旧封于怀。俟会间,使邮卒持以付己,佯不知而启之。稍读一二语,即惊曰:"此非吾当闻。"遽令吏还中官,则已潜易旧封矣。雍起谢罪,复欲杖邮卒,中官以为诚,反为救解,欢饮而罢。

【注释】①封识：封好信件，并做好标识。此指信件。

【译文】韩雍二十来岁就当了御史，出巡江西。有次，皇帝给镇守江西的宦官下了一道诏书，而被都御史误当成普通公文拆开，都御史怕有杀身之祸，向韩雍请教对策。韩雍表示，他将宴请宦官，亲自为他解决这个难题。第二天，韩雍先伪造了一封假信（交给邮卒），又命令下属把原来的真信藏在怀中。等到宴会开始后，韩雍让邮卒拿着假信交给自己，然后假装不知，故意拆开信件。才读一二句话，韩雍便惊慌地说："这不是我应当看的。"急忙命下属把信件交还宦官，这时下属已经把信件悄悄换成原来已拆封的诏书了。韩雍起身谢罪，并欲杖责邮卒，宦官认为韩雍很诚实，反而连连劝慰，于是宾主继续畅饮，直到散席。

有人舟行，出鍮石杯饮酒。舟人疑为真金，频瞩之。此人乃就水洗杯，堕之水中，舟人骇惜。因晓曰："此鍮石杯，不足惜也。"与曲逆刺船①之智相类。

【注释】①曲逆刺船：曲逆，指陈平，秦末汉初人，封曲逆侯。刺船，撑船。其事见《史记·陈丞相世家》："（陈平）渡河，船人见其美丈夫独行，疑其亡将，要中当有金玉宝器，目之，欲杀平。平恐，乃解衣裸而佐刺船。船人知其无有，乃止。"

【译文】有人乘船出行，在船上拿出一只黄铜杯饮酒。船夫误认为是金杯，频频瞩目。（饮完酒）这人用河水洗杯，故意让杯子掉落河中，船夫觉得可惜。于是这人告诉船夫说："这是黄铜杯，不值得可惜。"这人的智慧与陈平撑船的智慧相似。

门某①陷袁彬濒死。有倭漆匠杨埴者，奏门违法二十余事，且极称彬枉。上令门逮问，暄佯作痴痞②。讯其事，皆曰："不知。"且曰："暄贱工，不识字，又与君侯无怨，安得有此？"乞屏人以实告，因曰："此李阁老授暄，使暄投进，暄实不知。君王若会官廷讯，我对众直言，李当无辞。"门闻喜甚，劳以酒肉。入朝奏请，因命午门会审。门谓贤曰："此皆先生所命，暄已吐矣。"贤方惊愕，暄大言曰："门指挥毋妄言，暄一市井小人，如何见得阁老？鬼神鉴照，此实门某教我指也。"因剖析所奏二十余事，略无余蕴，由是疏门。

【注释】①门某：指门达，明英宗时锦衣卫指挥。其诬陷袁彬之事，《明史》有载。②痞（hāi）：病。

【译文】门达以重罪诬陷袁彬后，几乎将其至于死地。有善于制作日本漆器的工匠杨暄，向皇帝上奏了门达做过的二十多件违法之事，并且极力声称袁彬是被冤枉的。皇上命令门达逮捕杨暄询问，杨暄装作患有痴病，不管门达询问什么事，他都说："不知道。"并且还说："我杨暄是个卑贱的工匠，不认识字，又与您无仇无怨，怎么会做这种事呢？"然后他请求门达屏退周围的人，他将以实相告，于是他说道："这是李阁老指使我，让我投上奏书的，具体情况我实在不知道。皇上如果集合官员在朝廷上审讯，我一定对众人直说（是李阁老指使的），到时李阁老必定难以反驳。"听闻此话，门达非常高兴，用酒肉慰劳了他。门达上朝请求会审，于是皇上命令众官在午门会审。（会审时）门达对李贤说："这都是先生所指使的，杨暄已经告诉我了。"李贤正惊愕的当儿，杨暄大声说道："门指挥不要胡说，我杨暄是一个普通小民，怎么能见到李阁老呢？鬼神鉴察，这实在是他门某人唆使我指认李阁老的。"并趁机剖析自己所奏的二十多件事，一点也无保留，从此皇上开始疏远门达。

陶鲁为新会县丞，都御史韩雍索犒牛百头，限三日立办。韩令出如山，僚属皆不敢应，鲁踊列任之。三司①及同官交责其妄。鲁曰："不以相累。"乃榜城门云："一牛酬五十金。"有人以一牛至，即与五十金。明日，牛争集，鲁选取百头，以常价与之，曰："此韩公命也。"如期以献，公大称赏。

【注释】①三司：明朝时以布政使、按察使、都指挥使为三司。

【译文】陶鲁任广东新会县丞时，（有一次）都御史韩雍向手下官员索要一百头牛犒赏军士，限三天内备齐。韩雍一向令出如山，官员们（因没把握）都不敢应承，只有陶鲁自告奋勇地愿意越级负责这个任务。三司及同僚们都交相责备陶鲁的鲁莽。陶鲁说："绝不牵连各位。"于是，陶鲁在城门口张贴告示说道："买牛，一头五十金。"有个人牵着一头牛来到县衙，陶鲁立即付给那人五十金。第二天，县民争相牵牛前来，陶鲁仔细挑选出一百头，按市价买下，并声明："这是韩公所订的价钱。"（最后）陶鲁如期交牛，韩雍对陶鲁大加赞赏。

邓墩好客，有妻苏氏善持家。一夕宴客，失金杯，诸仆啧啧四觅。苏诳曰："杯收在内，不须寻矣。"及客散，对墩云："杯实失去，寻亦不得。公平日任侠好客，岂以一杯故，令名流不欢乎？"墩善其言。

【译文】邓墩喜好款待宾客，他的妻子苏氏善于持家。一天晚上，邓墩与客人宴饮时，丢失了一只金杯，仆人们啧啧奇怪地四处寻找。苏氏哄骗仆人们说："金杯已被我收进内室，不用寻找了。"等到客人散去，苏氏对邓墩说："金杯确实丢失了，找也没有找到。你平日侠义心肠, 喜欢宴请宾客, 难道因为一只金杯, 就惹得这些名士们不高兴吗?"邓墩很赞同妻子的话。

卷之七 志节部

　　颜木，随人，罢官居家。故人为湖广参政，至随访木，匿不见，既行部他邑，有田父荷炙鸡甗①酒，由中道入，门戟呵止之，乃木也。因共饮至醉。委甗担去，不知其方。

　　【注释】①甗（yǎn）：古代的炊具，分上下两层。
　　【译文】颜木，湖北随州人，罢官居家。其老友升任湖广参政，到随州来拜访他，他躲藏起来，不与之见面，后来他的这位老友受命巡视外地时，有一个农夫担着一只烤鸡和一甗酒，由中门而入，被门卫呵止，（门卫询问）才知道他就是颜木。（于是门卫放他进去）他与老友一同饮酒至醉，然后舍弃甗担而去，不知所踪。

　　徐舫，桐庐人，与刘青田友善。青田就聘往金陵，舟泝①桐江而西。舫戴黄冠，服白鹿皮裘，立江滨笑之曰："卿何往，宁不愧桐江水耶？"青田面有惭色。

　　【注释】①泝：同"溯"，逆流而行。
　　【译文】徐舫，浙江桐庐人，与刘青田友善。刘青田接受朱元璋的聘请，前往金陵就职，乘着船逆流沿桐江西行。徐舫带着黄色的帽子, 穿着白鹿皮制成的皮裘, 站在江边笑着说: "你到哪里去, 难道对这桐江水没有愧色吗?" 刘青田听了, 面有惭愧之色。

倪云林游太湖, 舟中有异香, 为张仕信所迹。仕信知为云林, 呼健儿鞭之, 云林竟不吐一语。后有人问之曰: "君被仕信窘辱, 而一语不发, 何也?" 云林曰: "一说便俗"。

【译文】倪云林(倪瓒)在太湖游玩时, 乘坐的船中燃着异香, (香味)被张仕信闻到。张仕信知道是倪云林在里面, 便叫来几个壮汉痛打了倪云林一顿, 挨打的倪云林始终一声不吭。后来有人问他: "你被张仕信羞辱, 为何一语不发?" 倪云林说: "一出声就俗了。"

顾仲瑛晚年阅佛书, 有悟, 遂祝发, 称金粟道人。自题其像曰: "儒衣儒帽道人鞋, 天下青山骨可埋。若说向时豪侠处, 五陵裘马①洛阳街。"

【注释】①五陵裘马: 指高门贵族的豪迈气概。五陵, 西汉五个皇帝陵墓的所在地, 多豪族居住。

【译文】顾仲瑛(顾德辉)晚年阅读佛书, 有所禅悟, 于是削去头发, 自称 "金粟道人"。他在自己的画像上题诗说: "儒衣儒帽道人鞋, 天下青山骨可埋。若说向时豪侠处, 五陵裘马洛阳街。"

倪云林好洁, 每日盥颒①, 易水数次。冠服著时, 数十次振拂。斋阁前树石常洗拭。见俗士, 避去如恐浼。其所居云林堂, 堂前碧梧, 四周列以奇石, 蓄古法书名画其中, 客非佳流不得入。

【注释】①颒（huì）：洗脸。

【译文】倪云林（倪瓒）有洁癖，每天洗脸时，要换水数次。戴帽穿衣时，要数十次振拂。即使房屋前的树、石，他也经常命家人清洗擦拭。见到俗人，他急忙避开，好像害怕对方会污染他一样。他所居住的云林堂，堂前种着绿色的梧桐树，四周罗列着奇形怪状的石头，堂内储藏有许多古代名人的书帖、字画，客人如果不是名流，倪云林就不让进入。

倪元镇有清閟阁，无人得入。有番人进贡，道经无锡，闻其名，欲见之，以沉香百斤为贽。元镇令人给云："适往锡山饮泉。"翼日再至，又辞以出探梅花。番人以不得一见，徘徊其家。元镇密令开云林堂，使登焉。堂东设玉器，西设古鼎彝樽罍①。番人方惊顾，问其家人曰："闻有清閟阁，可一观否？"家人曰："此阁非人所易入，且吾主已出，不可得也，"反其贽。其人望阁再拜而去。

【注释】①鼎彝樽罍（léi）：泛指古代的礼器。彝，古代祭祀时用的礼器。罍，古代的一种酒器，口小腹深，圈足，有盖。

【译文】倪元镇有一间名为"清閟阁"的书斋，他不让任何人进入。有一番邦之人来中国进贡，途经无锡，闻倪元镇之名，想见他一面，便携带着一百斤沉香作为礼物（前来拜见）。明明在家的倪元镇命家人谎称："他到锡山饮茶去了。"第二天，番邦之人又来拜见，倪元镇又让家人谎称自己赏梅去了。番邦之人因为没有见到倪元镇，便在倪家徘徊（不肯离去）。于是，倪元镇悄悄命令家人打开云林堂，让那番邦之人进内。云林堂内的东边摆设着玉器，西边陈设着古铜鼎、古酒器。番邦之人正惊奇地观看之际，忽然问倪元镇的家人道："听说你家有一间清閟阁，我可以参观一下吗？"倪元镇的家人说："清閟阁不是常人所能容易进入的，况且我家主人已经外出，更不能让你进去了。"倪元镇的家人退还了礼物。那个番邦之人望着清閟阁拜了又拜，只得失望离去。

唐六如①晚年坐一小楼，求画者携酒造之，则竟日畅饮。虽任适诞放，而一介无所苟。有言志诗云："不炼金丹不坐禅，不为商贾不耕田。闲时写幅青山卖，不使人闲作业②钱。"

【注释】①唐六如：明代画家唐寅，字伯虎，号六如居士。②作业：作孽，造孽。业，罪孽。

【译文】唐六如晚年常坐在一座小楼中，求画的人携带着酒来拜访他，他便整日畅饮。他虽任性随意、放纵不羁，可一旦画起画来却一丝不苟。他曾作有一首《言志》诗说："不炼金丹不坐禅，不为商贾不耕田。闲时写幅青山卖，不使人闲作业钱。"

倪云林庭前有梧桐数十株，旦夕汲水揩拭。有客咯痰其下，倪使人索其痰不得，数十株梧桐一日斫尽。

【译文】倪云林（倪瓒）家的庭前种着数十棵梧桐树，他的家人每天早晚都要汲水擦拭。（有一回）一个客人在某棵梧桐树下吐了一口痰，倪云林命家人再三寻找，也没有找到那口痰，（于是）他命家人在一天之内砍掉了所有的梧桐树。

岳正归田。有传天子语于正曰："岳正倒好，只是大胆。"正因题其小像曰："岳正倒好，只是大胆。惟帝念哉，必当有感。如或赦汝，再敢不敢。"

【译文】岳正罢官归乡。有人告诉他皇上有次思念他时说道："岳正倒好，只是大胆。"于是，岳正在自己的小画像上题写道："岳正倒好，只是大胆。只要挂念皇上，他必定有所感应。如果赦免了你，看你还敢不敢上书直言。"

文徵明少有节概。俞中丞念征明贫，欲遗之金，谓曰："若不苦朝夕耶？"征明曰："朝夕饘粥①具也。"中丞故指其蓝衫曰："敝乃至此耶！"征明佯为不解者，曰："雨暂敝吾衣耳。"中丞竟不敢言遗金事。

【注释】①饘（zhān）粥：稠粥。

【译文】文徵明年少时就有气节。巡抚俞谏顾念他生活贫穷，想赠给他一些钱，说："你不担忧每天的生活吗？"文徵明说："我每天都有稠粥吃。"俞谏故意指着文徵明所穿的蓝衫说："怎么破旧成这个样子？"文徵明假装不懂地说："是雨暂时把我的衣服弄脏了。"俞谏最终没敢说出送钱的事情。

文衡山为翰林待诏，屡疏乞归，不得请。张罗峰以议礼骤贵，召衡山主我，辞不赴。杨文襄以上相召入，衡山见独后。文襄亟谓曰："生不知而父之与我厚耶？而后见我。"衡山曰："先君子弃不肖三十余年，而以一字及者，某勿敢忘也。故不知相公之与先君子友也。"竟弗肯谢。文襄艴然，衡山固辞，遂得致仕。

【译文】文衡山（文徵明）任翰林待诏，多次上书请求辞官回乡，然而不被批准。张罗峰（张璁）因大议礼之事骤然显贵，召文衡山去辅佐自己，文衡山推辞不去。杨文襄（杨一清）被召入内阁，成为首辅，文衡山最后一个去拜见。杨文襄急忙迎接，并对他说："你不知道你的父亲与我交情深厚吗？却是最后一个来拜见我。"文衡山说："先父去世三十多年，如果有一字提到您，我是不敢忘记的，（然而先父没有提到您）因此我不知道您与先父是朋友。"最终没说一句感谢的话。杨文襄脸显怒色，文衡山依旧要求辞官，最后终于（获得批准）辞官还乡。

文衡山致仕归，杜门不与世事，以翰墨自娱。当道贵戚，车骑填门，求一接见，不得。其所绝不与交者，藩邸中贵，曰："此国法也。"周王、徽王馈送盈数百镒，使者曰："王无所求于先生，慕先生耳。盍为一启封。"衡山逊谢曰："王赐也，启而后辞，不恭。"竟弗启。

【译文】文衡山（文徵明）辞官回乡，闭门谢绝一切社会事务，只是以书画自娱。权臣贵戚们的车马每天停满他家门前，想见他一面，却不能见到。他绝不与藩王、宦官交往，并说："这是国家法律所规定的（明代法律规定藩王、宦官不得与外臣交通）。"周王、徽王派使者给他送去多达数百镒的黄金，使者说："大王并不向先生请求什么，只是仰慕先生罢了。您为何不打开一看呢。"文衡山谦逊地道歉说："大王所赐的东西，打开后再退回，就显得不恭敬了。"最终没有打开一看。

王谷祥家居二十年，李默为冢宰，欲强起之。王辞曰："岂有青年解组^①，白首弹冠^②者乎？"

【注释】①解组：解下印带，比喻辞官。②弹冠：弹去冠上的灰尘，准备出来做官。比喻出仕，做官。

【译文】王谷祥闲居于家二十年，李默为吏部尚书，想强迫他出来做官。王谷祥推辞说："哪有青年时解印辞官，到了老年又出来做官的？"

文衡山素不到河干拜客。严介溪语顾东桥曰："不拜他人犹可，余过苏，亦不答拜。"东桥答曰："此所以为衡山也。若不拜他人，只拜介溪，成得衡山乎？"

【译文】文衡山（文徵明）从来不到河的对岸拜访客人。严介溪（严嵩）对顾东桥（顾璘）说："不拜访他人尚可，我经过苏州，他竟也不来参拜。"顾东桥回答说："这就是文衡山。他如果不拜见其他人，只拜见严介溪，那还是文衡山吗？"

李空峒以直节忤时，起江西学使。俞中丞监督平寇，用两广例，抑诸司长跪，空峒独立不屈。中丞曰："足下何官？"空峒曰："公奉天子诏督诸军，吾奉天子诏督诸生。"竟出。

【译文】李空峒（李梦阳）因刚正不阿而不合流俗，出任江西学使。巡抚俞谏前往江西平乱，依照两广之例，想让各部门的长官都对他下跪，（各官都下跪了）只有李空峒站立不跪。俞谏问："你是什么官？"李空峒说："您奉天子的诏令督率各个军队，我奉天子的诏令督学各个生员。"（说完）竟然走了。

卷之八 识见部

　　徐中山①围苏州城，三百余日不下，问刘伯温，伯温曰："苏城形如螺。取螺者，击首则缩，击尾则出。齐门，尾也；盘门，首也。击齐门，则盘门自开矣。"诸将用其言，苏州遂下。

　　【注释】①徐中山：明朝开国将领徐达，去世后追封中山王，谥号"武宁"。

　　【译文】徐中山围攻苏州城，三百天了没有攻下，咨询刘伯温，刘伯温说："苏州城形状如螺。取螺肉的人，击其头部则它的身体就会收缩，击其尾部则它的身体就会露出。苏州城的齐门，好比螺的尾部；盘门，好比螺的头部。攻击齐门，盘门也就自然容易攻下了。"诸位将领按照刘伯温的话去做，于是攻下苏州。

　　刘基应聘至建康，召见。明太祖方进膳，指所用斑竹箸，令赋之。基赋曰："一对湘江玉并看，虞妃①曾洒泪痕斑。"帝蹙颦曰："秀才气。"基曰："汉家四百年天下，只在张良一借间②。"

　　【注释】①虞妃：虞舜的妃子。斑竹上多紫褐色斑点，相传乃舜的妃子悲舜之死，滴泪于竹而成。②"只在"句：用张良借箸为刘邦谋划之典，

典见《史记·留侯世家》

【译文】刘基应聘至南京，被明太祖召见。明太祖正吃饭，指着他所使用的斑竹制成的筷子，让刘基赋诗一首。刘基赋诗道："一对湘江玉并看，虞妃曾洒泪痕斑。"明太祖皱眉说："秀才气。"刘基接着吟道："汉家四百年天下，只在张良一借间。"

郭德成以戚畹^①常入禁内。明太祖以金二锭置其袖，曰："第归弗宣。"德成敬诺。比出宫门，佯醉露金。阍者以告。曰："吾赐也。"或尤之，德成曰：'九阍严密如此，藏金而出，非窃耶？且吾妹侍宫闱，吾出入无间，安知不以此相试？'众乃服。

【注释】①戚畹（wǎn）：外戚。郭德成的妹妹封宁妃，故言。

【译文】郭德成以外戚的身份经常进宫参拜。（有一回）明太祖把两锭黄金放在郭德成的袖子里，说："你只管回家，不要张扬。"郭德成恭敬地答应。可当他走出宫门时，他却假装喝醉，故意把黄金掉在地上。看守宫门的禁卫军捡到后，把这两锭黄金呈奏给了明太祖。太祖说："这是朕赏赐给他的。"有人责备郭德成，郭德成说："宫中禁卫森严，身藏黄金走出宫门，怎能不被人怀疑是偷来的呢？再说我妹妹在宫里伺候皇上，我经常出入宫中，怎知皇上不是在以此试探我呢？"众人都佩服他的谨慎。

韩雍为江右方伯，忽报宁王弟某王来谒。公托疾乞少需，密遣人驰召三司，且索白木几一。公匍匐拜迎，王入，具言兄叛状，公辞疾聩莫听，请书。王索纸，左右舁几进，王详书其事而去。公上其事，朝廷坐雍离间亲王罪，械以往，雍上木几亲书，得释。

【译文】韩雍巡视江西时，属下忽然报告宁王的弟弟某王来访。于是，韩雍假称患病，请求稍待，暗中派人急速去报告三司，且索求一张白木矮桌。韩雍跪拜相迎，某王一进来，就详细陈述兄长叛变的情状，韩雍推说有耳病听不见，请他用笔写下来。某王索要纸张，左右的人就把白木矮桌搬进来，某王详细地书写此事后离去。韩雍将此事上奏朝廷，朝廷（派使臣查访无果）遂判处韩雍离间亲王的罪过，命人带着刑具要将韩雍押走，韩雍呈上某王在白木矮桌上亲笔写下的文字，才被释放。

张庄简悦①督学两浙，始以糊名校士。寻去之，曰："我且自疑，人谁信我？"

【注释】①张庄简悦：明代官员张悦，字时敏，谥"庄简"。
【译文】庄简公张悦在两浙督学时，最初以糊名考试的方式考评士子。不久，他不再施行这一方法，说："我自己都疑心自己，其他的人谁又相信我呢？"

严分宜当国，宜春令刘巨塘入觐，到宅祝寿，不得见。日向午，饥甚，严仆严辛者，进刘公饭。饭已，跪曰："他日犯台前，幸少笞我。"公惊愕曰："那出此言？"辛曰："去祸不远，望尊官无忘今日。"不数年，分宜败，刘适守袁州，辛方滞狱，刘减其赃，得戍。

【译文】严分宜（严嵩）主持国政，宜春县令刘巨塘入京进见天子，顺便到严府祝寿，但没有见到严分宜。临近中午时，刘巨塘感到十分饥饿，严分宜的仆人严辛给刘巨塘呈上饭菜。等刘巨塘吃完饭，严辛跪下说："如果我某天在您面前受审，请您少加笞罚。"刘巨塘惊愕地说："你怎么说这种话呢?"严辛说:"灾祸到来的日子不远了,希望您不要忘了今日。"没过几年,严分宜势败,刘巨塘在袁州当政,(那时)严辛正被关押在袁州的监牢里,刘巨塘(主理严辛的案子)为其减罪,将严辛发配边疆。

严介溪盛时,厨下界沟多白米狼籍。邻僧拾之,洗净曝干。十余年来,约盈数廪。后严氏败,介溪入养济院,其家口寄居僧舍,以干饭饷之,数年乃罄。严氏子孙谢之,僧笑曰:"君家物,君仍食去,何谢之有?"

【译文】严介溪(严嵩)权势鼎盛时,靠近他家厨房的水沟里散乱漂浮着许多白米。旁边寺庙的僧人经常拾来,洗净晒干了食用。十多年来,僧人所拾的白米足够装满几个粮仓的。后来,严介溪势败,住进养老院,他的家人则寄居在宅旁的寺庙里,僧人每天送干饭给他们吃,数年后,粮仓中的米才被吃完。严介溪的子孙向僧人表示感谢,僧人笑着说:"你们家的米,仍被你们吃掉,有什么可谢的呢?"

唐六如常题《列仙传》云:"但闻白日升天去,不见青天走下来。忽然一日天挤破,大家都叫阿瘖瘖①。"

【注释】①阿瘖瘖:明清时江浙地区的俗语,类似于今天的"啊呦喂"或"哎呦喂"。

【译文】唐六如曾题《列仙传》曰:"但闻白日升天去,不见青天走下来。忽然一日天挤破,大家都叫阿瘖瘖。"

有术士干唐六如,极言丹术之妙。六如云:"如此妙术,何不自为？"术士曰："恨吾福薄。吾观君貌，大有仙福，故谓君耳。"六如曰："吾有空房一间，银汞丹铅皆师。吾但出仙福，与师共之。丹成，各分其半。"术士犹未悟，日造其门。六如出一诗云："破布衫巾破布裙，逢人便说会烧银。如何不自烧些用，担水河头卖与人^①。"

【注释】① "担水"句：在河边担着水卖给过路人，比喻在行家面前卖弄。犹言"班门弄斧"。

【译文】有个修仙炼丹的道士求见唐六如，极力称说修仙炼丹的好处。唐六如说："如此高妙的道术，你为什么不自己干？"道士说："只遗憾我自己福气浅薄。我看你的相貌，大有成仙的福气，因此才对你说这番话。"唐六如说："我有一间空房，银汞丹铅等物皆由您自己出，我只出成仙的福气，我们俩人共同修炼，炼出仙丹后各分一半。"道士还没有醒悟，每天都来唐六如家拜访。（有一天）唐六如拿出一首诗给他看，诗曰："破布衫巾破布裙，逢人便说会烧银。如何不自烧些用，担水河头卖与人。"

彭脊庵七岁，从乡父老入佛寺，不拜。寺僧强之，不从，反叱之曰："彼佛裸跣不衣冠，我何拜为？"

【译文】彭脊庵七岁时，跟着父老乡亲进佛寺，（见了佛像）不拜。寺里的僧人强迫他拜，彭脊庵不从，反而呵斥寺僧说："你们的佛裸着身子、光着脚，我为什么要拜！"

周文襄在吴中，好倘徉佛刹，见佛即拜。士夫笑之，文襄曰："论年齿，亦长我二三千岁，岂不直得一拜？"

【译文】周文襄（周忱）在吴中的时候，喜欢进佛寺闲逛，见到佛像就下拜。士大夫们都笑话他，周文襄说："论年纪，它们也比我长两三千岁，难道不值得一拜吗？"

陶石梁宗人画《行乐图》，傍画一妾，带剑以侍。乞石梁赞之。石梁曰："有一佳赞，却是邵康节先生做的。"遂题其上曰："二八佳人体似酥，腰间仗剑斩愚夫。虽然不见人头落，暗地教人骨髓枯。"

【译文】陶石梁（陶奭龄）同族之人画了一幅《行乐图》，图的边上画有一个小妾，佩着剑侍奉。这人请陶石梁作赞。陶石梁说："有一好的赞语，却是南宋邵康节先生做的。"于是题写于上："二八佳人体似酥，腰间仗剑斩愚夫。虽然不见人头落，暗地教人骨髓枯。"

袁了凡好谈地理。曾访地至光福，问一村农曰："颇闻此地有佳穴否？"曰："小人生长于斯三十余年矣，但见带纱帽的来寻地，不见带纱帽的来上坟。"袁默然而去。

【译文】袁了凡好谈风水地理。曾到光福寺旁寻地，问一村农说："你听人说起这地方有好的葬地吗？"村农说："我在此生活三十多年了，只看见带纱帽的来寻地，没有看见带纱帽的来上坟。"（听闻此言）袁了凡默然而去。

姚广孝有故人王宾，居委巷，不妄出入。广孝封拜归，三往见之，皆不可，乃屏骑从，徒步造门。宾阖门曰："和尚差矣。"卒不见。

【译文】姚广孝的老友王宾，居住在曲折僻陋的小巷，不随便出入。姚广孝功成名就后还乡，三次去拜见王宾，王宾都不与他见面，于是姚广孝屏退侍从，独自一人徒步来至王宾门前。王宾关上门（隔着门板）说："和尚差矣。"终究没有接见姚广孝。

姚荣靖①谒其姊姚婺，姚婺麾出之曰："做和尚不了的，岂是好人？"终拒不见。

【注释】①姚荣靖：即姚广孝，官封少师，死后追赠"荣国公"，谥"恭靖"。

【译文】姚荣靖（功成名就后）回家看望姐姐姚婺（xū），姚婺挥袖让他出去说："做和尚不能终了的，难道是好人吗？"终究拒绝与之见面。

翟永龄母皈心释教，日诵佛号不辍声。永龄佯呼之，母应诺，又呼不已，母愠曰："无事何频呼也？"永龄曰："吾呼母三四，母便不悦；彼佛者，日为母呼千万声，其怒当何如？"母为少止。

【译文】翟永龄的母亲信奉佛教，每天不停地念诵佛号。翟永龄假装有事呼唤母亲，母亲应了一声，翟永龄又不停地呼唤，母亲生气地说："没有事情，为何喊个不停？"翟永龄说："我只喊了您三四声，您就不高兴；那菩萨每天被您呼唤千万声，他又该多么恼怒呢？"（自此）翟母诵佛的次数稍减。

蓝玉访铁冠道人，道人轻慢，玉不悦。酒行，蓝曰："吾有一语，请先生属对。"曰："脚穿草鞋迎客，足下①无礼。"道人指玉所持椰杯复之曰："手执椰杯当盏，尊前②不忠。"

【注释】①足下：一语双关，既是称呼人的敬词，也指脚下。②尊前：一语双关，既是称呼人的敬词，也指杯前。

【译文】蓝玉前去拜访铁冠道人，道人态度轻慢，蓝玉很不高兴。喝酒的时候，蓝玉说："我有一句话，请您对出下句。"说："脚穿草鞋迎客，足下无礼。"道人指着蓝玉所拿的椰杯回答他说："手执椰杯当盏，尊前不忠。"

张晋为刑部郎。民有与父异居而富者，父夜穿垣将人取资，子以为盗也，扑杀之。吏议子杀父不宜纵，而实拒盗，又不宜诛。晋操笔曰："杀贼可恕，不孝当诛。子有余财而使父贫为盗，不孝明矣。"竟杀之。

【译文】张晋任刑部郎时，有一人与父亲分居生活，这人富裕（而父亲贫穷）。某天夜晚，这人的父亲在墙上凿了个洞，爬进去拿儿子的钱，儿子以为是盗贼，就将其打死了。当地官员认为儿子杀死父亲，不应豁免死罪，但按理来说，儿子是为了抵御盗贼，又不应判处死罪。（官员将此事呈报给张晋），张晋持笔写道："杀贼可恕，不孝当诛。儿子财物富余，却让父亲因贫穷成为盗贼，其不孝是很明显的。"竟然判处那杀父的儿子死刑。

宣宗时，有锦衣指挥傅某，自宫请效用内廷。上曰："此人已三品，更欲何为？而勇于自残，以希进用。下法司问罪，永不收用。"

【译文】明宣宗时，锦衣卫指挥傅某，（为了升官）动手自宫，请求进入内廷，给皇上当贴身太监。宣宗说："这人已经是三品官了，还想干什么？他竟然勇敢地自残，以求升官。把他交给司法部门问罪，永不叙用。"

明洪武间，人有随母改嫁者，以继父疾，割股疗之。有司以孝闻。太祖曰："继父，尔之仇也。割父遗体以愈父仇，是不孝也。"乃置之法。

【译文】明太祖洪武年间，有个人随母亲改嫁到别家，（有一回）这人的继父生病，这人割下大腿上的肉给继父食用治病。有关部门将这人的孝行禀报给明太祖。太祖（召见这人）说："继父，是你的仇人。割下亲生父亲留给你的身体上的肉以治疗继父的病，是不孝的行为。"于是依法将这人定了罪。

李中溪无子，其友慰之曰："须知孔子不以孔鲤传，释迦不以罗睺传，老聃不以子宗传。待嗣而传，则古今有子者，何限也！"

【译文】李中溪没有儿子，朋友安慰他说："要知道孔子的学问道德不因儿子孔鲤而传世，释迦牟尼的学问道德不因儿子罗睺而传世，老聃的学问道德不因儿子宗而传世。如果圣贤的学问道德要靠儿子才能传世，那从古到今，有儿子的人，能有多少呢！"

明太祖问刘基曰："我明气数尽于何时？"基对曰："陛下

万子万孙，天地同休。"盖泰昌为万历之子，天启、崇祯为万历之孙，而崇祯为天启之弟，故曰："天地同休"。

【译文】明太祖问刘基说："我大明朝的气数尽于何时？"刘基回答说："陛下的江山能传至万代以后的子孙，与天地同休止。"刘基这话大概指的是后来的泰昌皇帝是万历皇帝的儿子，天启皇帝、崇祯皇帝是万历皇帝的孙子，而崇祯皇帝是天启皇帝的弟弟，所以说："天地同休。"

王文成闻宸濠反，福建回，恐为贼兵所诇，寻渔船潜往吉安。下舟，从人藏黄盖一把，文成叱其弃去，从人曰："有用处。"后至吉安城下，追兵甚急，而不肯开门。从人张黄盖，城上知为都御史，即开门迓入。

【译文】王文成（王阳明）听到朱宸濠造反的消息，从福建返回，担心被叛军侦知，找了一条渔船，暗中乘坐前往吉安。下船时，侍从藏起一把黄伞，王文成叱令其扔掉。侍从说："有用处。"不久，王文成来至吉安城下，追兵甚急，但城上的守军不肯开门。王文成的侍从张开黄伞，城上的守军知道是都御史来了，立即打开城门迎入城内。

朱文懿公上公车，与同里二三春元①偕行。至涿州，遇响马，众皆下牲口，任贼搬取。诸春元为之强夺哀求，文懿独拱立路旁，声色不变，但言："留下会试文凭，诸物听尔取去。"贼临去曰："公等皆碌碌，拱立道旁者，真大贵人也。"

【注释】①春元：明清时，称乡试中试者为"举人"或"春元"。

【译文】朱文懿公入京参加会试，与同乡的二三个举人结伴而行。至涿州，遇见一伙强盗，众人都从乘坐的牲口上下来，任凭强盗搬取财物。其他的举人因为强盗的强夺而苦苦哀求，只有朱文懿公拱手站立在路旁，声色不变，只说："留下会试的文凭，其余各种财物任你们拿走。"强盗临走时说："你们都碌碌无能，拱手站立在道旁的人，将来才是真正的大贵人。"

尚书董浔阳孙青芝为礼部主政，工于诗、字，往往以手书扇轴及诗稿赠人。尚书曰："以我家势，虽日以银币为欢，犹恐未塞人望，奈何效清客行径乎？将来破吾家者，必此子也。"后果验，人服尚书先见。

【译文】尚书董浔阳的孙子董青芝任礼部主政，工于诗词书画，常把手书的扇轴和诗稿赠送他人。董尚书（听到后）说："以我家的财势来看，即便每日以钱与人为欢，也无以满足他人的欲望，怎么还能效仿清客们的行事呢？将来败坏我家的人，定是我那孙子。"后来董尚书的话果然应验，人们都钦佩他有先见之明。

山云出镇广西。有老隶郑牢者，戆直敢言。公问之曰："世谓为将者不计贪，我亦可贪否？"牢曰："公初到，如一领新洁道袍，有一点污，如白袍点墨，不可湔也。"公又曰："人云土尸馈送，却之则疑且忿，奈何？"牢曰："居官黩货①，朝廷有重法，乃不畏朝廷，反畏蛮子耶？"公敛容谢之。

【注释】①黩（dú）货：贪污受贿

【译文】山云到广西镇守。其手下有个名叫郑牢的老差役，性格耿直，敢于直言。山云问他说："世上的人都说做将领的不怕贪污，我也可以贪污吗？"郑牢说："大人刚到广西，像一件洁白全新的长袍，有一点沾污，就像白袍上沾上墨汁无法洗去啊。"山云又说："人们说土著人赠送物品给官员，推辞了就会（让他们）怀疑而且生气，怎么办？"郑牢说："当官的人贪污受贿，朝廷有严厉的法律予以制裁。大人不怕朝廷，反而怕土著人。"山云表情庄重地向郑牢感谢其教诲。

漏仲容①曰："吾辈老年读书做文字，与少年不同。少年读书，如快刀切物，眼光偏注，皆在行墨空处，一过辄了。老年如以指头掐字，掐得一个只是一个，掐不着时，只是白地。少年做文字，白眼看天，一篇现成好文字挂在天上，顷刻下来，刷入纸上，一刷便完。老年如恶心呕吐，以手扼入，龁出之，出亦无多，总是渣秽。"此深于读书之言，恐浅人不解。

【注释】①漏仲容：明代文人漏坦之，字仲容，山阴人。

【译文】漏仲容说："我们老年人读书作文，与少年人不同。少年人读书，像用快刀切东西，眼光犀利专注，（他们注目的）都是行墨间的空白处，一看就能了悟于心。老年人读书像用指头掐字，掐着一个，便是一个，掐不着，眼前就一片空白。少年人写文章，翻起白眼望下天空，一篇现成的好文字就像挂在天上，顷刻之间落下来，把它刷在纸上，一会儿就写完了。老年人写文章像恶心了要呕吐，把手伸到嘴里干呕，呕出来也没多少文字，而且全都是渣滓无用的东西。"这是深通读书之理的人的言论，我估计读书肤浅的人是不理解的。

天顺初, 石亨从子彪镇大同, 遣使献捷。内阁讯其状, 其人盛陈战伐, 且指斩首无算, 皆枭于林木, 不能悉致。岳正取地图, 指示之曰: "某地至某地, 四面皆沙漠, 枭于何所?" 其人惊伏。

【译文】明英宗天顺初年, 石亨的侄子石彪镇守大同, 打了胜仗派使者来朝廷报功。内阁询问战况, 使者大肆夸说战争, 并说斩杀了无数敌人, 头颅都挂在某地树林的树枝上, 不能全部运回。阁臣岳正立马拿出地图, 指着地图对使者说: "某地至某地, 四面全是沙漠, 你们枭首的那个树林在哪里呢?" 使者惊服, 跪地谢罪。

王某^①者修《姑苏志》成。杨循^②一顾签票, 即斥去。后语王某曰: "志修于我朝, 便当以苏州名志。姑苏, 吴王台名也, 可以此名志乎?"

【注释】①王某: 指王鏊, 明代官员、文学家。②杨循: 当作"杨循吉", 明代官员、文学家。

【译文】王鏊撰写成《姑苏志》。杨循吉一看书上的签票, 就叱令人拿走。不久后, 杨循吉对王鏊说: "志修于我朝, 便应当以'苏州'为名。姑苏, 是春秋时吴王修筑的一座台的名称, 怎么可以作为志书的名称呢?"

唐伯虎易箦时, 取绢一幅, 题其上云: "生在阳间有散场, 死归地府亦何妨。黄泉若遇好朋友, 只当飘流在异乡。"掷笔而逝。

【译文】唐伯虎临死前, 取过一幅绢, 在上面题诗道: "生在阳间有散场, 死归地府亦何妨。黄泉若遇好朋友, 只当飘流在异乡。"(写完）掷笔而逝。

姜翼龙先生讥信堪舆者曰："天理于人属父道，地理于人属母道。人果得地理，不必更顾天理。何者？尔看世上何人不听老婆之言？地果佑我，不怕天不听从也。"

【译文】姜翼龙先生讥讽相信风水地理的人说："天理于人属父道，地理于人属母道。人们要是得到一块风水宝地，就不需要顾惜天理。这是为什么呢？你看世上的人那个不听老婆的话呢？风水宝地果真能保佑我，不怕天不听从啊。"

徐昌谷构别墅，实邑之北邙，前后塚累累。或颦蹙曰："目中每见此辈，定不乐。"徐笑曰："不然，见此辈正使人不敢不乐。"

【译文】徐昌谷建了一座别墅，位置在北邙山附近的一个富裕城镇上，前后有许多坟墓围绕。有人皱眉蹙额地说："眼中常常见到这些死人的坟墓，定然不快乐。"徐昌谷笑着说："不是这样，看到这些死人的坟墓才使人不敢不快乐。"

一首座①值母生日，以饭一盂、经一卷为母之寿，而作偈曰："今朝是我娘生日，挑起佛前长命灯。自米自炊还自吃，与娘斋得一员僧。"

【注释】①首座：位高德重的僧人。
【译文】一位首座在母亲生日时，用一盂饭、一卷经为母亲祝寿，并作偈说："今朝是我娘生日，挑起佛前长命灯。自米自炊还自吃，与娘斋得一员僧。"

玉麟和尚赴明世祖之召，适刑人，问和尚曰："杀人有罪业否？"和尚曰："陛下以法杀人，有何罪业？但陛下所杀此一人，如此人不死，生子生孙，累千累百，不可胜计。倘可矜宥，不若留此人种①。"嗣后多为减释。

【注释】①人种：能传宗接代、繁衍人口的人。

【译文】玉麟和尚受明世祖召见，正碰上世祖处罚犯人，世祖问玉麟和尚说："杀人有罪业吗？"玉麟和尚说："陛下依据法律杀人，有什么罪业呢？但陛下所要杀的这一个人，如果不死，他就会生子生孙，（他的子孙）又会繁衍出千百人口，（这千百人口）又会繁衍出不可胜数的人口。倘若您能够怜悯宽宥，不如留下这个人种。"从此以后，明世祖时常赦免犯人或给犯人减刑、

正德时，中官横甚，莫之敢指。惟太监吕宪以清谨著闻，深恶其曹所为，第不能拯耳。宪常镇守河南，有获白兔以献者，中丞送宪，约共为奏。宪乃置酒，召中丞饮，腊兔①送酒。中丞大愕，问故。宪笑曰："夫贡珍禽异兽以结主欢，乃我辈所为；公为方镇大臣，奈何献兔？"中丞大惭。宪，济南阳信人也。

【注释】①腊兔：盐渍、晾干后又配以佐料熏烤而成的兔肉。

【译文】正德年间，宦官十分骄横，没有人敢予以指责。惟有太监吕宪以清廉谨慎闻名，极其厌恶同僚的所作所为，只是不能挽回局面

而已。吕宪曾到河南镇守,有人捕获了一只白兔献给官府,河南巡抚又把这只白兔送给吕宪,二人约好共同上奏朝廷。(某天)吕宪摆酒设宴,邀请巡抚前来宴饮,席间端出一盘腊兔,作为下酒的食物。巡抚十分惊愕,问吕宪为何这样做。吕宪笑着说:"贡献珍禽异兽以讨皇上的欢心,是我们这些宦官的行为;您是镇守一方的大臣,为何也要进献白兔呢?"巡抚十分惭愧。吕宪,是济南阳信人。

刘文成尝过吴门。中夜闻邪许声①,以问左右。曰:"人家上梁也。"又问其家贫富及屋之大小。曰:"贫家数楹耳。"公叹曰:"择日人术精乃尔。"又曰:"惜哉!其不久也。"左右问故,公曰:"此日此时上梁最吉,家富大发,然必巨室乃可,若贫家骤富,必复更置。"后果验。

【注释】①邪许声:劳动时众人一齐用力发出的呼声,俗称"号子声"。

【译文】刘文成曾路过吴门,半夜听见号子声,便问左右的人是什么情况。左右的人说:"有个人家在上梁。"刘文成又问这家人的贫富状况以及所建房屋的大小。左右的人回答说:"他家贫穷,所建的也只是几间小屋罢了。"刘文成叹息着说:"世人选择吉时的法术太精妙了。"又说:"可惜啊,这家人不能长久。"左右之人询问原因。刘文成说:"今天这个时辰上梁最吉,将来家庭必然富贵发财,然而必须是富家大族才行,如果是贫困的人家骤然富贵,必然会再次败落。"(刘文成的话)后来果然应验。

长洲尤翁开钱典。岁暮,有邻人以空票索当物者,出恶语与小郎相诟詈①。尤翁出，谕之曰："我知尔意，不过为过年计耳。"检其质物，得衣帷四五事②，翁指絮衣曰："此御寒不可少。"又指道袍曰："与尔为拜年用。他物非所急，自可留也。"其人得二衣，默然而去。是夜，死于他家，涉讼经年。盖此人负债多，先服毒来殢③。尤翁以善语解，故移祸于他家耳。或问尤翁何以预知而忍之，翁曰："凡非理相加，其中必有所恃。小不忍，则祸立至矣。"人服其识。

【注释】①诟詈（gòu lì）：辱骂。②事：量词。件，样。③殢（tì）：纠缠，搅扰。

【译文】长洲人尤姓老翁开着一家当铺。有一年年底的某天，他家的一个邻居拿着一张上面什么都没写的票据前来索要当物，并口出恶语，辱骂当铺的小伙计。尤翁走出来，对邻居说："我知道你的意思，不过是为了过年而想出的办法罢了。"（说完）尤翁把那人典当的四五件衣物、帷帐拿出来，指着棉衣说："这是御寒不可少的。"又指着长袍说："这你也拿去作为拜年之用，其它的东西不是急用，可以先留下来。"那人得了二件衣服，一声不吭地走了。当天夜里，那人死在别人家，双方为此打了一年的官司。原来，此人因负债过多，事先服了毒前来纠缠讹诈。尤翁用好话安慰他，所以他就把灾祸转移到别人家了。有人问尤翁是怎样预先知道此事而对他忍让的，尤翁说："凡是别人同你发生冲突而不合常理，这人一定有所仗恃。如果我在小的地方不忍让，则灾祸一定立即到来。"人们都很佩服尤翁的见识。

赵东山里中有二执友，皆栖栖桑榆①，犹恋鸡肋。一日，过访东山，见庭下解木，因以为题。东山口占绝句云："一条黑路两人忙，傍晚相看鬓有霜。你去我来何日了，亏他扯拽过时光。"二人知其讽己，相与感叹而去。

【注释】①栖栖桑榆：栖栖：衰落貌。桑榆：日落时光照桑榆树端，比喻晚年或垂老之年。

【译文】赵东山在乡里有两个志同道合的朋友，二人都到了衰老垂暮之年，却仍是贪恋官阶利禄。一天，二人同来拜访赵东山，赵东山见庭下有木匠锯木，便以此为题作诗。赵东山随口吟出一首绝句说："一条黑路两人忙，傍晚相看鬓有霜。你去我来何日了，亏他扯拽过时光。"二人知道赵东山是在规劝他们，便相互感叹着离去了。

卷之九 品藻部

薛方山曰:"刘忠宣明识治理如贾谊,通达国体如陆贽,质直不阿如汲黯,廉洁不私如包拯,忠诚恳至如司马光,真先民遗范。"

【译文】薛方山说:"刘忠宣透彻了解治理政务的道理像贾谊,通晓洞达国家的典章制度像陆贽,朴直不阿像汲黯,廉洁无私像包拯,忠诚恳切像司马光,真具有古贤的风范。"

徐武功酒中语门下士杜堇曰:"尔谓何等人堪作宰相?"堇谢不知。公曰:"左边堆数十万金,右边杀人头如切菜,而目不转瞬者,真宰相也。"

【译文】徐武功醉中对幕僚杜堇说:"你说什么样的人能作宰相呢?"杜堇抱歉地说不知道。徐武功说:"左边堆放着数十万黄金,右边杀人头如切菜,而且目不转睛的人,真能作宰相啊。"

明冯御史恩劾张孚敬、汪鋐、方献夫,语甚激烈。上怒,下诏狱,命汪鋐会审南阙门。恩跪向外,汪令卒持公膝转面之,公即起立，辩甚强项。观者曰："是御史，铁膝、铁口、铁胆、铁骨。"
相传为"四铁御史"。

【译文】明代御史冯恩上书弹劾张孚敬、汪鋐、方献夫，措辞十
分激烈。皇上动怒，下旨将其逮入诏狱，命汪鋐会同其他官员在南阙
门审理。冯恩向外而跪，汪鋐命士兵搬动冯恩的腿膝，使其转向自己
而跪，（这时）冯恩立即站起，刚直不屈地自我辩解。围观的人们说：
"这个御史，铁膝、铁口、铁胆、铁骨。""四铁御史"的称呼就这样传
开了。

苏州太守林公某素薄其封公，七十老人至署，半月即勒归，
箧金廿，付悍仆押其抵家。临行，乞三白酒①数瓶不得，封公至半
途愠气死。时越城东昌坊有贫子薛五者，至孝。其父每日早至浴
堂洗澡，其子必携三合②热酒御寒，以二鸡蛋下酒。山人袁雪堂
作诗曰："三合陈希敌早寒，一双鸡子白团团。可怜苏郡林知府，
不及东昌薛五官。"

【注释】①三白酒：酒的一种。以白面、白秫和洁白之水酿造而成，故
称。②合：同"盒"。
【译文】苏州太守林某素来对父亲不孝，七十岁的老人来到官署，
住了才半个月，林某就强令他回去，给了他二十两黄金，命一名凶恶强
悍的仆人押着他回家。临行时，林某的父亲向林某索要几瓶三白酒也
得不到，林某的父亲走至半路就怄气而死了。当时越城东昌坊有一个
名叫薛五的贫穷子弟，对父亲十分孝顺。他的父亲每天早上到浴堂洗
澡，他必定带三盒热酒去给父亲御寒，以二枚鸡蛋作为父亲的下酒之

物。隐士袁雪堂作诗曰："三合陈希敌早寒，一双鸡子白团团。可怜苏郡林知府，不及东昌薛五官。"

商翼燕曰："大人家儿女，如鸟雏初生，孱弱可怜，日后羽毛丰盛，则渐渐可喜。小人家儿女，如猫狗初生，文弱可爱，后日体格粗蠢，则渐渐可憎。"

【译文】商翼燕说："大户人家的儿女，小时候像刚生下来的雏鸟，孱弱可怜，等到日后羽毛丰盛，则渐渐招人喜欢。小户人家的儿女，小时候像刚生下来的猫狗，文弱可爱，等到日后体格粗蠢，则渐渐令人厌恶。"

王公某在仕途屡起屡蹶，到处俱有贪名，其居家孝友，凡有宦裹①，皆分及其弟男、子侄、姊妹、姑表，屡任皆然。故天下人称之曰："王某虽赚银极不好，而用银极好。"

【注释】①宦裹：疑当作"宦囊"，指做官所得的财物。译文从"宦囊"。

【译文】王某在仕途上多次升迁又多次降职，到处都有贪污的恶名，但他居家时却孝顺父母、友爱兄弟，做官所得的一切财物，都分给弟弟、子侄、姊妹、姑表，不管做什么官都是这样。因此，天下人说："王某赚钱的方式极度不好，但用钱的方式极好。"

段虎臣曰："王、李七才子学盛唐，不过盛唐之匡廓。至深沉之思，隽永之味，超脱之趣，尚未入室。"

【译文】段虎臣说："王、李七才子（前后七子都有王、李等人，而且都主张"文必秦汉、诗必盛唐"）作诗学习盛唐，模仿的不过是盛唐的轮廓。至于盛唐诗歌的深沉之思，隽永之味，超脱之趣，他们还未学习到家。"

李卓吾①谓耿中丞②曰："世人白昼寐语，公以寐中作白昼语，可谓常惺惺矣。"

【注释】①李卓吾：李贽，字宏甫，号卓吾。明代思想家。②耿中丞：指明代理学家耿定向。定向，字在伦，黄安（今湖北红安）人。嘉靖进士。

【译文】李卓吾对耿中丞说："世上的人常常在白天说梦话，您能在睡梦中讲出白天清醒时应该讲的话，可以说是能常常保持清醒的人了。"

刘阁老①尝议邱文庄①著述曰："邱仲深有一屋散钱，只欠索子。"邱答曰："刘希贤有一屋索子，只欠散钱。"

【注释】①刘阁老：指明代中期名臣、内阁首辅刘健，字希贤。②邱文庄：明代官员丘浚，字仲深，谥"文庄"。邱，同"丘"。

【译文】刘阁老曾评论邱文庄的著述说："邱仲深有一屋子散钱，只是缺少穿钱的绳索。"邱文庄回答说："刘希贤有一屋穿钱的绳索，只是缺少散钱。"

太仓王荆石性端介，不轻接引。王弇州性坦易，多所容纳。其乡人曹子念曰："内阁是常清常净天尊，司寇是大慈大悲菩萨。"

【译文】江苏太仓人王荆石（王锡爵）性情方正耿介，不轻易接待宾客。王弇州（王世贞）司寇性情平易近人，结交了很多宾客。他们的乡人曹子念说："内阁是常清常净天尊，司寇是大慈大悲菩萨。"

张江陵子嗣修丁丑登榜眼，而庚辰懋修又中状元。有题诗于朝门者，曰："状元榜眼姓俱张，未必文星照楚邦。若是相公坚不去，六郎①还作探花郎。"

【注释】①六郎：指张江陵的六儿子张静修。
【译文】张居正的二儿子张嗣修在万历五年（1577）考中丁丑科榜眼，万历八年（1580）他的三儿子张懋修又考中庚辰科状元。有人在进入朝堂的门上题诗说："状元榜眼姓俱张，未必文星照楚邦。若是相公坚不去，六郎还作探花郎。"

明北京吏部前，诸小儿买①食物者常曰："相公们皆上应星宿，不敢怠慢。"诘之，曰："举人进士是福星，岁贡②是寿星，纳监③是财星。"

【注释】①买：疑当作"卖"。译文从"卖"。②岁贡：指岁贡生，明清时每年（或两三年）从地方学校中选送入国子监的生员。③纳监：指纳监生，明清时因捐纳财物而进入国子监学习的生员。
【译文】明朝北京城的吏部衙门前，在街上卖食物的小孩们常说："相公们都对应天上的星宿，不敢怠慢。"有人问为什么，小孩们说：

"举人进士是福星，岁贡生是寿星，纳监生是财星。"

赵鹤督学东省，过严，竟以是罢官。江潮代之，亦风裁凛然。诸生题壁云："赵鹤方剪羽翼，江潮又起风波。"

【译文】赵鹤去山东省督学，过于严苛，竟然因此罢官。（之后）江潮继任督学，依然措施严厉。诸生员在墙壁上题句说："赵鹤方剪羽翼，江潮又起风波。"

江邦玉曰："不为功名读书，不为因果念佛，不为名利出游，此之谓'不食烟火人'。"

【译文】江邦玉（江元祚）说："不为功名而读书，不为因果报应而念佛，不为名利而外出交游，这样的人才是'不食烟火人'。"

陆平泉宗伯①晚年至苏州。申瑶泉、王荆石皆其门人。三老年皆八十有余，须眉皓白。两相公隅坐侍饮。来游虎邱，岸上人曰："此活《三老图》也。古今盛事，不可不往看。"数千人奔走若狂。

【注释】①宗伯：周官名，后称礼部尚书为宗伯。

【译文】礼部尚书陆平泉（陆树声）晚年去苏州游玩。申瑶泉（申时行）、王荆石（王锡爵）都是他的学生。三人年皆八十有余，须眉皓白。申、王二人坐在桌席的卑位上侍奉陆平泉宴饮。三人来到虎邱游玩，岸上的人说："这是一幅活生生的《三老图》啊。古今盛事，不可不前往观看。"（此事传开）数千人奔走若狂地前来观看。

严介溪父子聚贿满百万，则置酒一高会。凡五高会矣，而渔猎犹不止。京师名之曰"财疬"。

【译文】严介溪（严嵩）父子收受贿赂满一百万，就置办酒席大会宾朋。一共举行五次这样的宴会了，可他们仍旧不停地搜刮钱财。京师的人给他们取名叫"财疬"。

何心隐一见张江陵辄走避。御史耿定向问之，心隐答曰："此人能掺①天下之大柄。"耿不谓然。心隐曰："分宜欲灭道学而不能，华亭欲兴道学而不能，能兴灭者，此人也。其识之。"

【注释】①掺：疑当作"操"。译文从"操"。
【译文】何心隐一见到张江陵就急忙躲避。御史耿定向问他为什么，何心隐回答："这个人将来会掌握天下的权柄。"耿定向不相信。何心隐说："严分宜（严嵩）想消灭道学而办不到，徐华亭（徐阶）想扶持道学也不成，能兴灭道学的，只有这个人。你记住。"

倪云林画山水不画人物。明太祖问曰："每见卿山水，俱无人物，何也？"云林对曰："自无人物可画耳。"

【译文】倪云林（倪瓒）画山水不画人物。明太祖问他说："经常见到您的山水画，都没有人物，为什么？"倪云林回答说："自然是没有人物值得画了。"

明孝宗谕刘大夏曰："事有不可，每欲召卿商确，以非卿职掌

而止。今后当行当止者,卿可以揭帖①密进。"对曰:"不敢。"曰:
"何也?"对曰:"臣下以揭帖进,朝廷以揭帖行,因循日久,遂为常
例。万有匪人冒居要职,亦以此行之,害不胜言。臣不敢奉诏。"

【注释】①揭帖:古代官吏揭发不法官吏的一种文书,此泛指秘密文
书。

【译文】明孝宗告诉刘大夏说:"我有不能决断的事,常想召你来
商议,又往往因为这事不属于你的职责范围而打消了念头。今后有该
实行、该罢除的事,你可以直接密奏给我。"刘大夏回答说:"不敢。"
明孝宗问:"为什么?"刘大夏说:"微臣用密件上奏,朝廷用密件下
令,沿袭久了,就会成为常规。万一有坏人冒居显要的职位,也实行这
种方法,祸害不可胜言。微臣不敢照办。"

于忠肃被戮,籍其家,无长物,惟有盔甲袍带。未几,尚书陈
公某①以贿败,上见其赃私狼籍,叹曰:"于廉若彼,陈秽若此,
贤奸相去,天壤悬绝。"石亨闻言,低头大惭。

【注释】①陈公某:指陈汝言,石亨的党羽,于谦死后任兵部尚书。
【译文】于忠肃(于谦)被杀后,抄没其家产,家里没有多余的钱
财,唯一珍贵的是皇上赏赐的盔甲袍带。不久,兵部尚书陈汝言因贪污
受贿而事败,皇上看见他贪污了那么多的钱物,叹息着说:"于谦那样
廉洁,陈汝言却如此贪赃,贤臣与奸臣间的距离,犹如天地般相差极
远。"

胡东洲督学两浙,有士某不率教,惩以夏楚①。明年,其人状

元及第，东洲以述职至京，其人款之。以古瓷器行酒，指曰："此宝也，恨俗眼不识耳。"公曰："以老夫观之，恐浇薄易坏，终不若金玉之器为浑厚耳。"其人深悔失言。

【注释】①夏楚：古代学校两种体罚越礼犯规者的用具。夏，棍棒。楚，荆条。

【译文】胡东洲去两浙之地督学，有个士子不遵从教导，胡东洲命人用棍棒体罚了他一顿。第二年，那个士子考中状元，胡东洲因述职入京，士子设宴款待胡东洲。士子指着斟酒用的古瓷器说："这是宝物，遗憾的是俗眼识别不出。"胡东洲说："以老夫来看，恐怕（这件东西）脆薄易坏，终究不如金玉制成的器物浑厚。"

朱少师恒岳临终嘱其子曰："儿辈切记，不入我于乡贤祠便是孝子。"或问之，少师曰："余近见乡贤祠中诸老先生大难相与，吾不能周旋其间。"

【译文】少师朱恒岳（朱燮元）临终前嘱咐他的儿子们说："你们务必记住，（我死后）不把我的灵位放进乡贤祠便是孝子。"有人问为什么，朱少师说："我近来看到被供奉进乡贤祠中的那些老先生十分难以相处，我不能在他们之间交际应酬。"

姚少师著《道余录》，多贬程朱，识者非笑。张洪舆曰："少师于我厚，今死矣。吾无以报，但见《道余录》，辄为焚弃。"

【译文】姚少师（姚广孝）著成《道余录》，内容多贬损程朱理学，见到的人都指责讥笑。张洪舆说："姚少师对我恩意深厚，如今已经死了，我无以为报，只要见到《道余录》，就将其焚毁。"

王太史评唐伯虎与画师周某画："两人稍着一笔，而好丑自见。"或问："臣①画何以不如伯虎？"太史曰："但少伯虎胸中数千卷书耳。"

【注释】①臣：指周臣，明代画家，字舜卿，号东村，唐伯虎曾从其学画。

【译文】王太史评论唐伯虎与某个周姓画师的画说："两人稍微一下笔，好丑就自然显现。"有人问："周臣的画为什么不如唐伯虎？"王太史说："只是缺少唐伯虎胸中的数千卷书罢了。"

浙江王御史某甚明于治理。其所出告示，必洞筋彻骨，民无遁情。一示出，百性①聚观者几千，皆称为神明。一乡间老农蹙頞曰："此是说真方，卖假药②，不要理他。"众皆失笑。

【注释】①百性：同"百姓"。②说真方，卖假药：民间歇后语，意为用甜言蜜语骗人。

【译文】浙江某个姓王的御史十分熟知理政之术。他所出的告示，必定洞察深入，使百姓没有隐情。他的一个告示出来，有几千个百姓群集观看，都说他明智如神。（其中）一个乡间老农皱着眉头说："这是说真方，卖假药，不要理他。"众人都不由自主地发出笑声。

顾泾阳曰："李延平初间是豪迈人，后来琢磨得与田夫野老一般，者便是善养气质的样子。吕东莱少褊急，一日读《论语》'躬自厚而薄责于人①'，平时忿悁涣然冰释，者是善变化气质的样子。"

【注释】①"躬自厚"句：语出《论语·卫灵公》。意为对自己要反省责备，对别人要少责备。

【译文】顾泾阳（顾宪成）说："李延平起初是性格豪迈的人，后来磨练得像田夫野老一般，这便是善养气质的榜样。吕东莱（吕祖谦）年少时气量狭隘、性情急躁，一天读到《论语》中的'躬自厚而薄责于人'这句话，平时怨怒愤恨的心情像冰遇到热一般完全消融流散，这是善变化气质的榜样。"

卷之十 任诞部

卢柟为诸生^①，与邑令善，令常语柟曰："吾且过若饮"。柟归，益市牛酒。会令有他事，日昃不来。柟且望且骂，牛酒自劳，醉则已卧。报令至，称醉，不能具宾主。令恚去，曰："吾乃为伧人子辱。"

【注释】①诸生：已入学的生员。

【译文】卢柟入学为生员，与当地的县令友善，（有一回）县令对卢柟说："我将去你家饮酒。"卢柟回家，顺便从集市上买了许多牛肉和酒（以作招待），正巧县令要处理其他的事情，日暮时分犹未前来。卢柟在家里一边等一边骂，然后自己吃完酒肉，醉倒睡觉。（不久）有人报告县令来了，卢柟称说自己已经喝醉，不能接待宾客。县令恼怒而去，说："我竟被这个粗野的小子给羞辱了。"

卢次梗囚浚狱。滑令张肖甫时时问劳。及出狱，诣滑谢肖甫，肖甫引入署中。从者以卢坐置侧，卢谓张曰："以囚当仆阶前，以客当居上坐。"遂据上坐之。

【译文】卢次楩被囚禁在浚县的监牢。滑县县令张肖甫常常去看望慰劳他。卢次楩出狱后，去滑县向张肖甫致谢，张肖甫将他请进署衙。张肖甫的侍从把卢次楩的座椅安排在侧位，卢次楩对张肖甫说："我如果还是囚犯就应该匍匐在阶前，如今我是客人应该坐在上座。"于是自己占据了上座坐下。

桑悦为邑博士①，见巡按，侍左右，立竟日。悦请曰："有犬马疾，愿假借之，使得坐谈。"御史素闻悦名，令坐。少顷，悦即除袜，跣而爬足垢。御史不能堪，令出。寻复荐之，迁长沙倅，再调柳州。悦意不乐往。人问之，辄曰："宗元小生擅此州名久，吾一旦往，掩夺其上，不安耳。"

【注释】①博士：古代学官名，主要负责学校的教授、课试等事务。

【译文】桑悦任县学博士，（有一回）拜见巡按，侍奉在巡按身边，站了整日。桑悦请求巡按说："我身有小病，希望您给我一个座位，让我坐着谈话。"御史早就听闻桑悦之名，让他坐下。坐下才片刻，桑悦就脱掉鞋袜，光着双脚，用手抠搓脚泥。御史不能忍受，令他出去。不久后，桑悦被人举荐，担任长沙通判，又调任柳州。桑悦不想去。有人问他为什么不去，他就说："柳宗元这小子享有'柳州'的称号很久了，我一旦前往那里，名声就会盖过柳宗元，（这样）我就要内心不安了。"

桑悦为邑博士，学使者抵邑，不往见。使吏召之，悦曰："连宵旦雨霪，传舍圮，守妻子不暇，何候若？"吏再促之，曰："若真无耳者，即学使能屈博士，可屈桑先生乎？为若期三日来，来；

三日不来，不来矣。"及三日，乃往见，长揖不拜。学使者厉声曰："博士分不当跪耶？"悦前曰："汉汲长孺①长揖大将军，明公贵岂逾大将军？而长孺无贤于悦，奈何以面皮相恐，寥廓天下士哉！"因脱帽竟出。学使者度无可奈何，乃下留之。

【注释】①汲长孺：西汉名臣汲黯，字长孺。其见大将军卫青长揖之事，《史记》《汉书》均有载。

【译文】桑悦任县学博士，督学使到县里视察工作，桑悦没有去拜见迎接。督学使派小吏前去召桑悦来，桑悦说："昨天夜晚到今天天亮下了太多的雨，住房坍塌，我守护妻子儿女（尚且）没有闲暇，为什么要迎候你呢？"官吏又加催促，桑悦说："你真是没耳朵的人，即使督学使的权力能够使博士屈服，怎么可以使我桑先生屈服呢？与你约定时间三天后去，（三天后）我一定去；不到三天，我不去。"三天后，桑悦前去拜见督学使，对督学使作了个长揖，不行跪拜之礼。督学使厉声呵斥说："博士身份的人（拜见我）不应该下跪吗？"桑悦上前说道："西汉汲长孺拜见大将军卫青不过作个长揖，大人您的权贵难道能超过大将军吗？况且汲长孺的才能不如我，您为何以恼怒的脸色恐吓我，冷落天下的贤士呢？"（说完）就脱下官帽径直走了。督学使忖度了一下，无可奈何，于是走下座来挽留他。

陈藻号苍崖，家贫嗜酒。一日，囊仅一钱，市酒饮之。作诗自嘲曰："苍崖先生屡绝粮，一钱犹自买①琼浆②。家人笑我多颠倒，不疗饥肠疗渴肠。"

【注释】①买：原作"卖"，据文义改。②琼浆：酒的美称。

【译文】陈藻号苍崖，家中贫穷，嗜好饮酒。有一天，他口袋中只剩一个铜钱，也忍不住去买酒来饮。他做了一首诗自嘲说："苍崖先生屡绝粮，一钱犹自买琼浆。家人笑我多颠倒，不疗饥肠疗渴肠。"

康对山常与士女①同跨一蹇驴，令从人赍琵琶自随，游行道中，傲然不屑。

【注释】①士女：同"仕女"，贵族妇女，此指妓女。

【译文】康对山曾经与一个妓女共同骑在一头跛脚驴上，令仆人抱着琵琶跟随于后，一路游玩，傲然不在乎俗人的目光。

颜山农，楚人，讲学甚奇。谓："贪财好色，皆从性生，天机所发，不可阏①之，第勿使留滞胸中而已。"门人罗汝芳成进士，戒弗廷对，罗不从。明年遇之淮上，笞五十，挟以游，罗唯唯惟命。后至南都②，以挟诈人财事发，官捕之，笞五十，不乞哀，亦不转侧。困囹圄，且死，罗力救之，得出。出则大骂不已，谓："狱我者尚知我，而汝不知我也。"罗亦唯唯。

【注释】①阏（è）：阻塞。②南都：明朝以南京为南都。

【译文】颜山农（颜钧），楚人，讲述的学说十分奇怪。他说："贪财好色，都是人的本性，是上天给予的，不可以阻塞，只是不要让它长期积压在胸中就可以了。"他的弟子罗汝芳考中进士，颜山农告诫他不要参加廷对。罗汝芳没听他的。第二年，他们在淮河上相遇，颜山农竟然打了罗汝芳十五鞭子，还强迫他与自己一起出游，罗汝芳只是一味地顺从。后来到了南京，颜山农因为挟诈人财的事情被告发，官府将其逮捕，打了他五十板子，他既不哀叫求饶，也不转侧下身体。(之后)颜山农被囚禁在监牢里，眼看活不成了，罗汝芳努力营救，才把他救出来。出来后，颜山农就大骂不已，说："关我的人还理解我，而你却不理解我"。罗汝芳仍旧只是唯唯诺诺。

黄勉之风流卓越。当上春官①时，适田子艺过吴门，盛谈西湖之胜，便束装往游西湖，盘桓数月，不上公车。

【注释】①上春官：参加礼部主持的考试，即参加会试。春官，礼部的别称。

【译文】(苏州人)黄勉之风流儒雅，才学过人。(有一年)他将要入京参加会试时，正巧田子艺路过苏州，对他谈论西湖美景，他便收拾行装前往西湖游玩，逗留数月，不去参加会试。

彭渊才①游京师十余年，其家饘粥不给，以书召归。挟一布囊，颇珍重。亲知相庆曰："可免冻馁矣。"渊才喜见颜色曰："吾富可敌国。"既开囊，乃李廷珪墨一块，文与可墨竹一枝，欧阳文忠公《五代史》草稿一束，余无所有。

【注释】①彭渊才：北宋名士彭几，一名渊才，字攀龙。博通群书，尤工乐律。

【译文】彭渊才客居京城十多年，家中穷得有时连稠粥都吃不上，家人致信要他回家。他(回家时)仅携带着一只布囊，对其颇为珍重。(回到家后)亲戚朋友向他祝贺说："你可不用受冻挨饿了。"彭渊才脸露喜色地说："我富得可以与国家相比。"随后，众人打开他的布囊，里面只有一块李廷珪制作的墨、一幅文与可画的墨竹、一束欧阳文忠公编撰的《新五代史》草稿，其它什么也没有。

徐文长性好洁，不耐俗客。常有诣者，伺便排户半入，文长遽手拒扉，口应曰："某不在！某不在！"

【译文】徐文长（徐渭）生性爱好清洁，忍受不了俗客。曾经有个人去拜访他，想趁机推门而入，徐文长急忙用手抵住门，口里说着："我不在家！我不在家！"

袁中郎与陶石篑游鉴湖，袁谓陶曰："尔狂不如贺季真①，饮酒不如贺季真，独两眼差同耳。"陶问故，中郎曰："季真识谪仙，尔识袁中郎。"

【注释】①贺季真：唐代诗人贺知章，字季真，号四明狂客。

【译文】袁中郎（袁宏道）与陶石篑（陶望龄）在鉴湖游玩时，袁对陶说："你狂傲不如贺季真，饮酒不如贺季真，只有两只眼睛与之相似。"陶石篑问为什么，袁中郎说："贺季真赏识李谪仙，你赏识袁中郎。"

鲁阿逸好酒，赴饮友家，必竟日竟夜。其仆携灯来候，阿逸曰："今太早，携灯来何干？"叱之去。其仆归，次早方至。阿逸曰："今日正该携灯来，反不携来！"又叱之去。

【译文】鲁阿逸嗜好饮酒，凡是去朋友家宴饮，必定饮个一天一夜。(有一回),他的仆人提着灯来接他,鲁阿逸说:"现在还太早,提着灯来干什么?"叱令仆人回去。那仆人回家后,直到第二天早晨才又来接他。鲁阿逸说:"现在正应该提着灯来,你反而不提来!"又叱令仆人回去。

徐文长不事生业,客幕时,有馈之洮绒十余匹者,遂大制衣被,下及所嬖私亵之服,一日都尽。

【译文】徐文长(徐渭)不懂得谋生之法,给人做幕僚时,有人赠给他十多匹洮绒,于是大量地制作衣裳、被褥,就连自己宠爱的小妾、侍女的贴身衣物也用的这些布料,一天之内就把那十多匹洮绒用完了。

卷第十一 偶隽部

绍兴萧太守造望海亭成，题其柱曰："放眼千里外。"苦思无偶。召徐文长至，文长应声曰："无言一笑中。"太守服其敏妙。

【译文】绍兴萧太守建成望海亭，在柱上题句说："放眼千里外。"费尽思索也想不出对句。于是，召徐文长（徐渭）来，徐文长应声对曰："无言一笑中。"太守佩服其才思敏捷高妙。

胡来朝西湖湖心亭对曰："四季笙歌，尚有贫民悲夜月；六桥①花柳，但无隙地种桑麻。"

【注释】①六桥：西湖外湖苏堤上有六座桥。
【译文】胡来朝题西湖湖心亭联曰："从春到冬笙歌不断，依然有贫穷的人对月悲伤；六桥周围花柳无数，只是没有空地种植桑麻。"

西湖放生池对曰："天地一网罟①，欲度众生谁解脱；飞潜②皆性命，但存此念即菩提。"

【注释】①罟（gǔ）：网。②飞潜：飞鸟和游鱼。

【译文】西湖放生池的对联说："天地一网罟，欲度众生谁解脱；飞潜皆性命，但存此念即菩提。"

　　海陵生诋诃历下①诗，借其集中词为《漫兴》，赋之曰："万里江湖迥，浮云处处新。论诗悲落日，把酒叹风尘。秋色眼前满，中原望里频。乾坤吾辈在，白雪误斯人。"其活套②已尽。又摘其《送楚使》诗："江汉日高天子气，楼台秋敞大王风。"此是贺陈友谅登极诗也。闻者喷饭③。

【注释】①历下：指李攀龙，字于鳞，号沧溟，山东济南历城人。②活套：习用的格式，常用的语言。③喷饭：吃饭时因发笑而喷出饭粒。泛指惹人发笑或发笑。

【译文】江苏海陵县的某个青年指责李攀龙的诗（格调辞意多有重复之处），曾摘录李攀龙诗集里的词语组成一首《漫兴》，诗曰："万里江湖迥，浮云处处新。论诗悲落日，把酒叹风尘。秋色眼前满，中原望里频。乾坤吾辈在，白雪误斯人。"可谓用尽李诗中的常用语。这个青年又摘录李攀龙《送楚使》诗"江汉日高天子气，楼台秋敞大王风。"说这两句诗是祝贺陈友谅登极的诗。听到的人无不发笑。

　　周相公玉绳以事赐死。后马阁部瑶草南都当国。时人取以作对曰："周玉绳，先赐玉，后赐绳，绳系玉绳之颈；马瑶草，名为瑶，实为草，草楦①瑶草②之皮。"

【注释】①楦（xuàn）：填实或撑大物体的中空部分。②瑶草：

仙草。

【译文】（崇祯时）内阁首辅周玉绳（周延儒）因某事赐死，（南明弘光政权建立后）内阁大臣马瑶草（马士英）在南京主持国政。当时有人用二人的名字作了一副对联："周玉绳，先赐玉，后赐绳，绳系玉绳之颈；马瑶草，名为瑶，实为草，草檀瑶草之皮。"

卷第十二 小慧部

陶庵曰：王荆公①作《字说》，附会穿凿，揆之义理，多窒碍不通，水骨土皮，所以见笑于东坡也。后世酒令、灯谜，拆白道字②，怪幻百出，意味深长，偶记一二，灵巧绝伦。虽知星星爝火③，不足与日月争光，而若当阴翳晦冥，腐草流萤④，掩映其际，亦自灼灼可人，断难泯灭矣！孔子曰："群居终日，言不及义，好行小慧，难矣哉！"而他日又曰："不有博弈者乎，为之犹贤乎已。"集小慧第十二。

【注释】①王荆公：北宋王安石，封荆国公，故世称"王荆公"。②拆白道字：一种将字拆开的文字游戏。③爝火（jué）：炬火，小火。④腐草流萤：古人认为萤火虫是由腐烂的草变化而成。

【译文】陶庵曰：王荆公写作《字说》，穿凿附会，推究其解说的内容，多拘泥不通，水骨土皮，因此被苏东坡讥笑。后世的酒令、灯谜，以拆字法玩文字游戏，怪变多端，意味深长，我偶尔记下一二条，都是灵巧绝伦的。虽然我知道这些都是点点小火，不能与日月争光，但如果遇到阴云遮挡的黑夜，腐草变成的飞萤，在其间时隐时现，也自然会让人觉得光亮可爱，断难全都抹杀啊！孔子说："整天聚在一起，言语从不涉及义理，还喜欢卖弄小聪明，这种人真是难教导啊！"

但另一天，孔子又说："不是有掷骰子、下围棋之类的游戏吗？干干这些也比什么都不干好些。"故集合诸故事将"小慧部"列为第十二。

诗谑

卓珂月为人作合欢迎送词回文《菩萨蛮》云："春宵半吐蟾痕碧，斜窥愁脸如相忆。空捻两三弦，朱扉寂寂然。依期郎践约，悄步人疑鹤。小舒轻雾纱，收袂蘸红霞。"此迎词。"霞红蘸袂收纱雾，轻舒小鹤疑人步。悄约践郎期，依然寂寂扉。朱弦三两捻，空忆相如脸。愁窥斜碧痕，蟾吐半宵春。"此送词。

【译文】卓珂月为人作合欢迎送词回文体《菩萨蛮》曰："春宵半吐蟾痕碧，斜窥愁脸如相忆。空捻两三弦，朱扉寂寂然。依期郎践约，悄步人疑鹤。小舒轻雾纱，收袂蘸红霞。"这是迎词。"霞红蘸袂收纱雾，轻舒小鹤疑人步。悄约践郎期，依然寂寂扉。朱弦三两捻，空忆相如脸。愁窥斜碧痕，蟾吐半宵春。"这是送词。

徐文长水神殿回文《灯》诗云："新架灯垂高厂殿，旧场球蹴斗芳年。春花有几能希赏，夜月无多惜早眠。轮迫马蹄盘作阵，烛抽莲叶嫩如钱。人游厌听催壶漏，客醉扶看堕髻钿。""钿髻堕看扶醉客，漏壶催听厌游人。钱如嫩叶莲抽烛，阵作盘蹄马迫轮。眠早惜多无月夜，赏希能几有花春。年芳斗蹴球场旧，殿厂高垂灯架新。"

【译文】徐文长（徐渭）水神殿回文体《灯》诗曰："新架灯垂高厂殿，旧场毬蹴斗芳年。春花有几能希赏，夜月无多惜早眠。轮迫马蹄盘作阵，烛抽莲叶嫩如钱。人游厌听催壶漏，客醉扶看堕鬓钿。""钿鬓堕看扶醉客，漏壶催听厌游人。钱如嫩叶莲抽烛，阵作盘蹄马迫轮。眠早惜多无月夜，赏希能几有花春。年芳斗蹴毬场旧，殿厂高垂灯架新。"

万历乙卯，顺天乡试有挂选监生十七人登贤书，年皆六十余矣。余叔葆生作诗嘲之曰："堪羡新科十七贤，商山齐赴鹿鸣筵①。却言序齿原无齿，共叹同年是暮年。丹桂折来花满眼，青云踏去雪盈颠。可怜到手乌纱帽，反带儒巾入九泉。"

【注释】①鹿鸣筵：乡试后，州县长官宴请得中举人及相关乡试人员的宴会。

【译文】万历四十三年，乙卯科顺天府乡试有十七个因捐献钱物而取得监生资格的监生考中，年龄皆六十多岁。余叔葆生作诗嘲讽道："堪羡新科十七贤，商山齐赴鹿鸣筵。却言序齿原无齿，共叹同年是暮年。丹桂折来花满眼，青云踏去雪盈颠。可怜到手乌纱帽，反带儒巾入九泉。"

南昌张相公、兰溪赵相公皆与江陵相左，由翰林谪州同①，后屡迁，俱于辛卯入内阁。太仓王元驭当国，以诗戏之曰："龙楼凤阁城九重，新筑沙堤迓相公。我贵我荣君莫羡，十年前是两州同。"

【注释】①州同：即州同知，知州的副职。

【译文】南昌人张位相公、兰溪人赵志皋相公都与张江陵不合，二人皆从翰林院编修被贬为州同知，后来屡次升官，都在万历十九年（1591）进入内阁。江苏太仓人王元驭（王锡爵）主持国政，作诗同二人开玩笑说："龙楼凤阁城九重，新筑沙堤迓相公。我贵我荣君莫美，十年前是两州同。"

　　凤林夏五名景倩，延师周四维训子，以不称，欲再延，妻曰："何为又增人口？"夫不从，又延罗成吾。时诸理斋亦延于夏，戏曰："夏五本是五，增口便成吾。四维尚未去，如何又请罗？"又夏五甚矮，妻甚长，理斋作歇后诗谑之曰："夏五官人冈谈彼，夏五娘子靡恃己。有时堂前相遇见，刚刚撞着果珍李①。"

【注释】①果珍李：古人认为李子是水果里十分珍贵的一种水果，故称李子为"果珍李"。

【译文】凤林人夏五，名景倩，聘请周四维做老师教导自己的儿子，因为周四维不称职，夏五打算为儿子另请一位老师，他的妻子说："为什么又要增加人口？"夏五不听妻子的话，又聘请了罗成吾。当时诸理斋也受到夏五的聘请，（听闻此事后）开玩笑说："夏五本是五，增口便成吾。四维尚未去，如何又请罗？"另外，夏五个子很矮，他的妻子却个子很高，于是诸理斋作了一首歇后诗取笑道："夏五官人冈谈彼，夏五娘子靡恃己。有时堂前相遇见，刚刚撞着果珍李。"

　　唐伯虎出游遇雨，过一皂隶家，出纸笔求画。伯虎画海蛳数百，题其上云："海物何曾数着君，也随盘馔入公门。千呼万唤不肯出，直^①待临时敲窟臀。"

【注释】①直：原作"真"，文义不通。明·冯梦龙《古今概谈·文戏部》载此事作"直"，今据改。

【译文】唐伯虎出去游玩，遇到下雨，进入一个在衙门里任职的差役家避雨，差役拿出纸笔请唐伯虎作画。唐伯虎画了数百只海蛳螺，并在画上题诗说："海物何曾数着君，也随盘馔入公门。千呼万唤不肯出，直待临时敲窟臀。"

无锡邹光大连年生女，召翟永龄饮，翟作诗嘲之云："去岁相招云弄瓦^①，今年弄瓦又相招。寄诗上覆邹光大，令正原来是瓦窑。"

【注释】①弄瓦：古人以"弄瓦"代指生女，以"弄璋"代指生男。语出《诗经·小雅·斯干》："乃生男子……载弄之璋。……乃生女子……载弄之瓦。"瓦，古代妇女纺织用的纺砖。

【译文】无锡邹光大连续几年生的都是女儿，他请翟永龄前来宴饮，翟永龄作诗嘲笑说："去岁相招云弄瓦，今年弄瓦又相招。寄诗上覆邹光大，令正原来是瓦窑。"

有裁缝以贿得冠带^①，顾霞山嘲之曰："近来仕路太糊涂，强把裁缝作士夫。软翅一朝风荡破，分明两个剪刀箍。"

【注释】①冠带：代指官职。

【译文】有个裁缝因贿赂官员而弄了个一官半职，顾霞山作诗嘲讽说："近来仕路太糊涂，强把裁缝作士夫。软翅一朝风荡破，分明两个剪刀箍。"

莫廷韩与屠赤水过袁太冲家，见桌上有帖写"琵琶一盘"者，相与大笑。屠曰："'枇杷'不是这'琵琶'！"袁曰："只为当年识字差。"莫曰："若使琵琶能结果，满城箫管尽开花。"

【译文】莫廷韩（莫是龙）与屠赤水（屠隆）到袁太冲家里去，看见桌上有张礼帖，礼帖上写有"琵琶一盘"，二人（见此）同时大笑。屠赤水说："'枇杷'不是这'琵琶'！"袁太冲说："只为当年识字差。"莫廷韩接着吟道："若使琵琶能结果，满城箫管尽开花。"

有时少湾者，延师颇不尽礼，致其师争竞而散。或用吴语赋歇后诗嘲之曰："少湾主人吉日良（时），束修①且是爷多娘（少）。身材好像夜叉小（鬼），心地犹如短剑长（枪）。三杯晚酌金生丽（水），两碗晨餐周发商（汤）。年终算账索筵席（赖。《百家姓》有'索咸席赖'），劈拍之声一顿相（打）。"

【注释】①束修：十条干肉，本为古代学生入学时敬师的礼物，后代指老师的酬金。

【译文】有个名叫时少湾的人，对聘请到家中的老师没有礼貌，以致老师们争相离去。有人用吴地的方言作了一首歇后诗嘲笑他说："少湾主人吉日良（时），束修且是爷多娘（少）。身材好像夜叉小（鬼），心地犹如短剑长（枪）。三杯晚酌金生丽（水），两碗晨餐周发商（汤）。年终算账索筵席（赖。《百家姓》有'索咸席赖'），劈拍之声一顿相（打）。"

有嘲监生诗云："革车买得截然高（大帽），周子窗前（草）满腹包。有朝一日高曾祖（考），焕乎其有（文章）没半毫。"

【译文】有人作了首嘲讽监生的诗说："革车买得截然高（大帽），周子窗前（草）满腹包。有朝一日高曾祖（考），焕乎其有（文章）没半毫。"

广文先生①之贫自古记之，近日土风日趋于薄，有门人馈之肉，乃瘟猪也。先生嘲之曰："秀才送礼，言之可羞。瘦肉一方，尧舜其犹。"又有以铜银为贽者，又嘲之曰："薄俗送礼，不过五分。启封视之，尧舜与人。"或作破云："时官之责门人也，言必称尧舜焉。"

【注释】①广文先生：唐代郑虔在广文馆中任博士，故有人称其为"广文先生"。后泛指生活清苦的儒学教官。

【译文】广文先生的贫苦自古就有记载，近来风俗日渐浮薄，有学生赠给他一块肉，却是瘟猪肉。先生讥嘲道："秀才送礼，言之可羞。瘦肉一方，尧舜其犹。"又有人以铜钱、银元作为拜师的礼物，先生又讥嘲道："薄俗送礼，不过五分。启封视之，尧舜与人。"并作有破题说："时官之责门人也，言必称尧舜焉。"

旧有赋缺嘴者云："多闻疑，多见殆，吾犹及史之，君子于其所不知盖①。"四语皆出四书，皆隐"阙"字，而末句尤奇。吴江一老翁貌似土地，沈宁庵吏部亦用此体赋云："入疆辟，入疆芜，诸侯之宝三，狄人之所欲者吾。②"又吴中有顾秀才名达者，不学而狂，同学者嘲之云："在邦必③，在家必，君子上，小人下，不成章不。"并堪伯仲。

【注释】①"多闻疑"四句：全语分别为"多闻阙疑"（见《论语·为政》）、"多见阙殆"（见《论语·为政》）、"吾犹及史之阙文也"（《论语·卫灵公》）、"君子于其所不知，盖阙如也"（见《论语·子路》）。②"入疆辟"四句：全语分别为"入其疆，土地辟，田野治，养老尊贤，俊杰在位，则有庆，庆以地。""入其疆，土地荒芜，遗老失贤，掊克在位，则有让。""诸侯之宝三：土地、人民、政事"（见《孟子·尽心下》）、"狄人之所欲者，吾土地也"（《孟子·梁惠王下》）。③"在邦必"四句：全语分别为"在邦必达"（见《论语·颜渊》）、"在家必达"（见《论语·颜渊》）、"小人下达"（见《论语·宪问》）、"不成章不达"（见《孟子·尽心上》）。

【译文】从前有人赋缺唇者说："多闻疑，多见殆，吾犹及史之，君子于其所不知盖。"这四句话全出自四书，也全都隐去了"阙"字，而数最后一句最为奇特。吴江县的一位老翁貌似土地神，吏部官员沈宁庵也用此体赋之说："入疆辟，入疆芜，诸侯之宝三，狄人之所欲者吾。"另外，吴地有个秀才，名叫顾名达，不学无术但为人狂傲，其同学嘲笑他说："在邦必，在家必，君子上，小人下，不成章不。"以上几句话的巧妙不相上下。

有士人游虎跑泉，赋诗以"泉"字为韵。一人但哦"泉，泉，泉"，久不成句。有老人曳杖而至，问其故，应声曰："泉，泉，泉，乱进珍珠个个圆。玉斧砍开顽石髓，金钩搭出老龙涎。"众惊问曰："翁非贯酸斋①乎？"曰："然，然，然。"遂邀同饮，尽醉而去。

【注释】①贯酸斋：元代文学家贯云石，号酸斋，晚年隐居于杭州一带。

【译文】有一群读书人在虎跑泉游玩，众人以"泉"字为韵赋诗。一人只吟出"泉，泉，泉"，很久也想不出诗句。有个老人拖着手杖而来，问明原因，应声吟道："泉，泉，泉，乱迸珍珠个个圆。玉斧砍开顽石髓，金钩搭出老龙涎。"众人惊奇地问："您老莫非是贯酸斋吗？"老人说："是，是，是。"于是，众人邀请他一同饮酒，大醉后各自散去。

寿春道士以小像乞解学士题赞，解联写"贼贼贼"，道士愕然。续云："有影无形拿不得。只因偷却吕仙丹，而今反作蓬莱客。"

【译文】淮南寿春有个道士请求解缙学士为他的一幅小画像题上赞语，解缙连写了"贼贼贼"三个字，道士十分惊愕。解缙接着续写道："有影无形拿不得。只因偷却吕仙丹，而今反作蓬莱客。"

一内相好弄笔墨，题一寿意，上画寿星持杖，白日黄麋，松柏龟鹤，书其上曰："柳梢枝上一轮月，黄狗身上几点雪。不是老儿柱杖打，几乎鹭鸶吞个鳖。"

【译文】有一太监喜欢玩弄笔墨，有人请他在寿星图上题诗，他见图上画着一个挂着手杖的寿星，还有白日黄鹿、松柏龟鹤，便在上面写道："柳梢枝上一轮月，黄狗身上几点雪。不是老儿柱杖打，几乎鹭鸶吞个鳖。"

　　姑苏蒋思贤父子写真，交画不像。有人嘲之曰："父画子不像，子画父不真。自家骨肉尚如此，何况区区陌路人。"

　　【译文】姑苏蒋思贤父子相互给对方画像，但彼此都画得不像。有人嘲讽说："父画子不像，子画父不真。自家骨肉尚如此，何况区区陌路人。"

　　张明善尝作《水仙子·讥时》云："铺眉苫眼①早三公，裸袖揎②拳享万锺，胡言乱语成时用，大都来却是哄③。说英雄谁是英雄? 五眼鸡④岐山鸣凤，两头蛇南阳卧龙，三脚猫渭水飞熊。"

　　【注释】①铺眉苫（shàn）眼：舒眉展眼，此处指装模作样。②裸袖揎（xuān）拳：捋起袖子，露出胳膊，此处形容善于吵闹之人。③哄：胡闹。④五眼鸡：即乌眼鸡，一种好斗的公鸡。"五"是"乌"的借音字。⑤渭水飞熊：本指周代的太公吕尚，此处指德高望重的高官。
　　【译文】张明善曾作有《水仙子·讥时》说："装模作样的人竟然成为三公，蛮横无礼的人竟然享受万钟俸禄，胡言乱语的人竟然成为时代所需的人才，总而言之都是胡闹。说英雄到底谁是英雄? 乌眼鸡竟然成为岐山的凤凰，两头蛇竟被视作南阳的诸葛亮，三脚猫竟被看成渭水的吕尚? "

　　有人嘲秃指《醉扶归》云："十指如枯笋，和袖①捧金樽，搊杀②银银筝字不真。搔痒天生钝，纵有相思泪痕，索把拳头揾③。"

　　【注释】①和袖：藏手于袖。②搊（chōu）杀：尽力弹奏。③揾：擦拭。

【译文】有人作了首《醉扶归》嘲笑秃指说:"十指如枯笋,和袖捧金樽,搣杀银筝字不真。搔痒天生钝,纵有相思泪痕,索把拳头揾。"

一妓为人伤目,睫下有青痕。嘲之者作《沈醉东风》词曰:"莫不是捧研时太白墨洒,莫不是画眉时张敞①描差? 莫不是檀香染,莫不是翠钿瑕? 莫不是蜻蜓飞上海棠花,莫不是明皇宫坠下马?"

【注释】①张敞:西汉官员,常为其妻画眉。

【译文】一个妓女被人伤了眼睛,睫毛下有淤青的痕迹,有人作了首《沈醉东风》词嘲笑她说:"莫不是捧研时太白墨洒,莫不是画眉时张敞描差? 莫不是檀香染,莫不是翠钿瑕? 莫不是蜻蜓飞上海棠花,莫不是明皇宫坠下马?"

词客贫甚,戏作《清江引》曰:"夜半三更睡不着,恼得我心焦躁。趷蹬①的响一声,尽力子吓一跳,把一股脊梁筋穷断了。"

【注释】①趷蹬(kē dēng):象声词,形容撞击声。

【译文】有个文人生活十分贫穷,他戏作了一首《清江引》说:"夜半三更睡不着,恼得我心焦躁。趷蹬的响一声,尽力子吓一跳,把一股脊梁筋穷断了。"

杭州酒淡,有作《行香子》云:"湖水澄清,灰价廉平①,升半

酒,搀做三升。茅柴焰过,肚胀彭亨②。教君霎时饮,霎时醉,霎
时醒。听得渊明,说与刘伶,这一瓶,约莫三斤。君还不信,把秤
来秤,有一斤酒,一斤水、一斤瓶。"

【注释】①廉平:低廉公道。②彭亨:鼓胀的样子

【译文】杭州的酒味道淡,有人作了首《行香子》说:"湖水澄
清,灰价廉平,升半酒,搀做三升。茅柴焰过,肚胀彭亨。教君霎时饮,
霎时醉,霎时醒。听得渊明,说与刘伶,这一瓶,约莫三斤。君还不信,
把秤来秤,有一斤酒,一斤水、一斤瓶。"

巧言

王、卢二人相谑,卢嘲王云:"有言则汪,近犬则狂;加颈足
为马,拖角尾成羊。"王嘲卢云:"卿姓在亡成虐,在丘为虚①;生
男为虏,配马成驴。"

【注释】①虚(xū):同"虚"。

【译文】一个姓王的人和一个姓卢的人互开玩笑,姓卢的人嘲笑姓
王的人说:"有言则汪,近犬则狂;加颈足为马,拖角尾成羊。"姓王的人
嘲笑姓卢的人说:"卿姓在亡成虐,在丘为虚;生男为虏,配马成驴。"

张义入太学为斋长,其人渺小,东以苛礼律诸生。林叔弓作
赋嘲云:"身材短小,欠曹交①六尺之长;腹内空虚,乏刘叉②一点
之墨。"又诗云:"中分爻两段,风使十横斜。文上全无分,人前
强出些。"

【注释】①曹交：战国时人，身高九尺四寸。事见《孟子·告子下》。②刘叉：中唐诗人。

【译文】张义进入国子监后任舍长，其人矮小，却动不动就用烦琐的礼节约束众生员。林叔弓作了篇赋嘲笑他说："身材短小，欠曹交六尺之长；腹内空虚，乏刘叉一点之墨。"又作了首诗说："中分爻两段，风使十横斜。文上全无分，人前强出些。"

吴人马承学性好乘马，喜驰骤。同学钱同爱戏曰："马承学，学乘马，汲汲①而来。"马应曰："钱同爱，爱铜钱，孳孳②为利。"

【注释】①汲汲：心情急切的样子。②孳孳：努力不懈的样子。

【译文】吴地人马承学生性喜好骑马，又喜欢骑在马上奔驰。同学钱同爱与他开玩笑说："马承学，学乘马，汲汲而来。"马承学回答说："钱同爱，爱铜钱，孳孳为利。"

方千里一日会张更生，方作一令①戏曰："古人是刘更生，今人是张更生。手执一卷《金刚经》，问尔是胎生、卵生、湿生、化生。"张答曰："古人是马千里，今人是方千里。手执一卷《刑法志》，问尔是三千里、二千里，一千里？"

【注释】①令：即小令，一种字少调短的词或曲。

【译文】一天，方千里与张更生会面，方千里作了一首小令同张更生开玩笑说："古人是刘更生，今人是张更生。手执一卷《金刚经》，问尔是胎生、卵生、湿生、化生。"张更生回答说："古人是马千里，今人是方千里。手执一卷《刑法志》，问尔是三千里、二千里，一千里？"

石中立员外常与同列观上南园所蓄狮子。主者曰："县官日破肉十斤饲之。"同列曰："吾侪反不及此。"石曰："吾辈皆员外郎，敢比园内狮子！"

【译文】有一次，石中立员外与同僚们去观赏上南园所蓄养的狮子。主人说："县官每天要破费十斤肉来喂养它。"一个同僚说："我们这些人反而不如狮子。"石中立说："我们都是员外郎，怎么敢比园内的狮子！"

夏忠靖公与给谏周大有治水，一日偕宿天宁寺。周早如厕，夏戏曰："披衣拖履而起，急事，急事！"周应声曰："弃甲曳兵而走，常输，常输！"

【译文】忠靖公夏原吉与六科给事中周大有在浙西治水时，有一天，二人同在天宁寺歇宿。周大有早晨起来去上厕所，夏原吉同他开玩笑说："披衣拖履而起，急事，急事！"周大有应声答道："弃甲曳兵而走，常输，常输！"

浙江花提举①与鄞县校官②交往，花戏之曰："鸡卵与鸭卵同窠，鸡卵先生，鸭卵先生？"校官应曰："马儿与驴儿并走，马儿蹄举，驴儿蹄举？"

【注释】①提举：掌管某项事务的官员。②校官：即学官，掌管学校事务。

【译文】浙江花提举与鄞县某校官交往，花提举同校官开玩笑说:"鸡卵与鸭卵同窠,鸡卵先生,鸭卵先生?"校官回答说:"马儿与驴儿并走,马儿蹄举,驴儿蹄举?"

陆文量参政浙藩,与陈启东饮,见其寡发,戏之曰:"陈教授数茎头发,无计可施。"启东曰:"陆大人满脸髭须,何须如此。"陆大赏叹,笑曰:"两猿截木山中,这猴子也会对锯①。"启东曰:"有犯,幸勿罪。"乃云:"匹马陷身泥内,此畜生怎得出蹄②。"相与抚掌竟日。

【注释】①对锯:即对句。"锯"与"句"谐音,"锯"是"句"的借字。②出蹄:即出题。"蹄"与"题"谐音,"蹄"是"题"的借字。

【译文】陆文量(陆容)在浙江任布政司参政时,有一次与陈启东宴饮,见其头发稀少,与之开玩笑说:"陈教授数茎头发,无计可施。"陈启东说:"陆大人满脸髭须,何须如此。"陆文量大加叹赏,笑着说:"两猿截木山中,这猴子也会对锯。"陈启东说:"有所冒犯,幸亏您没有怪罪。"接着对答道:"匹马陷身泥内,此畜生怎得出蹄。"二人相互拍手笑谈了一天。

一虞姓者为许氏西宾,虞有所私,午后辄出馆。许每往不遇,因书于简云:"夜夜出游,知虞公之不可谏。"虞归,即答云:"时时来扰,何许子之不惮烦。"

【译文】一个姓虞的人在一个姓许的人家做家塾教师,姓虞的人常有私事,每逢午后就出去。许氏每次前往家塾中都见不到虞姓塾师,于是便在一张纸上写了几个字(作为留言):"夜夜出游,知虞公之不可谏。"虞姓塾师回来后（看到字条），立即提笔答道："时时来扰，何许子之不惮烦。"

余进士田与汤进士日新相善，因戏曰："汤之盘铭曰，'苟①'者君乎？"汤应曰："卿以下必有'圭②'者，君也。"

【注释】①苟：谐音"狗"。汤之《盘铭》曰："苟日新，日日新，又日新。"汤进士名日新，故余田暗骂他名字中的"日新"是"苟（狗）日新"的"日新"。②圭：谐音"龟"。《孟子·滕文公上》："卿以下必有圭田。"余进士名田，故汤日新暗骂他名字中的"田"是"圭（龟）田"的"田"。

【译文】进士余田与进士汤日新友好，某天余田对汤日新开玩笑说："汤之盘铭曰，'苟'者君乎？"汤日新回答说："卿以下必有'圭'者，君也。"

詹侍御与苏大行五鼓行长安街，呵道声相近，苏问前行为谁，从者曰："道里詹爷。"苏曰："詹之在前①。"詹问后来为谁，从者曰："行人司苏爷。"詹曰："后来其苏②。"相顾一笑。

【注释】①詹之在前：本为"瞻之在前"，语出《论语·子罕》。因詹侍御姓詹，所以苏大行故意说成"詹之在前"。②后来其苏：语出《尚书·仲虺之诰》。苏，本义为拯救、解救，此处借指苏大行的苏姓。

【译文】詹侍御与苏大行五更时在长安街上行走，双方差役的呵道声越来越近，苏大行询问侍从前面的是什么人，侍从说："是道府里的詹爷。"苏大行说："詹之在前。"詹侍御询问侍从后面的是什么人，侍从说："行人司的苏爷。"詹侍御："后来其苏。"二人相视一笑。

石动筩至国学，有博士问："孔子弟子身通六艺者七十二人，几人已冠，几人未冠？"动筩曰："以某考之，冠者三十人，未冠者四十二人。"博士曰："所考何书？"石曰："《论语》云：'冠者五、六人'，五六得三十也；'童子六、七人'，六七四十二也；合之为七十二人。"皆大笑。一说又问："三千徒弟子后来作何结果？"答曰："二千五百人为军，五百人为旅。"俱极巧。

【译文】石动筩来到国子监，有个博士问他："孔子弟子中身通六艺的有七十二人，几个人已经成年，几个还未成年？"石动筩说："根据我的考证，已经成年的有三十人，未成年的有四十二人。"博士问："考据的是什么书？"石东筩答："《论语》说：'冠者五、六人'，五六得三十也；'童子六、七人'，六七四十二也；合起来共七十二人。"众人全都大笑。还有一种传言，博士又问石东筩说："孔子的三千弟子后来怎么样了？"石动筩回答："二千五百人为军，五百人为旅。"回答的都极为巧妙。

一士人家贫，与其友上寿，无从得酒，乃持水一瓶，称觞曰："君子之交淡如。"友应曰："醉翁之意不在。"

【译文】一个读书人家中贫穷，为其友人祝寿，买不起酒，便带了一瓶水去，举杯祝寿道："君子之交淡如。"友人回答道："醉翁之意不在。"

陆通明世居洞庭，一日内人临蓐生女，溺之。友人吴生诮之曰："兄讳通明，这事欠通了！"陆讶之，吴曰："岂不闻溺爱者不明耶?"

【译文】陆通明家世代居住在洞庭湖畔,一天他的妻子临产分娩,生下一个女儿,陆通明对这个女儿十分溺爱。他的一个吴姓青年友人讥诮他说:"兄讳通明,这事做得欠通了!"陆通明十分惊讶,吴姓青年又说:"您难道没听说溺爱儿女的人不明事理吗?"

青齐①一士夫冯姓者极畏内,其夫人宋氏也,亲友咸知之,无所讳。一日,客与语及家事,戏曰:"无若宋人然②!"冯笑曰:"尔即以此属对。"客思之良久不得。冯曰:"我仍对之:是为冯妇也③。"其工巧若此。

【注释】①青齐:指山东。山东古属青州,又别称"齐",故名。②"无若"句:语出《孟子·公孙丑上》。宋人,"揠苗助长"故事中的主人公。③"是为"句:语出《孟子·尽心下》。冯妇,《孟子》中记载的善于打虎的人,此指冯姓士大夫的夫人。

【译文】山东一个姓冯的士大夫,极其惧内,其夫人姓宋,亲友都知道他惧内的事,所以他也不隐讳。一天,客人与他谈及家事,开玩笑地说:"无若宋人然!"他笑着说:"你以此为上句,即刻对出下句。"客人思索了很久也对不出下句。他说:"还是我来对吧:是为冯妇也。"这副对联是如此的工巧。

张磊塘善清言。一日,赴徐文贞席,食鲳鱼、鳇鱼,庖人误不置醋,张云:"仓皇失措①。"文贞扪一虱,以齿糜之,闻响声。张云:"大率②类此。"文贞解颐。

【注释】①措:"措"与"醋"谐音。②率:与"蟀"谐音。

【译文】张磊塘善于清谈。一天,前往徐文贞(徐阶)家宴饮,吃的是鲳鱼、鳇鱼,厨子仓促间没有配置醋,张磊塘说:"仓皇失措(谐音"鲳鳇失醋")。"徐文贞捉到一个虱子,用牙齿将虱子咬碎,发出声响。张磊塘说:"大率类此(谐音"大虱来齿")。"徐文贞脸露笑意。

酒令

韩襄毅与夏公塓饮,韩举一令曰:"伞字有五人,下列众小人。所谓有福之人人伏侍,无福之人伏事人。"夏云:"爽字有五人,旁列众小人,中藏一大人。所谓人前莫说人长短,始信人中更有人。"

【译文】襄毅公韩雍与夏塓宴饮,韩雍说出一个酒令:"伞字有五人,下列众小人。所谓有福之人人伏侍,无福之人伏事人。"夏塓说:"爽字有五人,旁列众小人,中藏一大人。所谓人前莫说人长短,始信人中更有人。"

陈祭酒询忤一权贵,出为州同,同僚饯行。陈学士循举一令曰:"轰字三个车,余斗字成斜。车车车,远上寒山石径斜。"高学士谷曰:"品字三个口,水酉字成酒。口口口,劝君更尽一杯酒。"陈祭酒云:"矗字三个直,黑出字成黜。直直直,焉往而不三黜。"合席大笑。

【译文】国子监祭酒陈询因为触犯了一位权贵,被派到地方任州同知,同僚给他饯行,学士陈循说出一个酒令:"轰字三个车,余斗字成斜。车车车,远上寒山石径斜。"学士告谷说:"品字三个口,水酉字成酒。口口口,劝君更尽一杯酒。"陈询说:"蠹字三个直,黑出字成黜。直直直,焉往而不三黜。"全席的人都大笑。

杜朝绅令麻城,毫无情面。一日宴乡绅,梅西野举一令曰:"单奚是奚,加点是溪,除却三点,加鸟为鸡。谚云:得志猫儿雄似虎,败翎鹦鹉不如鸡。"毛石崖曰:"单青是青,加点为清,除却三点,加心为情。谚云:火烧纸马铺,落得做人情。"又一人云:"单其为其,加点为淇,除却三点,加欠为欺。谚云:龙游浅水遭虾戏,虎落平阳被犬欺。"杜答云:"单相是相,加点为湘,除却三点,加雨为霜。谚云:各人自扫门前雪,休管他家瓦上霜。"

【译文】杜朝绅任麻城县令,做事不留情面。一天,他宴请县中的士绅,梅西野说出一个酒令:"单奚是奚,加点是溪,除却三点,加鸟为鸡。谚云:得志猫儿雄似虎,败翎鹦鹉不如鸡。"毛石崖说:"单青是青,加点为清,除却三点,加心为情。谚云:火烧纸马铺,落得做人情。"另一个人说:"单其为其,加点为淇,除却三点,加欠为欺。谚云:龙游浅水遭虾戏,虎落平阳被犬欺。"杜朝绅回答说:"单相是相,加点为湘,除却三点,加雨为霜。谚云:各人自扫门前雪,休管他家瓦上霜。"

刘端简居乡,邑大夫或慢之。值宴会,刘出一令,用唐诗一句,附以方言,上下相属。刘云:"一枝红杏出墙来,见一半,不见一半。"一士夫云:"旋斫松柴带叶烧,热灶一把,冷灶一把。"邑大夫云:"杖藜扶我过桥东,我也要你,你也要我。"一士夫解之云:"点溪荷叶叠青钱,你也使不得,他也使不得。"

【译文】刘端简(刘采)回乡居住,乡中有个士大夫对他很轻慢。某次宴会上,刘端简举出一个酒令,先用一句唐诗,再附以方言,前后句意要连贯。刘端简说:"一枝红杏出墙来,见一半,不见一半。"一个士大夫说:"旋斫松柴带叶烧,热灶一把,冷灶一把。"经常轻慢刘端简的那个士大夫说:"杖藜扶我过桥东,我也要你,你也要我。"另一个士大夫解释说:"点溪荷叶叠青钱,你也使不得,他也使不得。"

沈石田、文衡山、陈白阳,王雅宜游虎丘,饮千人石上。石田行令,取上一字,下拆两字,意义相协。沈云:"山上有明光,不知是日光月光。"文云:"堂上挂珠帘,不知是王家帘朱家帘。"陈云:"有客到馆驿,不知是官人舍人。"王云:"半夜生孩子,不知是子时亥时。"各赏一大觥。

【译文】沈石田(沈周)、文衡山(文徵明)、陈白阳(陈淳)、王雅宜(王宠)游虎丘,坐在千人石上饮酒。沈石田举出一个酒令,取上句中的一个字,在下句中拆成两个字,上下句的句意要协和。沈石田说:"山上有明光,不知是日光月光。"文衡山说:"堂上挂珠帘,不知是王家帘朱家帘。"陈白阳说:"有客到馆驿,不知是官人舍人。"王雅宜说:"半夜生孩子,不知是子时亥时。"各赏酒一大杯。

高丽一僧陪宴朝使,戏行一令曰:"张良项羽争一伞,良曰凉伞,羽曰雨伞。"朝使信口曰:"许由晁错争一葫芦,由曰油葫芦,错曰醋葫芦。"

【译文】高丽国的一个僧人陪同朝鲜使者宴饮,玩笑地说出一个酒令："张良、项羽争一伞，良曰凉伞，羽曰雨伞。"朝鲜使者随口说："许由、晁错争一葫芦，由曰油葫芦，错曰醋葫芦。"

有人为令云："子路百里负米，不知是糙米熟米？若是糙米，子路请祷；若是熟米，子路不对。"一人云："子路宿于石门，不知开门闭门？若是开门，由也陞堂；若是闭门，子路拱而立。"

【译文】有人说出一个酒令："子路百里负米，不知是糙米熟米？若是糙米，子路请祷；若是熟米，子路不对。"一个人说："子路宿于石门，不知开门闭门？若是开门，由也升堂；若是闭门，子路拱而立。"

罗状元念庵与邹公、徐公宴于寺观，邹指塑像出令曰："祖师买巾，价只要轻，以此买不成，被发①列如今。"徐曰："玉皇买伞，价只要减，以此买不成，头顶一片板。"罗曰："观音买鞋，价只要捱，以此买不成，赤脚上莲台。"

【注释】①被发：披散着头发。
【译文】状元罗念庵（罗洪先）与邹公、徐公在某座寺院里宴饮，邹公指着寺里的塑像出了一个酒令说："祖师买巾，价只要轻，以此买不成，被发列如今。"徐公说："玉皇买伞，价只要减，以此买不成，头顶一片板。"罗念庵说："观音买鞋，价只要挨，以此买不成，赤脚上莲台。"

张退如为山阴令，与同寮饮卧龙山上，见绯衣妇人踱岭而去。一寮友举杯起一令曰："二八佳人过岭东，映山红。"以妇人起义，而合一花名。次至某曰："二八佳人同枕眠，并头莲。"张退如曰："二八佳人经水通，月月红。"

【译文】张退如任山阴县令，与同僚们在卧龙山上宴饮，看见一个穿着红衣的妇人翻过山岭而去。一个同僚举起酒杯首先说出一个酒令："二八佳人过岭东，映山红。"以妇人作为开头之句，而后合成一种花名。轮到某人说："二八佳人同枕眠，并头莲。"张退如说："二八佳人经水通，月月红。"

徐文长与友人饮，行令要一花名，一鸟名，搭四书二句，词曲一句。一友曰："虞美人嫁了白头翁，翁曰：老矣，不能用也。向寒窗更守十年寡。"文长曰："十姊妹嫁了八哥儿，八口之家可以无饥矣。可怜两口儿无依倚。"

【译文】徐文长（徐渭）与友人饮酒，要求说出的酒令要带有一种花名，一种鸟名，还要配搭二句四书里的话和一句词曲。一个友人说："虞美人嫁了白头翁，曰：老矣，不能用也。寒窗更守十年寡。"文长曰："十姊妹嫁了八哥儿，八口之家可以无饥矣。可怜两口儿无依倚。"

伎女张斗奴侍三杨①宴饮。东杨行令，歌春月诗曰："梨花院落溶溶月。"南杨歌夏月曰："舞低杨柳楼头月。"西杨歌秋月曰："金铃犬吠梧桐月。"英公语斗奴曰："汝试歌之。"斗奴乃拜而歌曰："梨花院落光如雪，犬吠梧桐月。佳人杨柳腰，舞罢晴光灭。春月者，夏月者，秋月者，总不如俺寻常一样窗前月。"诸公大加称赏。

【注释】①三杨：指杨士奇、杨荣、杨溥，三人皆为明代"台阁体"诗文的代表人物。因其居所、籍贯不同，世人称杨士奇为"西杨"、杨荣为"东杨"、杨溥为"南杨"。

【译文】伎女张斗奴陪侍三杨宴饮。东杨行酒令，吟出春月诗后饮了一杯，诗曰："梨花院落溶溶月。"南杨吟出夏月诗后饮了一杯，诗曰："舞低杨柳楼头月。"西杨吟出秋月诗后饮了一杯，诗曰："金铃犬吠梧桐月。"英公对张斗奴说："你试着把它们都唱出来。"张斗奴施过拜礼后唱道："梨花院落光如雪，犬吠梧桐月。佳人杨柳腰，舞罢晴光灭。春月者，夏月者，秋月者，总不如俺寻常一样窗前月。"诸人大加赞赏。

确对

江西有提学出对云："风摆棕榈，千手佛摇折叠扇。"诸生无对者。乃祈乩仙，降书自称李太白，对云："霜凋荷叶，独脚鬼戴逍遥巾。"

【译文】江西有个提学使出了一个上对说："风摆棕榈，千手佛摇折叠扇。"众生员都对不出下句。于是（扶乩请仙）请乩仙来对，降临的乩仙自称是李太白，写出的对句是："霜凋荷叶，独脚鬼戴逍遥巾。"

刑部郎中黄炜亦尝召仙，令对"羊脂白玉尺"，乩云："当出丁家巷田夫口。"暐明日往试之，其一耕者锄土甚力，问此何土，耕者曰："此鳝血黄泥土也。"炜大嗟异。

【译文】刑部郎中黄炜也曾扶乩请仙，有一次他让乩仙对出"羊脂白玉尺"的下句,乩仙写道:"(下句)应当由丁家巷一个农夫的口中说出。"第二天,黄炜前往丁家巷试试,看见一个农夫正在用尽全力锄土,他便上前问农夫这是什么土(如此坚硬),农夫说:"这是鳝血黄泥土。"黄炜嗟叹,感到十分奇异。

相传有俗对云:"塔顶葫芦尖,捏拳头锥白日;城头箭垛倒,生牙齿咬青天。"亦工而可笑。

【译文】民间流传的一副对子说:"塔顶葫芦尖,捏拳头锥白日;城头箭垛倒,生牙齿咬青天。"也算工巧有趣了。

旅店中一鬼诵一对云:"鼠偷蚕茧,浑如狮子抛球。"叫唤竟夜。后一士子至,对曰:"蟹入鱼罾,却似蜘蛛结网。"怪绝不闻。

【译文】旅店中有一个鬼诵出一个上对:"鼠偷蚕茧,浑如狮子抛球。"鬼整夜叫唤此句。后来,一个读书人来到旅店中,对曰:"蟹入鱼罾,却似蜘蛛结网。"从此,怪异的叫声再没有出现过。

苏郡蒋涛善属对,有"一跳跳下地;一飞飞上天。"又有"冻雨洒窗,东二点,西三点;切糕分客,上七刀,下八刀。"皆精切。

【译文】苏州蒋涛善于做对子,他有一副对子说:"一跳跳下地;一飞飞上天。"还有一副对子说:"冻雨洒窗,东二点,西三点;切糕分客,上七刀,下八刀。"都精当贴切。

李空同督学江西，有士子同其姓名。公曰："吾试汝一对，曰'蔺相如，司马相如，名相如，实不相如。'"一士子对曰："魏无忌，长孙无忌，彼无忌，此亦无忌。"公赏之，特置高等。

【译文】李空同（李梦阳）在江西督学时，有个读书人与他同姓名。李空同说："我考考你对对子的本领，上对为'蔺相如，司马相如，名相如，实不相如。'"那个读书人对曰："魏无忌，长孙无忌，彼无忌，此亦无忌。"李空同对此十分赞赏，特将其列入高等。

唐皋使朝鲜，朝鲜国王出对云："琴瑟琵琶，八大王一般头角。"皋对曰："魑魅魍魉，四小鬼各样肚肠。"王大骇服。

【译文】唐皋出使朝鲜，朝鲜国王出了一个上对说："琴瑟琵琶，八大王一般头角。"唐皋对曰："魑魅魍魉，四小鬼各样肚肠。"朝鲜国王大为惊佩。

旧学士院壁间有题云："李阳生，指李树为姓，生而知之。"杨大年为学士，对之云："马援死，以马革裹尸，死而后已。"

【译文】从前翰林院的墙壁上有一幅题字："李阳生，指李树为姓，生而知之。"（后来）杨大年成为翰林学士，对曰："马援死，以马革裹尸，死而后已。"

徐晞为州吏目①，偶随守步庭墀中，见一鹿伏地。守得句云："屋北鹿独宿。"晞曰："可对'溪西鸡齐啼'。"守大惊异，不以常礼遇之。

【注释】①吏目：参佐之官，明代在各州均有设置
【译文】徐晞为州吏目，有一次陪着知府在庭阶前散步，看见一只鹿趴在地上。知府想出一句诗："屋北鹿独宿。"徐晞说："（下句）可以对'溪西鸡齐啼'。"知府十分惊异，从此，不再用平常的礼节对待徐晞。

常州府同知吴、通判董至无锡，饮红白酒而醉。吴出对云："红白造成，醉倒不知南北。"董对云："青黄未接，急来要卖东西。"

【译文】常州府同知吴某、通判董某来到无锡，饮红白酒而醉。吴某出了一个上对说："红白造成，醉倒不知南北。"董某对曰："青黄未接，急来要卖东西。"

东郊巡按苏松刷卷①，许御史戏云："北台东御史，西人巡按南方。"东不能属，陆采对曰："冬官夏侍郎，春日办完秋税。"又李空同在江西有对云："孤雁渡江，顾影徘徊如得偶。"人不能对，陆云："老翁照镜，鉴形仿佛似传神。"

【注释】①刷卷：朝廷使者清查所属各衙门有无拖延、冤屈的狱讼案件，称"刷卷"
【译文】东郊巡按苏松清查所属各衙门的狱讼案件，一个姓许的御史同他开玩笑说："北台东御史，西人巡按南方。"苏松对不出下句。

陆采对曰："冬官夏侍郎，春日办完秋税。"还有一件事，李空同（李梦阳）在江西督学时，出过一个上对："孤雁渡江，顾影徘徊如得偶。"没有人对的出下句，陆采对曰："老翁照镜，鉴形仿佛似传神。"

屠赤水与莫廷韩游顾园，酒酣，屠偶吟云："檐下蜘蛛一腔丝意。"莫云："阶前蚯蚓满肚泥心。"

【译文】屠赤水（屠隆）与莫廷韩（莫是龙）在顾园游玩，酒正喝得高兴时，屠赤水偶然吟出一个上对："檐下蜘蛛一腔丝意。"莫廷韩对曰："阶前蚯蚓满肚泥心。"

世宗事玄，有献灵龟者，上出对曰："赤水灵龟双献瑞，天数五，地数五，五五二十五数，数数合于道，道号元始天尊，一诚有感。"一词臣对之曰："丹山彩凤两呈祥，雌声六，雄声六，六六三十六声，声声闻于天，天生嘉靖皇帝，万寿无疆。"上喜甚，厚赍之。

【译文】明世宗修道，有地方官献上一只灵龟，世宗出了一个上对说："赤水灵龟双献瑞，天数五，地数五，五五二十五数，数数合于道，道号元始天尊，一诚有感。"一个文臣对曰："丹山彩凤两呈祥，雌声六，雄声六，六六三十六声，声声闻于天，天生嘉靖皇帝，万寿无疆。"世宗十分高兴，给予那个文臣许多赏赐。

赵太守时逢指筵上炮栗曰："栗破缝黄见。"坐客不能对。赣妓朱云楚对曰："藕断露丝飞。"赵大奇之。

【译文】知府赵时逢指着筵席上炒爆的栗子说："栗破缝黄见。"座上的客人都对不出下句。江西妓女朱云楚对曰："藕断露丝飞。"赵时逢大为惊奇。

惠山寺有人出对曰："无锡锡山山无锡。"后有对曰："平湖湖水水平湖。"

【译文】惠山寺的某个僧人出了一个上对说："无锡锡山山无锡。"后来，有人对曰："平湖湖水水平湖。"

苏士金用元善属对，在文翰林座谑其蒙师潘某。潘愠曰："吾一对，汝能对，甘受汝侮。"金请之，潘曰："王大夫昆季筑墙，一土蔽三人之体。"金即对曰："潘先生父子沐发，番水灌两牛之头。"一座大笑。

【译文】苏州士大夫金用元善于对对子，有次他在文翰林家的宴席上同文翰林的启蒙老师潘某开玩笑（而惹怒了潘某）。潘某生气地说："我有一个上对，你能对上来，我甘愿受你侮辱。"金用元请潘某出对，潘某说："王大夫昆季筑墙，一土蔽三人之体。"金用元随即对道："潘先生父子沐发，番水灌两牛之头。"在座的客人都大笑。

陈启东训导①分水，一人题桥上云："分水桥边分水吃，分分分开。"启东过而见之，对曰："看花亭上看花回，看看看到。"皆其地名也。

【注释】①训导：学官名。明清时，府、州、县学的辅助教员。

【译文】陈启东在分水县任训导时，有人在分水桥上题句说："分水桥边分水吃，分分分开。"陈启东路过，看见这句话，对曰："看花亭上看花回，看看看到。"（两人的句子中）都包含当地的地名。

陈启东尝思"的颈葫芦"，无有确对。一日，方浴而得之，曰："空心萝卜。"天生语也。喜而跃，浴盆顿破。

【译文】陈启东曾想出一个"的颈葫芦"的上对，但没有精当的下对。一天，刚进入澡盆，他就想出了下对："空心萝卜。"真可谓天然生成的妙语。他高兴跳起来，澡盆顿时就被他跳破了。

苏东坡在翰林时，北使以"三光日月星"请坡公属对。坡公首以"四诗风雅颂"，妙矣，而又对以"四德元亨利"，"贞"字为仁祖讳①，故缺之，毕竟不妥。陶庵对以"八脉寸关尺"，与首句并妙。

【注释】①仁祖讳：宋仁宗初名赵受益，后改名赵祯，所以当时之人在遇到"贞"或"祯"字时，要避讳。

【译文】苏东坡在翰林院时，辽国使者以"三光日月星"为上句请其对出下句。苏东坡最初对的是"四诗风雅颂"，语句精妙，接着又对出"四德元亨利"，因"贞"字要避宋仁宗之讳，所以缺而不说，但终究不妥。陶庵以"八脉寸关尺"为对，可谓与苏公最初的对句并妙。

季祖廷尉公在燕邸①寄一对句云京师无有对者，出句云："天启七年，七月七日天气。"陶庵对曰："大明一统，一府一县大名。"

【注释】①燕邸：燕京的居所，泛指官员在京师的住宅。

【译文】我的叔祖父张廷尉从京城的住宅寄来一个上对，并说京城没有人对的出，这个上对是："天启七年，七月七日天气。"我对的下句是："大明一统，一府一县大名。"

季祖廷尉公面麻奇丑，眼眶臃肿，痘瘢层沓，短髭戟张①，见者失笑。陶庵七八岁时，廷尉喜置之膝上，捋其髭。廷尉曰："儿善属对，为我作须对。"陶庵曰："大人②，美目深藏，桃核缝中寻芥子；劲髭直出，羊肚石上种菖蒲。"廷尉抚掌大笑。

【注释】①戟张：胡须张开如戟。②大人：对老者、长者的敬称。

【译文】我的叔祖父张廷尉脸上生满麻子，相貌奇丑，又眼眶臃肿，痘瘢重叠，短须戟张，见到的人都忍不住发笑。我七八岁时，（有一天）廷尉公欢喜地把我抱在他的膝上，我捋着他的胡须玩耍。廷尉公说："你善于作对子，为我的胡须作一副对子。"我说："您老：美目深藏，桃核缝中寻芥子；劲髭直出，羊肚石上种菖蒲。"廷尉公拍掌大笑。

归安沈筠溪少绝敏慧，与弟在途，风雨暴作，遇陈方伯兄弟。方伯戏曰："大雨沈沈①，二沈伸头不出。"沈应曰："狂风阵阵，两陈摇尾不开。"

【注释】①沈沈：雨大的样子。

【译文】归安人沈筠溪年少时极其聪慧，（有一次）他与弟弟行走在路上，风雨突然来临，（这时）恰巧遇到陈方伯兄弟。陈方伯同沈氏兄弟开玩笑说："大雨沈沈，二沈伸头不出。"沈应曰："狂风阵阵，两陈摇尾不开。"

苏州吴厚墅麻脸胡须，蒲田王玉峰面歪而眼多白。王戏云："麻脸胡须，羊肚石倒栽蒲草。"吴应曰："歪腮白眼，海螺石杯嵌珍珠。"闻者绝倒。

【译文】苏州的吴厚墅脸上生满麻子又长着一副络腮胡，莆田的王玉峰面部歪斜且眼珠多白。王玉峰同吴厚墅开玩笑说："麻脸胡须，羊肚石倒栽蒲草。"吴厚墅答道："歪腮白眼，海螺壳斜嵌珍珠。"听到的人无不笑得前仰后合。

常熟严相公面麻，新郑高相公作文用腹草，前后在翰林，高戏严曰："公豆在面上。"严应曰："公草在腹中。"

【译文】常熟人严相公（严澂）脸上生满麻子，新郑人高相公（高拱）作文好打腹稿，二人一前一后进入翰林院，（一天）高相公同严相公开玩笑说："公豆在面上。"严相公答道："公草在腹中。"

近传闻一对无有对者，出句云："儒忠恕，佛慈悲，道感应，三教同心。"陶庵对曰："尧咨嗟，舜吁咈，禹咸若，一朝共口。"又："汉勃（周勃）劼（应劼），唐功（徐有功）勣（李勣），宋胜（朱胜非）勖（王继勋），六臣协力。"

【译文】近世传闻有一个上对，无人对的出下对，上对是："儒忠恕，佛慈悲，道感应，三教同心。"陶庵对曰："尧咨嗟，舜吁咈，禹咸

若，一朝共口。"又："汉勃（周勃）劭（应劭），唐功（徐有功）勣（李
勣），宋胜（朱胜非）勋（王继勋），六臣协力。"

越有三号"彭山"：季以进士，程以指挥，彭以军舍①；而青
衿②有三号"六峰"：叶死，袁生，而陆正病笃。徐文长取以作对
曰："文彭山，季彭山。武彭山，程彭山。半文半武彭彭山；活六
峰，袁六峰。死六峰，叶六峰。不死不活陆六峰。"

【注释】①军舍：未取得正式军籍的军人。②青衿：青色交领长衫。
明清时，是秀才的常服。此处代指秀才。

【译文】越地有三个人都号"彭山"：季彭山（季本）是进士，程彭
山是指挥使，彭彭山是编外军人。还有三个秀才都号"六峰"：叶六峰
已死，袁六峰活着，而陆六峰正处在病危之中。徐文长（徐渭）以此六
人为题作了一副对子："文彭山，季彭山。武彭山，程彭山。半文半武彭
彭山；活六峰，袁六峰。死六峰，叶六峰。不死不活陆六峰。"

苏州范长白无嗣，夫妇上天平山求子。苏州人口号曰："范长白
夫妇上天平，乏子。"后越中王宗溪、孙王剡生与陆御史梦祖、督学梦
龙争产，王拆其梁。陶庵取以作对曰："王宗溪祖孙打双陆，拆梁。"

【译文】苏州人范长白没有后代，夫妇去天平山求子。苏州人编了
个顺口溜说："范长白夫妇上天平，乏子。"后来越地的王宗溪、王剡生
祖孙与御史陆梦祖、督学陆梦龙兄弟争夺地产，王氏祖孙把陆氏兄弟
家的房梁给拆了。陶庵以此为题作了一个下对："王宗溪祖孙打双陆，
拆梁。"

韩襄毅巡江西，方鞫死囚，忽诵句云："水上结冰冰上雪，雪上加霜。"久不能对，一囚曰："囚冒死敢对。"公曰："汝能对，贷汝死。"囚曰："空中起雾雾成云，云开见日。"公抚掌称佳，即为减死。

【译文】韩襄毅（韩雍）巡视江西，命人把死刑犯提来审讯，才要审讯，忽然吟出一个上句："水上结冰冰上雪，雪上加霜。"很久都想不出下句。一个囚犯说："我冒死敢对。"韩襄毅说："你能对出下句，就减免你的死罪。"囚犯说："空中起雾雾成云，云开见日。"韩襄毅拍手叫好，立即减免了这名囚犯的死罪。

苏州尤展成作对偶极工巧。戏作一对云："天地小梨园，牵帝王将相为傀儡，二十一史演成一部传奇；佛门大养济，收鳏寡孤独为丘尼，亿千万人遍受十方供养。"

【译文】苏州尤展成所作的对子极其工巧。他曾以戏谑的态度作了一副对子说："天地小梨园，牵帝王将相为傀儡，二十一史演成一部传奇；佛门大养济，收鳏寡孤独为丘尼，亿千万人遍受十方供养。"

尤展成对偶："广成修道一千二百岁，不知壶中日月才过分阴；仲尼作史二百四十年，何如皮里春秋都无一字。""嫠妇忧周，漆女忧鲁，妇女之谋国，深于丈夫；田夫献曝，野老献芹，父老之爱君，真于卿相。""冯瀛王首尾唐周五朝，无异夏姬三少；赵真定平分论语一部，恰似徐妃半妆。""《法言》学《论语》，此阳货之貌圣；王充作《刺孟》，亦桀犬之吠尧。""二十四孝，贵人紫绶朱衣，笑半日黄粱美梦；三十六宫，美女翠钿红粉，哭一堆白骨秋坟。""李岩老下四脚棋盘，赛过两家三百六十着；刘玄石饮千日美酒，只当百年三万六千场。""生公聚石说法，问人反不点头；太白邀月举杯，算我谁堪对影。""蛮触氏干戈扰攘，蜗角里百代春秋；槐安国朱紫荣华，蚁穴中一生仕宦。""尘梦劳人，请倩鸟呼归去；山灵好客，愿随石化飞来。""枕流漱石，形骸自有山川；子鹤妻梅，眷属岂无花鸟？""草茅富贵，惟有百城书；烟火神仙，无如千日酒。""眼前得失，但看棋局一枰；身后死生，总付蒲团半偈。"

【注释】①忧（yōu）：担忧，发愁。

【译文】尤展成所作的对子有："广成修道一千二百岁，不知壶中日月才过分阴；仲尼作史二百四十年，何如皮里春秋都无一字。""嫠妇忧周，漆女忧鲁，妇女之谋国，深于丈夫；田夫献曝，野老献芹，父老之爱君，真于卿相。""冯瀛王首尾唐周五朝，无异夏姬三少；赵真定平分论语一部，恰似徐妃半妆。""《法言》学《论语》，此阳货之貌圣；王充作《刺孟》，亦桀犬之吠尧。""二十四孝，贵人紫绶朱衣，笑半日黄粱美梦；三十六宫，美女翠钿红粉，哭一堆白骨秋坟。""李岩老下四脚棋盘，赛过两家三百六十着；刘玄石饮千日美酒，只当百年三万六千场。""生公聚石说法，问人反不点头；太白邀月举杯，算我谁堪对影。""蛮触氏干戈扰攘，蜗角里百代春秋；槐安国朱紫荣华，蚁穴中一生仕宦。""尘梦劳人，请倩鸟呼归去；山灵好客，愿随石化飞来。""枕流漱石，形骸自有山川；子鹤妻梅，眷属岂无花鸟？""草茅富贵，惟有百城书；烟火神仙，无如千日酒。""眼前得失，但看棋局一枰；身后死生，总付蒲团半偈。"

灯谜

蜜蜂窠：放之则弥六合，收之则退藏于密。

【译文】蜜蜂窠：放开可以遍满天地四方，收起能够藏匿在隐密的方寸之间。

竹帘：不用刀，只用篾，勒碎风，劈破月。

【译文】竹帘：不用刀，只用篾，可以勒碎风，可以劈破月。

走马灯：但见争城以战，不见杀人盈城，是气也，而反动其心[1]。

【注释】[1]心："芯"的谐字，一语双关，既指心志，也指灯芯。
【译文】走马灯：只见为掠夺城镇而战，不见杀人满城，它凭借的是气，但气也能摇动它的心。

半边铜钱：四书一句：不能成方圆。又骨牌名一个：天地分。

【译文】半边铜钱：用四书里的一句话出谜，就是'不能成方圆'。另外骨牌名一个：（用四书里的一句话出谜）就是"天地分"。

影戏：做得好又要遮得好，一般也号做子弟兵，有何面目见江东父老。

【译文】影戏：做得好也要遮掩得好，一般也叫做子弟兵，有何面目见江东父老。

黄蜂（如梦令）：舞处腰肢纤瘦，绣处金针斜透。归到洞房中，羞见蝶双莺偶。知否，知否？命里生来独守！

【译文】黄蜂（用"如梦令"这个词牌作词出谜）：舞处腰肢纤瘦，绣处金针斜透。归到洞房中，羞见蝶双莺偶。知否，知否？命里生来独守！

灯球：六个姊妹闲耍，搭起鞦韆一架。高烛照红妆，多在星前月下。春夜，春夜，处处柔肠牵挂。

【译文】球形的彩灯（用"如梦令"这个词牌作词出谜）：六个姊妹闲耍，搭起秋千一架。高烛照红妆，多在星前月下。春夜，春夜，处处柔肠牵挂。

花灯：四面笙歌鼎沸，两脚何曾着地。只为有情人，远在碧云天际。迢递，迢递，流尽两行珠泪。

【译文】花灯（用"如梦令"这个词牌作词出谜）：四面笙歌鼎沸，两脚何曾着地。只为有情人，远在碧云天际。迢递，迢递，流尽两行珠泪。

帐偶：有大人之事，有小人之事。一人之身，而百工之所备。

吾闻其语矣，未见其人也。

【译文】帐中布偶：有大人的事，有小人的事。一人之身，需要多种工艺做成。我能听见他发声，却看不见他这个人。

放鹞：孩儿意，只为功名半张纸。临行时，惹母手中线，费几许。只要去，扯不住。不愁你下第，只愁你际风云，肠断天涯何处。

【译文】放鹞形风筝：孩儿意，只为功名半张纸。临行时，惹母手中线，费几许。只要去，扯不住。不愁你下第，只愁你际风云，肠断天涯何处。

铳楔：有放心而不知求，方寸之木，可使高于岑楼。

【译文】火铳上的木楔：本心丢失了却不知道寻求，方寸大的木楔，能使火药高过高楼。

伞：开如轮，敛如槊，剪纸绸缪护新竹。日中荷盖影亭亭，雨里芭蕉声肃肃。晴天则阴阴则晴，二天之说诚分明。安得大柄居吾手，去覆东西南北之人行。

【译文】伞：张开时像车轮，收敛时像矛槊，剪纸绸缪护新竹。日中荷盖影亭亭，雨里芭蕉声肃肃。晴天则阴阴则晴，二天之说诚分明。安得大柄居吾手，去覆东西南北之人行。

皇历：摸着无节，看着有节。两头冰冷，中间火热。

【译文】皇历：摸着没有节，看着有节。两头冰冷，中间火热。

笔：少年发白，老年发青。有事科头[1]，无事戴巾。

【注释】[1]科头：不戴冠帽，裸露头髻。

【译文】笔：少年时发白，老年时发青。要书写时露出头发，不书写时戴着头巾。

走马灯（无际禅师咏）：团团游了又来游，无个明人指路头。除却心头三昧火，枪刀人马一齐休。

【译文】走马灯（无际禅师说的谜语）：团团游了又来游，无个明人指路头。除却心头三昧火，枪刀人马一齐休。

二僧两头睡（顾圣之作）：两头两头，中间两头。两头大，两头小；两头破，两头好；两头光，两头草；两头竖，两头倒。

【译文】二僧两头睡（顾圣之创作）：两头两头，中间两头。两头大，两头小；两头破，两头好；两头光，两头草；两头竖，两头倒。

叉袋（祝枝山作）：无物不开口，开口便成佛[1]。盘多罗，诘[2]多罗，破多刹多[3]，佛多难陀[4]。

【注释】①成佛：与"盛物"谐音。在平水韵中，"佛""物"二字皆属入声"五物"部。②诘：与"结"谐音。③刹多：与"撒多"谐音。④难陀：与"难驮"谐音。

【译文】袋口成叉角的布袋（祝枝山创作）：无物不开口，开口便盛物。盘多罗，结多罗，破多撒多，佛多难驮。

镜架①：上无父母之命，下无媒妁之言。

【注释】①镜架：与"径嫁"谐音。径嫁，直接出嫁。
【译文】镜架：上无父母之命，下无媒人说合。

木凿：若要长，去两头；若要阔，去两边。

【译文】木凿：如果要长的，就去掉两头；如果要宽的，就去掉两边。

拆字

"他"字：问管仲①。

【注释】①问管仲：典出《论语·宪问》："或问子产，子曰：'惠人也。'……问管仲，曰：'人也。……'""人""也"合起来就是"他"字。
【译文】"他"字：有人问（孔子）管仲是怎样的人。

"佯"字：何可废也，以羊易之。

【译文】"佯"字:"何"字去掉"可"旁,换成"羊"。

"州、洲"字:三点水,六点水,称呼同,左右异。

【译文】"州、洲"字:一个字有三点水,另个字有六点水,两个字称呼相同,左右结构不同。

"圉"字:国之所存者,幸也。

【译文】"圉"字:"国"字内部存留的,是"幸"。

"秦"字:二画大,二画小。

【译文】"秦"字:(上半部是)"二"画加"大"字,(下半部是)"二"画加"小"字。

"卜"字:上又无划,下又无划。

【译文】"卜"字:"上"字少一横,"下"字少一横。

"乁^①"字:曲牌名,懒画眉;骨牌名,八不就;俗语撒脱,又忘八。

【注释】①乁:同"移"或同"及"。
【译文】"乁"字:在曲牌名里,是懒画眉;在骨牌名里,是八不就；俗语称它为撇脱，又称它为忘八。

"井"字：四十八个头。

【译文】"井"字：四个十，八个头。

"湯"字：古人名二个，曾点、成湯。

【译文】"湯"字：二个古人的名字，曾点（增加一点）、成湯（成为"湯"字）。

"用"字：上有可耕之田，下有长流之川。一月复一月，两月共半边。一字共六口，两口不周全。

【译文】"用"字：上部分有田的结构，下部分有川的结构，中间部分是一个"月"加另一个"月"，两个"月"字公用中间一画。这个字共有六个"口"，其中有两个"口"不完整。

"孕"字：上写了一撇，下写了一画。

【译文】"孕"字：上写"了"字加一撇（乃），下写"了"字加一画（子）。

"田"字：四山纵横，两日绸缪；富是他起脚，累是他起头。

【译文】"田"字：由四个横竖的"山"字组成，由两个紧密联结的"日"字组成；（这个字是）"富"字的底部，"累"字的头部。

"呆"字：出自幽谷，迁于乔木。

【译文】"呆"字：（口）出自于深谷，迁移到乔木之上。

"晶"字：九画六直，神仙不识。

【译文】"晶"字：九横六竖，神仙不识。

"凡"字：鳳鸟不至。

【译文】"凡"字："鳳"字里面的"鸟"没有到来。

"四"字：欲罢不能。

【译文】"四"字：打算去掉"罷"字中的"能"。

"斤"字：丘未能一焉。

【译文】"斤"字："丘"字没有"一"。

"竒^①"字：可与立。

【注释】①奇（qí）：同"奇"。

【译文】"奇"字："可"字与"立"字。

"春"字：节气一个，春分。

【译文】"春"字：猜一个节气，春分

"旭"字：节气一个，重阳①。

【注释】①重阳：农历九月九日为重阳节，因此古人常把重阳节这一天称作"九日"。"九""日"合起来为"旭"字。

【译文】"旭"字：猜一个节气，重阳。

"本"字：无天于上，无地于下。

【译文】"本"字："天"没有上面，"土"没有下面。

"美"字：俗语，羊头扯在狗脑①。

【注释】①羊头扯在狗脑：把"犬"字头顶的一点扯去，即为"大"字。"羊"字头加"大"字，即为"美"字。

【译文】"美"字：打一俗语，羊头扯在狗（犬）脑。

"书"字：莫说尽头，还有一日。

【译文】"书"字: 不要说只有"盡"字的头部, 还有一个"日"字。

"冐^①"字: 一日一月, 其中稍缺。

【注释】①冐 (mào): 同"冒"。
【译文】"冐"字: 一个"日"字、一个"月"字, 中间稍有缺口。

"同"字: 有用之形, 无用之实; 憎兹多口, 遇吉不吉。

【译文】"同"字: 有"用"字的外形, 没有"用"的字内部。憎恨"口"太多, 遇吉不吉。

"哭"字: 俗語, 里笑不得, 哭不得。

【译文】"哭"字: 打一俗语, 笑不得, 哭不得。

"亘"字: 寻三不见真可怪, 一在其中二在外。

【译文】"亘"字: 寻不见"三"这个字真奇怪, "一"在中间"二"在外。

"吝"字: 先生不通, 文在口中。

【译文】"吝"字: 先生不通, "文"字在"口"字中。

"柬"字: 不像东翁, 外貌则同; 呆在肚里, 一字不通。

【译文】"束"字：不是"东"字，外貌相同。"呆"的"口"字旁在肚子里，"不"字的一竖要通上去。

"楼"字：长子经过十八，矮子经过八十八，一个妇人底下压。

【译文】"楼"字：长的偏旁是"十""八"的组合，矮的偏旁是"八""十""八"的组合，一个'女'字压在底下。

"米"字：上面看来是八十，下面看来是十八，四面看来四个不，连环看来八个不。

【译文】"米"字：从上面来看是"八"字、"十"字的组合，从下面来看是"十"字、"八"字的组合，从四面来看是四个"不"字，连环着来看是八个"不"字。

"乾"字：上边一个十，下边一个十，中间一个不是十的日；直竖一个一，横放一个一，下边一个不是一的乙。

【译文】"乾"字：上边一个"十"，下边一个"十"，中间一个不是十的"日"；竖写一个"一"，横写一个"一"，下边一个不是一的"乙"。

"蕃字：只种一爿田，有草又有米。

【译文】"蕃字：只种一爿"田"，上有"草"字又有"米"字。

"几"字：俗语，人不像人，鬼不像鬼。

【译文】"几"字：俗语，像"人"字但不是"人"字，像"鬼"字但不是"鬼"字。

"埋"字：左边一块土，下边一块土，上头打个箍，芦圈中间还有一块土。

【译文】"埋"字：左边一个"土"字，下边一个"土"字，上头打个箍，芦圈中间还有一个"土"字。

"皿"字：似四非四，似血非血，仔细看来，孟子跌折。

【译文】"皿"字：像"四"不是"四"，像"血"不是"血"。仔细来看，"孟"的"子"旁跌折。

"夐"字：夏字少一撇，又在旁边立，枉做扬州人，顾侯①也不识。

【注释】①顾侯：指五代词人顾夐。此处言"顾侯"，是以"顾"字提示人们谜字是"夐"字。
【译文】"夐（xiòng）"字："夏"字缺少一撇，"又"字在一旁站立，枉然是扬州"人"，顾侯也不认识。

"驴"字：驴头不对马嘴。

【译文】"驴"字：驴头不对马嘴。

"亚"字：若还加口便哑，不可有心为恶，中间全没肚肠，外面任生头角。

【译文】"亚"字：如果加上"口"便是"哑"，如果加上"心"便是"恶"。中间全没肚肠，外面任生头角。

"尹"字：伊无人，羊口群，斩头笋，减口君，拖尾全身丑，蹩脚半边门。一条横扁担，抬起冷尸魂。

【译文】"尹"字："伊"没有"人"字旁，与"羊""口"组成"群"字，"笋"字斩去头部，"君"字去掉"口"旁，"丑"字的身上拖着尾巴，"门"字的半边跛着脚。一横像扁担一样，抬起冷"尸"魂。

"王曰叟"字：两山独背背相连，两山对面面相连。更有两山对面处，巾间文笔直冲天。天。

【译文】"王曰叟"字：两山独背背相连，两山对面面相连。更有两山对面处，"巾"间"文"笔直冲天。

"赏"字：和尚与秀才①争口，帮了和尚不成秀才，帮了秀才又不成和尚。

【注释】①秀才：明清时，称入府、州、县学的生员为秀才。"赏"字的下部是生员的"员"字，上部是和尚的"尚"字，二者共用一个"口"字，因此这里说"和尚与秀才争口"。

【译文】"赏"字：和"尚"与生"员"争夺"口"字，帮了和"尚"不成生"员"，帮了生"员"又不成和"尚"。

"资、贺"二字：贝字欠两点，莫作目字猜；目字加两点，莫作贝字猜。

【译文】""资、贺"二字："贝"字加上"欠"字和两点，不要猜成"目"字；"目"字加上"加"字和两点，不要猜成"贝"字。

"词"字：未同而言。

【译文】"詞"字：不完整的"同"字加上"言"字。

"虵①、二"两字：徐文长赠一妓为斋名，取义"无边风月②"。

【注释】①虵（chóng）：同"虫"。②无边风月："风""月"去掉边旁，即是"虵""二"两字。

【译文】"虵、二"两字：徐文长赠给一个妓女作为斋名，取义"无边风月"。

"《孟子》一句①"：道是二九一十八，又不是二九一十八；道是三八二十四，又不是三八二十四；道是四七二十八，又不是四七二十八；道是五六得三十，又不是五六得三十。其实皆十^②一也。

【注释】①《孟子》一句：从后文来看，应该是《孟子·滕文公上》里的"夫道一而已矣"这句话。②十：与"是"谐音。在平水韵里，"十"属入声"十四缉"，"是"属上声"四纸"。

【译文】"《孟子》一句"："道"是二九一十八，又不是二九一十八；"道"是三八二十四，又不是三八二十四；"道"是四七二十八，又不是四七二十八；"道"是五六得三十，又不是五六得三十。其实都是一。

"尹巨乂了"：君不君，臣不臣，父不父，子不子。

【译文】"尹巨乂了"：不是"君"字却像"君"字，不是"臣"字却像"臣"字，不是"父"字却像"父"字，不是"子"字却像"子"字。

讲书

余姚先生讲"其次致曲^①"章：大约第一等好麦都当饭吃了，其次的方才制曲。曲做成时，自然方方正正成一曲形。成形之后，将他挂在檐际风晒，日久未免要蛀。蛀成窟窿，里面渐渐透明。及至透明，遇风吹则翁翁^②自动。盖其动时，已把初时形状尽行变过，变之不久，一发零零落落，脱化在地矣。你道世间何物能如此脱化？唯天下蛀虫为能化也。

【注释】①其次致曲：语出《中庸》第二十三章："其次致曲，曲能有诚。诚则形，形则著，著则明，明则动，动则变，变则化。唯天下至诚为能化。"②翕翕（xī xī）：开合的样子。

【译文】浙江余姚的某位先生讲解"其次致曲"一段说：或许最上等的麦子都被当饭吃了，才把次一等的拿来制作酒曲。酒曲做成时，自然方方正正的是一曲形。成形之后，将它挂在屋檐下，它经过风吹日晒，时间久了，难免要被虫子钻蛀。蛀成窟窿，里面就会渐渐透明。等到完全透明时，遇到风吹，它就会开合自动。大概它动的时候，已经把最初的形状全部变化过了，变化后不久，更是零零落落，脱化在地上。你猜世间有什么东西能如此脱化？只有天下的蛀虫能这样变化。

又讲"德行颜渊①"节：德行颜是一个愆赖人，口嘴不好，冤那闵子牵了冉伯的牛。仲弓是他邻舍，不忍坐视，出与处分，费了许多言语，说道："闵子是个好人，你如何怨他偷牛，理合置酒讨饶，必须宰鹅。"子贡在傍说道："政是。"言政该如此也。两边情愿，已将此事和息。冉有季在路上闻得此事，便学向子游子知道，子游子闻说，曰："嗄，有这等事！"

【注释】①德行颜渊：语出《论语·先进》："德行：颜渊，闵子骞，冉伯牛，仲弓。言语：宰我，子贡。政事：冉有，季路。文学：子游，子夏。"意为孔子的弟子中德行好的有：颜渊，闵子骞，冉伯牛，仲弓。娴于辞令的有：宰我，子贡。善于处理政事的有：冉有，季路。熟悉古代文献的有：子游，子夏。

【译文】那位先生又讲解"德行颜渊"一段说：德行颜是一个无赖的人，口嘴不好，冤枉闵子牵走了冉伯的牛。仲弓是他的邻居，不忍坐视不管，出来给他们处置，浪费了许多言语，说道："闵子是个好人，你为何冤枉他偷牛，按理你应当摆设酒宴，请求闵子原谅，还必须宰

鹅作为食物。"子贡在一旁说道:"政是。"话的意思是政该如此。两
边情愿,便将此事和解了。冉有季在路上听说此事,便把事情转述给
子游子知道,子游子听闻后,说:"嘎,竟然有这样的事!"

补巧言后

妓王四面有红疤,文长作《黄莺儿》嘲之曰:"王四有天黥①,
火烧斑秽素绫,胭脂误落馒头蒸。似猪油带精,似西瓜有丁,石灰
坛上黄泥印。细论评,白罗帕上,累一搭月经痕。"

【注释】①天黥:出痘后留下的疤痕。
【译文】妓女王四的脸上有红疤,徐文长作了首《黄莺儿》嘲笑
她说:"王四有天黥,火烧斑秽素绫,胭脂误落馒头蒸。似猪油带精,
似西瓜有丁,石灰坛上黄泥印。细论评,白罗帕上,累一搭月经痕。"

费文宪宏官侍郎,其兄为太常少卿。公宴,以少长易其位,
刘瑾适过之,云:"费秀才以羊易牛。"公答云:"赵中贵指鹿为
马。"瑾怫然去。

【译文】文宪公费宏任侍郎时,他的哥哥任太常少卿。有一次,费
宏家举办宴会,他因为年少便同年长的哥哥交换了座位而坐,(当时)
刘瑾恰巧来访,说:"费秀才以羊易牛。"费宏回答说:"赵中贵指鹿为
马。"刘瑾愤怒离去。

廖鸣吾、伦彦式偕入朝,洞野曰:"有一偶语试对之:人心不

足^①蛇吞象。"白山徐应曰："天理难忘獭祭鱼。"廖, 楚人。伦, 粤人, 盖以物产相嘲云。

【注释】①足: 原作"是", 形近而误, 今改正。

【译文】廖鸣吾、伦彦式一同入朝为官, 洞野说："我有一个对子, 你们试着对一下: 人心不足蛇吞象。"白山缓缓地应答道："天理难忘獭祭鱼。"廖鸣吾, 是湖北人。伦彦式, 是广东人。因此, 对联中用物产来嘲笑他们。

里中有胡矮子, 浑名三寸丁, 县前开一饭铺, 饬极精腆, 以胡饭出名。曾石卿作《黄莺儿》嘲之曰："胡饭寸三高, 进阴沟带雉毛, 鹅黄蚕茧燕毡帽。扇套儿束腰, 拐杖儿等稍, 紫榆绰板^①棺材料。摆摇摇, 重阳白菜, 错认做老芭蕉。"

【注释】①绰板: 即拍板, 用来打拍子的木板。

【译文】同里人中有个胡矮子, 外号"三寸丁", 在县衙前开着一个饭馆, 弄得饭菜极其精美丰盛, 其中尤以胡饭最为出名。曾石卿作了首《黄莺儿》嘲笑他说："胡饭寸三高, 进阴沟带雉毛, 鹅黄蚕茧燕毡帽。扇套儿束腰, 拐杖儿等稍, 紫榆绰板棺材料。摆摇摇, 重阳白菜, 错认做老芭蕉。"

卷第十三 隐佚部

陶庵曰：自古箕山颖水①，凡有隐士之名者，皆不成其为隐士也。何者？身既隐矣，焉用名之？使人知有箕山，知有颖水，则许由、巢父已遂不得自隐矣。王君公②避世墙东，侩牛自隐，市嚣尘杂，日日相见，而孰测其为兼山之遁乎？故曰："小隐在山林，大隐在城市。"集隐佚第十三。

【注释】①箕山颖水：相传尧时，许由、巢父二人隐居箕山之下，颖水之北。后遂以"箕山颖水"代指隐士或隐居之地。②王君公：西汉末年北海郡人，因遭逢王莽篡权的乱世，在墙东做牛侩以自隐。当时人们称他为"避世墙东王君公"

【译文】陶庵曰：自古以来的隐士，凡有隐士名声的，都不是真正的隐士。为什么这么说呢？既然已经隐身而居了，哪里还用得着名声呢？让人知道有人在箕山颖水隐居，则许由、巢父也就不能实现其隐居之志了。王君公避世墙东，做买卖牛的经纪人而自隐，集市上喧闹嘈杂，他天天与人相见，但谁能猜到他是一位安于地位的隐士呢？所以说："小隐在山林，大隐在城市。"故集合诸故事将"隐佚部"列为第十三。

龙潭老人潜心古学，与吴康斋相友善，篱落蓬门①，无人知识。陈白沙尝以《周易》疑义质康斋，康斋曰："过清江可叩龙潭老人。"白沙如其言往谒，适老人雨中蓑笠犁田。乃延至家，与之对榻信宿，辨析疑义。白沙叹服而去。老人语儿辈曰："吴康斋非爱我者。"

【注释】①篱落蓬门：以竹篱为院墙，以蓬席为门。形容生活贫寒，住所简陋。

【译文】龙潭老人（陈海雍）专心研究古代的学说，与吴康斋（吴与弼）友好，其家居贫寒简陋，没有人知道他是饱学之士。陈白沙（陈献章）曾远赴江西向吴康斋请教有关《周易》的一些疑难问题，吴康斋说："你可以到清江县去咨询龙潭老人。"陈白沙依照吴康斋的话，前往拜见龙潭老人，当时龙潭老人正在雨中戴着斗笠耕田，便邀请陈白沙来到家中，与他对床而卧，留他连宿两夜，辨析疑难。陈白沙叹服离去。龙潭老人对自己的孩子们说："吴康斋不是爱护我的人。"

朱逸，泰州人。樵柴易麦糈①，择精者供母，糗②其粝秕以樵。一日，过道学王东崖闾，行吟曰："离山十里，薪在家里；离家一里，薪在山里。"东崖谓其徒曰："小子听之，人病不求耳！"

【注释】①麦糈（xǔ）：粮食。②糗（qiǔ）：炒熟的米麦，制成干粮。

【译文】朱逸，泰州人。用砍来的柴换回粮食，挑选出精良的部分供养母亲，将粗糙干瘪的部分制成干粮带去砍柴。一天，朱逸从理学家王东崖（王襞）家的房檐下经过，一边走路一边吟咏："离山十里，薪在家里；离家一里，薪在山里。"王东崖告诉弟子们说："你们听着, 一般人的弊病在于不肯用心探求大道罢了。"

虞原璩博涉经史, 隐居瑞安, 郡守何文渊时时乘小舟诣之, 称莫逆。一夕忽至, 坐谈久之, 不觉夜半, 村落无所觅酒。太守曰: "酰①可代也。" 璩遂出新酰, 侑以蔬韭, 对酌剧谈, 时人谓之醋交。

【注释】①酰 (xī): 醋。

【译文】虞原璩博通经史, 在浙江瑞安县隐居, 知府何文渊常常坐着小船前去拜访他, (久而久之) 二人便结成莫逆之交, 一天傍晚, 何文渊忽然来到虞原璩的家中, 二人坐谈了许久, 不觉已至半夜, 村落里无法买到酒。何文渊说: "可以用醋代酒。" 于是, 虞原璩拿出家中新造的醋, 以几碟蔬菜作为佐饮的食物, 二人继续对饮畅谈。当时的人都称呼他们是 "醋交"。

王麟州官关西, 见二叟策杖而行, 状貌甚古, 王问: "何以得此? " 一叟曰: "力田收谷, 可供饘粥; 酿泉为酒, 可留亲友。临野水, 看浮云, 世事百不一闻。" 一叟曰: "浚池养鱼, 灌园艺蔬, 教子读书。不识催租吏, 不见县大夫①。" 王作而谢曰: "真太古之民! "

【注释】①县大夫: 县令的别称。

【译文】王麟州 (王世懋) 在陕西做官时, 看见两个老者挂着拐杖在路上行走, (这两个老者) 相貌都十分古朴, 王麟州问: "你们是怎么养成这样古朴的相貌的? " 一个老者说: "努力耕种获得的谷物, 可以让家人吃上稠粥; 用泉水酿造的酒, 可以款待亲朋好友。我每天就是到野水边散散步，看看浮云，至于世上的杂事一点也不关心。"另一个老者说："我的生活就是挖池养鱼，浇园种菜，教子读书。既不认识催租的官吏，也从未拜见过县中的县令。"王麟州作揖道谢说："真具有远古之民的风范啊！"

李茇号岣嵝，武林人，住灵隐韬光山下。造山房数楹，尽架回溪绝壑之上，溪声淙淙出阁下，古木翳翳，大有幽致。山人居此，孑然一身。好诗，与天池徐渭友善。客至，则呼僮驾小舟荡桨荡于六桥、西泠①间，散发箕踞，淡然啸歌。自礌石为圹②，死则瘞于山房之侧。

【注释】①西泠：即"西泠桥"，又称"西陵桥"，在杭州孤山西北。②圹（kuàng）：墓穴。原作"矿"，文义不通。张岱《西湖梦寻·岣嵝山房》载此事作"圹"，今据改。

【译文】李茇号岣嵝，杭州人，住在灵隐韬光山之下。他在那里建造了几间山房，每间山房都架构在曲折的溪水和幽深的山谷之上，淙淙的溪水声从小阁下发出，四周长满茂密荫蔽的古木，非常幽雅别致。他像隐士般住在此地，孤身一人。他喜欢作诗，与自号"天池"的徐渭交好。每次有客人来访，他就叫童仆驾着小船慢慢行驶在六桥、西泠之间，披散着头发，张开双腿而坐，心志淡泊地长啸放歌。他自己用石块在山房旁边垒成墓穴，死后就埋葬在那里。

王元章①携妻孥隐九里山，种梅千树，题其居曰"梅花书屋"。春时，梅子结实卖钱，每一树若干钱，以纸裹识之。逐日支用，则记曰食梅几树。大雪，赤足上炉峰，四顾大呼曰："天地间合成白玉，使人心胆澄澈，便欲仙去！"

【注释】①王元章：元末画家王冕，字元章。

【译文】王元章携带妻子、儿女隐居于九里山，在房舍旁种了千棵梅树，自题其书房为"梅花书屋"。春天，梅树结出果实，（等梅子成熟后）他便把梅子摘下来卖钱，每一棵树上的梅子卖了多少钱，他就用纸记下来，当作每天的花费，他记录的内容是每天吃了几棵树上的梅子。大雪季节，他曾光着脚登上炉峰，眺望四周后大声呼喊说："天地间合成的白雪像白玉一般，使人心胆澄澈，便想成仙飞去！"

伍云居新会山，南有大江，自以意为钓艇，买瑟一张，设供具其中。遇良夜，皓月当空、乘艇独钓。或备茗果，招友人共啜，悠然坐艇尾赋诗，扣舷赓和，不知天壤之大也。后即以所居北岩筑草屋三楹，名曰"寻乐往来居"。

【译文】伍云居住在新会山，南面有大江，他按照自己的意思做了一条钓鱼船，并买来一张瑟，连同酒食器具摆放在小船中。遇到美好的夜晚，皓月当空，他便独自坐着小船去钓鱼。有时备下茶果，邀请友人前来共饮，他与友人悠然地坐在船尾赋诗，一边拍着船舷一边唱和，浑然不知天地之大。后来，他在自己居住的北面山岩上筑了三间草屋，名曰"寻乐往来居"。

张诗自号昆仑山人，居北平。所居一亩之宅，择隙地种竹。每遇风雨飘萧①，披襟流眄，相对欣然，命酌就醉。兴到，跨蹇信所之，虽中途遇风雨、受饥寒，不改悔。所著《骂鬼》《诘发》《笑琳》等集，雄奇变怪，览者不敢以今人目之。字画放劲，得其一幅，揭之壁间，可以惊人，亦足驱鬼。

【注释】①飘萧: 形容风雨声。

【译文】张诗自号昆仑山人，居住在北平。他在自己居住的一亩之宅旁，选择空地，种上竹子。每次遇到风雨飘萧时，他就敞着衣襟，在竹林中流连观赏，高兴之余，便命人摆酒醉饮。如果兴致来了，他就骑上跛脚的驴子，漫无目的地闲行，即使途中遇到风雨，挨饿受冻，他也不会因为后悔而改变主意。他所著作的《骂鬼》《诘发》《笑琳》等文集，雄奇变怪，阅读者都不觉得是当代人的创作。他的字画豪放苍劲，如果能得到一幅，挂在墙上，既可以惊人，也可以驱鬼。

孙宜弱冠举贤书，五上公车而五踬，因不复应制。自号洞庭渔人，人呼之"渔人"则应，他呼之则不应。渔人薄有世业，尽斥为园囿、台榭，购异书、名画、古器实其中，而园中多植奇卉怪木。素嗜酒，乃益酿酒。客来，毋问贵贱辄留饮，饮辄醉，醉则不问客所去。遇佳辰日日如之。

【译文】孙宜二十几岁时就考中举人，后来五次入京参加会试而五次落第，于是便不再参加科考。他自号"洞庭渔人"，人们称呼他"渔人"时，他就回应，如果称呼其他的名字，他就不回应。孙宜有几亩祖先留下的薄田，全都被他建成园囿、台榭，他买回大量的异书、名画、古器填满房间，而在园中则种下许多奇怪的花木。他平常嗜好饮酒，每次酿酒都要酿造很多。有客人来，不论贵贱，他都留下客人饮酒，只要饮酒就必然至醉，醉后则不管客人的去向。遇到良辰吉日，每天都是如此。

　　高澹自号石门子，善画。家贫，嗜酒，日酣饮，醉则狂叫放歌；醉甚，即散发赤脚，轩轩①起舞。又自号鬓仙。里有宋子者，与澹善，病疟一岁，澹往问之，宋强起就榻，因饮之酒。酒酣，澹染笔画菊数本，倒垂悬崖，香姿隐隐，有飘拂流东之致。宋泠然疏爽，因再请。复写奇石亭立，双竹凌空，萧萧数叶。宋跃起视之，毛发俱竦，是日疟遂差。时人为之语曰："少陵有佳句，不若鬓仙笔。"

　　【注释】①轩轩：跳舞的样子。

　　【译文】高澹自号石门子，善于作画。家中贫穷，嗜好饮酒，每天都要痛饮一番，醉后就狂叫放歌；如果是大醉，就会散发光脚，轩轩舞蹈。他又自号鬓仙。同里中有个姓宋的人，与高澹交好，（有一次）宋某得了疟疾，病了一年还没转好，高澹前往问候，宋某强撑着病体，倚靠在床榻上，与高澹饮酒。喝得畅快时，高澹提笔染墨，画出几株菊花，画上的菊花都倒垂在悬崖边，隐隐散发香气，其姿态有飘拂流动的幽致。宋某（见到高澹的画）顿时觉得疏朗清爽，便请求高澹再画一幅。于是，高澹又画了一幅，这次画的是奇石直立，双竹凌空，竹上有几片稀疏的竹叶。宋某跳下床来看画，顿觉毛发张动，当天他的疟疾就减轻了许多。当时的人们都议论说："少陵有佳句，不若鬓仙笔。"

　　陆包山家支硎旁，所居有山水之胜。艺菊数百本，五色相鲜①。佳客至，辄解衣伏雌②斗酒，弥日夜不倦。有腴田数顷，忽尽弃之，留以供客，以此自老。

　　【注释】①相鲜：景色鲜丽，相互辉映。②伏雌：母鸡。

　　【译文】陆包山的家在支硎山（在今江苏省苏州市西）旁，所居之处有山水之美。他的家中种有数百株菊花，五色辉映，景象明丽。有佳客来访，他便解开衣襟，烹鸡斗酒，终日终夜不倦。他本有数顷肥沃的田地，一天忽然全部卖掉，用得来的钱招待客人，以此安度晚年。

陈海樵鹤营二别业：在山者为息柯亭，在水者为曲池。山人好古，买奇书、名画、鼎、彝、樽、罍，所藏皆三代法物。既善诗文，复精书画。座上宾客常满。山人多材多艺，觞举酒酣，其所戏弄者：弹琴、拨阮①、鼓瑟、吹笙、品箫、度曲、蹴踘、投壶、双陆②、围棋、说书、演剧；琐至吴歈③、越曲、梵咒、道章、伐木、挽石、忏辞、傩逐④、万舞⑤、偶戏，乐师蒙瞍⑥口诵而手奏之者，一遇兴至，辄自为之，靡不穷态极调。四方之人得接见颜色，丰颐美髯，眉目如画，望而知为神仙中人。

【注释】①阮：一种形似琵琶的圆形弹奏乐器。②双陆：古代的一种博戏。③吴歈(yú)：吴地的歌。④傩(nuó)逐：古代驱逐疫鬼仪式中所唱的歌。⑤万舞：古代的一种舞蹈。先是武舞，舞者手拿兵器；后是文舞，舞者手拿鸟羽和乐器。⑥蒙瞍(méng sǒu)：盲人。古代乐官常以盲人充任，故后以"蒙瞍"代指乐官。

【译文】陈鹤，号海樵，建有两座别墅：在山中的别墅名为息柯亭，靠水的别墅名为曲池。陈鹤喜爱古代的事物，购买了许多奇书、名画、鼎、彝、樽、罍，家中所藏都是夏、商、周三代的礼器。他既善作诗文，又精于书画。家中经常宾朋满座。陈鹤多才多艺，举杯畅饮之际，其所玩弄的东西有：弹琴、拨阮、鼓瑟、吹笙、品箫、度曲、蹴踘、投壶、双陆、围棋、说书、演剧，繁琐一些的有吴歌、越曲、梵咒、道章、伐木之歌、采石之曲、忏辞、傩逐、万舞、偶戏，凡是应当由乐师、乐官口诵手奏的，他一旦遇到兴致，就会自己亲自弹唱，无不将其发挥到极致。四方之人见到他的容貌，下巴丰满，胡须美好，眉目如画，一望就知道他是神仙中人。

杨铁崖老居泖湖，驾春水宅①往来苕雪之间。有小海生贺公为"江山风月神仙福人"，且貌公小像，题其上曰："二十四考中书令，二百六字太师衔，不如八字'神仙福人风月湖山'一担担。"

【注释】①春水宅：杨铁崖命名自己乘坐的船为"春水宅"。

【译文】杨铁崖（杨维桢）晚年居住在泖湖旁边，经常坐着名为"春水宅"的小船往来于苕溪、雪溪之间。有个自号"小海"的书生称赞杨铁崖为"江山风月神仙福人"，并且为其画了一幅小像，在画上题句说："二十四考中书令，二百六字太师衔，不如八字'神仙福人风月湖山'一担担。"

杨铁崖晚年卧起小蓬台①，不复下。直榜于门曰："客至不下楼，恕老懒；见客不答礼，恕老病；客问事不答，恕老默；发言无所忌，恕老迂；饮酒不辍乐，恕老狂。"其诞情傲世如此。

【注释】①小蓬台：又名"小蓬莱"，今称"三山岛"，在今江苏太湖中。

【译文】杨铁崖（杨维桢）晚年居住在"小蓬台"楼中，从不下楼。他直接在门上题句说："有客来访不下楼，原谅我老迈懒惰；见到客人不答礼，原谅我老迈多病；客人问事不回答，原谅我老迈不爱说话；发言无所顾忌，原谅我老迈迂直；饮酒不能没有音乐，原谅我老迈狂放。"

王光庵遁迹西山，姚少师以旧好访之，谓曰："寂寂空山，何堪久住！"答曰："多情花鸟，不肯放人。"

【译文】王光庵（王国宾）隐居于西山，他从前的老友姚少师来访，姚少师（姚广孝）对王光庵说："寂寂空山，何堪久住！"王光庵回答："多情花鸟，不肯放人。"

王阳明塾师许半圭为姚江隐士，阳明十四岁即从之学。每当风雨晦冥、雷电交作，令阳明独行城上，缘城走四十里，以练其胆力。尝授阳明以武侯阵法。一日，阳明闭户用赤白豆垒阵图未完，呼侍午膳，先生大惊曰："尔作何事，面上杀气如许？"阳明告以实。先生喜曰："尔便解此耶！"更进以遁甲诸书。海日公①尝夜至书舍，见阳明跃水上，不敢呼而去。及阳明巡抚江西，别先生，先生曰："勿错认帝星。"盖楚分野②邻江右，世宗在楚，恐其错认宁王也。阳明至江西，宁王将举事，先生令其子贻阳明以枣、梨、江豆、西瓜子四物，阳明惊曰："此先生教我蚤离江西也！"遂有查乱兵之行，得不与濠难。后阳明封新建伯归，冕服往拜。先生方与老妻磨麦，呼阳明磨前立，曰："完此斗麦，与汝语。"阳明植立不敢东。先生磨麦完，阳明肃拜，先生第举手小俯之，徐自汲水，令老妻做麦饼款阳明而别。

【注释】①海日公：王阳明的父亲王华，字德辉，号实庵，晚号海日翁。②分野：古人以十二星次的位置划分地面上的地域，与星次相对应的地域，就称为"分野"。

【译文】王阳明的塾师许半圭是住在姚江岸畔的一位隐士，王阳明十四岁时就跟从他学习。每当风雨昏暗、雷电交加之时，他就让王阳明独自走上城墙，沿着城墙走四十里，以训练其胆量和魄力。他曾授予王阳明诸葛武侯阵法。一天，王阳明关上门，在屋内用红豆、白豆演变阵形，还未演变完，家人就叫他出来吃午饭，许半圭（见到王阳明）大惊道："你干什么事了，脸上有这样的杀气？"王阳明把实情告诉了许半圭。许半圭高兴地说："你总算理解此阵法了！"（说完）又将一些奇门遁甲的书授予王阳明。有天夜晚，王阳明的父亲经过王阳明的书房，看见王阳明在水面上跳跃，不敢惊动他就走了。等到王阳明巡抚江西，向许半圭告别时，许先生说："不要错认帝星。"因为楚地的分野邻近江西，当时明世宗的御驾在楚地，许先生恐怕王阳明错认宁王为帝星（故说出此话以作警示）。王阳明来到江西，宁王将要发动叛乱，许半圭让自己的儿子把枣、梨、江豆、西瓜子四样东西寄给王阳明，王阳明（收到四物后）大惊道："这是先生教我早离江西啊！"于是王阳明就有了前往福建平定乱兵之行，因此没有被朱宸濠的叛乱所牵连。后来王阳明被封为新建伯，回家探亲时，穿戴着礼冠礼服亲自前往拜见许先生。当时许半圭正在与老妻磨麦子，他叫王阳明到磨石前来站着等候，说："我磨完这一斗麦子，就与你说话。"王阳明笔直地站着，一动也不敢动。许先生磨完麦子后，王阳明恭敬地上前参拜，许先生只是举起手，略微俯下身子，自管自地慢慢汲水，然后让老妻做了麦饼款待王阳明，（等王阳明吃完麦饼）许先生就让他离开了。

卓彦恭尝过洞庭，月下有渔舟棹其傍。彦恭问："有鱼否？"

答曰："无鱼有诗。"乃鼓枻[1]而歌曰："八十沧浪一老翁，芦花江水碧连空。世间多少乘除事，良夜月明收钓筒。"问其姓氏，不答。

【注释】[1]鼓枻 (yì)：划桨。

【译文】卓彦恭有次经过洞庭湖，夜月下有只渔船从他乘坐的船边划过。卓彦恭问："有鱼吗？"渔翁回答："无鱼有诗。"于是一边划桨，一边放歌曰："八十沧浪一老翁，芦花江水碧连空。世间多少乘除事，良夜月明收钓筒。"卓彦恭询问渔翁的姓氏，渔翁不作回答。

徐文长作《镇海楼记》，胡少保酬以百二十金，文长谢侈不敢受。少保曰："我愧晋公子，于是文乃遂能愧湜？倘用福先寺事[1]数字以责我酬，我其薄矣，何侈为？"文长乃持归，买城南地十亩，有屋二十有二间，小池二，以鱼以荷，木之类，果、花、材三种，凡数十株。长篱亘亩，护以枸杞。外有竹数十个，笋迸云。客至，网鱼烧笋，佐以落果，醉而咏歌，颜其堂曰"酬字"。

【注释】[1]福先寺事：唐朝时，晋国公裴度重修洛阳福先寺，请皇甫湜作碑文，皇甫湜做成碑文（共三千二百五十四字）后，裴度以每字三匹绢的价钱作为酬谢。事见《新唐书》。

【译文】徐文长写成《镇海楼记》，胡少保给了他一百二十两酬金，徐文长因酬金太多辞谢而不敢接受。胡少保说："我比不上唐朝的裴晋公，你写的这篇文章，难道还比不上皇甫湜吗？倘若用皇甫湜为洛阳福先寺作碑记所得到的报酬来要求我，这点银子还嫌太少，怎么能说多呢？"于是徐文长把银子拿回家，在城南买了一所占地十亩的宅院，宅院有二十二间房屋，二个小池，池中有鱼有荷，院中树木的种类，分为果树、花树、木材树三种，总共有数十棵。院落中有长长的篱笆横亘，篱笆旁栽有枸杞树围护。篱笆外种有数十竿竹子，竹子所生的竹笋高大穿云。有客人来访时，徐文长就网鱼烧笋，用成熟的果子佐酒，与客人醉饮咏歌。他自题其堂为"酬字堂"。

陶庵晚年号六休居士，白岳①问其说，陶庵曰："粗羹淡饭饱则休，破衲鹑衣暖则休，颓垣败屋安则休，薄酒村醪醉则休，空囊赤手省则休，恶人横逆避则休。"白岳曰："此大安乐法也。"

【注释】①白岳：张岱的好友王雨谦，字延密，号白岳山人。

【译文】陶庵晚年号六休居士，白岳山人王雨谦问这有何说法，陶庵说："有粗羹淡饭能吃饱就知足，有破衣烂衫能保暖就知足，有断垣破屋能安息就知足，有薄酒浊酿能饮醉就知足，袋中无钱、手中无物时节省着够用就知足，能避开邪恶的坏人、意外的横祸就知足。"

敖清江曰："金溪胡九韶学《易》洁修，每日晡，焚香顿首，谢天赐一日清福。妻笑曰：'一日三餐菜粥，何言清福？'九韶曰：'吾生无兵祸，家无饥寒，榻无病人，门无讼事，非清福而何？'予童时闻而笑之。逮正德辛未被华林之寇①，己卯遭宸濠之变，避难山中，饥渴颠踣，始信九韶之言良然！"

【注释】①华林之寇：明正德年间，江西高安县的陈福一、罗长一等在高安华林山聚众起义，初时几百人，后陆续发展到万余人，先后攻下瑞州、临江、新余、上高、奉新、靖安等州县城。当时官方称其为"华林贼"或

"华林寇"。

【译文】敖清江(敖英)说:"江西金溪人胡九韶研究《周易》,品行纯美,每天申时吃饭时,他都要焚香叩拜,感谢上苍赐给他一天的清福。他的妻子笑着说:'一日三餐只是吃菜粥,哪来的清福?'胡九韶说:'我生活的时代没有战祸,家人没有挨饿受冻,床榻上没有病人(需要我侍奉),我们一家没有与人发生过诉讼之事,这不是清福是什么?'我年少时听见这话,感到好笑。等到正德六年(1511)经历华林寇贼之乱,正德十四年(1519)遭遇宁王朱宸濠叛变,我逃往山中避难,一路上饥渴颠沛,这才相信胡九韶的话确实深有道理!"

卷第十四 戏谑部

陶庵曰：东坡性不忍事，尝云："如食中有蝇，吐出乃已。"故一生坎坷，多以口舌为祟。沈青霞以调笑杀身，王弇州以调笑杀父。审是，则为人在世，自当捉鼻①掩口，用以免祸矣。吾想月夕花朝，良朋好友，茶酒相对，一味庄言，有何趣？眉公曰："留七分正经以度生，留三分痴呆以防死。"集戏谑第十四。

【注释】①捉鼻：掩鼻。

【译文】陶庵曰：苏东坡不能以忍耐的态度对待事情，他曾说："如果吃到的食物中有苍蝇，吐出来就行了。"因此他一生坎坷，多以言语惹祸。沈青霞因戏谑取笑他人引来杀身之祸，王弇州（王世贞）因戏谑取笑他人招致杀父之灾。详察这些事例，则为人在世，自应当掩住口鼻，用以免除灾祸。但是我又想，月夜花开之时，良朋好友聚集在一起，相对品茶饮酒，如果一直说的都是严正庄重的话，那有什么趣味呢？从前陈眉公（陈继儒）说："要用七分正经的态度去过日子，用三分糊涂的态度去预防死亡。"故集合诸故事将"戏谑部"列为第十四。

王季重与倪玉如①皆善书，王书瘦长，倪书棱角。王戏之曰：

"倪鸿宝，尔书象刺菱翻筋斗。"倪应曰："尔书象蚱蜢竖蜻蜓。"

【注释】①倪玉如：当作"倪玉汝"。明代官员、书法家倪元璐，字玉汝，号鸿宝，浙江绍兴人。

【译文】王季重（王思仁）与倪玉汝都擅长书法，王季重写的字瘦长，倪玉如写的字棱角突出。王季重与倪玉如开玩笑说："倪鸿宝，你的字象刺菱翻筋斗。"倪玉如应答："你的字象蚱蜢竖蜻蜓。"

蔡中丞敬夫宴王季重于滕王阁，两人伫看落照，敬夫眇一目，季重顾而笑曰："王勃序妙至此！"敬夫诘之，王曰："落霞与孤鹜齐飞，年兄孤目正对落霞。"敬夫面赤至颈。

【译文】巡抚蔡敬夫在滕王阁宴请王季重（王思仁），两人站着观赏落日的余辉，蔡敬夫是个独眼，王季重看了蔡敬夫一眼，笑着说："王勃的《滕王阁序》是如此的巧妙啊！"蔡敬夫问王季重为何这样说，王季重回答："落霞与孤鹜齐飞，年兄的孤目正好与落霞相对。"蔡敬夫脸红到了脖颈。

越中诗客某某约王季重同扫徐文长墓，且作诗吊之，季重曰："扫墓甚善，但不可作诗。"诗客问故，季重曰："何苦又要他死一遭。"

【译文】越地的某个诗人约同王季重（王思仁）去给徐文长扫墓，并且还要作诗悼念，王季重说："扫墓很好，但不可作诗。"诗人问为什么，王季重说："何苦又要他死一回。"

顾太仆居忧，须发尽白。起复北上，以药染之，人笑曰："顾太仆须发亦起复矣！"

【译文】顾太仆在家守丧时，须发尽白。等到守完丧，回朝做官时，他用药把头发染黑，有人嘲笑他说："顾太仆的胡须、头发也要重被起用了！"

胡青莲与俞伯和交厚，而意甚不合。青莲曰："余与伯和交厚只多一头耳，他杀得我亦好，我杀得他亦好。"时人谓之刎颈交。

【译文】胡青莲与俞伯和交情深厚，但意见非常不合。胡青莲说："我与伯和交情深厚，只是各自多长了一个头罢了，他杀得我也好，我杀得他也好。"当时的人们都称呼他俩为"刎颈交"。

赵介臣为清朝教官，其友孟子塞致书责之，谓："吾辈明伦政在今日，尔奈何为教官，且坐明伦堂上？"介臣愧不能答。两年后，子塞亦贡，亦为教官，晤介臣，介臣曰："天下学官①制度不一，岂贵庠没有明伦堂耶？"

【注释】①学官：明清时，各府县儒学教官的衙署设在孔庙，故当时称各府县的孔庙为"学官"。每个学官，均设有明伦堂。

【译文】赵介臣（赵继扑）在清朝任教官，他的好友孟子塞（孟称舜）写信责备他说："现在正是我们证明人伦大义的时候，你为何做清朝的教官，并且还坐在明伦堂教育学生？"赵介臣惭愧得不能回答。两年之后，孟子塞也被人推荐，成为清朝的教官，（有一天）他碰见赵介臣，赵介臣说："天下学宫的制度不一样，难道您所在的学宫里没有明伦堂吗？"

徐文长厌对礼法士，所与狎者多诗人酒客，亦复磊落可喜者，人与谈辄称佳。有柳生九喜评驳古人，常恨孔明不善用兵，历数可破魏擒曹处皆失着，至欲裂眦。及去，文长送之，扉半阖，睨而曰："啧啧，不道短柳九办杀曹瞒。"

【译文】徐文长（徐渭）讨厌见到拘泥礼法的儒生，所与交往的多是诗人酒客，并且还必须是磊落可爱之人，这样的人与他交谈，才能获得他的称赞。有个名为柳九的书生喜欢评论古人，他常对孔明不善用兵表示遗憾，每次逐一列举孔明有破魏擒曹的机会却都抓不住时，他就愤怒得眼眶欲裂。等到他离去的时候，徐文长送他出门，（他走出门后）徐文长关上一扇门板，睨着柳九的背影说："啧啧，没想到这个矮个子的柳九竟能杀掉曹瞒。"

先大父髫时入狱中候文长，见囊盛所着械悬壁间，大父戏之曰："岂先生无弦琴邪？"文长抚其顶而笑。

【译文】我的祖父年少时进入监牢看望徐文长（徐渭），见到徐文长把镣铐用布袋装着，悬挂在墙壁间，我祖父与他开玩笑说："这难道是先生的无弦琴吗？"徐文长抚摸着我祖父的头顶微笑。

李司李与祁德公厚，所关说者乃子衿王君达事。君达对簿，司李曰："祁二相公言尔尔。"君达曰："我王三相公言不尔尔。"

司李曰："秀才在我前辄自称相公？"君达笑曰："祁二相公非秀才邪？"司李一笑而罢。

【译文】李司李与祁德公交情深厚，祁德公为生员王君达的事向李司李说情。王君达在公堂受审时，李司李说："祁二相公是这样评价你的。"王君达说："我王三相公不这样评价自己。"李司李说："你一个秀才竟敢在我面前自称相公？"王君达笑着说："祁二相公难道不是秀才吗？"李司李一笑作罢。

迁仙①见马带铃，问曰："马何为带铃？"曰："恐其道上撞人耳。"迁曰："鹁鸽在天上，有何人可撞？"曰："鹁鸽恐鹞子打去。"迁曰："佛殿挂铃怕恁鹞子？"曰："佛殿怕鸟鹊做窠。"迁笑曰："铺兵②腰间有何鸟鹊做窠？"人不能难。

【注释】①迁仙：虚构的人物。迁，迁腐。明代张夷令作有《迁仙别记》，原书散佚，部分保留在冯梦龙编著的《古今谭概·专愚部》中。②铺兵：古时巡逻及递送公文的兵卒，腰间常挂有铃铛。

【译文】迁仙见马脖子上挂有铃铛，问人说："马为何带铃铛？"人答："担心它在路上撞到人。"迁仙说："（鹁鸽的身上也有铃铛）鹁鸽在天上飞，有什么人可撞？"人答："鹁鸽担心自己被鹞子捉去。"迁仙说："难道佛殿挂铃铛也是怕鹞子吗？"人答："佛殿挂铃铛是怕鸟鹊在里面筑巢。"迁仙笑着说："（铺兵的腰上也挂着铃铛）铺兵腰间有什么鸟鹊来筑巢呢？"那人不能回答。

迁仙宵行，头着鸟粪，心甚忧之，乃赊一猪首解禳，久逋不还。屠户索之甚急，迁仙曰："逋，故当还。然吾有数说，聊为解之。"屠曰："尚有何说？"迁曰："譬如此价蚤蚤还你。"屠曰："蚤蚤还我，利上复有利矣。"迁曰："譬如此猪竟不生头奈何？"屠曰："世间那有猪不生头之理。"迁曰："譬如前日这一堆鸟粪撒在你的头上。"屠曰："今日遇你，胜着鸟粪矣！"

【译文】迁仙夜晚赶路，头上落有一堆鸟粪，他心中十分担忧，便赊了一个猪头祷神除殃，可过去很久了，他也没有还债。屠夫多次向迁仙索要，迁仙说："欠债，当然要还。然而我有几句说词，暂且作为解释。"屠夫说："你还有什么要说的？"迁仙说："假如猪头是某个价钱时，我就早早还你。"屠夫说："早早还我，（那个时候）利息上又要再加利息了。"迁仙说："假如这头猪不生头怎么办？"屠夫说："世间哪有猪不生头的道理？"迁仙说："假如前天这一堆鸟粪撒在你的头上。"屠夫说："今天遇见你，比鸟粪散在头上还倒霉！"

先大父令清江，一寮友令宜春者，少年滑稽，一日小饮，歌儿供唱，大父戏曰："唱一《宜春令》。"少年即应曰："再唱《清江引（尹）》。"

【译文】我的祖父在清江县任县令时，他的一个同僚在宜春县任县令，这个同僚是个青年人，且为人滑稽，一天他们二人在一起饮酒，歌童在一旁唱歌助兴，我祖父开玩笑地说："唱《宜春令》。"他的青年同僚立即回应说："（唱完后）再唱《清江引（尹）》。"

大父与宜春令同候直指①审录囚，宜春令拱手问曰："敝囚犯已在门外，不识贵囚犯到否？"

【注释】①直指：即直指使者，朝廷派出的巡视、处理各地政事的官员。

【译文】我的祖父与宜春县令一同侍奉直指使者审讯囚犯，宜春县令拱手问我祖父说："敝县的囚犯已在门外，不知贵县的囚犯到了没有？"

大父与宜春燕饮，起席小遗，宜春抠衣越次而言，曰："虽尿无先后之分，而有缓急之序。"

【译文】我的祖父与宜春县令宴饮，离席小便，宜春县令提着衣襟跑在我祖父的前面说："即使尿没有先后之分，也有缓急之序。"

伶人骆嘻嘻扮霸王，规模气度无不妙，而喉咙稍哑。大父在座曰："霸王声欠响耳！"骆嘻嘻插一诨曰："孤家是恁般喑哑叱咤①。"

【注释】①喑哑叱咤：同"喑哑叱咤"。语出《史记·淮阴侯列传》："项王喑哑叱咤，千人皆废。"本形容项羽的怒喝声极具威势，此处骆嘻嘻偷换概念，将"喑哑"解释为"嘶哑"，意即项羽原本就是以嘶哑的嗓音发出叱喝。

【译文】戏子骆嘻嘻扮演霸王项羽，规模气度无不惟妙惟肖，只是喉咙稍微有些沙哑。我的祖父在酒席上说："霸王的声音不太洪亮啊！"骆嘻嘻插了一句逗笑的话说："本王原本就是这般的喑哑叱咤。"

成化末, 刑政多乖。阿丑①剧戏于上前, 作六部差遣状, 命精择之。一人云:"姓公名论。"主者曰:"公论如今去不得。"一人曰:"姓公名道。"主者曰:"公道如今行不通。"后一人曰:"姓胡名涂。"主者曰:"胡涂如今才是当行!"

【注释】①阿丑: 捏造的人名, 意指演戏的丑角。

【译文】成化末年, 刑法政令多不合常理。有一次, 阿丑在皇上面前演出戏剧, 他扮成六部差遣官员的样子, 让六部精选差遣之人。一个人说:"我姓公名论。"主事的人说:"公论如今去不得。"另一个人说:"我姓公名道。"主事的人说:"公道如今行不通。"又一个人说:"我姓胡名涂。"主事的人说:"糊涂如今才是当行。"

中官阿丑于上前作院本①, 时王越、陈钺媚汪直结为死党。丑作直持双钺趋跄而行, 或问之, 曰:"吾行兵惟仗此两钺耳!"问钺何名, 曰:"王越、陈钺。"

【注释】①作院本: 演出杂剧。院本, 戏曲、杂剧的剧本, 因最初多在妓院使用, 故称。

【译文】宦官阿丑在皇上面前演出杂剧, 当时王越、陈钺谄媚汪直, 三人结成死党。阿丑扮演汪直, 手持双钺疾行, 有人问他拿着双钺干什么, 他说:"我行兵打仗全靠这两钺啊!"那人又问这两钺叫什么名字, 他答:"王越、陈钺。"

保国公石亨私役禁兵二千治第。阿丑演《千金记》言:"楚歌吹散了六千兵。"内曰:"八千兵怎落了二千?"阿丑曰:"那二千为保国公造房子，还吹不散。"

【译文】保国公石亨私自征用了二千禁军为自己造房子。阿丑演出《千金记》说："楚歌吹散了六千兵。"一个宦官问："戏本中原本说的是八千兵，怎么少了二千？"阿丑曰："那二千兵去给保国公造房子了，还吹不散。"

朱文懿当国，其子纳言石门^①广置田宅。居近南门，凡南门外"坐朝问道"四号田欲买尽无遗，巧取豪夺，略无虚日。外祖陶兰风先生谑之曰："石门你只管坐朝问道，却忘了垂拱平章^②。"

【注释】①纳言石门：纳言：古官名，掌出纳王命，后泛指皇帝身边的近臣。石门：朱文懿的儿子朱敬循，字叔理，号石门。万历二十年进士，官礼部郎中，改吏部稽勋。②垂拱平章：垂衣拱手，毫不费力就能使天下太平，功绩彰著。平章，平正彰明。

【译文】朱文懿主持国政时，他的儿子吏部稽勋朱石门大量购置田宅。朱家居住在南门附近，凡南门外的"坐朝问道"四种田地，他的儿子打算全部买下，巧取豪夺，几乎没有一天停止过。我的外祖父陶兰风先生戏谑地对朱石门说："石门你只想着坐朝问道，却忘了垂拱平章。"

成化末年，言官缄默不言朝事。孙御医素善谑，人问生疥何以治之，曰："请六科给事中口餂^①之即愈。"人问故，曰："不语唾可治疥也。"

【注释】①餂（tiǎn）：同"舔"。

【译文】成化末年，御史们都缄默不言朝政之事。孙御医平日里喜欢开玩笑，有人问他生了疥疮怎么治疗，他说："请六科给事中用嘴舔一下就能病愈。"那人问他为什么，他说："不说话之人的唾液可治疗疥疮。"

凌某拜分宜为父，人称其为"严子陵"。后有缙绅王姓者，抱他人之子为孙，遂以"王孙贾"对之。

【译文】凌某拜严分宜（严嵩）为干爹，人们都称呼他为"严子陵"。后来有个王姓的士大夫，把他人的孩子过继过来当作自己的孙子，于是有人就以"王孙贾"对"严子陵"。

王槐野问王元美曰："赵刑部某治状何如？"元美曰："循吏也，且苦吟。"槐野曰："循吏可做，诗何可便做？"

【译文】王槐野（王维桢）问王元美（王世贞）说："刑部的赵某政绩何如？"王元美曰："他是个奉公守法的好官，并且作诗喜欢苦心推敲。"王槐野说："奉公守法的好官可以做，诗怎么可以苦心推敲呢？"

一道学讲万物一体。一生曰："设遇猛虎，此时何以一体？"一生曰："有道之人履虎不咥，必骑在虎背。"周海门笑曰："骑在虎背还是两体，到底吃在虎肚方是一体。"

【译文】一位道学先生讲解"万物一体"。一个学生问："如果遇到猛虎，这时如何做到一体？"另一个学生说："有道德的人即使踩踏到老虎的尾巴，老虎也不会咬他，（无道德）必须骑在老虎背上。"周海门笑着说："骑在老虎背上（人与虎）还是两体，归根结底被老虎吃在肚子里（人与虎）才是一体。"

苏人好游，袁中郎诗云："苏人三件大奇事：六月荷花二十四，中秋无月虎丘山，重阳有雨治平寺。"

【译文】苏州人喜好游玩，袁中郎作诗说："苏州人有三件大奇事：六月二十四出门观赏荷花，中秋无月也要登上虎丘山游玩，重阳有雨也要去治平寺登高。"

吴玄水少以牛称，松江人为作七事件：一字曰"则"，二字曰"冉伯"，三字曰"以羊易"，四字曰"吾何爱一"，五字曰"五羊之皮食"，六字曰"百乘之家不畜"，七字曰"谟盖都君咸我绩"①。七书语既奇，而更妙在句句叶韵。

【注释】①"一字曰'则'"七句：这七句话的全语分别为"则牛羊何择焉"（见《孟子·梁惠王上》）、"德行：颜渊，闵子骞，冉伯牛，仲弓"（见《论语·先进篇》）、"吾何爱一牛"（见《孟子·梁惠王上》）、"五羊之皮食牛"（见《孟子·万章上》）、"伐冰之家不畜牛羊，百乘之家不畜聚敛之臣"（见《大学》）、"谟盖都君咸我绩，牛羊父母"（见《孟子·万章上》）。

【译文】吴玄水年少时名叫吴牛，松江人为他从古书上找了七个事件以作解释：一个字的是"则"，二个字的是"冉伯"，三个字的是"以羊易"，四个字的是"吾何爱一"，五个字的是"五羊之皮食"，六个字的是"百乘之家不畜"，七个字的是"谟盖都君咸我绩"。从七本书上摘录的这七句话不但语言奇妙，而且更妙的是句句押韵。

新安许志吉以大理评事出卖黄山，乡人恨之。直指贾继春送一匾曰"大卜于门"，次日于字上稍加笔画，改作"天下未闻"。许大怒，拭去。次日，又改作"阉手下犬"；再次日，又改作"太平拿问"。魏珰败，直指缚至太平府勘问，果应其谶。

【译文】河南新安人许志吉任大理寺评事时出卖了黄山，乡人对此非常愤怒。直指使者贾继春把一块写有"大卜于门"四个字的匾送到许志吉的府门前，第二天在字上略加笔画，改写成"天下未闻"。许志吉大怒，擦去了匾上的字。第二天，贾继春又把匾上的字改写成"阉手下犬"。一天后，又改写成"太平拿问"。后来，魏珰败势，直指使者把许志吉绑起来，送到太平府问罪，这果然应验了贾继春的话。

绍兴一百户送亲，穿大红圆领，优人谑之。考试官出一对曰："纸灰化作白蝴蝶。"一士子对曰："百户变了红蜻蜓。"一座大笑。

【译文】绍兴的一位百户长送亲，穿着大红圆领的衣服，戏子们都争相与他开玩笑。考试官出了一个上对说："纸灰化作白蝴蝶。"一个读书人对曰："百户变了红蜻蜓。"当时在座的人都大笑。

越中一衙役诨名老蛤蚆①，一日赴席，僭戴方巾。优人演剧，唱"禅机玄妙"，小丑诨曰："田鸡圆帽，则老蛤蚆好戴方巾矣！"

【注释】①蛤蚆（bā）：蛤蟆。

【译文】越地的一名衙役外号"老蛤蚆"，一天，他去别人家赴宴，不合身份地戴了一顶方形软帽。戏子们演戏，唱到"禅机玄妙"时，台上的一个丑角插科打诨道："如果田鸡戴了圆帽，则老蛤蚆也能戴方巾了！"

张筱庵眇一目，常赞千手千眼观世音像，曰："汝有千目，众皆了了。我只双眸，一明一眇，多者太多，少者忒少。"

【译文】张筱庵瞎了一只眼，他曾称赞千手千眼观世音像说："你有千只眼，能看清世间众相；我只有两只眼，一只正常一只瞎了。多的太多，少的太少。"

李九我在礼部时好施，日至部，丐者攀舆接路，李不觉色喜，对僚佐强作不堪状。楚人吴化为郎，进曰："老先生衙门原系教化之门。"李默然。越日，化左迁。

【译文】李九我（李廷机）在礼部任职时喜好施舍，每天去部里上班，攀着他的轿子请求他施舍的乞丐排满道路，（见到此况）李九我不禁面带喜色，可是当他见到自己的属吏时，他又装出一副难以忍受的样子。楚地人吴化任礼部侍郎，对李九我进言说："老先生的衙门原本是教化之所。"李九我沉默不答。第二天,吴华就被降了职。

萧山脚夫遇冬天破壁风冷,辄叹曰:"西兴风也作怪,在戴老爷家过夏,偏到我家过冬!"

【译文】萧山县的脚夫们遇到冬天屋破风冷的时候,就叹息着说:"西风也是作怪,在戴老爷家过夏,偏到我家过冬!"

张江陵病,百官设醮,已而病剧,大臣复有举者,申瑶泉笑曰:"如此,则相公再醮①矣!"

【注释】①再醮:男子再娶或女子再嫁。这是借取的是"再醮"的字面意思,而实际表达的则是"再一次设醮"。

【译文】张江陵生病,百官为他设立道场祈福消灾,不久,张江陵的病情愈发严重,大臣中又有人为他设立道场祈福消灾,申瑶泉笑着说:"这样,您就是再醮了!"

祝枝山右手骈拇指,或戏之曰:"君之富于笔札,应以多指。"枝山应曰:"诚不以富,亦祗(指)以异。①"

【注释】①"诚不以富"二句:语出《诗经·小雅·我行其野》。本意为确实不是因为她家比我富裕,只是你变心的缘故。祝枝山引用此二句的意思是我实在不擅长书画文章,只是多一根手指头使人奇怪罢了。只,与"指"谐音。

【译文】祝枝山右手的拇指旁多生了一个第六指,有人同他开玩笑说："您善于书画文章，理应多生一指。"祝枝山答道："诚不以富，亦只（与"指"谐音）以异。"

严介溪诞辰，诸翰林称寿，争呈其面。时菊花满堂，陆平泉独退处于后，徐曰："不要挤坏了陶渊明。"

【译文】严介溪（严嵩）诞辰，各翰林学士前去祝寿，争相参见。当时厅堂周围开满菊花，陆平泉（陆树声）独自走在后面，从容不迫地说："不要挤坏了陶渊明。"

太监谷大用迎驾承天①，所至暴横，官员接见，多遭叱辱，必先问曰："你纱帽是那里来的？"一令略不为意，至则喝问如前，令曰："我纱帽在十王府前三钱五分秃白银子买来的。"大用一笑而罢。

【注释】①承天：明嘉靖十年改安陆州为承天府，治钟祥县（今湖北钟祥市），属湖广布政司。

【译文】太监谷大用迎驾承天时，所到之处横行不法，官员接见，很多都遭到他的斥责侮辱，他（见到接见的官员）一定会先问："你纱帽是哪里来的？"一个县令对此略不在意，谷大用像从前一样喝问他"你纱帽是哪里来的"，县令回答说："我的纱帽是在十王府前用三钱五分光秃秃的白银买来的。"谷大用大笑，笑过之后便不再追究了。

许公国与申公时行相约往一公所①，申往，许拉之，许曰：

"此才午时，即行乎？"申应曰："既以身许国，不得不尔！"

【注释】①公所：处理公众事务的机关、团体。

【译文】许国与申时行相约去一处公所，申时行要去时，许国拉住他，许国说："这才午时，就去吗？"申时行说："既然以身许国，就不得不这样。"

达毅与王达同为郎中，一日金公移，王戏曰："每书衔名，但以公上，为我之下。"毅应曰："君子上达，小人下达。①"

【注释】①"君子上达"二句：语出《论语·宪问篇》。原意为君子向上通达仁义，小人向下通达财利。此处的意思为君子名字中的"达"字在上面，小人名字中的"达"字在下面。

【译文】达毅与王达同为郎中，一天，二人在某个公文上签字，王达与达毅开玩笑地说："每次签署姓名时，都会把您名字中居上的'达'字，写在我名字中的'王'姓之下。"达毅回答说："君子上达，小人下达。"

周文襄在姑苏①日，有报男子生儿者，公不答，但目诸门子曰："汝辈慎之！"

【注释】①姑苏：苏州吴县的别称。因其地有姑苏山而得名。

【译文】周文襄（周忱）在姑苏时，有人汇报某个男人生出了儿子，周文襄没有理睬，只是扫视了众仆役一眼，说："你们要小心点！"

袁中郎与陶石篑游西施山，信宿而去。后陶与袁书云："昔日与石公宿几夜娇歌艳舞之山。"袁曰："此书须注明，不然，累弟他日谥文恪公不得也。"

【译文】袁中郎（袁宏道）与陶石篑（陶望龄）游西施山，游玩了两三日后离去。后来陶石篑写信给袁中郎说："昔日与袁石公在娇歌艳舞之山住了几晚。"袁中郎回答说："这封信一定要注明，不然，他日会拖累老弟，使你不能得到文恪公的谥号。"

王弇州赴一富人席，设馔有臭鳖及生梨子①。弇州捉鼻曰："世上万般哀苦事，无过死鳖与生梨②。"坐客大噱。

【注释】①生梨子：未熟的梨子。②死鳖与生梨：死鳖，与"死别"谐音。生梨，与"生离"谐音。

【译文】王弇州（王世贞）到一富人家赴宴，席上的食物中有臭鳖和生梨子。王弇州掩着鼻子说："世上万般哀苦事，无过死鳖与生梨。"坐上的客人皆大笑。

正德间，有无赖子好作十七字诗。太守祈雨不应，作诗曰："太守出祈雨，万姓皆欢悦，昨夜推窗看，见月。"太守知，使使捕至，曰："尔善作十七字诗，试再咏之，佳则释尔。"即以别号西坡命题。其人应声曰："古人号东坡，今人号西坡，若将两人较，差多。"太守怒，杖之十八。其人又吟曰："作诗十七字，被责一十八，若上万言书，打杀。"太守笑而释之。

【译文】正德年间，有个无赖之人喜欢作十七字诗。当地的太守求雨无效，他作诗说："太守出祈雨，万姓皆欢悦，昨夜推窗看，见月。"太守知道后，派人把他捉到官府，说："你善作十七字诗，试着再作一首，好就放了你。"太守便以自己的别号"西坡"为题让他作诗，无赖子应声说道："古人号东坡，今人号西坡，若将两人较，差多。"太守大怒，命人杖责了他十八下。他又吟道："作诗十七字，被责一十八，若上万言书，打杀。"太守笑着释放了他。

一人亦喜作十七字诗。见有妇人过前，作诗曰："走过一娇娘，罗裙绕地长，金莲刚四寸，横量。"后以事发配郧阳，母舅送之，相对泣，母舅眇一目，作诗曰："发配在郧阳，见舅如见娘，两人齐下泪，三行。"

【译文】一个人也喜欢作十七字诗。他看见有个妇人经过面前，作诗道："走过一娇娘，罗裙绕地长，金莲刚四寸，横量。"后来，这个人因犯罪被发配郧阳，他的舅舅为他送行，两人相对而泣，他的舅舅是个独眼，他作诗道："发配在郧阳，见舅如见娘，两人齐下泪，三行。"

隆庆戊辰，有私阉火者①张朝，假传奉旨来浙选绣女，民间女子十二三以上者婚嫁殆尽。有作诗嘲之曰："抵关内使未为真，何必三杯便做亲？夜来明月楼头望，吓得嫦娥要嫁人。"

【注释】①火者：地位低下的宦官。
【译文】隆庆二年（1568），有个名叫张朝的小宦官，假称奉皇帝旨意前来浙江挑选少女入宫，（为此百姓急忙嫁女）民间凡是十二三岁以上的女子几乎全都婚配了人家。有人作诗嘲笑说："抵关内使未为真，何必三杯便做亲？夜来明月楼头望，吓得嫦娥要嫁人。"

陆楠上公车不第，道扬州，钞关①户部税其舟。楠投一诗云："献策金门②苦未收，归心日夜向东流。扁舟载得愁千斛，幸遇明王不税愁。"户部见诗，迎而礼之。

【注释】①钞关：明代设立的征收内地关税的机关。②金门：即金马门，汉代官门名，为学士待诏之处。此代指朝廷。

【译文】陆楠去京城参加会试落第，回来时路经扬州，户部设在此地的钞关向他征收船税。陆楠献上一首说："献策金门苦未收，归心日夜向东流。扁舟载得愁千斛，幸遇明王不税愁。"户部官员见到此诗，亲自迎接并给予了他厚待。

孙太初隐居西湖，仿林逋妻梅子鹤，后变节徙湖州，连娶二妇。有士人调之曰："仆从西湖来，有尊眷二人诮①兄。"孙问："何人？"士人答曰："是梅令政、鹤令郎耳。"

【注释】①诮（qiào）：责备，谴责

【译文】孙太初隐居西湖，仿效林逋的以梅为妻以鹤为子，后来变节，迁到湖州居住，连娶二妇。有个读书人取笑他说："我从西湖来，您的两位亲眷经常责备您。"孙太初问："哪两位亲眷？"士人回答："是梅令政、鹤令郎。"

冏卿^①胡璞完居家极俭朴，有疾延医，医方中有用人参者辄抹去。尝曰："别人家吃人参忌萝卜，寒家^②是吃萝卜忌人参。"

【注释】①冏卿：官名，即太仆寺卿。因《尚书》有"穆王命伯冏为周太仆正"之语，故称。②寒家：寒微的家庭，多用作谦称自己的家庭。

【译文】太仆寺卿胡璞完在家生活极其俭朴，有次生病请医，（医生给他开的药方上有人参）胡璞完便把药方上凡是写有人参的地方全都抹掉。他说："别人家吃人参忌萝卜，我家是吃萝卜忌人参。"

无赖子题妓馆壁上："春王正月^①，公与夫人会于此楼。"一士人题其下云："夏大旱，秋饥，冬雨雪，公薨。君子曰：不度德，不量力，其死于饥寒也宜哉！"

【注释】①春王正月：与下文士人之语皆改写自《左传》中的语言而成。

【译文】有个无赖之人在妓院的墙壁上题句说："春王正月，公与夫人会于此楼。"一个读书人在这行字的下面题句说："夏大旱，秋饥，冬雨雪，公薨。君子曰：不衡量自己的德行能否服人，不估计自己的能力是否胜任，其死于饥寒交迫之中也是应该的啊！"

一医者死，其子向王弇州乞墓铭，王曰："墓铭不真则不传，吾为尊公铭之，"铭曰："某公某，少学歧黄之术，壮而欲行之，偶感微疾，姑自试之，暴卒。"

【译文】一个医生去世，医生的儿子请王弇州（王世贞）为父亲撰写墓志铭,王弇州说:"墓志铭的内容不真实就不能流传,我为你的父亲写一篇墓志铭。"王弇州写的墓志铭是:"某公,年少时学习岐黄之术,壮年后打算施展,(有天)偶然患上小病,想在自己身上试一下医术,(谁料)竟忽然死亡。"

王弇州为郎,时适有宴会,严世蕃候久方至,弇州问之,曰:"病伤风耳①。"弇州笑曰:"爹居相位,怎说出伤风?"座客大笑,世蕃衔之。

【注释】①伤风:严世蕃口中的"伤风",是指伤风病,即感冒。而王弇州口中的"伤风",则是指伤风败俗,即败坏良好的风俗。

【译文】王弇州(王世贞)任侍郎时,有次去参加宴会,大家等严世蕃等了很久,严世蕃才到,王弇州问严世蕃怎么才来,严世蕃说:"得了伤风病。"王弇州笑着说:"你爹现居相位,你怎能说伤风呢?"在座的客人一起哄堂大笑,(从此)严世蕃对王弇州心怀怨恨。

徐华亭婿顾某谒一荐绅,有坐客问云:"此君何人?"荐绅曰:"当朝宰相为岳丈。"

【译文】徐华亭(徐阶)的女婿顾某去拜见一位士绅,在座的客人中有一个问道:"这位是何人?"士绅答:"当朝宰相是他的岳丈。"

袁中郎与江篆萝分宰长、吴二邑,中郎一无问馈。时兄袁石浦宗道在翰林,江嘲中郎曰:"他人问馈,以孔方为家兄;君不问馈,以家兄为孔方耳。"

【注释】①孔方：指钱。古时的铜钱外圆，中有方孔，故名。

【译文】袁中郎与江荛萝分别担任长县、吴县的县令，袁中郎没有接受过任何人馈赠的礼物。当时袁中郎的哥哥、自号石浦的袁宗道在翰林院任职，江荛萝取笑袁中郎说："他人接受馈赠，是把孔方当成家兄；你从不接受馈赠，却是把家兄当成孔方。"

席书以议大礼擢礼部尚书，寻加宫保。一内臣见其腰玉，阳为不识，曰："此带是大理石所为耶？"

【译文】席书因议大礼之事被提升为礼部尚书，不久后又加封宫保。一个宦官见到席书腰间的玉带，假装不知道地问："这腰带上镶嵌的是大理石吗？"

刘子仪不得大用①，称疾不出。朝士问疾，刘云："虚热上攻。"石文定在座云："只消一把清凉散。"（西府②用清凉伞）

【注释】①大用：重用，委以重任，此指拜相。②西府：宋代，枢密使居西府，因以代称枢密使。后指与枢密使权力相当的宰相。

【译文】刘子仪未能拜相，于是称病不出。朝中有官员前去探病，刘子仪说："我的病是虚热上攻所致。"当时石文定坐在旁边，说："只要一把清凉散（就好了）。"（宰相用清凉伞）

程学士敏政主试鬻题，伶人诮之，持鸡出，白此鸡价值千金。问曰："此何鸡而价高若是？"对曰："此程学士家鸡，只卖他一个五更啼耳！"

【译文】学士程敏政主持考试时，出卖了考题。艺人在表演杂剧时拿着一只鸡出场，说："这只鸡价值千金。"有人问："什么鸡的价格这么贵？"艺人回答说："这是程学士家的鸡，只卖一个五更啼（与'五经题'谐音）就够了。"

冯具区携妓泛西湖，泊定香桥，有群少年拥观，公命移舟。少年辈大骂曰："尔不过会元祭酒①，吾辈后来殆将胜汝！"公命使者曰："致上秀才，纵若随后赶来，老夫已过学士港矣！"（西湖清波门有学士港）

【注释】①会元祭酒：冯具区是万历丁丑年的会元，后又任南京国子监祭酒，故称。会元，会试的第一名。

【译文】冯具区偕同一个妓女乘着船在西湖游玩，船停泊在定香桥，有群少年前挤后拥地聚着观看，冯具区命人划船离开。少年们大骂道："你不过是个会元祭酒，我们将来一定会超过你？"冯具区命人传话说："敬告众位秀才，纵使你们随后追来，老夫已经过了学士港了。"（西湖清波门有学士港）

熊敦朴左迁通判，辞张江陵，江陵曰："我与尔痛痒相关，自当留意。"熊曰："老师恐未见痛？"相公问故，熊曰："王叔和医诀云：痛则不通，通则不痛。"江陵大笑。

【译文】熊敦朴降职为通判，（调任前）向张江陵辞别，张江陵说："我与你痛痒相关，（今后在仕途上）自然会对你留意。"熊敦朴说："老师您恐怕未必受痛。"张江陵问其原因，熊敦朴答："王叔和的医学口诀上说:痛则不通,通则不痛。"张江陵大笑。

陈白沙当成化初会试时,好新奇,作"老者安之"三句题破云:"物各有其等,圣人等其等。^①"试官戏批其傍云:"若要中进士,还须等一等。"

【注释】①"物各有其等"二句:意为世间的事物各有等类,圣人把各种不同的事物进而又划分出等类。

【译文】陈白沙(陈献章)在成化初年参加会试时,喜好写作新奇的句子,当时的考题是"老者安之,朋友信之,少者怀之"三句,陈白沙做的破题是:"物各有其等,圣人等其等。"考官给他的批语是:"若要中进士,还须等一等。"

徐文长作时艺,常以戏谑行之。作"公孙衍、张仪"至"妾妇之道"题,破曰:"尚论战国之士,时人雄之,而大贤雌之也。"士林传为一笑。

【译文】徐文长(徐渭)写作八股文,常以戏谑的态度作之。他写作"公孙衍、张仪"至"妾妇之道"的破题说:"向上追论战国的公孙衍、张仪等辩士,当时之人都觉得他们是大丈夫,只有大贤孟子觉得他们是妾妇。"士大夫们传为笑谈。

丹徒靳少师继妻请旌,吴宗伯曰:"夫人受一品封,自应守节,旌不合例。"徐华亭力为言之,宗伯笑曰:"相公亦虑阁老夫人再醮邪?"

【译文】丹徒人靳少师的继妻请求朝廷给予自己表彰，吴宗伯说："夫人受一品封赏，自然应该守节，表彰不合旧例。"徐华亭（徐阶）竭力为之求情，吴宗伯笑着说："您也担心（您死后）自己的夫人会再嫁吗？"

刘定之升洗马，朝遇少司马^①王伟，王戏之曰："太仆马多，烦洗马一一洗之。"刘笑曰："何止太仆^②，诸司马不洁，我亦当洗。"

【注释】①少司马：即兵部侍郎。②太仆：官名。秦置，为天子执御，掌舆马畜牧之事。

【译文】刘定之升任太子洗马，退朝时遇到少司马王伟，王伟与刘定之开玩笑说："太仆的马多，麻烦您一一洗之。"刘定之笑着说："何止是太仆的马，诸位司马不洁净，我也应当清洗。"

闽中蔡大司马经初姓张，一日与龚状元用卿同席，演《琵琶记》至赵五娘上路，蔡戏龚曰："状元娘子何至如此！"后至张广才扫墓，龚指曰："这老子姓张，如何与蔡家上坟？"

【译文】闽地的大司马蔡经最初姓张，一天，他与状元龚用卿同坐一席，当时戏子们正在演《琵琶记》，演到赵五娘上路时，蔡经与龚用卿开玩笑说："状元娘子何至于这样？"后来演到张广才扫墓时，龚用卿指着台上说："这老头姓张，怎么去给蔡家的人上坟？"

丹徒靳阁老有子不肖，而孙又登第，阁老每督责之，其子应曰："翁父不如我父，翁子不如我子，我何不肖？"阁老大笑而止。

【译文】丹徒人靳阁老（靳贵）有个不成器的儿子，可他的孙子又考中了状元，靳阁老常常督促责备儿子，有一次他的儿子回答说："您的父亲不如我的父亲，您的儿子不如我的儿子，我怎么就不肖啦？"靳阁老大笑，于是不再责备儿子。

安给事磐，西川人，初度避生，同僚寻至避所。蔡巨源戏曰："一老鼠见猫，避在瓶中。猫捕之不得，以须撩之，鼠因喷嚏。猫在外呼曰：'千岁！'鼠曰：'汝岂真为我寿？诱我出来，欲咬嚼我耳！'"安笑而出。

【译文】给事中安磐，四川人，有次过生日，想逃避同僚的庆贺，但同僚们找到了他的藏身之处。蔡巨源在门前对大伙开玩笑地说："一只老鼠遇见一只猫，老鼠躲进瓶子里，猫没有办法捉到它，就拿胡子拨弄它，于是老鼠忍不住打了个喷嚏。猫在外高声叫道：'祝你活一千岁。'老鼠说：'你难道真是为我做寿吗？你不过是想把我骗出去，吃我罢了！'"安磐大笑着走出来。

叶副使继山少有老鼠之号，其嗣君入泮①，先大父以礼币贺之，见继山连揖，曰："龙生龙，凤生凤。"继山大笑，以拳筑大父背。

【注释】①入泮（pàn）：学童入学。泮，古代学官前的水池，后代指学官。

【译文】副使叶继山年少时有个外号叫做"老鼠"，后来他的儿子入学，我的祖父带着礼物前去祝贺，见到叶继山连忙作揖，说："龙生龙，凤生凤。"叶继山大笑，用拳头连捶我祖父的背。

王文成封新建伯，着冕服入朝，有帛蔽耳。某公戏曰："先生耳冷？"文成笑曰："我不耳冷，先生眼热。"

【译文】王文成（王阳明）被封为新建伯，穿戴着礼冠、礼服进朝谢恩，帽冠上有片布垂下来遮住了他的耳朵。有人和他开玩笑说："您耳朵冷吗？"王文成回答："我的耳朵不冷，是您眼热。"

庐江尹李公有门子甚荷宠，一日，诸寮毕集，共诔之，或云"龙阳①"，或云"六郎②"，霍山尹罗公独曰："此王戎后身也！"李惊问故，罗曰："因前生钻李，今来还债耳。"

【注释】①龙阳：即龙阳君，战国时魏安釐王的男宠。②六郎：唐朝武则天的宠臣张昌宗，排行第六，人称"六郎"，为人狡猾，善于取媚。③王戎：西晋人，"竹林七贤"之一。《世说新语·雅量》载其"不取道旁李"的故事，广为流传。
【译文】庐江府府尹李公有个十分受宠的仆人，一天，李公与同僚们聚会，大家都讨好这个仆人，有人说他好比战国时的龙阳君，有人说他好比唐朝的张六郎，只有霍山县令罗公说："他是王戎的转世。"李公吃惊地询问罗公为何这样说，罗公答："他因为前生钻研李子，现今来你家还债罢了。"

上虞徐鸿儒以壬子中顺天乡试，而乙卯浙江有屠鸿儒者亦举贤书，陶庵戏之曰："壬子有个徐，乙卯有个屠，虽然谈笑有，却是往来无。"

【译文】上虞人徐鸿儒在壬子年的顺天府乡试中考中举人，而在己卯年的浙江乡试中有个叫屠鸿儒的也考中了举人，陶庵与徐鸿儒开玩笑说："壬子年乡试有个徐鸿儒考中，乙卯年乡试有个屠鸿儒考中，他们虽然在与别人的谈笑中知道对方的存在，却是没有往来。"

陆楚生从堂①侄大成发解②南京，楚生见人必呼"大成舍侄"，人多厌之。时弇州在座曰："当不得他还一句'远房阿叔'也。"众为捧腹。

【注释】①从堂侄：父亲的亲兄弟的孙子，堂兄弟的儿子。②发解：乡试的第一名称"解元"，考中解元称"发解"。

【译文】陆楚生堂兄弟的儿子陆天成在南京乡试中考中解元，陆楚生见到陆天成就必定高呼"大成舍侄"，人们都讨厌陆楚生的这种夸耀行为。(有一次陆楚生又这样做)当时在座的王弇州(王世贞)说："当不得陆天成还一句'远房阿叔'。"众人都捧腹大笑。

王伯固令太和，一士子昂然进曰："一等生员告状！"伯固敛容，徐答曰："三甲进士不准。"

【译文】王伯固任太和县令，一个读书人昂首挺胸地进来说："一等生员告状！"王伯固显出端庄的脸色，缓缓答道："三甲进士不准。"

罗汝敬、马铎同在馆阁，冬月，罗不戴暖耳，马不穿毡袜，时人戏曰："骡耳马足。"

【译文】罗汝敬、马铎同在翰林院任职，冬天，罗汝敬不戴暖耳，马铎不穿毡袜，当时之人开玩笑地称呼他们说："骡耳马足。"

田登作郡，怒人触其讳，犯者必笞，举州皆讳"灯"为"火"。值上元放灯，吏揭榜于市曰："本州依例放火三日。"陶庵曰："只许州官放火，不许小百姓点灯。"

【译文】田登担任郡守，（因其名字里有个"登"字，所以不许州内的百姓在谈话时说到任何一个与"登"字同音的字），谁要是触犯了这个忌讳，就要遭到鞭打，因此全州的百姓在说到"灯"字时都称"灯"为"火"。一年一度的元宵佳节即将到来，官员在州城里贴出告示，说："本州照例放火三日。"陶庵说："只许州官放火，不许小百姓点灯。"

越中缙绅有五女，次第遣嫁，心甚厌之，乃作诗曰："三女之门盗不过，我今五女更如何？可怜一对愚夫妇，专替人家办老婆。"

【译文】越地的一个士大夫有五个女儿，依次遣嫁，心中十分厌烦，于是作诗说："三女之门盗不过，我今五女更如何？可怜一对愚夫妇，专替人家办老婆。"

绍兴岑太守喜作谐语。家湾州守太初公求释一枷犯，岑执不许，曰："承教只枷一日。"太初曰："何在一日？"岑曰："虽加一日，愈于已①。"太初曰："既庶矣，又何加焉②？"遂一笑而罢。

【注释】①"虽加一日"二句：语出《孟子·尽心上》，原意为"（服丧）即使多服一天，也比不服好。"此处非指服丧而言。②"既庶矣"二句：语出《论语·子路篇》。原意为"人口已经是如此众多了，又该再做什么呢？"此处非用原意。

【译文】绍兴岑太守喜欢说玩笑话。家湾州太守张太初请求他去掉一名囚犯身上的枷锁，岑太守不答应，说："承蒙教诲，我只让他枷一天。"张太初说："哪还在乎这一日？"岑太守说："即使只加一日，也比不加好。"张太初说："已经加了这么多天啦，又何必再加呢？"于是笑了笑就再也不提了。

吴中一先辈纳二宠，托祝枝山命名，祝以忠奴、孝奴名之。先辈曰："用忠孝太板。"枝山笑曰："孝当竭力，忠则尽命①。"先辈大笑。

【注释】①"孝当竭力"二句：语出南北朝·周兴嗣《千字文》。原意为"孝顺父母应当竭尽全力，忠于君主要不惜献出生命。"此处略微变换意思来用。

【译文】吴地的一位老前辈新纳了两名小妾，请祝枝山为她们命名，祝枝山给她们取名为忠奴、孝奴。老前辈说："用忠孝作名字太呆板。"祝枝山笑着说："（命名孝奴）是让她知道对你应当竭尽全力，（命名忠奴）是让她知道对你要不惜献出生命。"

杨医官传食绢方为神仙上药；又一方，有寒疾，盖稻荐即愈，或嘲之曰："君吃衣着饭，大是奇方。"

【译文】杨医官传言说吃绢才是延年益寿的仙药；他又一个药方，说是有了寒疾，盖上稻草编织的席子就会立即痊愈，有人嘲笑他说："君吃衣穿饭，大是奇方。"

白子熙以布衣讲学，赴席见盛馔，谓世风不古，必痛哭流涕。席散，袖果饵归饷孙子。有柿着水，以口吮之尽以入袖，所仗惟肉。大父戏之曰："是（柿）可忍（吮）也，孰（肉）不可忍（吮）也。"闻者喷饭。

【译文】白子熙以平民的身份讲学，每次赴宴看见丰盛的饭食，就说世风不古，还必定痛哭流涕。有次散席，他把些糖果饼饵放进袖子里带回去给孙子吃，有几个柿子上沾了酒水，他用口吮吸后全部放进袖中，手里所拿的只是席上的剩肉。我的祖父与他开玩笑说："是（与'柿'谐音）可忍（与'吮'谐音）也，孰（与'肉'谐音）不可忍（与'吮'谐音）也。"听见的人都喷饭大笑。

陆柱史二公郎，其诨名，长曰"本地叫化"，次曰"来路叫化"。大父斫园成，二公郎来游。大父命友人曾石卿导之。及去，大父问曰："陆公子何说？"石卿答曰："大公子曰：'好好！'二公子曰：'好好好！'"

【译文】陆柱史的两个儿子，都有外号，大儿子外号"本地叫化"，小儿子外号"来路叫化"。我的祖父新修成一座花园，陆家的两位公子前来游玩。我祖父让友人曾石卿作为导游。陆家的两位公子走后，我祖父问曾石卿说："陆家的两位公子有何话说？"曾石卿回答：

"陆大公子说：'好好！'陆二公子说：'好好好！'"

陆二公子造园亭于东郭门外，属仲叔葆生取一园名，仲叔谑之曰："园近东郭而邻地多墓，当名以'东郭墦间^①'。"闻者绝倒。

【注释】①东郭墦（fán）间：语出《孟子·离娄下》所载的"齐人有一妻一妾"的故事。东郭，东边的城墙。墦，坟墓。

【译文】陆二公子在东城门外建造了一处园亭，请我的二叔张葆生为园子命名，我二叔与他开玩笑说："园子靠近东郭而邻地又多坟墓，应该命名为'东郭墦间'。"听见这话的人都笑得前仰后合。

钱岳阳初升太平太守，而浙中讹传有倭寇，宁绍忧之。王季重晤岳阳，笑曰："政是宁为太平犬，莫作乱离人。"一座大笑。

【译文】钱岳阳（钱槚）才刚升任太平府知府，浙江就谣传有倭寇来犯，宁波、绍兴一带的人民十分担忧。有一天，王季重（王思仁）与钱岳阳会面，王季重笑着对钱岳阳说："宁为太平犬，莫作乱离人。"在座的客人都发出大笑。

祁世培塾师曰大先生，云南归，携一竹汗络，初坏几节，即寻本地细竹补之。后经四十余年，所补殆遍，而云南竹无一存者矣。故凡事失其本来者，辄呼之曰"大先生汗络"。

【注释】①汗络：古人夏天所穿的一种衣服，即把布剪成胸前、背后两块,在腋下和肩膀处有接缝处,每隔寸许用绳子联结,是背心的初型。

【译文】祁世培的启蒙老师人称"大先生",他从云南回来,携带了一件竹汗络,刚开始坏了几节,就寻找本地的细竹修补。后来过了四十年,他的竹汗络几乎修补了个遍,而云南也不再产这种竹子了。因此,凡是事物失去其本来面貌的,人们就叫做"大先生汗络。"

越中医士以乘轿为尊重。有一名医独喜步行,客问曰:"先生负此重名,何不抬轿?"名医笑曰:"我是刑部郎中①。"

【注释】①刑部郎中:刑部,与"行部"谐音。这里所说的"刑部郎中"是指行走的医生。

【译文】越地的医生以坐着轿子出门为尊贵。独有一位名医喜欢步行,有人问他:"您有这么高的名望,怎么不坐在轿子里让人抬着你走呢?"这位名医笑着说:"我是行走部门里的郎中。"

山阴令马公如蛟,和州人,试童子以一鼓、二鼓、三鼓收卷,三案复试。会稽令陈公国器,福建人,招童生以大圈书名。越人对之曰:"马山阴,三通花鼓,和州叫化;陈会稽,一团煎饼,福建倾销。"

【译文】山阴县令马如蛟,和州人,考试童子时分别在一更鼓、二更鼓、三更鼓时收卷,第二场考试时三位考官都在场监督。会稽县令陈国器,福建人,(考试童子时)凡是被录取的童生,他都要用大圈圈出姓名。越地人把他俩的事迹编成一副对联说:"马山阴,三通花鼓,和州叫化;陈会稽,一团煎饼,福建倾销。"

明时有一缙绅自刻其文集，语极肤浅。问于作者，曰："吾文何如古人？"或对曰："一代之兴有一代之文，故汉曰汉文，唐曰唐文，公之文，可谓'明文^①'也。"其人不悟。

【注释】①明文：与"冥文"谐音。冥文，鬼话连篇的文章。

【译文】明代有一个士大夫自刻其文集，语言极为肤浅。他问我说："我的文章跟古人比怎么样？"我回答："一代之兴旺，必有一代之文章，因此汉代的叫汉文；唐代的叫唐文。您的文章，可以称作'明文'。"这个人最终也没有参悟我话中的意思。

杨升庵云："滇中有一先辈，谕诸生读书为文之法甚悉，语毕问诸生曰：'吾言是否？'一人应曰：'公，天人也，所言皆是天话^①。'"

【注释】①天话：空话，大话

【译文】杨升庵（杨慎）说："云南有一位前辈，教导诸生读书作文的方法十分全面细致，（有次）讲解完后，他问诸生说：'我讲的对吗？'一个学生回答道：'先生是天人，所说的都是天话。'"

焦芳初还朝，失记朝仪，问李西涯，西涯曰："以鸣鞭为度：一鞭走两步，再鞭又走两步，三鞭上御道。"芳诺之，旋悟曰："公乃戏我。"

【译文】焦芳刚返回朝廷时，忘记了上朝的礼仪，询问李西涯（李东阳），李西涯说："以鸣鞭为法度：第一次鸣鞭走两步，第二次鸣鞭再走两步，第三次鸣鞭走上御道。"焦芳答应着，但很快就醒悟了，说：

"您是取笑我呢。"

王元美宴客，王偶泄气，客皆笑之。王拈一令曰："要四书中一'譬'字。"王先道"能近取譬"，众皆举"譬如北辰"、"譬如为山"等语。王笑曰："我'譬①'在下，公等'譬'乃在上。"各罚巨觥。

【注释】①譬：与"屁"谐音。

【译文】王元美（王世贞）宴请宾客，偶然放了一个屁，宾客皆发笑。王元美提出让各人都说一个酒令，酒令的内容为："四书中一句带'譬'字的话。"王元美先说"能近取譬"，众人都举出"譬如北辰"、"譬如为山"等语。王元美笑着说："我的'譬'在下，你们的'譬'竟然在上。"各罚一大杯。

叶仲子论荆公《字说》之妙，因及"疾病"二字，从丙、从矢，盖言丙燥、矢急，疾病之所自起也。一友以"痔"字难之。沈伯玉笑曰："因此地时有僧人出入，故从寺也。"众方哄堂，一少年不解，问叶，叶曰："异日汝当自解。"众复哄堂。

【译文】叶仲子（叶昼）议论王荆公所著《字说》的巧妙，说到"疾病"二字，一个下部是丙，一个下部是矢，这两个字的意思大概是说丙燥、矢急，自然就会引起疾病。一个友人以"痔"字提问。沈伯玉笑着说："因为这地方时常有僧人出入，所以下部是个'寺'字。"众人才哄堂大笑，就有一个少年不解地问叶仲子刚才的话是什么意思，叶仲子说："以后你自然会理解。"众人又哄堂大笑。

焦芳面黑而长如驴,尝谓西涯曰:"公善姑布^①,烦一相我。"西涯左右视曰:"左半面像马尚书,右半面像卢侍郎,公位必至此。"马与卢,合乃"驴"也,芳悟始笑。

【注释】①姑布:春秋时晋国人姑布子卿善于相术,后遂以"姑布"代指相术。

【译文】焦芳面黑且长如驴,曾对李西涯(李东阳)说:"您精通相术,麻烦您给我相一面。"李西涯看了看焦芳的左脸和右脸说:"左半边脸像马尚书,右半边脸像卢侍郎,将来你的官位必然像他们一样。"马与卢,合起来是个"驴",焦芳醒悟后发笑。

金陵吴扩有诗名,曾有《元日怀严分宜相公》诗。一友见之戏曰:"开岁第一日,怀当朝第一人,如此便做到腊月晦日,亦怀不着我辈也。"吴笑而甚惭。

【译文】金陵吴扩善于作诗,名声在外,曾作有一首《元日怀严分宜相国》的诗。他的友人见到后取笑他说:"新年第一天,怀念当朝第一人,这样作诗即便作到腊月三十,也怀不到我们这些人。"吴扩十分惭愧地发笑。

二酉叔^①至陆二公子园亭,见吊人庑下扑之,问公子,公子曰:"雨大,偷掘我塘,池鱼尽走,故扑之。"二酉叔笑曰:"此打有典,据《千字文》曰'吊民伐罪,有虞(鱼)陶(逃)唐(塘)。'"

【注释】①二酉叔:张岱的二叔张联芳,字尔葆,又字葆生,号二酉,当时著名的画家和收藏家。

【译文】我的二叔张二酉去陆家二公子的园亭里游玩，见到陆家的仆役正在鞭打吊在廊下的一个人，我二叔问为何鞭打此人，陆二公子说："下大雨时，他偷掘我家的鱼塘，致使里面的鱼全都跑了，因此鞭打他。"我的二叔笑着说："这鞭打有个典故，据《千字文》说'吊民伐罪，有虞（与"鱼"谐音）陶（与"逃"谐音）唐（与"塘"谐音）。'"

倪康侯善谐谑。一日与商氏昆季席散，携灯塞巷，康侯口占一绝曰："雪片灯笼点得忙，尚书兵宪与都堂①。只有秀才难出色，傍边细注益三房。"友人大笑。

【注释】①都堂：明代称都察院长官如都御史、副都御史等为"都堂"。

【译文】倪康侯善于开玩笑。一天，与商氏兄弟散席后，看见提着灯笼来接人的人充塞街巷，倪康侯口吟一首七绝道："雪片灯笼点得忙，尚书兵宪与都堂。只有秀才难出色，傍边细注益三房。"朋友们都大笑起来。

一腐儒最不能弈棋，又侈口自负，每对局必败，乃愤耻不复弈。一友诘其何以不复弈，其人以持五戒①对。友曰："弈不在五戒之内，何以戒弈？"其人曰："弈不免杀，五戒以不杀为首，故戒之。"叶昼从傍笑曰："如此说，公却替别人戒了。"

【注释】①五戒：即不杀生、不偷盗、不邪淫、不妄语、不饮酒。

【译文】一个迂腐的儒生下棋的技艺最劣，但他又喜欢夸口吹牛，每次与人对局就必定失败，于是（某一天）愤恨羞耻的他决定不再下棋。一个朋友问他为何不再下棋，他说自己要遵行五戒。那个朋友说："下棋不在五戒之内，为什么要戒掉下棋呢？"他回答："下棋时不免要杀掉别人的棋子，五戒的第一条是不杀，因此戒掉下棋。"叶昼在旁边笑着道："这样说，您却是替别人戒掉下棋了。"

长安有武弁喜作诗，逢人辄口诵不已。一日，见王季重，开口便诵，季重曰："待写出来请教。"即命索笔，季重曰："待刻出来请教。"

【译文】长安有个武官喜欢作诗，遇到人就不停地吟诵自己的诗。一天，这个武官见到王季重（王思仁），开口就吟诵自己的诗，王季重说："等你把诗写下来时我再请教。"武官立即向人索要纸笔，王季重说："等你刻出来时我再请教。"

督学将至姑孰，有三秀才理经不熟，谋烧棚厂，将举火，被获。王季重为令，判其牍曰："一炬未成，三生犹幸；万一延烧，罪将何赎？须臾乞缓，心实堪哀。闻考即已命终，火攻乃为下策。各还初服，恰遂惊魂。"

【译文】督学将至吴县督导考试，有三个秀才没有把经书读熟，他们谋划烧掉棚厂，将要放火时，被捕获。当时王季重（王思仁）任县令，判其案件说："一把火没有放成，对你们三生都是幸事；万一大火蔓延燃烧，你们的罪责何以能赎？你们就因迟缓了这么一小会儿而被捉住，我的心里实在同情你们。听到考试时你们的前途就已经终结，采用放火的方法实属下策。（现今剥夺你们的秀才衣冠）让你们返回平民身份，这样就能平复你们受惊的心神了。"

王季重与吴、施两同年剧谈，施瘦，言寒可畏；吴肥，言热可畏，争持久之。王季重曰："以两君之姓定之，不相上下，一曰'迎风则僵'，一曰'见月而喘'。"

【译文】王季重（王思仁）与姓吴、姓施的两位同榜登科者畅谈，姓施的人瘦，说寒可畏，姓吴的人胖，说热可畏，二人争执许久。王季重说："从你们二人的姓来说，不相上下，一个是'迎风则僵'，一个是'见月而喘'。"

梅季豹、谢少连、柳陈夫、虞伯子、宋献孺访王季重，俱集姑孰，季重觞之。一优竖甚丽，酒酣，柳掀髯曰："临邛令已妙矣，但少一卓文君耳！"季重捉鼻笑曰："这其间，相如料难是你。"

【译文】梅季豹（梅守箕）、谢少连（谢陛）、柳陈夫、虞伯子、宋献孺（宋献）拜访王季重（王思任），众人齐集吴县，王季重以酒宴款待。一个演戏的戏子十分美丽，众人正喝得高兴时，柳陈夫张须启口地笑着说："做临邛县令真是太好了，只是缺少一个卓文君！"王季重掩鼻笑着说："我们这里面的司马相如绝对不是你。"

白下一吏部步杜工部《秋兴八首》，属王季重和之。季重曰：

"此时还正夏日雨,免何如?"

【译文】南京一官员步韵杜工部(杜甫)的《秋兴八首》,请王季重(王思仁)作和诗。王季重说:"这时还正当夏天雨季,还是算了吧?"

由拳一衿颇有意思,熊芝冈考置四等,王季重慰之,此生曰:"宗师重在四等,甚是知音。"季重曰:"果然。大吹大打极俗,不如公等鼓板清唱也。"

【译文】由拳县的一个生员颇有意思,(有次考试)熊芝冈将其列入第四等,王季重(王思仁)予以安慰,这个生员说:"老师将我列入第四等,实在是我的知音。"王季重说:"确实如此,大吹大擂太俗,不如像您这样的人一样打着拍板清唱。"

王季重入觐,过一好弈年友,曰:"上门欺侮。"年友曰:"径送书帕①则讫,何必又借棋盘。"季重曰:"不是书帕,还是怕输。"

【注释】①书帕:明代官场习惯用书籍、手帕作礼物,泛指礼金。
【译文】王季重(王思仁)入京觐见时,去拜访一位喜欢下棋的同榜登科好友,王季重说:"我上门接受欺侮来了。"他的同年好友说:"直接送书帕来就行了,何必又借棋盘呢。"王季重说:"不是书帕,而是怕输。"

王季重令姑孰,有女将嫁,其父索重聘,遂失期。此女忽持一绢而去，大索不得。月余，得之邻居宋皮匠柜中。季重判其牍曰："勒加羊馈^①，遂至鹑奔^②。事之以币，反叨西蜀之文君；射不主皮，岂料东邻即宋玉。十纤刺绣，落在锥刀；一貌如花，食此牛气。夜行昼伏，怜喜惧之兼施；日居月诸，叹尺寻之不定。亡人以为宝，巧虽韫椟而藏；遁世不见知，闷乃穴革以出。手足尽露，弥缝之术终疏；寝处太甘，钻隙之缘亦尽。既奸所之见获，各决杖以何辞。女既无良，夫麾是听，父难免罪，众唾咸归。"

【注释】①羊馈：本指以羊作为祭品，后泛指礼品、礼物。语出《国语·楚语上》："大夫有羊馈。"②鹑奔：私奔，奔逃。《诗经·鄘风》有《鹑之奔奔》篇。

【译文】王季重（王思仁）任吴县县令时，有一户人家的女儿将要出嫁，因为女儿的父亲索要重礼，以致嫁期延迟。忽然有一天，这户人家的女儿拿了一匹绢离家出走，她父亲四处寻找，也没有找到女儿。一个多月后，他在邻居宋皮匠家中的柜子里找到女儿。王季重对此案下判词说："索要厚重的聘礼，以致女儿私奔。以金钱的多少决定事情，反而促使女儿成为西蜀卓文君那样的人物；射箭（重在合乎礼仪）不以射中皮靶为主，谁料东边的邻居竟是窃玉偷香的宋玉。刺绣的十根纤指，落在了锥刀之上；貌美如花的一个女子，竟被粗野的笨牛吞食。夜行昼伏，可怜其喜惧的心情兼有；日积月累，感叹近在咫尺却寻找不到。没有妻子的人将其视为珍宝，把她巧妙地藏在柜子里；避世躲藏而无人得知，憋闷时才出来透一口气。现今藏身之处暴露，即使想弥补也已经晚了；与人同居虽然甜美，但这种偷偷摸摸的缘分也到此为止了。既然奸情被人查获，对各人处以杖刑应该没有疑义吧。女子品行不良，任凭其夫家退婚休弃，女子的父亲难以免罪，等众人唾骂完了你们再回去吧。"

王季重族人犯杖罪，的决①而出，季重慰劳之曰："尔可改过，今后是个名人了，'七十杖于国②'矣！"

【注释】①的决：按判定数施行实施杖刑。②七十杖于国：语出《礼记·王制》。原意为"七十岁可以拄杖行于国都"，这里的"七十杖"指受了七十下杖责。

【译文】王季重（王思仁）的一个族人犯下应判杖刑的罪行，王季重按判定数施刑后将其释放，王季重安慰受刑的族人说："一定要改正过错，今后你是个名人了，古人不是说'七十杖于国'嘛！"

徐兵宪①戏董比部②惧内，比部曰："人不惧内，必为乱臣贼子矣！"季重曰："不尔，乱臣贼子惧。"

【注释】①兵宪：官名，又称兵备道佥宪。②比部：明清时对刑部及其司官的称呼。

【译文】徐兵宪嘲笑董比部惧内，董比部说："一个人如果不惧内，必会是乱臣贼子！"王季重（王思仁）说："不然，乱臣贼子也惧内。"

鄂君①在坐，张参军侫之曰："尊公当日亦芳致。"王季重曰："又追王太王、王季②。"

【注释】①鄂君：即鄂君子皙，春秋时楚国的美男子。后以其作为美男的通称。②追王太王、王季：语出《中庸》第十八章。

【译文】一个美男子在座，张参军谄媚地说："您他日也会得到美好的封赏。"王季重（王思仁）说："又可以追尊太王、王季为王了。"

钱理斋善写照，有苏友欲驾之，然所貌殊不是。一日请评，王季重曰："理斋那得如君，渠笔浅易，一望而尽；不若君能变幻，令人仿佛，费沈思也。"

【译文】钱理斋擅长画像，有个苏州的朋友想超越他，可那人画得画像实在不好。一天，那人请王季重（王思仁）品评自己与钱理斋画作的优劣，王季重说："钱理斋哪能比得上你，他的画技浅易，一望而尽；不如你的善于变幻，让人隐约感觉画得像，费人沉思。"

陶兰亭二连襟：一老童不得进学，一进学而近降青衣。兰亭戏之曰："我两姨夫①，《论语》上早已说破，一曰苗而不秀②，有姨以夫；一曰秀而不实，有姨以夫。"

【注释】①姨夫：妻的姊妹夫，即前文所言之"连襟"。②"苗而不秀"二句：与下文"秀而不实"二句俱出《论语·子罕篇》，原文为"子曰：苗而不秀者有矣夫！秀而不实者有矣夫！"
【译文】陶兰亭的两位连襟，一个是童生，年老了还未考中秀才，一个是秀才，近来被降为劣等生员。陶兰亭与人开玩笑说："我的两个姨夫，《论语》上早已说破，一句说的是苗而不秀，有姨以夫；一句说的是秀而不实，有姨以夫。"

萧山县秀才瞋西兴①脚子不称"相公"，而称"公相"，告之县令，令曰："何烦乃尔？"秀才曰："即如见父母不称'老爷'，而称'爷老'，如何恕得？"

【注释】①西兴：古渡口名，在萧山县西北。

【译文】萧山县的一个秀才责怪西兴渡口的一个脚夫不称呼他"相公"，而是称呼他"公相"，秀才向县令告状，县令说："何必如此烦恼？"秀才说："这就好比见到父母不称呼'老爷'，而是称呼'爷老'，怎么能饶恕呢？"

吴松间有一缙绅闺门不正，乡人挪揄之，作一对榜其门曰："孝弟忠信礼义廉，一二三四五六七。"见者捧腹。

【译文】吴松地区有一个士大夫，家中的妇女作风不正，乡人讥笑，作了一副对联贴在那人的大门上，对联为："孝弟忠信礼义廉，一二三四五六七。"见到的人都捧腹大笑。

越中水澄刘氏子，面方口阔，有号石狮子者，后为侍郎公。乡贤、秀才一日衣冠见其族长，族长笑曰："今后石狮子当改为铜狮子矣！"或问何也，族长曰："口内要吐出香烟。"

【译文】浙江绍兴水澄巷的一户刘姓人家的几个儿子，都长得面方口阔，其中一个外号"石狮子"的，后来成为侍郎。一天，刘氏族人中的乡贤、秀才等穿着礼冠礼服来拜见族长，族长笑着说："今后石狮子应当改称铜狮子了！"有人问族长为什么，族长说："他的口内即将吐出香烟。"

吏部书办设席请萧王，二酉叔戏之曰："公辈作福，当奉祀赵玄坛①。"诸书办问曰："何请也？"二酉叔曰："公等在部，多用黑虎跳②，故须祀之。"

【注释】①赵玄坛：即民间信奉的财神赵公明。因道教尊其为正一玄坛元帅，故称。相传赵玄坛黑面浓须，执铁鞭，骑黑虎，能除瘟去灾，保人求财如意。②黑虎跳：科举考试中的一种舞弊行为，即由枪手代做墨卷。

【译文】吏部书办设席宴请萧王，我的二叔张二酉与他们开玩笑说："你们要想获得福祉，就应该奉祀赵玄坛。"诸书办问："为什么要请他？"我二叔回答说："你们在吏部，经常用黑虎跳，因此一定要奉祀他。"

嘉善乐元声、和声、骏声弟兄三人皆名进士，乃认岳武穆为祖，改姓岳氏，遂占踞岳坟，夺其世产。杭人恨之，乃作一小剧：岳鄂王①坐堂皇，先呼其长进曰："尔何名？"曰："元声。"曰："元，吾仇也，尔奈何名元？亟出之！"呼其次进曰："尔何名？"曰："和声。"曰："吾梗和议而致杀身，秦桧主和，吾所痛恨也。亟出之！"呼其季进曰："尔何名？"曰："骏声。"曰："拐子马②，兀术所以取胜，马亦吾敌也。亟出之！"三人逐出，傍徨庙门。外扮乐道德上，呼曰："尔辈皆吾后裔也，何苦受鄂王呕气？快快随我回去！"拉以俱下。无赖子为之，虽甚恶薄，而亦多隽巧。

【注释】①岳鄂王：宋孝宗时，岳飞被追谥为武穆，后又追谥忠武，封鄂王。②拐子马：又称"拐子马阵"，古代的一种骑兵阵法。

【译文】嘉善县的乐元声、乐和声、乐骏声弟兄三人皆是当地有名的进士，于是三人认岳武穆为祖先，改姓岳氏，占踞岳坟，抢夺了这片世代相传的产业。杭州人对此十分愤怒，便编写了一出小剧：岳鄂王坐在富丽堂皇的大殿上，先呼唤乐元声进来问："你叫什么名字？"乐元声答："元声。"岳鄂王说："元朝，是我的仇敌，你怎么以'元'为名？快出去！"再呼唤乐和声进来问："你叫什么名字？"乐和声答："和声。"岳鄂王说："我因为阻挠议和而遭杀身之祸，秦桧主张议和，是我所痛恨的。你快出去！"又呼唤乐骏声进来问："你叫什么名字？"乐骏声答："骏声。"岳鄂王说："拐子马，是金兀术之所以能取胜的阵法，马也是我的仇敌。你快出去。"三人被赶出庙中，在庙门前徘徊。（这时）有人扮作乐道德走上戏台，大声说："你们都是我的后代，何苦受岳鄂王的闷气？快快随我回去。"（说完）拉着三人走下戏台。这出小剧是一个无赖之人编写的，虽然有些地方非常刻薄，但也有许多巧妙之处。

卷第十五 笑谈部

陶庵曰：尼父莞尔弦歌，而弦歌有何可笑？佛祖拈花一笑，而拈花有何可笑？陆士龙服纁临涧，笑几溺水，而服纁临涧有何可笑？然而触目会心，忽然颐解，真有不知其然而然者。故笑，如做梦，有想有因，不可强也。冯子犹集《古今笑》，而以天地间忠孝廉节极正经之事，俱付之一笑，则亦今日之孔文举、祢正平矣。余所记者则大异是。记一可笑之言，无不喷饭；记一可笑之事，无不掀髯。纵使包待制①冷面寒铁，偶见一则，亦不得不为之河清一度②也。集笑谈十五。

【注释】①包待制：北宋名臣包拯，廉洁公正，铁面无私，曾任天章阁待制，故世称"包待制"。②河清：古人认为黄河千年一清，因以"河清"比喻时机千载难遇。

【译文】陶庵曰：孔子听见弹琴唱歌的声音莞尔而笑，但弹琴唱歌有什么可笑的呢？佛祖拈花一笑，但拈花有什么可笑的呢？陆士龙穿着丧服来到溪水边（在水中看到自己的影子），笑得几乎溺水而亡，但穿着丧服站在溪水边有什么可笑的呢？然而眼睛所见，心领神会，忽然开颜欢笑，真有只看见他笑而不知他为什么笑的。因此，笑像做梦一般，有想象有原因，不可强求。冯梦龙编辑《古今笑》，将天地间忠孝廉节等极正经之事，都以一笑对待，这也算是当今的孔文举、祢正平了。我所记录的这些笑话却与冯梦龙的《古今笑》大不相同。我所记录的每一条可笑之言，无不令读者发笑喷饭；所记录的每一件可笑之事，无不令读者大笑张须。即使脸色像寒铁一样严肃的包拯，偶尔读到一则，也不能不为之千载难遇地发出一笑。故集合诸故事将"笑谈部"列为第十五。

武宗在宣府迎春，备诸剧戏，饰大车数十辆，令僧与妓女数十人共载。妓女各执皮球，车驰，妓女交击僧头，或相触而堕。上大笑以为乐。

【译文】明武宗在宣化府迎春，准备了各种各样的游戏，他装饰了数十辆大车，命令数十个僧人和妓女一同坐在车上。每个妓女手中拿着一个皮球，大车奔驰时，妓女用皮球敲打僧人的头，有些皮球因为妓女间的相互碰触而掉落。明武宗以此为乐，频频大笑。

浙中一缙绅学仙，引导①许久，妄自意身轻可以飞举。乃于园中叠案数层，登而试之。两臂才张，遽而堕损，医治弥月方愈。语人曰："但愿吾做得半日神仙，便死也甘心。"

【注释】①引导：又称"导引"，古代道家的一种养生方法。
【译文】浙江的一个士大夫修习成仙之术，修炼了很久，妄以为自己的身体已经轻得可以飞升。于是，他在园中垒起几张桌子，登上去试验。他的两臂才一张开，就迅速跌落，造成损伤，医治了整整一个月才得以痊愈。他对人说："只要我能做成半天神仙，即使死了也甘心。"

武宗朝，以国姓朱，禁天下畜猪，杀猪者罪无赦。凡民间小豵皆弃之，沟渠市河为满。

【译文】明武宗时，因为帝王姓朱，便禁止天下养猪，（还规定）杀猪者有不赦之罪。（当时）凡是民间的小猪全被抛弃，沟渠、护城河里都填满了小猪。

高邮学正①夏有文，弘治末献书阙下，曰"万世保丰永亨管见"。孝宗嘉之，更"管见"两字曰"策"。夏遂书官衔云"献万世保丰永亨管见，天子改为策字，高邮州学正夏有文"。

【注释】①学正：地方学校学官，掌教育所属生员
【译文】高邮州学正夏有文，弘治末年时上书朝廷，书名为"万世保丰永亨管见"。皇上嘉奖，改"管见"二字为"策"。（自此以后）夏有文便将官衔写为"献万世保丰永亨管见，天子改为策字，高邮州学正夏有文。"

徐侍御如珪谪出，后迁廷评，不欲忘旧衔，投台中刺曰"台末"，于他刺曰"台驳"。又有太常少卿白若珪，性谦下，投诸贵人刺曰"渺渺小学生"。好事者作谣曰："台末台驳，渺渺小学，同是一珪，徐如白若。"闻者绝倒。

【译文】侍御徐如珪被贬出京城，后来（回到朝廷）担任廷评，他不想忘掉从前的官衔，在给宫廷官员投递名片时（名片上）就写"台末"，投给其他人的名片上则写"台驳"。另有太常少卿白若珪，性格

谦逊，他投给各个达官贵人的名片上常写"渺渺小学生"。好事之人做了首歌谣说："台末台驳，渺渺小学，同是一圭，徐如白若。"听到的人都笑得前仰后合。

归太仆谪官吴兴，每理事，吏胥杂役环挤案傍，几不容坐。归以朱笔饱蘸捉向诸人曰："若辈若不速退，我便洒将来也。"合堂大笑。

【译文】归太仆被贬往吴兴任职，每次处理事情时，小吏杂役们就环绕拥挤在桌案旁，几乎占据了他的落座之处。归太仆用朱笔饱蘸红墨水，拿着笔向众人说："你们如果不赶快退下，我便洒墨水了。"满堂的人都大笑。

吴康斋召至京师，以两手大指、食指作圈曰："令太极常在眼前。"长安街上小子常以萝卜投其中戏侮之，公亦不顾。

【译文】吴康斋（吴与弼）被召至京城时，用两手的大拇指和食指合成一个圈说："让太极图常在眼前。"京城街道上的小孩子们常把萝卜投到圈中戏弄轻侮他，吴康斋一点也不计较。

袁太冲同二缙绅在宾馆坐久，一公曰："司马相如日拥文君，好不作乐。"一公曰："宫刑时却自苦也。"袁闭目摇首曰："温公吃一吓。"

【译文】袁太冲与两个官绅在宾馆久坐，一个官绅说："司马相如每天抱着卓文君，好不快乐。"另一个官绅说："他遭受宫刑的时候却是苦不堪言。"（遭受宫刑的是司马迁，此官绅误作司马相如）袁太冲闭着眼摇着头说："温国公司马光听见你这话准会吓一大跳。"

越中有李少白（白沙）者，书画皆俗笔（极佳），而自负能（复善于）诗，乃作字说曰："先人号继白，而某号少白，某所少者乃李太白之白，非先人继白之白也。盖先人不能诗，某则何所少哉！"

【译文】越地有个叫李少白的人，书画都很俗气，然而他自负能诗，于是他解释自己的名号说："我的亡父号继白，我号少白，我名号中的'少白'之'白'乃是李白之'白'，不是我父亲的继白之'白'。因为我的父亲不能写诗，我却一样也不差啊！"

李少白作《倒撑船》诗云："越地无车马，乘船便当街。浑身着木屐，未死进棺材。蜕壳钻篷出，揎梭①下堰来。夜深相遇处，你陇我侬②开。"

【注释】①揎梭：穿梭。②我侬：吴地方言，即我。
【译文】李少白作有一首《倒撑船》诗，内容为："越地无车马，乘船便当街。浑身著木屐，未死进棺材。蜕壳钻篷出，揎梭下堰来。夜深相遇处，你陇我侬开。"

王侍御家资数十万，每夜必与妾婢数沁茶青豆，客至几次，共享豆几十粒，余几十粒，必交盘①入册。侍御出见客，腰间琅琅有声，则其厩库、厨房各门匙钥也。

【注释】①交盘：把帐目、物件、文书等清点明白后移交于人。

【译文】王侍御家中有数十万财产，每天夜晚必与妾婶数出一定数量的茶青豆浸泡待客，客人到来数次，共用掉几十粒茶青豆，剩余的几十粒，则一定会清点数目、登记在册。王侍御出来见客，腰间常有琅琅清脆之声，这是其家中的牲口房、库房、厨房、浴室各门的钥匙相互撞击所发出的声音。

北地盛作跳神，召戏则戏，召酒则酒，召食则食。有跳神者见主人堂后有琵琶两具，误认以为火腿，呼曰："急煮后堂火腿来！"主人跪拜曰："尊神，实是琵琶，不是火腿。"跳神大声曰："你凡人叫做琵琶，咱天上叫做火腿！"

【译文】北方盛行跳神，神巫叫主人做戏，主人就会做戏，叫主人献上酒水，主人就会献上酒水，叫主人献上食物，主人就会献上食物。有一个跳神的神巫看见主人家的后堂有两具琵琶，误认为是火腿，便大呼说："快把后堂的火腿煮好拿来！"主人跪拜说："尊敬的神，那是琵琶，不是火腿。"跳神的神巫大声说："你们凡人叫它作琵琶，我们天上叫做火腿。"

徽州吴上舍①不读书而好为势交，一日闻友人读《归去来辞》，至"临清流而赋诗"，遽问曰："是何处临清刘副使？幸携带往贺之。"友人曰："此《归去来辞》。"乃曰："只道是见任上京，若是归去者，不往也罢。"

【注释】①上舍：宋代太学分外舍、内舍和上舍。明清时以"上舍"代指监生。

【译文】徽州有一个姓吴的监生，不读书却好结交有权有势的人。一天，他听到友人诵读陶渊明的《归去来兮辞》，当友人读到"临清流而赋诗"时，他急忙问："是什么地方的临清刘副使？请带我前去拜见。"友人说："这是《归去来兮辞》里的话。"他听后说："我以为是现在在京城任职的，如果是辞官回家的，我就不去拜见了。"

先伯九山为延平令，胞弟紫渊至署，见案牍中有武举某者告状，即大怒，促九山立拘其人，痛责三十，发重监羁候。九山俟其气稍平，问之曰："是人于何处得罪吾弟？"紫渊笑曰："渠何曾得罪于我，绍兴武举张全叔与我有口过，今痛责此人，使其知武举也是我张紫渊打得的。"

【译文】我的伯父张九山任延平县令时，有一天，其胞弟张紫渊来到官署，张紫渊看见桌上的公文里有一张某个武举人告状的状书，随即大怒，催促张九山立即捉拿此人，痛加责罚三十大板，关入死囚牢拘留候审。等张紫渊气消后，张九山问："这人在何处得罪了你？"张紫渊笑着说："他何曾得罪过我，绍兴武举人张全叔与我发生过口角，今日痛责此人，让他知道（即使是）武举人也是我张紫渊可以打得的。"

贺美之与伊德载同饮一富民家，富民谄奉德载，而不识"伊"字，屡呼"尹大人"，酟酢重沓，略不顾贺。贺斟大觥呼之曰："尔其与我饮一杯，不要傍若无人！"

【译文】贺美之与伊德载同在一个富户家饮酒，这个富人谄媚奉承伊德载，但不认识"伊"字，屡次呼伊德载为"尹大人"，举杯动筷之间，一点也不顾及贺美之。贺美之自斟了一大杯酒，高声对富人说："你也与我饮一杯，不要旁若无人！"

越中一先辈喜看戏，闻锣鼓声，心急步不能移，辄仆地。子孙以小椅舁之，则呼曰："努力，努力！早到一刻，便是孝子慈孙。"

【译文】越地有一个前辈喜欢看戏，听见锣鼓声响，就心急得迈不开步，以致跌倒在地。子孙们用小椅子抬着他前往戏场，一边走，他一边高呼："努力，努力！早到一刻，便是孝子慈孙。"

先叔三峨喜评论试牍，言之侃侃，即数百名外，其间高下，谓一名不可移易。故人言"张三峨看考卷极准极确，却要在发案之后"。

【译文】我的三叔张三峨喜欢评论考卷，侃侃而谈，即使数百名之外，其名次的高下，也能评论得一名也不能改动。因此，人们常说"张三峨看考卷极其准确，只是要等到放榜之后"。

先叔紫渊煮狗熟，邀刘迅侯共食之。迅侯以事出，作一简复之曰："弟政忙，不及过兄，如有意，幸分我一杯羹。"

【译文】我的叔叔张紫渊煮了一盆狗肉，邀请刘迅侯前来共食。刘迅侯因事外出，便写了一封信回复我叔叔说："弟公务繁忙，来不及拜访兄长，如果你是真心诚意，请分我一杯肉汤即可。"

王修仲与其族人讼，族人不能胜，夜持刀杀之，修仲走避，获免。次日谓其友曰："某昨几为族人所杀，幸弟防避得紧，彼始善刀而藏之^①矣！"

【注释】①善刀而藏之：语出《庄子·养生主》。意为"将刀擦拭干净而收藏起来"。善，同"缮"，擦拭。

【译文】王修仲与其族人打官司，族人败诉，夜晚拿着刀来杀他，王修仲躲避起来，因此得以免祸。第二天，王修仲对友人说："我昨晚几乎被族人所杀，幸亏我躲避得快，他可以把刀擦拭干净而收藏起来了！"

汪司马伯玉喜用文语。一日，其媳与夫竞宠，操刀割其势，其子大喊，叫声达于外。座客惊问，伯玉曰："儿妇下儿子腐刑。"

【译文】司马汪伯玉说话喜欢使用文言。一天，他的儿媳妇与丈夫争宠，持刀割掉了丈夫的生殖器，他的儿子大喊，叫声传出屋外。客人惊奇地询问缘故，汪伯玉说："儿媳妇给儿子施腐刑。"

有吴生者，老而趋势。偶赴席，见布衣后至，意轻之，止与半揖。已而见主人恭甚，私询之，乃张伯起也，要致殷勤，欲与再揖。张笑曰："适已领过半揖，但乞补还，弗复为劳。"

【译文】有一个姓吴的书生，年纪很大却喜欢趋附权势。有一次，他去参加一个宴会，看见有个穿着打扮像平民的人过后到来，他神情傲慢地只是作了半个揖。过了一会，他见主人对那个人十分恭敬，便私下探问，别人告诉他这就是大名鼎鼎的张伯起。他想上去向张伯起献殷勤，并重新作揖。张伯起笑着说："刚才已经领受过你的半个揖了，只请求你把另外半个揖弥补上就行，不要再继续辛苦了。"

庐陵陈文贪鄙，至死，门下人有善滑稽者谓人曰："昨夜二夜叉来取公，一夜叉搋之，公不肯去。其一曰：'彼将望升太师柱国，如何舍得去？'搋之者曰：'即为阎罗王，何虑也！'公喜曰：'如何便为阎罗王？'夜叉叹曰：'公有淮盐十余万，非阎罗王而何？'"闻者绝倒。

【译文】庐陵人陈文为人贪婪卑鄙，临死时，其家中有个讲话诙谐的仆役对人们说："昨夜有二个夜叉来取陈公，一个夜叉上前扯挽，陈公不肯去。另一个夜叉说：'他希望升任太师柱国，怎么舍得离去呢？'扯挽陈公的那个夜叉说：'他即然是阎罗王，还担心什么？'陈公听到后，高兴地问：'我怎么便是阎罗王了？'那个夜叉叹息着说：'您贪污了十余万淮盐，不是阎罗王是什么？'"听见这话的人都笑得前仰后合。

先伯九山临清被难，嗣子墨妙往奔丧，闻乱，不果往。倪司马元璐发兵勤王，至淮而返。时人对之曰："张孝子奔丧，莫（墨）妙不去；倪司马勤王，原路（元璐）归来。"

【译文】我的伯父张九山在临清县遇难，其子张墨妙前往奔丧，闻听那里正发生战乱，便没有前往。司马倪元璐出兵救援君王，到了淮河而返回。当时的人们将二人的事迹编成对联说："张孝子奔丧，莫（与'墨'谐音）妙不去；倪司马勤王，原路（与'元璐'谐音）归来。"

杨椒山廷杖，有人送蚺蛇^①胆，曰："服此可无楚。"椒山却之曰："椒山自有胆，何必蚺蛇哉！"传为美谈。会稽陶印祖，有一人馈以海狗肾者，亦效其语曰："印祖自有肾，何必海狗哉！"

【注释】①蚺蛇：即蟒蛇。相传其胆能治病止痛。

【译文】杨椒山受了廷杖，有人送他蟒蛇胆，说："吃下它可以没有痛楚。"杨椒山拒绝说："我杨椒山自己有胆，何必要蟒蛇的胆呢！"人们传为美谈。会稽人陶印祖，有人赠给他一个海狗肾，他仿效杨椒山的话说："我陶印祖自己有肾，何必要海狗的肾呢！"

越中让檐街王禹屏家善饮，子侄皆豪量。凡款客，一入门即加锁钥，竟日不开，恐客逃席。至丙夜^①，客皆醉倒。令稚子举火照之，客则展侧者，必呼曰："客尚能东，快拿酒来！"

【注释】①丙夜：三更时候，约今晚上十一时至第二日凌晨一时。

【译文】绍兴让檐街的王禹屏家善于饮酒，其子侄都酒量很大。凡是款待客人，客人一进门，王家的人便用锁锁上门，整天不开，恐怕客人逃席。到三更时，客人皆醉倒。王禹屏命子侄举着火把一一照过，发现有翻动身体的客人，就大声喊叫说："客人还能动弹，快拿酒来！"

正德间有医官徐髯翁者，受武宗知遇，曾以御手凭其左肩，遂制一龙爪于肩上。与人揖，左手擎起，只下右手。

【译文】正德年间，有个名叫徐髯翁的医官，受到明武宗赏识，武宗曾经用手搭扶过他的左肩，他便在左肩上制作了一个龙爪。每次与人作揖，他的左手就高高举起，只是垂下右手。

会稽陶氏有老人好酒，而其子妇鄙吝。一夕月佳，老人起坐庭除，酒思渴甚，呼其子看月，不应，频呼之，其子曰："月有恁好看？"老人曰："汝即不看，可与我壶酒，我自看之。"其子曰："夜深何从得酒？"老人大怒，出门外大呼曰："陶某殴父，邻舍救应！"比邻皆起评问，知其故，乃罚其子酒一大壶，供老人看月，而令其子妇安寝如故。

【译文】会稽有个姓陶的老人喜好饮酒，但他的儿媳妇为人吝啬（经常不给他钱买酒）。一天夜晚，月色美好，老人在庭院的台阶上起坐赏月，非常口渴地想要饮酒，于是他喊儿子出来赏月，儿子没有应声，他反复呼唤，儿子说："月有什么好看的？"老人说："你即然不看，可给我一壶酒，我自己观看。"儿子说："夜这么晚了从哪里弄酒？"老人大怒，走出门外，大呼说："陶某殴打父亲，邻居们快来救应！"邻居们都来评理问询，知道缘故后，便罚老人的儿子拿出一大壶酒，供老人赏月，但让老人的儿媳妇依然安睡。

绍兴司理李应期，山东人，坐堂上理事。吏胥以饼饵啖之，俗名玉露霜，甜而可厌。司理撮食之甚美，口中念念曰："李推官莫忘祖宗积德，出尔子孙发了黄甲①，却恁般受用！"

【注释】①黄甲：古代科举考试考中甲科进士者的名单，用黄纸书写，故名"黄甲"。文中的"发了黄甲"指进士及第。

【译文】绍兴司理李应期，是山东人，有一天，他坐在大堂上处理公事。官府中的小吏给了他一块饼吃，这种饼俗称"玉露霜"，味道甜得让人发腻。李司理用手一点点掐着吃，觉得味道很美，一边吃，他还一边口中念念有词地说："李推官不要忘了这都是祖宗的积德，让子孙考中进士，在这里这般快活享受！"

李推官向越中子衿盛称："绍兴人材之盛，天下莫比。我山左寥寥①，有得几人！"子衿曰："老师贵处有孔夫子。"司李②曰："便只有这一个，也不曾发得黄甲！"

【注释】①寥寥：广阔空旷貌。②司李：即司理。

【译文】李推官在绍兴众生员面前极口称赞说："绍兴人才众多，天下没有哪个地方比得上。我山东虽然地域广阔，能有几个人才！"有个生员说："老师贵地有孔夫子。"李推官说："便只有这一个，他却也不曾考中进士！"

李司李与人谈，辄忧国运，人有言："近日黄河水涸，漕船挤塞奈何？"司李曰："如此看起来，天下倒有亡的机括。"

【译文】李司理与人谈话，动不动就担忧国运，（有一次）有个人说："近来黄河水浅，运粮的船只拥挤堵塞了河道，怎么办？"李司理说："这样看起来，天下倒有衰亡的预兆。"

李司李有门人馈金鱼十余尾，皆重价，司李收进，尽煮食之。次日见其人曰："昨日见惠金鱼，好颜色，食之只是少味。"

【译文】李司理的学生赠给他十余条金鱼，都价值非凡，李司理收下后，全部煮熟而吃。第二天，他见到那个学生说："昨天你赠我的那些金鱼，颜色很好，只是吃起来味淡。"

李司李寿日，有馈寿桃，上以粉饵①作八仙。司李见八仙，先令蒸食。次日谢馈者曰："承馈八仙，穿红的狠好吃，穿黄的还好吃，那穿绿的极难吃。"盖绿者以铜绿和之，故难吃也。衙役闻之匿笑。

【注释】①粉饵：一种用米粉制作的食品。

【译文】李司理寿诞，有人赠以寿桃，上面用粉饵制有八仙的图画。李司理见到粉饵制成的八仙，立即让人蒸熟而吃。第二天，他对那个赠以寿桃的人感谢说："承蒙你馈赠我粉饵八仙，（八仙中）穿红衣服的很好吃，穿黄衣服的也还好吃，那穿绿衣服的十分难吃。"因为那绿色是以铜绿调和的，因此难吃。衙役们听见这话，无不暗笑。

李司李见人馈黄甲蟹，异之。携至署中，揭奁盖，蟹擎螯乱出。司李踞桌上大呼曰："有沙虎，有沙虎！"署中人俱走避。随役急进，缚蟹出，一署始安。

【译文】李司理看见别人赠给他的黄甲蟹，十分好奇。他带到官府，揭开篓盖，篓里的蟹举着双钳纷纷爬出。李司理坐在桌子上大呼说："有沙虎，有沙虎！"官署中的人都匆匆躲避。衙役们闻声急忙进来，用绳子一一绑住众蟹，这样官署中才算安静了下来。

胡卫道三子：长名宽，次名定，季名宕。卫道妻亡，俾友人作墓志。友人直书曰："夫人生三子宽定宕。"见者失笑。

【译文】胡卫道有三个儿子：大儿子名宽，次儿子名定，小儿子名宕。胡卫道的妻子逝世，请友人作墓志，友人据实书写道："夫人生有三个儿子，分别是胡宽、胡定、胡宕。"见到的人都忍不住发笑。

迁仙醉，向人家撒溺。阍者呼之曰："何物狂徒，当门撒溺！"迁睨视曰："是汝门不合向吾鸟耳！"其人不觉失笑曰："吾门旧矣，岂今日造而向汝鸟？"迁指其鸟曰："老子此鸟，也不是今日造的！"

【译文】迁仙酒醉，在人家门前撒尿。守门人大呼说："哪里来的狂徒，竟敢对着我家的大门撒尿？"迁仙瞪着眼睛说："是你家的门不该对着我的鸟！"守门人忍不住发笑说："我家的门早就有了，难道是今天才造成而对着你的鸟的吗？"迁仙指着自己的鸟说："老子的这鸟，也不是今日造的！"

迁仙雨中借人衣着之，失足跌损一臂，衣亦少污。从者为之摩痛甚力，迁止之曰："汝第浣衣，勿揉我臂。"从者曰："臂且损，遑惜衣？"迁曰："臂是我自家的，便跌坏，无人来问我讨还。"

【译文】下雨天,迁仙借了人的衣服穿着出门,不小心失足,跌伤一只胳膊,衣服也有些脏了。与他一块出行的人十分殷勤地帮他按摩痛处,迁仙阻止说:"你只管把我的衣服洗干净,不用帮我揉胳膊。"那人说:"你的胳膊都已经损伤了,怎么还顾惜一件衣服?"迁仙说:"胳膊是我自家的东西,即使跌伤了,也不会有人来向我讨要。"

迁仙与人斗殴,咬伤其鼻,讼之官。迁曰:"他自咬其鼻,赖我耳!"官曰:"鼻高口低,岂能自咬?"迁曰:"他踏凳子上咬的。"

【译文】迁仙与人打架,咬伤了对方的鼻子,对方将之告上官府。迁仙说:"他自己咬伤自己的鼻子,却赖我!"官员说:"鼻子在高处,嘴巴在低处,怎么能自己咬伤自己的鼻子呢?"迁仙说:"他是踩到凳子上咬的。"

迁仙与卫隐君弈,卫着白子,迁大败,积子如山,枰中一望浩白。迁懊恨曰:"老子命蹇,偏拈着黑棋。"

【译文】迁仙与卫隐君下棋,卫隐君走白子,迁仙走黑子,(结果)迁仙大败,堆积的死棋子很多,棋盘上全是对方的白子。迁仙懊恼悔恨地说:"老子运气不佳,偏走了黑棋!"

村学究孙一经夏日纳凉,顷之云翳,孙曰:"必有大风。"友人诘之,曰:"夏云多奇风①。"

【注释】①夏云多奇风：原句应作"夏云多奇峰"，语出东晋顾恺之《神情诗》。或云出自东晋陶渊明《四时》诗。

【译文】乡村塾师孙一经夏天乘凉，片刻之间阴云密布，孙一经说："必有大风。"友人问他为何这样说，他回答："（古诗有言）夏云多奇风。"

村翁自夸其子聪明，已习《春秋》。或云："读过《左传》否？"答曰："《左传》未读，读过'右传'矣。"或曰："何谓右传？"村翁曰："昨听见小儿读'右传第一章'。"

【译文】乡村某老者夸赞自己的儿子聪明，说自己的儿子已经学习完《春秋》。有人问他："你儿子读过《左传》没有？"他回答："《左传》没读过，读过'右传'了。"那人又问："何谓'右传'？"村翁回答："昨天我听见小儿读'右传第一章'。"

吴蠢子年三十，倚父为生，父年五十矣。遇星家推父寿当八十，子当六十二。蠢子曰："我父寿止八十，我到六十，以后那两年靠谁养活？"

【译文】吴蠢子三十岁了，依然靠父亲养活，其父已经五十岁了。有一天，他遇到一个算命先生，算命先生推算吴蠢子的父亲将活到八十岁，吴蠢子将活到六十二岁。吴蠢子说："我父亲活到八十岁而终，我活到六十岁而终，父亲死后的那两年我靠谁养活呢？"

杭州参军独孤守忠领粮船赴都，夜半集船上人，至则无别语，但曰："逆风断不可张帆！"

【译文】杭州参军独孤守忠率领粮船前往京城，半夜召集全船的人，等全船的人到来后，他没说别的话，只说了一句："逆风时千万不要张帆。"

姑苏周用斋性驲，以白金五十两，令其家人出八色银杂办，应得六十两。家人匿二十两，持四十两进，用斋骇之。家人曰："五八得四十。"用斋沈吟半晌，点头曰："是，是，五八得四十。"

【译文】姑苏周用斋性情呆傻，拿出五十两白金，让家中的仆人置换成八色银，应该换得六十两，仆人私藏了二十两，只拿着四十两交给周用斋，周用斋十分惊异。仆人说："五八得四十。"周用斋沉吟了很久后，点头说："是，是，五八得四十。"

周用斋释褐后到部听选，过堂吏呼曰："说大乡贯①。"用斋误为"大乡官②"，乃对曰："敝乡有状元申瑶泉。"吏部知其驲，麾之使出。谓同人曰："尚有王荆老③未曾言，适堂上色颇不善，想为此耳。"

【注释】①大乡贯：即籍贯。②大乡官：告老还乡的大官。③王荆老：指王荆石，明万历年间曾任首辅。
【译文】周用斋考中进士，授官前到吏部接受审查，审查官大声说："通报大乡贯。"周用斋误以为是"大乡官"，于是回答说："敝乡有状元申瑶泉。"审查官知道他呆傻，就挥挥手，让他退出去了。周用斋出来后对其他等候选官的人说："还有王荆老没来得及说。刚才看见审查官不高兴，想必就是因为这个。"

迁仙向混堂洗澡，日午汤秽，迁仙取以漱口。同浴人曰："秽人，此乃可漱口耶？"迁仙一手掩其口，一手摇令勿言，漱毕，走向混堂外，将水吐出。

【译文】迁仙在澡堂里洗澡，中午时浴池里的水比较脏，他便用来漱口。与他一同洗澡的人说："这水太脏，怎么能用来漱口呢？"迁仙一手捂着嘴，一手摇动着让那人不要说话，漱完口，走出澡堂外，将水吐出。

昆山陈梧亭言：其邑某秀才有疑疾，而性复迁缓。夜在家，常伏暗处，俟其妻过，遽前抱之。妻惊呼，则大喜曰："吾家出一贞妇矣！"

【译文】昆山陈梧亭说：他同乡的某个秀才患有疑心病，而且思维迟钝，经常藏在暗处，等妻子经过，便忽然窜出来上前搂抱妻子。妻子惊呼时，他则十分高兴地说："我家有一个贞洁的妇人了！"

景帝隆福寺成，都民往观。忽一西番回回持斧上殿，杀二僧，伤人三四。执得，下法司鞫问，云："见寺中新作转轮藏①，其下推轮转者皆刻教门形像，悯其推运劳苦，是以仇而杀之。"

【注释】①转轮藏：能旋转的藏置佛经的书架。因设有机轮，可以旋转，故名。

【译文】明景帝建成隆福寺，京城百姓前往围观。忽然，一个西域回回持斧上殿，杀死二名僧人，砍伤三四人。抓捕他后，将其送往法司审问，他说："我看见寺中新作的藏置佛经的书架，下面的推轮人，所刻的都是我回教形像，我可怜他们推运劳苦，因此仇恨而杀人。"

冯子犹《甲申纪事》载：一大老投顺闯贼，授湖广道御史。常语人曰："我原要死节，奈小妾不肯何！"小妾者，所娶秦淮妓女也。

【译文】冯子犹《甲申纪事》载：一个资深望重的大官归顺李闯叛军，被授予湖广道御史一职。他常对人说："我原本打算为保全名节而死，无奈我的小妾不同意！"他的小妾，就是他所娶的秦淮妓女。

钱位坤降闯贼不用，托周钟引拔，得授助教。钟与语有授官消息，便向人曰："我明日此时便非凡人了。"京师人为作《不凡人传》。

【译文】钱位坤投降李闯叛军却未被任用，他托周钟引荐，才被授予助教一职。当周钟告诉他有授官消息时，他逢人便说："我明天这个时候就不是凡人了。"为此，京城之人为他写了一篇《不凡人传》。

祝东岱为毗陵府幕，署武进县事，每坐堂鞫一事，必进三五次。以如夫人①在内，防范甚严，每出其不意，进署伺之也。

【注释】①如夫人：同于夫人的人，即妾。

【译文】祝东岱在毗陵府任幕僚时，负责处理武进县的事务，他每次坐在大堂上审问一桩案件，都必然会返回堂内三五次。因为他的小妾在堂内，对他防范甚严，常常出其不意地来到大堂躲在暗处听他审案。

祝东岱理讼牒，必于堂上作审单。岸帻吟哦，运思苦构，字字用夹圈①，高声朗诵，出座跳跃，按胥役肩读与听之，问曰："我老爷才学何如？"

【注释】①夹圈：一种内外双圈符号，标在文章的行间空白处，表示某处特别强调。

【译文】祝东岱处理诉状，一定会在大堂上写出审判书。他（写作审判书时）推起头巾，反复沉吟，苦苦构思，每个字都要使用夹圈，（写完后）他便高声朗诵，离座跳跃，按着差役的肩膀读给差役听，并且还要问："老爷我的才学如何？"

丘阁老琼山自制饼，软腻适口，托中官进。上食之，喜，命司膳监效为之，不中式，俱被责。因请之，丘不告以故，中官曰："以饮食器用进上取宠，吾内臣供奉之职，非宰相事也。"由是京师盛传为"阁老饼"。

【译文】丘琼山阁老自己制作的饼，软腻可口，托宦官进献给皇上。皇上食用后，十分高兴，命司膳监仿制，不合式样，司膳监里的人都受到责备。于是，宦官向丘阁老询问制饼之法，丘阁老不说，宦官道：

"把饮食、器用之物进献给皇上以取得宠幸,是我们内臣供奉的职责,不是宰相的事情。"自此,京城之人便广泛地把丘阁老自制的饼称为"阁老饼"。

解缙、杨士奇、周是修共约死难,金陵破,是修殉节,而解、杨负约。后日士奇为是修作传,语其子曰:"脱我死,孰传而尊公?"

【译文】解缙、杨士奇、周是修共同约定为建文帝殉节,金陵被攻破后,周是修殉节,而解缙、杨士奇违背了约定。后来,杨士奇为周是修作传,他对周是修的儿子说:"倘若我殉节了,谁来为你的父亲作传?"

外祖陶兰风先生倅凤阳,升任行,时舅氏虎溪在户垣,本道吕巨源以计事相托,设席祖行。外祖点戏,念完全戏无过梁灏,遂唱《青袍》第二出雷部考察追击吕纯阳,称吕道,或骂野道,求梁灏指甲内避过此劫。外祖汗出浃背,归语其家人曰:"我此际恨无地洞可穿!"

【译文】我的外祖父陶兰风先生担任凤阳通判,后升任京官,将要启程赴任,当时我的舅舅陶虎溪在户部任职,本地道府官员吕巨源因预算上的事情想通过我的外祖父请求我的舅舅帮忙,于是便为其设席饯行。(酒席上)我的外祖父点戏,看完戏单也没找到吕纯阳拜访梁灏一出,于是便让戏子们唱了《青袍》的第二出雷部考察追击吕纯阳,在剧中有人称呼吕纯阳为吕道士,也有人骂他为野道士,吕纯阳为了避过雷神的追击请求到梁灏的指甲内躲避。(看到此处)我的外祖父汗流浃背,他回家后对家人说:"我当时只遗憾没有地洞可钻!"

周用斋往吊王弇州,误诣王荆石。荆石出见,用斋遽称"尊公可怜者"再。荆石曰:"老父幸无恙。"周曰:"公尚未知尊公耗邪?已为朝廷置法矣!"荆石笑曰:"得无吊弇州乎?"周悟非是,急解素服言别。荆石命缴原刺,周曰:"不须见还,即烦公致意可也。"

【译文】周用斋去王弇州(王世贞)家吊唁,误走进王荆石(王锡爵)家。王荆石出来相见,周用斋(未仔细辨认)就急急忙忙连说了两遍:"您的父亲真是死得可怜呀!"王荆石说:"我的老父安然无恙。"周用斋说:"您还没有接到令尊的噩耗吗?他已经被朝廷处死了。"王荆石笑着说:"你是要去王弇州家吊唁的吧?"周用斋这才明白搞错了,急忙脱下吊丧的素服告别。王荆石让人交还周用斋的名片,周用斋说:"不必还了,就麻烦您代我向王弇州表达慰问吊唁之意吧"

湖州吴主事家素饶,求李西涯文寿其父,公鄙其人,不许。吴问其友曰:"今朝中爵位极尊者为谁?"曰:"英国公太师左柱国也。"吴即缄币求诗,英国令门客作诗与之,吴夸于人曰:"英国当朝第一人,乃为我作诗,何必李学士也!"

【译文】湖州吴主事家素来富裕,其父过寿,他求李西涯(李东阳)写一篇祝寿文。李西涯鄙视其为人,没有答应。吴主事问朋友:"当朝地位最尊贵的人是谁?"朋友说:"是英国公太师左柱国。"吴主事便备下厚礼登门求诗,英国公让门客给他写了一首祝寿诗。吴主事得到诗后逢人便夸："英国公是当朝第一人,都给我作诗,李学士有什么了不起的!"

锦衣门达甚得宠,有桂廷珪为达门客,镌一印章曰"锦衣西席"。后有甘堂为洗马江朝宗婿,亦刻一印章曰"翰林东床"。一时以为确对。

【译文】锦衣卫指挥门达非常受皇上宠信,有个名叫桂廷珪的是门达的门客,他镌刻了一枚印章,印章上的字是"锦衣西席"。后来,有个名叫甘棠的人是洗马江朝宗的女婿,他也镌刻了一枚印章,印章上的字是"翰林东床"。很快,人们便都说这是对仗工整的对联。

何敬容在选日,客有姓吉者诣之,敬容问曰:"卿与丙吉远近?"答曰:"如明公之于萧何。"

【译文】何敬容等着朝廷授官时,有个姓吉的客人前来拜访,何敬容问:"您与丙吉的关系是远还是近?"客人回到:"就像您与萧何的关系一样。"

刘髦二子俱登进士,其长妇入京,公送登舟,以手援之。郡守见而笑,公曰:"府公笑我乎?若跌入水,尤可笑也。"次妇入京,公卧疾,呼至床前曰:"老年头风,可买一帕寄回。"明日登程,诸亲毕集,忽呼子妇曰:"毋忘昨夜枕上之嘱。"众骇然,问其故,乃始抚掌。

【译文】刘髦的两个儿子都考中进士，其大儿媳妇入京，刘髦送她上船，用手扶了她一把。太守见状微笑，刘髦问："您是笑我吗？如果跌落水中，那才更可笑呢。"后来，他的二儿媳妇入京，刘髦卧病在床，他把二儿媳妇叫到床前说："我年纪大了，经常头痛，你（到京城后）给我买条头帕寄回。"第二天，二儿媳妇启程，众亲戚都来相送，刘髦忽然对二儿媳妇说："不要忘了昨天晚上我在枕头上叮嘱你的事。"众人惊骇，问清缘故后，都拍掌大笑。

绍兴岑太守有姬方娠，一人冲道，缚之，乃曰卜者。岑曰："我夫人有娠，弄璋弄瓦？"其人不解文义，漫应曰："璋也弄，瓦也弄。"怒而责之。后果双生，一男一女，卜者名遂大着。

【注释】①弄璋弄瓦：生男还是生女。详见前注。

【译文】绍兴岑太守的小妾刚有了身孕，（有天出门）一个人忽然冲到路上，岑太守命人将其绑缚，经过询问才知道这人原来是一个算命先生。岑太守说："我夫人有了身孕，弄璋还是弄瓦？"那人不知道"弄璋弄瓦"的意思，随口回应说："璋也弄，瓦也弄。"岑太守大怒，责罚了那人一顿。后来，岑太守的小妾果然生出一对双胞胎，其中一个是男孩、一个是女孩，于是那个算命先生的名声骤然显扬。

谢兵马之妻为墙倒压死，杨天锡往吊，谢泣曰："寒荆适值有孕，今死不成尸，奈何？"杨笑曰："此所谓虽不成诗，叶韵而已。"

【译文】谢兵马的妻子被坍塌的墙壁压死了，杨天锡前往吊唁。

谢兵马哭着说:"我的妻子正怀有身孕,现今(她肚里的孩子)死不成尸,怎么办?"杨天锡笑着说:"这就是所谓的虽不成诗,只能押韵罢了。"

一山人自负其才,企慕太史公,途中闻乞儿化钱,乃戏之曰:"若乞钱得几何?若叫我太史公,赏汝百钱。"乞儿连唤数声,遂罄囊与之,一笑而去。乞儿问人云:"太史公是何物,值钱乃尔?"

【译文】一位隐士自负有才华,仰慕太史公司马迁,(有次出门)他在半路上看见乞丐向人讨要钱物,便开玩笑地对乞丐说:"你向人讨钱能讨多少?你叫我一声太史公,我赏你一百个钱。"乞丐连叫了数声,他便把钱袋里的钱都给了乞丐,然后一笑而去。乞丐莫名其妙,问人说:"太史公是什么东西,这样值钱?"

天启间绍兴发援辽兵数百,大船装载,鳞次而进。管兵者至钱清,遂传令泊船。或曰:"天色尚蚤,何便停泊?"管兵者曰:"尔不闻牛头山极多强盗?"

【译文】天启年间,绍兴运兵数百去支援在辽东作战的军队,大船装载着士兵,依次前行。到钱清镇时,管兵的官员传令泊船。有人问:"天色还早,为何停泊?"管兵的官员说:"你不知道牛头山有很多强盗吗?"

吉州士子赴省试,书一牌云"庐陵魁选欧阳伯乐"。或诮之曰:"有士遥来自吉州,姓名挑在担竿头。虽知汝是欧阳后,毕竟从来不识修①。"

【注释】①修：与"羞"谐音。此处的"修"，表面上指欧阳修，实际取的是"羞"义。

【译文】吉州的一个士子去省城参加考试，他（自恃是欧阳修的同乡），便自制了一个写有"庐陵魁选欧阳伯乐"的木牌挂在书箱上。有人作诗讥讽他说："有士遥来自吉州，姓名挑在担竿头。虽知汝是欧阳后，毕竟从来不识修。"

族叔张五巖口吃，有痴兴，曾三应省试。进场后即牵人说梦曰："我得一梦，上一最高处，脚下如踏棉絮。忽见一门，门圆如规，我进门觉冷甚。陞堂见阶下大树一株，上着花如金粟，下有老人持斧立其下，身傍有一白猫甚可爱。我意欲折花，堂后闪出一女子，其美非常，向我云：'汝花直在顶上。'命老人撥梯为我折取。我持花出门，不觉惊醒，此梦不知吉凶若何？乞高明为我解之。"

【译文】我的族叔张五巖口吃，做事也有点呆傻，他曾三次去省城参加考试。进场后，就拉着人说梦："我做过一个梦，爬上一个很高的地方，脚下好像踩着棉絮。忽然看见一座门，门圆得像用圆规画出来的一般，我进到门中，觉得十分寒冷。登上殿堂，看见台阶下有一棵大树，上面开着金粟一样的花，下面有个老人拿着斧头站在树下，身旁有一只十分可爱的白猫。我想折一枝花，堂后闪出一个女子，非常美丽，女子对我说：'你想要的花在树顶上。'她命那个老人搬来梯子为我折花。我拿着花走出门，这时就惊醒了。不知道这梦预示的是吉还是凶？请高明的您为我解梦。"

五巖叔自负青乌之术①，寻一地于化山，自谓得穴，贵不可言, 常向人语及此地, 即述地铃, 曰:"东化及西化, 此地真无价。有人扦^②得着, ……"但微笑而不言。有识此铃者曰:"子孙挂銮驾。"五嶷急掩其口曰:"莫泄天机。"

【注释】①青乌之术: 堪舆术, 风水术。青乌, 指青乌子, 传说中的古代堪舆家。②扦(qiān): 古代风水家寻地常把扦子(金属、竹等制成的针状器物)插入地下, 然后拔出扦子, 辨别扦子上所附泥土的土质、土色而判定一地的优劣。

【译文】我的族叔张五嶷自负深通风水之术, 在化山寻到一块地, 自认为在此建造墓穴, 将贵不可言, 他时常对人谈到这块地, 并随即朗诵寻地诀说:"东化及西化, 此地真无价。有人扦得著, ……"至此, 他便只作微笑而不说出下句了。(有一次)有个知道此诀的人接续道:"子孙挂銮驾。"五嶷叔急忙捂住那人的嘴说:"不要泄露天机。"

土璞孙景濂为人寻葬地多不妙, 而又喜作讼师。自造一斗室, 乞二酉叔一匾额, 二酉叔赠曰"璞萧", 意谓郭璞萧何合为一人也。复向陶庵乞一对, 陶庵书曰:"惯掘高山流水, 善兴平地风波。"见者喷饭。

【译文】土璞孙景濂给人所寻的葬地多不妙, 而又喜欢作讼师。他自建了一间小屋, 请我的二叔张二酉题写匾额, 我二叔赠以"璞萧"二字, 意思是称赞他兼具郭璞、萧何的本领。他又请求陶庵写一副对联, 陶庵写的是:"惯掘高山流水, 善兴平地风波。"见到对联者无不大笑。

越中有士夫自负堪舆，得一佳穴，谓数代后必出天子。葬毕，每自叉手懊叹曰："世受国恩，如何使得？"

【译文】绍兴有一个士大夫自负深通风水之术，寻到一处好的墓穴，就说（墓穴在此地的人家）数代之后必有帝王出现。等人家葬完亡人后，他又时常叉着手，懊恼悔恨地叹息说："我家世代蒙受国家的恩惠，怎么能这样做呢？"

吴鹿亭为友人寻一葬地，开圹时夸言："此地出纱帽不可胜计，还要封拜出戽斗①四、五个。"开下数尺却是水槽，土工叫："先生，戽斗四、五个不消，拿一、两个来戽水。"

【注释】①戽（hù）斗：古代一种取水灌田用的农具。相术家常用以形容下巴突出较长的人，即俗称的"地包天"相貌。文中，吴鹿亭所说的"戽斗"取的是第二义，但挖土工人听到后，却理解成第一义，因此闹出笑话。

【译文】吴鹿亭为友人寻到一块葬地，挖地建穴时，他夸口说："墓穴建在此地，后代子孙中做官的人不计其数，还要出四五个封侯拜相的脸如戽斗的人物。"工人们挖下数尺后，发现地里却是水槽，挖土的工人喊道："先生，用不着四、五个戽斗，只拿一、两个来汲水就行。"

毗陵刘光斗为绍兴司李，陶庵小仆演魏瑢剧，魏瑢骂左光斗则直呼其名。陶庵嘱之曰："司李名光斗，汝但呼左沧屿，勿呼光斗。"小仆惊持过甚，遇骂时，直呼："刘光斗，你这小畜生！"傍人错愕，司李笑曰："我得与忠臣同名，尔只管骂不妨。"

【译文】毗陵人刘光斗任绍兴司理，（有一天）陶庵的小仆人扮成魏珰演戏，在剧中魏珰骂左光斗时是直呼其名的。陶庵叮嘱小仆人说："绍兴司理也名叫光斗，你演戏时只呼左光斗为左沧屿即可，不要称呼光斗。"谁料小仆人过度紧张，遇到骂戏时，直呼："刘光斗，你这小畜生！"在场的人都很惊愕，刘司理笑着说："我有幸与忠臣同名，你只管骂就行，不妨事。"

天童老和尚开堂说法，多以棒喝加人，手执柱杖，逢人便打。四方进香者以银钱供养，谓见活佛，痛哭悲号，求其超度。陶庵至其寺，调笑老和尚曰："曾见戏场上狱卒两句上场白，好赠和尚。"老和尚曰："怎么说？"陶庵曰："手执无情棍，怀揣滴泪钱。"老和尚大笑。

【译文】天童老和尚开堂说法时，多以棒打、口喝的方式向人传法，他手持木杖，逢人便打。四方进香的人用银钱供养，见到他都说见到了活佛，痛哭哀号，求他超度。有一天，陶庵来到寺中，与老和尚开玩笑说："我曾在戏场上看戏，听到狱卒所念的两句上场白，可以赠给您。"老和尚问："那狱卒是怎么说的？"陶庵答："手执无情棍，怀揣滴泪钱。"老和尚大笑。

陶庵至补陀礼潮音洞，石梁倾圮，杳无人迹，问住僧曰："何冷淡至此？"住僧曰："不瞒相公说，万历年间龙风大，吹坏桥梁，菩萨移去梵音洞住矣。"陶庵随至梵音洞，见男女多人跪向洞口，叩求菩萨出现。有所见者，辄言其形状。一绍兴女子言亲见菩萨，人问其状貌，女子曰："菩萨头戴荷叶飘髻，身穿水红衫白绫子，半臂红汗巾束腰。"

【译文】陶庵到普陀山礼拜潮音洞中的菩萨，见石梁倾塌，没有人迹，便问居住在寺中的僧人说："怎么冷淡成这样？"僧人答："不瞒相公说，万历年间有次发生大的龙卷风，吹坏桥梁，菩萨都移到梵音洞去住了。"随后，陶庵来至梵音洞，看见男女多人跪向洞口，叩头乞求菩萨出现。有见过菩萨现身的人，便描述菩萨的形状。一个绍兴女子说她曾亲眼见过菩萨现身，人们询问菩萨的状貌，女子说："菩萨头戴荷叶飘髻，身穿水红衫白绫子，半臂红汗巾束腰。"

董日铸家多藏书，其所评阅多着丹铅。二孙分析，见即颦额曰："好好书何苦涂坏？"悉出以易饼。其有大部书十套者，各分五套；百本者，各分五十本。或议其非是，答曰："如是才得均平。"

【译文】董日铸家有许多藏书，凡是他所阅读过的都带有他用朱笔、墨笔点校评阅的痕迹。（董日铸去世后）他的两个孙子分家，看到这些带有朱、墨痕迹的书就皱着眉头说："好好的书，何苦涂抹坏了呢？"于是，将其全部拿出来换成面饼。其中有一套大部头的书，共包括十小套，二人各分五套；一套百本的，二人各分五十本。有人说他们这样做不对，他们回答："这样才分得平均。"

崇德李虚舟年八十余，凡星相家许其百岁，辄大怒曰："百岁外要了你的？"术士善逢其意，见其子平①，拍案叫曰："我算命一世，不晓寿星落在此地！"虚舟喜，请问流年，术士细推之，至百八十三岁。云："是年略有小晦，须防脾疾。"曾孙在傍，不觉失笑。虚舟正色曰："莫笑。竟有介事，尔辈切记，那年不要把生冷东西与我吃。"

【注释】①子平：北宋徐子平，精于星命之学。后世因以"子平"代指星命之学，是一种根据星象或人的生辰八字推算人的命运的方法。

【译文】崇德人李虚舟已经八十多岁，凡有算命先生说他能活到一百岁，他就大怒着说："我如果活到一百岁之外，就要了你命？"一个道士善于奉承人意，见到李虚舟的生辰八字后，拍案大叫说："我算了一辈子的命，竟不知道真正的寿星就落在这个地方！"李虚舟大喜，询问自己每年的运程，道士假装细细推算，当推算到一百八十三岁时，道士说："这一年你稍微有些小倒霉，必须防备脾病。"当时李虚舟的曾孙正坐在一旁，听闻此言，不觉失笑。李虚舟脸色严肃地说："不要笑。竟然有这事，你们一定要记住，那年不要把生冷的东西给我吃。"

武林张冢宰瀚致政后，弟吏部郎中濂者方掌文选，亲朋有设席者，皆献媚选君，而冷淡冢宰。一友安席，先揖选君，选君曰："家兄在，那得先我？"其友向冢宰谢过，冢宰笑曰："舍弟年长一时。"传以为笑。

【译文】武林人张瀚曾任吏部尚书，退休后，他的弟弟吏部郎中张濂正职掌文官的考选，亲戚朋友设席请客时，众人都向张濂献媚，而冷淡了张瀚。他们的一个朋友设席请客，先向张濂作揖，张濂说："我的哥哥在此，怎么能先向我作揖呢？"其友向张瀚道歉，张瀚笑着说："我的弟弟年长一时。"很多人都把这事当作笑话传扬。

王季重出吊某氏，孝子痴立不哭。客出，私谓季重曰："今日孝子恭而无礼，哀而不伤^①。"季重曰："还是孝子不匮（跪），永锡（惜）尔类（泪）^②。"

【注释】①"恭而无礼"二句：一出《论语·泰伯篇》，一出《论语·八佾篇》。②"孝子不匮"二句：语出《诗经·大雅·既醉》。意为孝顺的子孙层出不穷，上天会恩赐福祉给孝顺的人。文中，王季重采用谐音的方式引用这两句话是讥刺这家人的儿子见到吊唁的人既不跪下回礼，也不流泪表示悲伤。

【译文】王季重（王思仁）出门吊唁某人，那家的儿子只是呆呆地站着却不哭。同去吊唁的人出来后，私下对王季重说："今天这家人的儿子恭敬却没有礼貌，忧愁却不悲伤。"王季重说："这就是所谓的孝子不匮（与'跪'谐音），永锡（与'惜'谐音）尔类（与'泪'谐音）。"

郡邑吏集漕院，前有二别驾拱嘴踞坐，矜默殊甚。聂井愚问王季重曰："此二老何为做这模样？"季重曰："等留茶。"

【译文】郡县里的官员在漕务衙门集合，前面有两位别驾拱嘴蹲坐，他们沉默不语，神色十分傲慢。聂井愚（聂绍昌）问王季重（王思仁）说："这两个人为何做出这副模样？"王季重说："他们正等着被留下喝茶呢。"

巢必大与周玄晖闲谈："驸马有此^①得貂玉，大珰^②去此得貂玉。我辈不能驸马，犹可大珰，吾乘醉斩此物矣。"周云："开刀时须约我。"王季重在座曰："却不好，两兄在此结刎颈之交矣！"

【注释】①此：指男人的生殖器。②大珰：有权势的宦官。珰，汉代宦官帽子上的装饰物，借指宦官。

【译文】巢必大与周玄晖闲谈："驸马有此东西才得以戴上貂玉冠，当权的宦官去掉此东西才得以戴上貂玉冠。我们做不成驸马了，还有机会成为有权的宦官，我想趁着酒醉割去此东西。"周玄晖说："下刀的时候一定要约上我。"坐在一旁的王季重（王思仁）说："却是不好，你们两兄弟在此结成刎颈之交了！"

秦朱明以制举艺示王季重，季重用笔作圈，朱明从傍点头自诵。季重搁笔求缓，朱明曰："何故？"季重曰："兄头圈忒快，我笔跟不上。"

【译文】秦朱明拿出自己作的八股文请王季重（王思仁）指正，王季重一边看一边用笔圈点，秦朱明站在一旁点头自读。（过了一会儿）王季重搁下笔，请求秦朱明让他慢慢圈点，秦朱明问："为什么？"王季重说："你的头点得太快，我的笔跟不上。"

季宾王笑季重腹中空，季重笑宾王腹中杂，宾王曰："我不怕杂，诸子百家，一经吾腹，都化为妙物。"季重曰："正极怕兄化，珍馐百味未尝不入君腹也。"

【译文】季宾王讥笑王季重（王思仁）腹中没有学问，王季重讥笑季宾王腹中学问太杂。季宾王说："我不怕杂，诸子百家，一旦进入我的腹中，都会化为妙物。"王季重说："正是最怕老兄能化，各式各样的奇珍菜肴未曾不被您吃进腹中。"

安庆司李于葵，作威福以怒人取贿。王季重令姑孰，徐玄仗向季重曰："曾被于四尊^①怪否？"季重曰："蒙怪讫。"

【注释】①于四尊：于葵，号四尊。

【译文】安庆司理于葵，为官作威作福，常以发怒责人取得贿赂。王季重（王思仁）任姑孰县令，徐玄仗对王季重说："你曾被于四尊责怪过吗？"王季重说："承蒙他责怪完了。"

王季重姑孰试儒童，有一少年持卷求面教，密云："童生父严，止求姑取。其实不通，胸中实实空疏，平日实实不曾读书。"季重曰："汝父还与汝亲，我是生人，识面之初，心腹岂可尽抖？"

【译文】王季重（王思仁）任姑苏县令时考试童生，有个少年拿着试卷请求当面指教，童生悄悄地对王季重说："我的父亲为人严厉，只求（这次考试）我能被录取。他其实不通道理，胸中实在空疏无学，平日里也确实是未曾读书。"王季重说："你父亲与你关系亲近，我是生人，才刚见面，怎么能把心中之事全部向我抖出呢？"

王季重道高邮，同行友仆市蛋混其目，又忘却行家姓氏，第云："鸭蛋主人数的。"此友大怒，披其颊曰："就问王爷，鸭蛋是主人否？"王曰："是主人，曾记得'箕子为之奴^①'。"一笑而罢。

【注释】①箕子为之奴：语出《论语·微子篇》。意为箕子做了（商纣王的）奴隶。文中，王季重以谐音的方式（'箕子'与'鸡子'谐音））引用这句话意在说明"鸡子是鸭蛋的奴隶"。

【译文】王季重（王思仁）途经高邮，同行友人的仆役去买鸭蛋，买回来的鸭蛋里掺有几个鸡蛋，而恰巧仆役又忘了卖蛋人的姓氏，他只是说："这是鸭蛋主人数的。"王季重的朋友大怒，扇了仆役一个耳光说："你问问王爷，鸭蛋是主人吗？"王季重说："是主人，我曾记得古人说过'箕子（与'鸡子'谐音）为之奴'。"王季重的朋友笑了一笑，便不再向仆人追究此事。

豫章罗生讲学曰："他人银子不可看作自家的，他人妻子不可当作自家的。"季重起座一躬曰："是。"

【译文】豫章人罗生讲学说："他人的银子不可看成自己的，他人的妻子不可当作自己的。"王季重（王思仁）从座位上站起，鞠了一躬说："是。"

王季重令茂陵，至多宝寺，一行脚僧瞑坐，见官长不起。季重问住持："此僧何为？"住持曰："这师父打坐能打到过去、未来。"季重曰："我打他一个见在。"责之，而僧遁去。

【译文】王季重（王思仁）任茂陵县令时，（有一天）去多宝寺，有一个行脚僧正在闭目打坐，他看见王季重到来而没有起身行礼。王季重问主持："这个僧人正在做什么呢？"主持说："这位师父打坐能打到过去、未来。"王季重说："我打他一个现在。"王季重责备了行脚僧一顿后，那行脚僧便逃走了。

王季重讥暴发人家曰："某老先生家一时大发,只有二事卒不可为耳:园中树木不得即大,奶奶脚不得即小。""

【译文】王季重(王思仁)讥讽一家暴发户说:"某老先生家一时暴富,只有两件事无法改变:园中的树木不能立即长大,夫人的大脚不能立即变小。"

李西涯子兆先有才名,然好游狎邪①。一日,西涯题其座曰:"今日柳巷,明日花街;诵读诗书,秀才秀才。"其子见之,亦题阿翁座曰:"今日猛雨,明日狂风;燮理②阴阳,相公相公。"

【注释】①狎邪:狭斜的街巷,借指妓院。②燮理:协和治理,多指宰相的政务。

【译文】李西涯(李东阳)的儿子李兆先负有才名,但喜欢游逛妓院。一天,李西涯在儿子的座位上题句说:"今日柳巷,明日花街;诵读诗书,秀才秀才。"李兆先看到后,也在父亲的座位上题了几句话:"今日猛雨,明日狂风;燮理阴阳,相公相公。"

涿州道上多响马贼劫掠行旅,获得者即于本处枭示。次日,贼又行劫其下,被劫者指贼首曰:"老爷,上面是何物?还干此勾当!"贼曰:"你看我老爷担了这样利害,你还不肯把蒙古与咱!"

【译文】涿州道上多有拦路抢劫的强盗抢劫过往行人,(有一天)一个强盗被捉住后立即在抢劫处被枭首示众。第二天,强盗们又下山抢劫行人,被抢劫的人指着强盗头目说:"老爷,上面悬挂的是什么东西？你还干这种事情？"强盗说："你看我老爷担着这样的风险，你还不肯把蒙古给我们！"

老学究王道吾借太清道院读书，道士所种菜及所畜鸡犬，其仆从背窃食之。道士忿恨，告诉道吾，道吾沈吟半晌曰："你既如此不像意，何不及蚤搬去！"

【译文】老学究王道吾借太清道院读书，道士所种的蔬菜和所养的鸡犬，都被王道吾的仆人暗中偷吃了。道士忿恨，告诉了王道吾，王道吾沉吟许久说："你既然如此不满意，何不趁早搬出去！"

钱牧斋在南都为宗伯①，清兵至，下薙发令，牧斋坐礼部堂上呼镊工薙头，对众大言曰："这几根头发死人臭，我正要剃他，天下之人当以吾宗伯为之榜样。"

【注释】①宗伯：周代六卿之一，掌宗庙祭祀等事。后世称礼部尚书为"宗伯"。

【译文】钱牧斋（钱谦益）在南京任礼部尚书，清兵来到，颁下剃发令，钱牧斋坐在礼部大堂上叫来理发师为自己剃头，他对众人大声说道："这几根头发臭死人，我正要剃掉它们，天下的人都应该以我这位礼部尚书为榜样。"

钱牧斋往天坛朝豫王归，过孔庙，便不下轿，曰："自今以后，吾与孔夫子没相干矣！"叱驺从径过。

【译文】钱牧斋（钱谦益）去天坛拜见豫王回来，路过孔庙，而没有下轿，他说："从今以后，我与孔夫子没关系了！"说完，命令侍从抬着轿子径直走过。

吴下一大老有妾与门客少年相狎，大老必亲往抚摩之。大老入都，其公郎置之于理，少年庾死。大老归，大怒，逐其子，署于门曰："我非妾不乐，妾非某不乐。杀某是杀妾，杀妾是杀我也。不及黄泉，不许相见。"

【译文】吴地有一位大官，其小妾经常与府中的一个年轻幕僚调笑，每次大官都会前去安抚那个幕僚。有一次，大官入京办事，他的儿子去找那个年轻幕僚理论，不久，那个幕僚便抑郁病死了。大官回来后大怒，把儿子逐出家门，并写了一张告示贴在门上说："我没有小妾不快乐，小妾没有他不快乐，杀死他就是杀死我的小妾，杀死我的小妾也就是杀死了我。不到黄泉，不允许你与我相见。"

裘汉明诨名麻鸟，因拜王柱史封君寿诞，误伤其足，骨折成跛。养病经年，自着《问跛篇》，内有一则曰："或问：'铁拐李既做了神仙，岂无仙丹、仙药，缘何也是个跷脚？'予曰：'造物要人沈静自爱，怪他跟了众人，日日到人家庆寿、屈膝候门，把人品坏了，故此亦罚他跷脚。'"唐豫公评曰："说出本相来了。"

【译文】裘汉明外号"麻鸟"，有一天，去给王柱史的父亲祝寿，不小心摔伤了脚，腿骨折断，成了瘸子。他在家养了一年的病，其间写成一篇名为《问跛篇》的文章，文章里有一段是这样写的："有人问：

'铁拐李既然做了神仙，难道没有仙丹、仙药医治自己的瘸腿吗，他为何还是个瘸子？'我说：'造物主让人沉静自爱，责怪他跟着众人，天天去别人家拜寿，在门前等着下跪行礼，把人品弄坏了，因此仍旧罚他做个瘸子。'"唐豫公评论这段文字说："说出自己的本相来了。"

祖父一日怒庖人煮肉不佳，笞之。庖人泣曰："老爷要炒炒，吃过了；老爷要煨煨，吃过了。别无煮法，叫小人怎地？"

【译文】有天，我的祖父责怪厨子煮的肉不好，把厨子鞭打了一顿。厨子哭着说："老爷要炒肉，（我炒的）他吃了；老爷要烤肉，（我烤的）他吃了。这煮肉没有别的煮法，叫小人我怎么办呢？"

二酉叔宠一美人，置之别室，婶娘遣一老仆探之。仆归复命，婶娘问曰："此妇有何好处，而相公宠之？"老仆应曰："有恁好处？若是小人暗摸，也摸着二娘子。"

【译文】我二叔张二酉宠爱一个美人，将她安置在家外的一座房子里，我婶娘派一个老仆前去探察。老仆回来报告情况，我婶娘问："这个妇人有什么好处，让我的相公如此宠爱？"老仆回答："哪有什么好处？（就是长得黑一点）如果让我在黑夜里去摸，也能摸着二娘子。"

商太夫人两广归，亲友往候，接待甚忙。一仆对其家媳曰："太太归，这一乱也罢了；明日老爷归，这一乱恐大娘子当不起。"

【译文】商太夫人从两广回来，亲戚朋友们都去拜见，家中接待甚忙。一个仆人对自己的媳妇说："太太回来，这一乱也没什么；明天老爷回来，这一乱恐怕大娘子就担当不起了。"

商太夫人见一老仆贫窭，云："汝随老爷往任所数次，想应好过？"老仆答曰："太太，你不在我被下眠，怎知我被无边？"

【译文】商太夫人见到一个老仆生活贫困，说："你多次跟随老爷前往任所，想必日子应该好过？"老仆回答说："太太，你不在我的被子下睡觉，怎能知道我的被子破烂无边呢？"

一太太问人索债曰："你的债该某时还，非我放宽，也迟不到今天。"此人答曰："太太，只可如此放宽，只是小人腰间没货，硬不起。"

【译文】一位太太向人要债说："你的债某时就应该还了，如果不是我放宽期限，也拖延不到今天。"欠债人回答说："太太，就应该这样放宽，只是小人腰间没货，硬不起。"

赵孟迁善饮啖，每至辍席，有残盘剥卤，必哺啜一空，号曰"积福"。有祇应苍头忽发浩叹曰："吾辈下世蛆秧虫豸也没分了。"或问曰："何也？"答曰："盘内剩卤刚有些须小福可积，又被赵老爷积去了。"一座为之哄然。。

【译文】赵孟迁很能吃喝，每次散席时，席上的剩菜剩肉，都会被他吃得只剩空盘，他把自己的这种行为称作"积福"。一天，有个伺候赵孟迁的仆人忽然大声叹息着说："我们这些人下辈子连小蛆、小虫都没得做了。"有人问："为什么？"仆人回答："盘内的剩肉刚有点儿小福可积，又被赵老爷积去了。"满座的人都哄然大笑。

卷第十六 志怪部

陶庵曰：辽东人见花猪，以为世间罕有，思以献之朝廷。及至长安，遍地皆是，废然而返。则是辽东人所见以为怪者，长安人不以为怪也。《山海经》所载奇禽怪兽，人所得见者，不及千万之一。倘于其中有一兽特出，人人必骇以为大怪。而试以问之作《山海经》之人，则又碌碌无奇者矣。古谚曰："少所见，多所怪。见橐驼①言马肿背。"集志怪十六。

【注释】①橐驼：骆驼。

【译文】陶庵曰：辽东某人看见一头毛色驳杂的猪，以为世间稀有，想献给朝廷。等他来到长安，看见到处都有这样的猪，不禁沮丧地返回。这个故事说明辽东人所看见的认为奇怪的事物，长安人不认为是奇怪的事物。《山海经》里面记载的奇禽怪兽，人们所见过的，不到千万分之一。倘若其中某个野兽非常特别，人们（见了）必定十分惊骇，认为它是大怪。但如果询问写作《山海经》的人，他一定又觉得平常无奇了。古代的谚语说："少所见，多所怪。看见骆驼说是马肿背。"故集合诸故事将"志怪部"列为第十六。

明太祖幼时舍身皇觉寺，为寺僧养鹅。溺围之，之他所游戏，鹅终日不敢出围。别鹅色为队，鹅分队走，不敢越队。

【译文】明太祖年少时入皇觉寺出家，为寺里的僧人养鹅。（有一回）他用尿在鹅的周围画了个圈，然后自己去其他地方玩耍，圈里的鹅整日不敢出圈。（又有一回）他把不同颜色的鹅分成不同的队伍，每个鹅都在自己所属的队伍里行走，不敢越队。

周寿谊，苏州人，国初百有十岁。太祖召见便殿，自言二十岁时亲见宋元鼎革，而身历元朝九帝，备言其政事得失，纤悉不爽。洪武五年而寿谊方殁。

【译文】周寿谊，苏州人，明朝建立时有一百一十岁。明太祖在别殿召见他。他自言二十岁时亲眼见过宋元易代，一生经历过元朝九位皇帝的统治，并详细陈述了这九位皇帝施政的得失，丝毫不错。直到洪武五年，周寿谊才逝世。

太祖造逍遥楼，京师人有好博奕、养禽鸟、游手游食者，拘于楼上，皆饿死之。楼在淮清桥东北，今关王庙是其基址。

【译文】明太祖建有一座逍遥楼，京城里有爱好赌博、养禽鸟、游手好闲、不劳而食的人，都被拘禁在楼上，任其饿死。逍遥楼在淮清桥东北，今天的关王庙就是在它的遗址上建成的。

万历四十四年正月大雪，无锡有黄、红、黑三色，城中屋瓦，无论大小人家，俱有巨人足迹。

【译文】万历四十四年（1616）正月大雪，降落在无锡的雪有黄、红、黑三色，城中无论大小人家的屋瓦上，都有巨人的足迹。

黄慎轩自言少时读书至夜半，即恍然身坐岩石上，前临大江，每每如此。一日昼卧，忽睹漆屏内身影伟然大僧，呼其妇共观，良久始灭。

【译文】据黄慎轩（黄辉）自己说，他年少时读书到半夜，立即会恍然觉得自己是坐在岩石上，前面临近大江，每次读书到半夜都会如此。（他又说）有一天白天睡觉，忽然看见漆屏内出现一个伟大僧人的身影，他叫来妻子一起观看，很久那身影才消失。

石中丞茂华修甘州城，西北一边挖出小棺木，长尺许，内男妇官民异状。或老或壮，或有髻^①，或无髻，进贤冠及员领补服皆鲜明。始以为百十具，拟另为一冢埋之。挖不能了，遂罢工，只以砖包其城而止。不知何怪，人莫有识之者。

【注释】①髻（bìn）：同"鬓"。
【译文】中丞石茂华带人修建甘州城，在城的西北边挖出许多一尺来长的小棺材，里面装着的男、女、官、民皆奇形怪状。他们有的年老，有的年轻，有的有鬓发，有的无鬓发，有的穿戴着鲜明的进贤冠和员领官服。开始时，人们认为这样的棺材也就百十具，打算另建一座大坟将它们埋了。（谁知后来）挖出的棺材越来越多，无法数清，于是众人罢工，只用砖头围了一圈城墙，就停止修建了。不知道挖出的是什么怪物，没有人能识别出。

陈镒巡抚陕西，土民有疾者，发愿为镒舁^①轿，勿药自愈。镒一出行，指者争舁之，挥叱不去。

【注释】①"舁"：原作"畀"，形近而讹，今改正。按《快园道古》多讹"舁"为"畀"，遇则径改，不复一一说明。

【译文】陈镒巡抚陕西时，当地有个生病之人，许下愿心要为陈镒抬轿子，（不久）这个人没有吃药，病就好了。（后来）陈镒只要出行，争着为他抬轿子的人，挥叱不去。

薛文清初生时，肌如水晶，洞见五内。母氏欲弃之。祖仲义闻其啼声，止之曰："体清声喤^①，必异人也。"卜之大吉，遂命乳之。张南轩先生死后，满体晶映，腑脏皆见。一见于生前，一见于死后。

【注释】①喤：形容婴儿哭声洪亮。

【译文】薛文清（薛瑄）刚生下来时，肌体像水晶一样，可以看清里面的五脏六腑。他母亲想将他扔掉。他的祖父薛仲义听见他的啼哭声，阻止说："（这孩子）肌体清莹，哭声洪亮，必定是不寻常的人。"占卜是大吉之象，于是令薛文清的母亲为薛文清哺乳。张南轩（张栻）先生死后，全身晶莹透明，可以看见体内的五脏六腑。他们这种奇异的现象一个显现于生前，一个显现于死后。

程济，朝邑人，有奇术。明洪武末，以明经为岳池教授^①。岳池去朝邑数千里，济寝食在朝邑，而治岳池事不废。

【注释】①教授：掌管祭祀和教育的学官。

【译文】程济，陕西朝邑人，有奇术。洪武末年，以考中"明经科"而出任岳池教授。岳池离朝邑有数千里远，程济一早一晚在朝邑吃饭睡觉，而处理岳池的事务却一点也没有耽误。

　　程济充军师护军①，诸将北征徐州大捷，立碑记功，有济名。一夜，济往祭碑，人莫测其故。后文皇过徐见碑，大怒，命左右以锤击碑。甫锤，遽出之，曰："为我录碑文与姓名来。"按碑族诛。济名正当击处，得免。重出。

【注释】①军师护军：原无"军"字，据《石匮书》本传补。

【译文】程济担任军师护军，诸位将领讨伐燕王朱棣，在徐州获得大胜，（建文帝）令人在徐州立碑记功，碑上有程济的名字。一天夜晚，程济从南京赶到徐州去祭碑，谁也不知道他为何要这样做。后来，成为皇帝的朱棣路过徐州，见到这个石碑，勃然大怒，命士兵用铁椎把碑砸碎。刚砸了几下，朱棣便忽然下令停止砸碑，说："把碑上的文字和人名给我记下来。"然后按照碑上所记刻的人名，一一满门抄斩。程济的名字刚好在被砸处，因此幸免于难。又被释放出来。

　　成化间，澧河筑隄。一石中断，有二人作男女交媾状，长仅寸许，手足肢体牝牡皆分明，若雕刻而成者。高邮卫某指挥得之，以献平江伯陈锐，锐珍藏之。

【译文】成化年间，（人们）在澧河筑隄，发现一块中间断裂的石头，上面有两个作男女交媾状的人形，长约一寸，手足、肢体、阴户、阴茎都很清晰，好像雕刻而成的一般。（后来）高邮一个姓卫的指挥得到这块石头，把它献给平江伯陈锐，陈锐珍藏了起来。

胡濙，发初生白如茧丝，弥月方黑。是夕母梦一僧持花入室，觉而生濙。生数日，有胡僧①至家，索濙一见，对僧而笑。父问之，僧曰："此吾师天池僧也。吾师示寂时云：'我生胡氏，汝来以一笑为识。'今果然。"

【注释】①胡僧：古代对西域、外国僧人的称呼。

【译文】胡濙，刚长头发时头发像茧丝一样白，一个月后才变黑。胡濙出生的那天夜里，他的母亲梦见一个僧人拿着花进入自己的卧室，梦醒后就生下了胡濙。胡濙出生后几天，有一个胡僧来到他家，要求见胡濙一面，胡濙出来面见僧人，对之一笑。父亲问僧人（胡濙见了他为何微笑），僧人说："他是我的老师天池僧。我的老师圆寂时告诉我：'我转生于胡家，你来见我时我以一笑作为凭证。'今日果然如此。"

宋景濂，目短视，寻丈之外不能辨人形，而能于粒米中书"孝弟忠信礼义廉耻"八字，点画分明，八法①皆备。

【注释】①八法：书写汉字的八种方法，即点、横、直、钩、上斜画、撇、右短撇、捺。

【译文】宋景濂（宋濂），眼睛近视，数丈之外看不清人的形貌，可是他能在米粒上书写"孝弟忠信礼义廉耻"八个字，笔画清晰，八法齐备。

　　卓敬读书宝香山，夜归，值大风雨，迷失道。得火光小院，启入，一老叟与以僧帽，不受。求归，便与一牛骑之。比及门纵之，则黑虎也。

　　【译文】卓敬在宝香山读书，有天夜晚回家，遇上大风雨，迷失道路。他看见一家小院里透出灯光，于是推门进去，一个老翁赠给他一个僧帽，他没有接受，老翁便赠给他一头牛，让他骑着回家。等他来到家门放牛回去的时候，才看清这头牛原来是一只黑色的老虎。

　　黄侍中观夫人投水时，呕血石中，成小影，阴雨则见，相传为大士影。有僧舁至庵中，夫人见梦，曰："我翁夫人也。"因沃以清水，其影侧立东向，仿佛鬘鬌，见者凄怆。徐司空移置侍中祠，颜其上曰"翁夫人血影石"。

　　【译文】侍中黄观的妻子翁氏在南京投水自杀时，一口鲜血吐在石上，（血渗入石中）化作一个图像，每逢阴雨天就会显现，相传这图像是观音菩萨的形貌。有个僧人把这块石头搬到寺院，翁夫人托梦给他说："我是翁夫人。"于是，僧人把清水洒在石上，石上出现的人像面向东方侧立，好像一个挽着发髻的妇人，观看的人无不为之悲伤。（后来）徐司空把这块石头移置在黄侍中的祠内，并在上面题了"翁夫人血影石"几个字。

　　王越方对策大廷，旋风摄其卷，腾空而上，堕于朝鲜王庭。朝鲜王方坐朝，得卷以献，景帝识其名，曰："当任风宪。"

【译文】王越参加殿试时，一阵旋风卷着他的试卷，飘至天空，（后来）试卷落在朝鲜王的朝堂上。（当时）朝鲜王刚上朝，得到这张试卷后，立即献给明王朝，明景帝知道王越的名字，（见到试卷后）说："可以让他担任御史。"

正德中，文安县河水每僵立。是日天大寒，冰冻为柱，高围俱五丈，中空而傍有穴。数日，流贼过县，乡民入穴中避之，赖以全活者甚多。

【译文】正德年间，文安县的河水常被风吹得竖立起来。这天，天气十分寒冷，竖立的浪涛被冻成冰柱，高度、周长都是五丈，中部空虚，并且旁边有一个洞穴。几天后，流寇经过文安县，乡民们纷纷逃进冰柱的洞穴内躲避，很多人赖此保全了性命。

豫章有一家婢①在灶下，忽有人长数寸，来灶间。婢误以履践杀一人，遂有数百人着缞麻②，舁棺迎丧，凶仪皆备。出东门，入园中覆船下就视，皆是鼠。婢烧汤浇杀之，怪遂绝。

【注释】①"婢"：原作"卑"，据文义改。②缞（shuāi）麻：粗麻布丧服。

【译文】豫章县一户人家的婢女在灶下做饭时，忽然看见几个高仅数寸的人，来到灶旁。婢女不小心踩死了一人，很快就有几百个那样的小人穿着粗麻布丧服，抬着棺材来迎接亡人，丧葬礼仪、用具都很齐备。（婢女）跟着丧葬队伍出了东门，来到园中的一条破船下观看，发现这些小人原来都是老鼠。婢女烧了一锅开水将它们全部浇杀，于是这种怪事就再也没有发生过。

扬州苏隐夜卧，闻被下有数人念杜牧《阿房宫赋》，声紧而小。急开被视之，无他物，惟得虱十余，其大如豆，杀之即止。

【译文】扬州人苏隐夜间睡觉时，听见被子下有几个人在念诵杜牧的《阿房宫赋》，声音急促细小。他急忙揭开被子察看，没有其它东西，只有十多个虱子，其大如豆，杀死它们后，念诵声也随即没有了。

世宗好钩察外事，狱中一言一动，必录以闻，谓之"监帖"。一日，进帖云："有鹊噪沈束前，束曰：'那有喜到罪囚邪？'"上曰："囚何遂无喜？"因赦之。时人谓苏武归以雁书，沈束归以鹊帖。

【译文】明世宗喜好探察皇宫以外的事情，狱中囚犯的一言一动，他必定让人记录下来报告给他。一天，有人上奏说："有喜鹊飞到沈束跟前鸣叫，沈束说：'获罪的囚犯能有什么喜事呢？'"明世宗说："为什么囚犯就不能有喜事呢？"于是赦免了沈束。当时的人们都说苏武因为雁书而返回汉朝，沈束因为鹊帖而出狱回家。

永乐中，云南普宁州①大风折一古树。军人②陈福海锯以为板，内具神像，著冠执笏，容貌如画。地方神而祀之，有祷辄应。正统二年，学正杨茂请加勅封，下礼部覆寝。

【注释】①普宁州：应作"晋宁州"。译文从"晋宁州"。②军人：原文无"人"字，据文义补。

【译文】永乐年间，云南晋宁州曾刮过一场大风，大风吹折了一棵古树，军人陈福海在把树锯成木板时，发现树里有一具神像，神像戴着官帽拿着笏板，容貌就像古画里的人一样。当地百姓把它当做神灵一样祭祀，凡有祈求必然实现。正统二年，学正杨茂请求朝廷为神像赐加封号，皇上令礼部答复杨茂不能这样做。

储柴墟以吏部侍郎终于南都，子灏扶柩归厝，经年扦葬，发视，柩上变生黝墨如铁，成绘画文，具画家鳞皴烘染之法。前则奇石枯松，旁出二篠，茎叶咸备；左则梅株夭矫，梢缀数花其杪；右如左而树差短，全无花。古雅萧散，非俗工所能。灏削而究之，深入木理，观者喧诧，叹为神异。

【译文】南京吏部侍郎储柴墟（储罐）病逝于任上，他的儿子储灏把他的灵柩运回老家，安葬在一块临时墓地，过了一年，储灏准备改葬父亲，当储灏把父亲的棺材从临时坟墓里挖出来时，发现（原本涂了红漆的棺材）已经变得黝黑如铁，而且上面生出了天然的图画、花纹，（这些图画花纹）就像是画家用鳞皴烘染的笔法画出来的一样。棺材前面的图案是奇石枯松，两旁是两根竹子，枝叶兼具；左侧的图案是一株枝干屈曲的梅树，树梢点缀着几朵梅花；右侧的图案像左侧一样也是一株枝干屈曲的梅树，但是枝干较短，全无花朵。这些图案古雅萧散，不是一般的画工所能画出的。为了一探究竟，储灏用刀子削去一层图案，发现这些图案竟然深入棺材的木质深处，围观的人喧哗惊诧，都感叹这是神奇的事情。

陶凯微时，夜归，陷于大溪，不能渡。忽有人撑小舟泊岸，即摄衣登舟，人皆无见，异之。一日，邻家大疫，凯往探视病者，见疫鬼入瓮器中避之，取纸笔封识，弃水中，疫即愈。

【译文】陶凯贫贱时，某天夜晚回家，陷在一条大溪中，不能渡过。忽然有人撑着小船停泊在岸边，陶凯随即提起衣摆登上小船，人们都未曾看见过这条大溪中有什么船只，对此都感到奇怪。又有一天，陶凯的邻居患上了瘟疫，陶凯前往探视病人，他看见疫鬼逃进瓮器里躲藏，于是取出纸笔将瓮口封住，弃于水中，邻居也随即病愈了。

景清赴举，过淳化，主家有女，为妖所凭。清宿其家，妖不敢至，清去复来。女诘之，妖曰："避景秀才耳。"女以告其父，父追及清，语之。清书"景清在此"四字，令其父归粘于户，妖遂绝。

【译文】景清参加乡试，路过淳化县，借宿的人家有一个女儿，被妖附体。景清住在她家时，妖不敢来，景清去后，妖又重来。女子问妖为何如此，妖说："我是为了躲避景秀才啊。"女儿把这事告诉了父亲，父亲追上景清，告诉了他这件事。景清在纸上写下"景清在此"四字，让那女子的父亲回家后贴在窗户上，自此妖再也没在那家人家出现。

余姚戚编修澜，诣京，渡钱塘，风涛大作，有绛纱灯数百对，江水通明，巨人九，帕首裤靴①，带剑乘马，飞驰水面如平地。舟人大恐，戚公曰："毋惧，吾知之矣。"推窗视，九人皆下马跪。问曰："若辈非桑石将军九弟兄耶？"曰："然。"曰："去，吾喻矣。"皆散。公返棹归，谓家人曰："吾将逝矣。"及期，沐浴，朝服坐。九人率甲士来迎，行践屋瓦皆碎，戈矛旌帜，拥卫而去。后丘琼山夫人过鄱阳湖，梦戚公告以风涛，亟迁上岸。次日大风，各舟俱覆，夫人获免。至京，白琼山，奏请谕祭。

【注释】①裤靴：军服。

【译文】余姚人戚澜，曾任翰林编修，（有一回）从家中前往京城，过钱塘江时，风涛大起，江面忽然出现数百对红纱灯笼，把江水照得通明，九个身材魁伟的人，以帕裹头，穿着军服，在水面快速奔驰，如履平地。船夫十分害怕，戚公说："不要怕，我知道什么事了。"推开船窗向外望去，那九个巨人见到戚公皆下马跪拜。戚公问："你们难道是桑石将军的九个弟兄吗？"九人回答："是。"戚公说："你们回去吧，我明白了。"（说完）那九个人和那些灯笼全都消失。戚公返航回家，对家人说："我要逝世了。"等到逝世的那天，戚公沐浴后，穿上朝服端坐于家中。九个巨人率领穿着铠甲的士兵前来迎接，戚公家的屋瓦都被他们踩碎了，他们持着戈矛旗帜，护卫戚公离去。后来，丘琼山的夫人经过鄱阳湖，梦见戚公告诉她明日将有风涛，丘夫人（醒来后）急忙迁移上岸。第二天，鄱阳湖上刮起大风，所有的船只都倾覆了，只有丘夫人幸免于难。丘夫人到达京城后，把这事告诉了丈夫，丘琼山上奏皇上，请求皇上派出使臣祭奠戚公。

广之英德江中有怪石为患，众神之，建庙祀焉。霍韬①毁其庙，未几，雷击碎其石，以涛驱沙，江为安流。清远峡飞来峰有虎患，公移文②山神，虎遂绝，今其碑文竖寺中，人呼"驱虎碑"。

【注释】①霍韬：原作"省韬"。焦竑《玉堂丛语》卷八载此事作"霍韬"，今据改。②移文：古代公文的一种，此指发移文。

【译文】广东英德江有一块怪石为患，人们将它视作神奇之物，建庙祭祀。霍韬命人拆毁庙宇，不久，雷电击碎怪石，浪涛冲走了碎块，从此英德江水流平缓。清远峡飞来峰有一只老虎为患，霍韬给山神发了道公文，老虎就绝迹了，现今那碑文还竖在飞来峰的寺庙里，人们都叫它"驱虎碑"。

华亭唐士雅，五岁失明，延师友日诵古文词，自五经子史以及各家文集、稗官小说，无不口传心熟。注《唐诗解》一部，颇极淹博，每语友人曰："某虽胸有万卷，其实目不识丁①。"

【注释】①目不识丁：连丁字都不识。原形容人不识字或没有学问，此指眼睛失明，看不见任何文字。

【译文】华亭人唐士雅，五岁失明，聘请师友为自己每天诵读古诗文，从五经子史到各家文集、稗官小说，无不是别人为他诵读了，他就心领神会。他注有一部《唐诗解》，内中涉及的学问极其渊博，他常对友人说："我虽胸有万卷，其实目不识丁。"

泰安赵州守于堂上祷雨，烈日之下，霹雳一声，震动楹宇。州守伏案不敢动，胥役皆惊倒仆地。门外诸役见堂上如万炬齐发，烨焰烛天，有血气物大数围，长数十丈，宛延闪烁，鳞爪隐跃，绕出座后，腾空而上，大雨如注。李崧毓奇其事，赠一对曰："境中①无猛虎，堂上有潜龙。"

【注释】①境中：辖区内。

【译文】泰安人赵州守在堂上祈雨,烈日之下,(忽然)霹雳一声,震得堂柱、屋檐晃动。州守伏在桌案上不敢动弹,堂内的仆役们也全都吓得趴在地上。门外的仆役们看见堂上犹如同时点燃了一万只火炬,光焰明亮,照耀天空,有一个活生生的动物,粗数围,长数十丈,屈曲闪烁,鳞爪时隐时伸,从座位后绕出,腾空而上,(随后立即)大雨如注。李崧毓觉得这是一件奇事,赠给赵州守一副对联说:"境中无猛虎,堂上有潜龙。"

万历癸卯,季祖①芝亭公往南京乡试,陶石梁、王金堂赴浙试,仝②舟至钱清夜泊,闻③数万人念"阿弥陀佛"达晓,异之。觇岸上,并无一人。隔舟有大盐船,载黄鳝几千万,意念佛是鳝鱼也。问其价,八十余两,三人罄囊偿其直,将鳝鱼异海塘外放生。是科三人俱登乙榜。

【注释】①季祖:祖父的弟弟。②仝:同"同"。③"闻":原作"间",形近而讹,今据文义改。

【译文】万历三十一年(1603),我的季祖张芝亭前往南京参加乡试,陶石梁(陶奭龄)、王金堂前往浙江参加乡试,三人同船而行,夜晚在钱清镇泊岸,听见数万人念诵"阿弥陀佛",直到天亮,三人都觉得奇怪。他们上岸察看,并没有任何人,只看见隔着他们船的是一条大盐船,船上装载着几千万只黄鳝,三人猜测昨夜听到的念佛声是这些黄鳝发出的。他们询问这些黄鳝的价钱,一共八十余两,三人拿出身上的全部资财买下这些黄鳝,并将它们带到海塘外放生。这年,他们三人都考中进士。

万历己卯，严州建德县有渔者获一鳖，重八筋。一酒家买之，悬室中，夜半作人声。明日割烹之，腹中有老人长六寸许，五官皆具，其首戴皮帽。大异之，闻于郡县。郡守杨廷诰入觐，命以木匣盛之，携至京师，诸贵人传观焉。又丁未年，遂昌县民宋甲剖一鳖，中有比邱端坐，握摩尼珠，衫履斩然。俱见邸报。

【译文】万历七年，严州建德县的一个打渔人捕获了一只鳖，重八斤。一家酒店的主人买下这只鳖，将它悬挂在屋内，夜晚（这只鳖）竟然发出人的声音。第二天，店主准备烹杀这只鳖，当剖开鳖腹时竟发现鳖腹内有一个老人，长六寸许，五官齐备，头上戴着皮帽。店主感到奇怪，把事情报告给了郡县。郡守杨廷诰入京朝见皇上时，命人把这只鳖装在木匣里，携带至京城，许多达官贵人传递着观看。还有一件事，万历三十五年（1607），遂昌县平民宋甲剖开一只鳖，鳖腹内有一个僧人端坐，手中握着佛珠，衣衫、鞋子崭新。以上二事都见于朝廷的官报。

弘治末，崇明县民有鸡生一方卵，异而碎之，中有弥猴，才大如枣。

【译文】弘治末年，崇明县有户人家的鸡生下一枚方形的蛋，家人奇怪，将蛋打碎，蛋内有一只猕猴，才像枣一般大。

张樵，明进士，祥符人。始生时，母梦公为某巷王氏子，夜啼勿止，因忆前梦。往王氏迹之，果有一子初殇，翁媪二人坐哭。太公呼来，儿一见，啼即止，且视媪辄笑，辄能言，嘻笑若平生。太公惧，即出媪，言笑遂止，亦勿夜啼。公左耳有小缺痕，媪言其子少时系一金珥，在稠人中为盗所裂，左耳遂缺。视之，故即公缺处也。

【译文】张樵，明朝进士，祥符县人。将要出生时，他母亲梦见他是某条街巷的一户王姓人家的儿子，（张樵出生后）每夜啼哭不止，他母亲就想起了曾经做过的那个梦。于是，其母便往那户王姓人家察验，那人家果然新死了一个儿子，夫妇二人正坐着哭泣。张樵的父亲命人把王家妇人请来，张樵一见王家妇人，就停止了啼哭，并且一见到王家妇人就能笑能言，嘻笑的样子就像以往经常这样做一样。张樵的父亲有些害怕，立即让王家妇人出去，张樵便不再言笑，（以后）每夜也不再啼哭。张樵的左耳上有处小缺痕，王家妇人说她的儿子年少时左耳戴有一个金耳环，在闹市中被盗贼扯去，因此左耳上留有缺痕。王家妇人上前察视，张樵左耳上的缺痕和她儿子的一模一样。

辽王故宫宫人多郁死，有少年夜过其址，见一美人霓裳素衣，对月歌曰："明月满空阶，梧桐落如雨。凉飔袭人衣，不知秋几许。"歌竟不见。

【译文】辽王旧宫内的宫人多忧闷而死，某夜，有个少年经过其旧址，看见一个美女，身着彩裳白衣，对着月亮歌唱："明月满空阶，梧桐落如雨。凉飔袭人衣，不知秋几许。"唱完，竟然消失不见。

天启甲子秋八月，越城罗坟坂有五圣庙，里人造一漆几供神，舁至连河桥，几上漆文皴起，幻出牡丹花数朵，叶数茎，细如描画。舁人喧阗聚观者众。满几上下现花叶大小千百余朵，经日方灭。王遂东作《瑞花诗》记之。次年，里人余武贞状元及第，为是其吉兆。

【译文】天启四年秋八月，越城罗坟坂有座五圣庙，乡人打造了一个涂漆的木桌供奉神位，抬至连河桥时，桌上的漆纹皴起，形成数朵牡丹花和几片茎叶，细得就像描画的一样。抬桌子的人喧哗起来，引得许多人前来围观。整个桌子上下出现的花叶，或大或小，一共有千百余朵，几天后痕迹才消失。王遂东（王思任）作有《瑞花诗》记述其事。第二年，乡人余武贞（余煌）考中状元，人们都认为这件事就是吉兆。

袁茂林为河南观察使。崇祯七年七月初一日，孟县民孙光显祖墓有野葡萄草，枝桠间忽抽新条，有似美人者，似达官者；有似鳞凤龟龙、飞禽走兽者；有似鼠伏于枝者；有似鹦鹉栖于架者，架上有食礶①，礶内有米粒。凤则苞羽具五彩，美人上衣下裳，裳白衣黄，面上有粉黛。茂林谓是草木之妖，恐衣冠人物不免草芥之虞。至今皆验。（按东汉灵帝光和中，陈留、济阴诸郡，路边草生似人状，操矛弩，牛马万状备具。）

【注释】①礶：同"罐"。
【译文】袁茂林任河南观察使。崇祯七年七月初一（1634年7月25日），孟县百姓孙光显家的祖坟上的野葡萄草，枝丫之间忽然生出新的枝叶，（这些枝叶）有的像美人，有的像高官，有的像鳞凤龟龙、飞禽走兽，有的像老鼠趴伏在树枝上，有的像鹦鹉站立在架子上，架子上有装食物的小罐，罐内有米粒。枝叶像凤凰的则羽毛具有五种色彩，像美人的则上衣下裳，裳白衣黄，脸上涂着粉黛。袁茂林说这是草木之妖，恐怕士大夫有沦为命如草芥的危险。今日他的话全都得到验证。（按东汉灵帝光和年间，陈留、济阴等郡，路边的草有的长成人的形状，拿着矛弩，有的长成牛马等形状。可谓什么形状的都有。）

崇祯庚辰冬，大冰冻，燕客弟家琴砖①十余块放露台，冰花簇起，如芍药、牡丹，重枝叠叶，又有人物、鸟兽、牛马，细如刻画。燕客误为祥瑞，作《冰花赋》，属友人咏之。（按宋滕涉，天圣②中为青州太守。盛冬霜浓，屋瓦皆成百花之状，以纸摹之。又《大金国志》：金末，河冰冻成龟文，又有花卉鸟兽之状，巧过雕绘。此天画也，主国家有鼎革之变。）

【注释】①琴砖：古代的一种空心砖，长约一米。古人认为以此架琴，可与琴声产生共鸣，使琴声更加悠扬回荡，故名"琴砖"。②天圣：宋仁宗年号。

【译文】崇祯十三年冬，天气冷得发生了大冰冻现象，我堂弟张燕客家的十多块琴砖放在露台上，竟然结出了冰花，（这些冰花）有的像芍药、牡丹，枝叶重叠，有的像人物、鸟兽、牛马，都精致得像刻画的一般。燕客误认为是祥瑞，作了一篇《冰花赋》，并也让朋友吟咏此事。（按宋滕涉，天圣年间任青州太守。隆冬季节，冰霜浓厚，他家的屋瓦上全都结出各种花形的冰花，他用纸笔将它们描摹了下来。另外，《大金国志》记载：金朝末年，河中的冰有的冻成龟壳纹的形状，有的冻成花卉鸟兽的形状，比雕绘的还要精巧。这些自然形成的图画，预示着国家有改朝换代的变化。）

刘秉忠，弟秉恕，墓在邢台县治西南先贤村。嘉靖年间为盗所发，内有石刻云："为盗者李淮。"事闻于府，捕得治罪。刘兄弟精数学，故前知如此。

【译文】刘秉忠的弟弟刘秉恕的墓在邢台县县治西南的先贤村。嘉靖年间，其墓被盗墓贼挖开，内中有一个石碑，碑上刻有："盗墓者是李淮。"此事被官府察知，逮捕了李淮，并将其治罪。刘秉忠兄弟精通术数之学，因此能够提前预知盗墓之事。

马状元铎母，马氏妾也，以嫡不容，再适李氏，复生李马，亦中状元。上喜其文，御笔于"马"旁加"其"字，名李骐。越三日，句胪①三唱，无有应者。上曰："即李马也。"马乃受诏。每投刺，"骐"字黑书"马"，朱书"其"。

【注释】①句胪：即"传胪"，殿试后宣读考中人员的名次。
【译文】状元马铎的母亲，是马铎父亲的小妾，因不被马铎父亲的正妻所容，改嫁李氏，又生了个儿子李马，李马也考中状元。皇上喜爱李马的文章，亲笔在"马"旁加上"其"字，为他改名李骐。三天后，宣布殿试考中者的名次时，李骐的名字被传唱了三次，也没有人答应。皇上说："李骐就是李马。"（这时）李马才受诏答应。（以后）李骐每次向人投递名帖，都把"骐"字的"马"旁用黑墨书写，"其"旁用红墨书写。

刘鹈鹕喜食椒，用胡椒、川椒研末作丸，一吞半合，日以为常。半年腐肠死。

【译文】刘鹈鹕喜欢吃椒，他把胡椒、川椒研成粉末，制成药丸，一次吞食半盒，每天都如此。半年后，他因肠子腐烂而死。

黄慎轩在慈慧寺诵《金刚经》，一蜘蛛缘案上正中位，向佛而伏。驱之，盘跚复来，就前位次。慎轩曰："是听经来者。"为诵经终卷。为说情想因缘竟，蜘蛛寂然不动。举之而轻，视之，遗蜕耳。慎轩以沙门法龛之、塔之。

【译文】黄慎轩在慈慧寺念诵《金刚经》，一只蜘蛛爬到桌案上的正中位置，向着佛像伏下身子。黄慎轩把蜘蛛赶走，蜘蛛又缓慢地爬来，仍旧停在先前的位置。黄慎轩说："这是来听我念经的。"于是就为蜘蛛念诵完整卷经。等他给蜘蛛讲完有关情想因缘的佛法时，蜘蛛一动不动。黄慎轩拿起蜘蛛，感觉蜘蛛很轻，一看，蜘蛛已经蜕掉皮壳而去了。黄慎轩用佛家的葬礼给蜘蛛立了神龛和石塔。

张三丰与李岐阳善，临去，留蓑笠二具，曰："公家不出千日，有横祸绝粒，当急难时可披蓑顶笠，绕园而呼我也。"去二载而大狱兴，全家幽锢，不给以粮。粮垂绝，依所言呼之，宅前后隙地皆生谷米，不逾月而熟，因食，得不死。谷尽，朝廷许给米，其后呼之不生。

【译文】张三丰与李岐阳是好朋友，（有次去李岐阳家做客）临走时，留下蓑笠各一件，说："你家中过不了千日，有断粮的灾祸，在危难的时候可以披上蓑衣、戴上斗笠，绕着庭园行走，边走边喊我的名字。"两年以后，李岐阳因为某个案件受到牵连，全家被幽禁在宅中，朝廷不给予粮食，眼看粮食就要断绝了，李岐阳依照当时张三丰的嘱咐，绕着庭园呼唤张三丰的名字，很快，家中前后的空地上全都长出了谷米，不到一个月，谷米成熟，（李岐阳及其家人）以此为食，才没有饿死。吃完这些谷米后，朝廷已经允许给予李家粮食，自此之后，再呼张三丰的名字，也没有生出谷米。

万历辛卯科，修撰朱国祚、吏科叶初春主试江西。八月九日，举子点完，东方既白，监临察院①判封条封贡院门。封条贴上，即为鹤所掀坏，如是者三次。察院怪之，呼巡绰官曰："鹤怪甚奇，岂有该中举子，不得入场者乎？"往外视之。见场外挨考举子皆散，独有二举子以腹痛卧地下，未得即去。巡绰官进覆察院，察院即呼二举子进场，一名陈明卿，一名舒曰敬。及放榜，陈中解元，舒中第二。

【注释】①监临察院：监临：监考官。察院：院试的考场，此代指负责监督考试的学正一类的官员。

【译文】万历十九年（1591），翰林院修撰朱国祚、吏科给事中叶初春前往江西主持辛卯科乡试。八月初九，点完入场考生的名字后，天已经大亮，监考官和学正让人用封条封住贡院的门。封条贴上，立即被一只仙鹤揭坏，如此三次。学正感到奇怪，叫来巡查考场的官员说："鹤的举动十分奇怪，难道是有应该考中的考生，没有入场吗？"巡考官到贡院外察看，看见贡院外排队入场的考生已经没有了，只有两个考生因为肚子痛而倒卧在地下，未能及时入场。巡考官进去禀告学正，学正立即叫那两个考生入场，这两个考生一个名叫陈明卿，一个名叫舒日敬。等到考完放榜时，陈明卿考中第一名，舒日敬是第二名。

三山①苏大璋治《易》有声。戊午省试，梦中第十一名，向人道之。有同经②者，投牒于郡，谓其钻谋。外议腾沸。闻③于主司。及填榜，第十一名果易也。主司命以陪卷之首更换，所换者乃大璋卷，而换去者正投牒之人也。众咸谓天意之巧。明年，苏冠南宫④。

【注释】①三山：福州的别称。福州西有闽山，东有九仙山，北有越王山，故以"三山"称之。②同经：同试一经，此指参加同一考试的人。③闻：原作"间"，据文义改。④南宫：皇家学宫，后指礼部会试。

【译文】（南宋时）福州人苏大璋研究《周易》，十分有名。庆元四年省试时，他梦见自己考中第十一名，多次向人提及此事。有个同场考生（听闻此事后），向州府呈递了一份投诉书，说苏大璋私下已经钻谋好了。外界舆论喧腾。（不久）主考官也知道了此事。等到填写上榜考生的姓名时，第十一名的试卷果然被换掉了。（原来）主考官命人以副榜第一名的试卷替换正榜第十一名的试卷，所换的正是苏大璋的试卷，而被换去的正是那个呈递投诉书的考生的试卷。人们都说这是天意巧合。第二年，苏大璋考中会试第一名。

海宁有燕生者，妻一乳三男，皆韶秀，形状无少异。燕生为之剃发，以髻为别：一向左，一向右，一在顶中。北地又有一胎三女者，同年而生。而燕生聘之，以妻三子。

【译文】海宁县有个姓燕的青年，他的妻子一胎生出三个男孩，这三个男孩都长得美好秀丽。形貌也没有多大差别。燕姓青年为这三个孩子剃发，以发髻的不同作为区别：一个孩子的发髻向左，一个向右，一个在头顶中间。北方又有一个人的妻子一胎生了三个女孩，与燕姓青年的三个男孩是同年出生的。于是燕姓青年聘定那人的三个女孩，作为他三个儿子的妻子。

无锡华家堂中大柱内忽穿二穴，常见有两矮人出入，可三寸许。主人怪之，延道士设醮①禳祷，两矮人复出听经，逐之无迹。塞其穴，复穿一穴，出入如故。主人治药弩伺之，既出，毙其一，乃雌黄鼠郎也。少顷，有矮人百余出，与主人索命，仆从哗噪而走。又少顷，有七八人以白练蒙头，出堂中恸哭，仍复逐去。久之，闻柱中铃钹声，众谓送葬。又久之，闻鼓吹，众谓雄鼠续偶矣。闭其堂经月，怪遂寂然。

【注释】①设醮(jiào)：设立道场作法事。

【译文】无锡华姓人家堂中的一根大柱子内忽然穿破了两个洞，常有两个矮人出入，高约三寸。主人感到奇怪，请道士作法祈福消灾，（道士作法时）那两个矮人又出来听道士念诵经文，经过驱赶，它们才消失无踪。主人用东西塞住那两个洞穴，它们又穿破另一个洞，照常出入。主人准备下抹有毒药的弓箭在一旁等候，待它们出来，射杀了一只，原来是一只雌性黄鼠狼。过了一会儿，柱洞内出来了一百多个矮人，向主人讨命，（见此）仆人们全都惊呼着跑开。又过了一会儿，有七八个头上蒙着白布的矮人，来到堂中痛哭，但还是被主人赶走了。过了很长的时间，众人听见柱中传出摇铃击钹的声音，都说这是黄鼠狼在送葬。主人把堂屋关闭弃用了一个月后，这种怪事才消除了。

山阴唐公本儒，为闽方伯。其女方十二岁，戏于后园，叠砖为五圣祠，植荔枝、龙眼其旁。后嫁同邑张以弘，复为闽方伯。唐夫人从往，砖庙如昔，荔枝、龙眼树拱把矣。改造大祠。后其子元冲又为闽方伯，唐夫人就养①，树皆合抱。遂名其堂曰"三至堂"，亦古今奇事。

【注释】①就养：至某处，接受奉养。
【译文】山阴人唐本儒，任福建布政使。他女儿十二岁时，在后园玩耍，用砖垒成一座五圣祠，旁边种上荔枝、龙眼。后来他的女儿嫁给同乡的张以弘，张以弘后来也成为福建布政使。唐夫人跟着丈夫前往上任，看见自己从前垒成的砖庙依然如故，而旁边的荔枝、龙眼树粗得已经能够两手合握了。（于是）唐夫人命人将砖庙改造成大祠。后来，唐夫人的儿子张元冲也成为福建布政使，唐夫人跟随儿子上任，看见祠庙旁的荔枝、龙眼树粗得已经能够两臂合抱了。唐夫人遂给自己住的堂屋取名"三至堂"，这也算是古今的一件奇事了。

宪宗选妃江南，选嘉禾姚氏女，女发素种种不盈尺。过吴江县之平望里，一夕发委地，长可八尺。入宫，册为安妃，因名其地曰"八尺"，为之谣曰："平望八尺，爷娘不识。"言妃之发长，虽父母不知其故。世俗以其地多盗贼，解为"不识爷娘"，非也。

【译文】明宪宗从江南选取妃子，选中了嘉禾县一户姚姓人家的女儿，此女平时的头发不过一尺。等她（前往京城）路过吴江县城来至平望里时，一夜之间头发竟然能够垂拂及地，长达八尺。入宫后，她被册封为安妃，便给自己长头发的地方取名为"八尺"，并做了一首歌谣曰："平望八尺，爷娘不识。"说的是她的头发突然长长之事，即使她的父母也不知道缘故。民间之人因为那个地方多有盗贼，遂将"爷娘不识"理解为"不识爷娘"，这是错误的。

张江陵给假归。真定守钱普，造一坐舆，前有重轩，后有寝室，傍翼两庑，庑各一丽童，烧香煮茗，凡用卒三十二人舁之。州邑邮牙盘①上食，水陆过百品，江陵不易下箸。钱普，无锡人，能为吴馔，江陵甘之曰："吾行路至此，仅得一饱餐。"语闻，吴中之善为庖者，召募殆尽。

【注释】①牙盘：雕饰精美的盘子。

【译文】张江陵请假回家。真定太守钱普，为他制作了一项特大的坐轿，前有层层栏干，后有睡觉的卧室，两旁各有一间小屋，屋内各有一个面目姣好的童子，焚香煮茶，这项轿子一共要用三十二个人抬着行走。真定的驿站用精美的盘子装着珍馐美味招待张江陵，各种水陆食物超过百种，张江陵举着筷子不知道吃什么好。钱普，无锡人，能制作吴地的饭菜，张江陵吃完饭，回味着说："我行路至此，才算吃了一顿饱饭。"这话一传出去，吴地善于做菜的厨师，几乎被各地官府全都招募了去。

朱文懿赓为侍郎时，造逍遥楼于怪山之上，喜请乩仙，以决休咎。一日仙至，为张无垢先生讳九成者，遂日在箕中，经久不去。文懿祈与一面，无垢许之，期于次日。文懿斋宿，迟之日晡①。

文懿闲步户外，见一老人拾薪山麓，与之剧谈②半饷。抵暮不至，次日扶乩问之，先生曰："昨与子谈于山麓者，即我也。"遂言："我生前写《维摩经》半部，未得终卷，今在柯山绿竹庵梁上，子为我续成之。"文懿亲往绿竹庵取之，半部经端然在梁上。亟为补写，其字迹与原本如出一手。门人屠隆为记其事，跋之经尾，今存文孙朱燕生处。

【注释】①晡（bū）：申时，午后三点至五点。②剧谈：畅谈。

【译文】文懿公朱赓任侍郎时，在一座蜿蜒曲折的山上建了一座逍遥楼，他喜欢扶乩请仙，以此占卜祸福。一天，他请的仙人到来，乃是张无垢先生，先生字九成，张先生到来后整日逗留在乩中，很长时间都不肯离去。朱文懿祈求与张无垢先生见上一面，张先生应许，约定明日相见。第二天，昨晚就已斋戒沐浴的朱文懿，直等到申时（也不见张先生的踪影）。朱文懿到户外散步，看见一个老人在山脚拾柴，便走上前去，与老人畅谈了许久。直到日暮时分，张先生还是没有出现。第二天，朱文懿扶乩请问原因，张先生说："昨天在山脚与你谈话的老人，就是我。"又说："我生前抄写了半部《维摩经》，剩余的部分未能抄完，（已抄完的部分）现今放在柯山绿竹庵的屋梁上，你替我把剩余的部分抄写完成。"朱文懿亲自前往绿竹庵拿取，那半部经书果然放在屋梁上。（拿回来后）朱文懿立即补写，其字迹与原本好像出自同一个人的手笔。朱文懿的学生屠隆将此事记录了下来，附在经书的尾页作为跋文。现今，这部经书藏在朱文懿的孙子朱燕生家。

　　东都①人有养鹦武者，以其慧甚，施于僧。僧教之，能诵经。往往架上不言不动，问其故，对曰："身心俱不动，为求无上道。”及其死，焚之有舍利。

【注释】①东都：本条故事首见于唐李蘩渊《圣渠庐》，故此处的东都指洛阳。

【译文】洛阳某人养了一只鹦鹉，因其十分聪慧，便赠给了一个僧人。僧人教鹦鹉诵经，鹦鹉很快就学会了诵经。鹦鹉常常在架子上不言不动，有人问它原因，它对答说：“身心俱不动，为求无上道。”鹦鹉死后，僧人将其火化，发现它的身体内有舍利子。

武林①一富人，项有一瘤，与其财为消长。一夫人领下一瘤，与其子之官为大小。俱不知何相。

【注释】①武林：旧时杭州的别称，以武林山得名。

【译文】杭州的一个富人，脖子后部有个瘤子，这个瘤子随着富人钱财的多少而消长。另外，还有一个夫人，脖子下有个瘤子，这个瘤子随着她儿子官职的升降而或大或小。这两个人的相貌我都没见过是什么样子。

万历壬辰间，一老人号醒神，自云数百岁，曾见高皇帝及张三丰；又自诡为王越①，至今不死；又云历海外诸国万余里。陈眉公曰：“听醒神语，是一本活《西游记》。”

【注释】①王越：明中期官员，有文武才能。

【译文】万历二十年（1592），有一个老人号“醒神”，他说自己已有数百岁了，曾经见过明太祖及张三丰；他又诈称自己是王越，至今未死；他又说自己曾游历海外诸国，行程有万里之远。陈眉公（陈继儒）说："听醒神谈话，觉得他是一本活《西游记》。"

朱少师恒岳，乡荐时家贫无以自活，省试后未及发榜，封公携赴馆谷①，辞太夫人曰："揭晓，儿得入彀则幸甚；否则，吾携儿去，尔与媳妇在家支朝夕，各自逃撑，不复能相顾矣。家下止一母彘，为尔姑媳计，可善视之。"言毕竟去。揭晓前一日，大风墙倒，母彘、小豵尽毙墙下。姑媳方相对大哭，而泥金报②至矣。境遇如此，而陡然大发，乡人异之。

【注释】①馆谷：指坐馆，任塾师或幕客。②泥金报：用泥金涂饰的笺帖，科举时代常用来报送考生登科之喜。

【译文】少师朱恒岳（朱燮元），参加乡试时家中贫穷得难以过活，乡试过后，还未发榜，他父亲就携带着他去给人坐馆，（临走时）向妻子告别说："乡试录取名单公布后，儿子如果考中了就算十分幸运；否则，我就带着儿子去给人坐馆，你与儿媳妇在家支撑着过日子，我们出外谋生，你们在家支撑，再不能相互照顾了。家中有头母猪，可作为你与儿媳妇的生计，你们要善加养护。"说完，竟带着儿子走了。发榜前一天，大风吹倒了朱家的院墙，母猪、小猪全都被墙砸死。朱恒岳的母亲与媳妇相对大哭，（正当这时）朱恒岳登科的喜报送到了朱家。在如此艰难的境遇中，朱恒岳突然登科，乡人都觉得奇异。

朱恒岳躯干魁梧，身长九尺，腰大十围，两椅不能坐，而赵太夫人身躯尤大过恒岳之半。太夫人裙布十幅，晒之厅事，盖满中楹，尚余数尺。

【译文】朱恒岳躯体魁梧，身长九尺，腰粗十围，即使将两把椅子并排，他也无法坐下，而他母亲赵夫人的身躯更是大过朱恒岳的一半。赵夫人的十件布裙，晒在厅堂，能盖满厅堂前的柱子，尚且多余数尺。

朱少师未遇时，极贫窘，衣服蓝褛。一日往邻村观剧，途中行倦，偶坐井上。有老翁来，熟视之，执其手曰："畴昔之夜梦黑龙降井上，其兆乃在子也！"遂以女字之，则庄夫人也。夫人重瞳子，合卺①后一夕，重瞳遂失。

【注释】①合卺（jǐn）：新婚夫妇各执瓢的一半斟饮，代指成婚。

【译文】朱少师未发达时，生活极其贫困，整日穿着破旧的衣服。一天，他去邻村看戏，半路走得累了，便坐在井边休息。有一个老翁过来，仔细端详着他，然后握住他的手说："我昨夜梦见一条黑龙降落在井上，这梦兆就应验在你的身上。"于是，老翁将女儿嫁给他，这就是朱少师的妻子庄夫人。庄夫人目中有两个瞳仁，她与朱少师结婚后的第二天晚上，重瞳现象就消失了。

《扶轮二集》中一诗云："长安万里月，杜陵①三月春。一茗一炉香，清风来故人。"为诗人周岐凤②所作。讫此诗，默诵数遍，仙即③降乩。诗甚无奇，其呼召鬼神，灵验若此，不晓何故。

【注释】①杜陵：地名，在今陕西省西安市东南。②周岐凤：原作"周凤岐"。余永麟《北窗琐语》载此事作"周岐凤"，今据改。周岐凤，名代画家。③即：原作"郎"，形近而讹，今改。

【译文】《扶轮二集》中有一首诗曰："长安万里月，杜陵三月春。

一茗一炉香，清风来故人。"是诗人周岐凤所作。直到今天，(扶乩
时)将此诗默诵数遍，神仙就会立即降临到乩上。这首诗没什么奇特
之处，但它召唤鬼神，却如此灵验，不知道是什么缘故。

天顺间，征吴与弼到京，召对文华殿。吴默然无应，惟曰：
"容臣上疏。"上不悦，驾起。吴出至左顺门，除帽视之，有蝎在
顶，蝥皮肉红肿，方知其不能答，以蝎蝥故也。(宋淳熙间，史寺
丞轮对。适言高宗某事，史忽泪下，上问故，对曰："因念先帝旧
恩耳。"孝宗亦下泪，明日御批史为侍郎。不知当时乃为蜈蚣所
啮，故下泪也。呜呼，均为毒虫蝥顶，一遇一不遇，岂非数哉？)

【译文】天顺年间，吴与弼被征召到京城，皇上在文华殿召见了
他。吴与弼对皇上的很多问语都是默然没有对答，只是说："容臣上
疏。"皇上不高兴，起驾离开。吴与弼走出左顺门时，摘下帽子察视，
发现有一只蝎子在头顶上，把他头顶的皮肉都蝥红肿了，(事后)人
们才知道吴与弼不能对答皇帝的问话，是因为蝎子的缘故。(南宋淳
熙年间，寺丞史轮被宋孝宗召见。正当谈到宋高宗某事时，史轮忽然
流下泪来，孝宗问他为何落泪，他对答说："因为怀念先帝昔日的恩
德。"孝宗也流下眼泪，第二天亲自撰写诏书任命史轮为侍郎。宋孝宗
不知道当时史轮是被蜈蚣咬疼了，所以流下眼泪。唉，史轮和吴与弼
都被毒虫蝥了头顶，却一个受到厚待一个不受厚待，这难道不是命数
吗？)

陆景邺先生任九江，诞公郎惠迪。生母产难，坐草五六①日，
下体肿胀，梗闷②欲死。有稳婆③入视，云"产门决不得出，割膀

胱乃可。"请于先生,先生听之。遂用利刃割开膀胱,取出儿及胞衣。儿无气,乃用大镜一面架地上,置儿镜前,稳婆绕儿走数巡,口作咒语,取大杖撞镜一下,儿即出声。育之无恙,子母俱全。

【注释】①六:原作"大",形近而讹,今改正。②捱闷:原作"捱问",据文义改。③稳婆:原作"涸婆",据文义改。下一"稳婆"同。

【译文】陆景邺先生在九江任职时,生下儿子陆惠迪。陆惠迪出生时,母亲难产,在草席躺了五六天,下体肿胀,憋闷欲死。有个接生婆进来探视,说:"产门绝对无法生出孩子,割破膀胱才行。"向陆先生请示,陆先生同意了。于是,接生婆用锋利的小刀割开膀胱,取出婴儿和胎衣。婴儿没有呼吸,接生婆便把一面大铜镜架在地上,放于婴儿面前,然后绕着婴儿走了几圈,边走边念咒语,接着又用一根大棒撞击了铜镜一下,婴儿随即发出声音。养育了几天,婴儿并无什么疾病异样,子母全都得以保全。

崇祯十六年二月,先帝至一便殿,见一椟,是成祖封禁者,诏后人不许开。先帝命启其钥。有画二轴,其一画官僚百余人,皆手持纱帽,披发乱奔。问各官,皆言是官多法乱之兆。其一画一人自经,披发跣足,极肖御容。上大不悦。次年即有闯贼之变,后清明鼎革,毁冠薙发,一一皆验。

【译文】崇祯十六年二月,先帝来到一座侧殿,看见一个木匣,是明成祖封禁的,成祖命令后代不许打开。先帝命人找来钥匙打开。木匣内有二幅画,一幅画上画着一百多个官员,都手拿纱帽,披散着头发乱跑。先帝询问官员们这幅画的意思,官员们都说是官多法乱的征兆。

另一幅画上画着一个人正在上吊自杀，披散着头发，光着脚，像极了先帝的样子。先帝大不高兴。第二年，就发生了闯王李自成攻入京城之事，后来明清易代，官员们有的衣冠毁坏（四处奔逃），有的剃发出家，画上的景象——全部应验。

崇祯间因累年边警，于芦沟桥筑一城，城两门圈，一名永昌，一名顺治。后闯贼改元永昌，而女直改元顺治，于此门名恰合，见者异之。

【译文】崇祯年间，因为边境多年发生战事，朝廷在芦沟桥建筑了一座小城，城的周围设有两道门，一名永昌，一名顺治。后来，闯王李自成改年号为永昌，而女真改年号为顺治，与这两道门的名称恰巧相合，见到的人都觉得奇异。

余友钮文中，少时读书宛委山①麓，遇清明，诸友散归，独文中居守。至更定，上床将卧，怪风一阵，灯下见一人披帷而入，乃一绝色女子。文中急问之，答曰："我邻舍女子，姓封，行三，见汝寂寞，特来陪汝。"文中方欲起走，而女子向面上噀气一口，即昏倒。女子解衣就寝，交媾云雨，恍如梦中。天将明，辞去，云："今夜再来。"文中卧至日中不得醒，书童门外叫喊不应，适一友来访，穴窗而入，推醒之，具道所以。友人曰："此狐魅也。昔有人为其迷死，汝不可再住。"挟以俱去。是夜复来，不见文中，将其用物书籍乱撒地下而去。

【注释】①宛委山：山名，在今浙江绍兴市境内。

【译文】我的朋友钮文中，年少时在宛委山的山脚居住读书，一年清明节，与他结伴读书的人都回家去了，只有他还留下读书。晚上时，他正要上床睡觉，突然刮来一阵怪风，他看见灯光下有一个人拨开帐幕来到床边，这个人是一个绝色女子。钮文中急忙问她是谁，那女子回答说："我是你邻居家的女儿，姓封，排行第三，见你寂寞，特来陪伴你。"钮文中刚要起身离开，那女子就对着他脸上喷了一口气，他随即昏倒。女子解衣上床，与其交媾一番，钮文中恍如做了一场梦。天快亮时，女子告辞说："今夜我还要来。"（女子去后）钮文中一直睡到中午也没有醒，他的书童在门外叫喊，他也不答应，（这时）正好一个朋友来拜访他，从窗户爬进去，把他推醒，钮文中详细地叙述了昨夜发生的事。他的这位朋友说："这是狐魅。从前有人被她迷死过，你不能再在这里居住了。"于是带着钮文中离去。当天夜晚，那个女子又来到钮文中的住处，没有见到钮文中，便把他的用物、书籍乱扔在地下后离去了。

莆田黄氏，自本朝开科来，一姓解元十一人。永乐十年戊子应天解元黄寿生，正统九年甲子解元黄誉，天顺六年壬午解元黄初，成化四年戊子解元黄文琳，成化十年甲午解元黄干亨，弘治十七年甲子解元黄如金，正德五年庚午解元黄廷宣，嘉靖二十三年癸卯解元黄继周，二十八年己酉解元黄大观，三十一年壬子解元黄星耀，三十四年乙卯解元黄懋中。而干亨又①寿生曾孙，如金又玄孙也。联三科解元，又三代解元，真是奇事。

【注释】①又：原作"文"，形近而讹，据文义改。

【译文】福建莆田的黄氏家族,自明朝举办科举考试以来,一姓之中有十一个人考中解元。他们分别是:永乐十年戊子科的应天解元黄寿生,正统九年甲子科的解元黄誉,天顺六年壬午科的解元黄初,成化四年戊子科的解元黄文琳,成化十年甲午科的解元黄干亨,弘治十七年甲子科的解元黄如金,正德五年庚午科的解元黄廷宣,嘉靖二十三年癸卯科的解元黄继周,嘉靖二十八年己酉科的解元黄大观,嘉靖三十一年壬子科的解元黄星耀,嘉靖三十四年乙卯科的解元黄懋中。其中黄干亨是黄寿生的曾孙,黄如金是黄干亨的玄孙。三次考试接连中了三个解元,他们又是祖孙三代,实在是奇事。

瑞州上高县有术士曾山①者,世居县十五里外胡芦石畔,常开卜肆于县南之桥址。有瞽丐者日过肆前,义山必礼而与之语,或啖之果饵。久之,丐者告义山曰:“明日有三人共一目来者,有异术,君宜叩之。”明日果有眇一目者,曳杖道二瞽者过肆,义山随之,拜于县北之鸬鹚洲。一瞽者曰:“当以小挠②为誓。”遂以书授义山,且画沙指诀,尽其秘妙,其书名《银河棹》,义山后占卜如神。红巾贼起,邑人以义山卜,皆知预避。红巾贼行掠无所得,诇知义山神卜,恨欲杀之。义山匿县西观音阁,得免。遂不复行其术,密藏其书于葫芦石洞中③。临终属其子曰:“某年月日有刘姓过吾家,取书畀之,戒不可泄。”后刘伯温官江西乐安④,果经义山家,其子如义山言授以书,伯温遂弃官归青田,以孙炎聘,见太祖于金陵。

【注释】①曾山:疑当作“曾义山”。明·杨慎《升庵集》卷六八载此事作“曾义山”,今从之。②挠:疑当作“桡”,船桨,借指船。以小挠为誓，即指着小船发誓，引申意为违背誓言，则乘船时有翻覆之祸。③葫芦石洞中：原作"葫芦石中"。《升庵集》卷六八作"胡芦石洞中"，今据补。④江西乐安：《升庵集》卷六八作"江西高安"，是。至元二年，刘基任高安县丞，文中作"乐安"误。

【译文】江西瑞州上高县有一个名叫曾义山的术士，世代居住在距县城十五里外的胡芦石畔，他时常在县城南头的桥基旁摆设卦摊给人算命。有个眼盲的乞丐每天都经过他的卦摊前，（每当盲丐经过）曾义山都会有礼貌地与盲丐说话，有时也拿出一些果子、饼饵给盲丐吃。很久以后的某天，盲丐对曾义山说："明天有二个全盲的人和一个只盲了一目的人从你的卦摊前经过，他们三个人都有异术，你可以向他们请教。"第二天，果然有一个只盲了一目的人手拿木棒牵引着二个全盲的人经过他的卦摊，曾义山立即跟上他们，直走到县北的鸬鹚洲才向他们行礼。一个盲者说："你要对着小船发誓才行。"（曾义山发完誓后），盲者拿出一本书赠给曾义山，并在沙地上演划要诀，展示书中的全部奥妙，这本书名为《银河棹》，（自从得到这本书后）曾义山的占卜十分灵验。（后来）红巾乱贼闹事，曾义山的乡人凭借曾义山的占卜，全都能（在红巾乱贼到来之前）预先躲避。红巾乱贼在乡中没有抢掠到什么东西，探知是曾义山占卜如神的缘故，恨得想要杀死他。曾义山藏在县西的观音阁里，才得以免祸。其后，曾义山不再占卜，而是把书秘密地藏在葫芦石洞中。临死时，曾义山叮嘱儿子说："某年月日有个姓刘的人经过我们家，你把书拿出来给他，千万不可泄露此事。"后来，刘伯温到江西高安县做官，果然经过曾家，曾义山的儿子遵照父亲的遗嘱把书赠给刘伯温，刘伯温（得到书后）辞官返回青田，（后来）因为孙炎的礼聘，前往金陵会见明太祖。

卷第十七 鬼神部

陶庵曰：章子厚①作相，有太学生素有口辩。子厚一日叩以《易》理，其人纵横辨论，杂以荒唐不经之说。子厚大怒曰："何故对吾乱道？"命左右禽下，杖之。其人哀告叩头，乃免。苏子瞻无事则强人说鬼，人谢以无有，子瞻曰："姑妄言之。"子厚之正经若彼，而瞻之游戏若此。二人胸襟，作何优劣？集鬼神第十七。

【注释】①章子厚：北宋官员章惇，字子厚。

【译文】陶庵曰：章子厚做宰相时，有一个太学生，素来善于辩论。一天，章子厚询问他《周易》的道理，这个太学生高谈阔论，其谈论中夹杂着荒唐不经的学说。章子厚大怒道："你为什么对我胡说八道呢？"下令左右擒住此人，予以杖责。这个太学生哀求叩头，才没有受到杖责。苏子瞻没事的时候喜欢强求人谈论鬼怪之事，对方以不知道作为推辞。苏子瞻说："姑且随便说一个。"（对待荒诞不经的事情）章子厚是如此的正经，而苏子瞻却是如此的游戏。二人的胸怀，谁优谁劣呢？故集合诸故事将"鬼神部"列为第十七。

高帝微时，走江淮，道病，有二紫衣同寝处，愈，失所在。又常夜行，陷麻湖中，有群小儿欢迎圣驾，叱之不见。

【译文】明太祖贫贱时，前往江淮地区，途中生病，有两个穿着紫衣的人在床边侍奉，太祖病愈后，这两个紫衣人便消失了。又有一回，明太祖夜行，陷入麻湖的泥中，有一群小孩欢呼着迎接圣驾，太祖斥责了一声，群儿立即消失不见。

棕三舍人者，棕缆也。太祖败陈友谅于鄱阳，死者数十万。班师，掷棕缆于湖，冤鬼凭之，遂能为祟。舟人必祭之，否则有覆溺之患。

【译文】棕三舍人，实际是一条用棕皮制成的船缆。明太祖在鄱阳湖大战陈友谅，死了数十万人。撤军时，把一条棕缆扔进湖里，怨鬼凭借它，遂能作祟害人。船夫行船时必须祭祀它，否则就有翻船溺水之祸。

成祖征本雅失里，经阔滦海，至斡难河，击败阿鲁台。军前每见沙蒙雾霭中现关公像，独所跨马白。凯旋，燕市先传车驾北发日，一居民所畜白马晨出，立庭中，不动不食，晡则喘汗，定乃食，回跸则止。

【译文】明成祖征讨本雅失里，经阔滦海，来到斡难河，击败阿鲁台。士兵时常见到军队前方的飞沙雾气中现出一尊关公像，这尊关公像骑着一匹白马。凯旋时，燕京的街市先是盛传军队出发之时，有一家居民所养的白马早晨跑出马厩，站在庭中，不动不食，午后三点至五点这段时间则气喘流汗，等到成祖平定本雅失里后，这匹马才开始吃草，成祖回到燕京后，这匹马重新回到马厩。

英宗亲征也先，陕西吕尼迎驾，谏行曰："不利。"上怒，叱武士交椎。尼跌坐以逝。及蒙尘，卤营数数见尼，时授上饼饵①。驾居南宫，亦数数见尼。复辟后，诏封皇姑，建寺，赐额曰"顺天保明寺"。或曰隐也，如云"明保天顺"焉。后殿祀姑肉身跌坐②，愁容一媪也。万历初年，像未饰以金，顶犹热尔。

【注释】①饼饵：饼类食物的总称。②跌坐：原作"跌坐"，据文义改。

【译文】明英宗亲自率军讨伐也先，陕西的吕姓尼姑迎接圣驾，她对英宗的此次出征劝谏说："不利。"明英宗大怒，令士兵捶打吕尼。吕尼盘腿端坐而逝。等到明英宗被停后，吕尼多次在敌营现身，时常带给英宗饼饵吃。英宗回国被囚禁在南宫时，也常常见到吕尼现身。后来英宗复辟成功，诏封吕尼为皇姑，并为其建寺，亲赐匾额曰"顺天保明寺"。有人说这匾额上的话是隐语，实际是说"明保天顺"。寺庙的后殿供奉着皇姑盘腿端坐的肉身像，看起来是一个满脸愁容的老妪。万历初年，皇姑的肉身像还未以黄金装饰，头顶仍有热度。

永乐初，有士人赴举，梦一神告之曰："礼乐征伐自天子出。"士人志之。一日，文皇与群臣宴，出语曰："流连荒亡为诸侯忧。"属群臣对之，无有应者。士人进曰："礼乐征伐自天子出。"大悦，即擢礼部侍郎。

【译文】永乐初年,有个读书人参加科举考试,梦见一个神仙告诉他一句话,这句话是:"礼乐征伐自天子出。"读书人记在心中。一天,明成祖与群臣宴饮,出了一个上对:"流连荒亡为诸侯忧。"让群臣对出下联,群臣中没人能够对的出。只有那个读书人对曰:"礼乐征伐自天子出。"皇上大为高兴,立即提拔他为礼部侍郎。

韩状元应龙未第时,饥寒窘偪,自投姚江。有鬼扶起曰:"公若死,三十年状元尚书,谁人承受?"明年遂状元及第。有老生效之,亦投江,亦有鬼扶起。老生喜甚,鬼曰:"公若死,三十年黄齑①淡饭,谁人承受?"

【注释】①黄齑(jī):咸腌菜,借指艰苦的生活
【译文】状元韩应龙未中进士时,饥寒交迫,投入姚江自杀。有个鬼把他扶起来说:"你如果死了,三十年状元尚书,有谁来做?"第二年,韩应龙即考中状元。有个屡考不中的老书生效仿韩应龙投江自杀,也有一个鬼把他扶起来,老书生十分高兴,鬼说:"你如果死了,三十年咸菜淡饭,有谁来吃?"

吕文安废大能仁寺为椿木园,平夷坛壝①,毁裂佛像,惨不忍观。住持无漏和尚雉经②其中,临终誓众曰:"四十年后,我必复此寺。我来有奇兆,以门前枯槐再生为验。"后四十年,吕氏式微,先大父以千金僦居。先一日安床,次日开视,有雌雄二雉挟五雏飞出樊中。豢鹿两头,开樊得三头。邻居父老有存者,见大父,皆错愕曰:"此无漏和尚耶?何视之肖若此也?"门前大槐枯死五十年,是年复活。于是父老有以因果告大父者,大父不悦曰:

"许玄度舍宅为寺,是我襟怀。何物老秃,恋恋此刹,至以身殉!我恨不得一棒打杀此秃,料③与狗吃,乃谓我是其后身耶?"深懊恨之,诏人勿言。僦居三年而仍还吕氏。

【注释】①坛壝(wéi):围有矮墙的祭坛。壝,祭坛四周的矮墙。②雉经:上吊,吊死。③料:原作"科",语义不通。张岱《兴复大能仁寺因果记》载此事作"料",今据改。

【译文】吕文安毁坏大能仁寺,将其改建成樗木园,铲平祭坛,毁裂佛像,惨不忍睹。住持无漏和尚在寺中上吊,临终时对众僧发誓说:"四十年后,我必重居此寺。我来时有奇特的征兆,以门前的枯槐再生作为验证。"四十年后,吕家权势衰落,我的祖父用千金租下樗木园居住。住进去的前一天,先安放卧床,第二天开门巡视时,有雌雄二鸡带领着五只小鸡飞出笼中。豢养的两头鹿,打开笼子时变成了三头。昔日的邻居父老有存活至今者,见到我的祖父,都惊愕地说:"这不是无漏和尚吗?为何看起来二人如此相像?"门前的大槐树已经枯死五十年了,今年竟然复活。于是,有个老人向我祖父讲述了事情的原委,我祖父不高兴地说:"东晋许玄度舍住宅为大能仁寺,才契合我的心意。无漏和尚那个老秃驴算什么东西,对此佛寺恋恋不舍,以至丧命!我恨不得一棒打死这个老秃驴,将他的尸体料理给狗吃,竟然说我是他的转身?"(说出此话后)我祖父深感懊悔,告诫那人不要将把这话传出去。在此租住三年后,我祖父把此园退还给了吕家。

王阳明常游一僧寺,见一室封锁甚密,欲开视之。寺僧曰:"中有一入定僧,闭门五十年。"阳明固请启户,见龛中坐一老僧,与阳明面庞无二。壁上题诗云:"五十年前王守仁,开门即是

闭门人。精灵剥①后还归复，始信禅门不坏身。"阳明陡然一惊，
数月即逝。

【注释】①剥：衰微，伤害。
【译文】王阳明曾到一座寺庙游玩，看见一所房屋封锁十分严密，
他想打开房门看看。寺里的僧人说："屋里有一个入定的僧人，闭门
五十年了。"王阳明再三请求打开房门，（房门开启后）他看见佛龛中坐
着一个老僧，相貌与自己一模一样。房内的墙壁上写着一首诗："五十
年前王守仁，开门即是闭门人。精灵剥后还归复，始信禅门不坏身。"
王阳明突然一惊，数月后就逝世了。

嘉靖初年，秦桧裔孙某宰汤阴，有善政。每欲谒岳武穆祠，
逡循未果。将及期，语同僚曰："少保虽与先世有隙，岂罪后嗣
耶？且吾居官可无愧神明，往谒何妨？"遂为文祭之，拜不能起，
呕血数升，扶出庙门即死。

【译文】嘉靖初年，秦桧的某个后世孙任汤阴县令，政绩美好。
此人常想着去参拜岳武穆祠，但因事拖延，未能成行。等他将要启程
时，他对同僚们说："岳少保虽然与我的祖先有仇，但他难道会怪罪
秦氏后人吗？况且我做官能够无愧于神明，前往参拜有什么妨碍呢？"
于是，此人（前往岳武穆祠）做作了篇祭文祭奠岳武穆，（谁知）他跪
下叩拜后却无力起身，吐血数升，被人扶出庙门就死掉了。

太监富紫泉建永宁寺于安德门外岔山口，屠一猪祭梁。猪
背上隐隐有"秦将白起"四字，富曰："此白将军也。"命埋之。

【译文】太监富紫泉在安德门外的岔山口建起一座永宁寺,(上梁时)他准备杀一头猪祭梁。猪背上隐隐地有"秦将白起"四个字,富紫泉说:"这是白将军。"于是命人把猪埋掉。

王文肃以子缑山病,祈梦于坟,梦忠肃语之曰:"公记斩一名帖,失活二十七人之命否?"公记忆巡道,执海商二十七人为盗,众怜之,请一名帖往解,而公执不肯,遂受此报。

【译文】王文肃(王锡爵)因为儿子王缑山(王衡)病重,在祖坟前祈求祖先托梦告诉他儿子病重的原因,(夜晚)他梦见王忠肃告诉他说:"你记得自己因为吝惜一张名帖,而致使二十七个人丧命那件事吗?"于是,王文肃回忆起自己任巡道时,巡海士兵误将二十七个海商当作海盗捉拿,众人怜惜,请他出具一张名帖命人带着前往释放这些人,而他执意不肯,因此受此报应。

王文成应乡试,入浙场中,夜半有巨人,文场①东西立,大言曰:"三人做得好事!"已忽不见。是年,与胡端敏世宁、孙忠烈燧同举乡荐。胡先发濠逆谋,孙殉难,而文成立戡乱之功。

【注释】①文场:考场。
【译文】王文成(王阳明)参加浙江乡试,进入考场,半夜有个巨人,站立在考场旁边,大声说道:"三人做得好事。"说罢,忽然消失不见。这一年,王文成与端敏公胡世宁、忠烈公孙燧同时考中乡试。(后来)胡世宁首先揭发朱宸濠的叛逆阴谋,孙燧在朱宸濠叛乱时殉难,而王文成则立下平定叛乱的功劳。

王文成登第，使治前威宁伯王越葬事。文成少时梦威宁伯贻之宝剑。既葬，其子出越所佩剑为赠，宛若梦中。

【译文】王文成（王阳明）考中进士后，朝廷让他办理前任威宁伯王越的葬事。王文成年少时曾梦见威宁伯王越赠给他一口宝剑。王越下葬后，王越的儿子拿出王越平时佩戴的宝剑赠给王文成，赠剑的情景就像王文成曾经梦见的那样。

于少保死，夫人流山海关，梦少保曰："吾形殊而神不乱，独目无光明，借汝眼光见形于皇帝。"翌日，夫人眼失明。会奉天门灾，英庙临视，少保形见火光中，帝悯然念其冤，乃诏贷其夫人归。又梦少保还其眼光，目复明。

【译文】于少保（于谦）死后，他的夫人被流放到山海关，有一次梦到于少保说："我的身体毁了但魂魄没有散，唯独眼睛无光，需要借你的视力在皇帝面前现形。"第二天，于少保的夫人丧失了视力。适逢奉天府的府门发生火灾，明英宗前去察看，于少保的身形出现在火光中。皇上难过地想到他的忠心，于是下诏宽免他的夫人回京。（于少保的夫人）又梦到于公来还他的视力，于是她的眼睛又恢复了视力。

周新按察浙江，将到时，道上蝇蚋迎马首而聚。使人尾之，得一暴尸，惟小木印记在，取之。及至任，令人市布，屡嫌不佳。再三更换，得印志相同者，鞫布主，即劫布商贼也。一日视事，忽旋风吹异叶至前，左右言："城中无此叶，独一古寺有之，去城差远。"新悟曰："此必寺僧杀人，埋其下也，冤魂告我矣。"发之，得妇人尸，僧即款服。

【译文】周新出任浙江按察使，将到浙江时，路上的蚊蝇飞集到他的马首前。周新命人尾随蚊蝇而行，找到一具暴露的尸骸，尸骸上只有一个小木印记还在，于是收取了它。周新到任后，让人去集市买布，（对买回的布）他多次嫌弃不好。再三更换后，周新得到一块布上的印记与小木印记相同的布，他捉来布主审讯，这个布主就是抢劫布商的强盗。一天，周新刚坐在堂上处理事务，忽然一阵旋风把一片奇形怪状的叶子吹到他跟前，他身边的人说："城中没有这种树叶，唯独一座古寺里有，这座古寺离城比较远。"周新醒悟后说："这一定是寺里的僧人杀了人，把尸体埋在树下，死者的冤魂借树叶前来告知于我。"命人去树下挖掘，挖出一具妇人的尸体，寺僧随即认罪。

成祖以纪纲谮杀浙江按察使周新。新临刑呼曰："生作直臣，死作直鬼。"一日，上见绯衣而立者，叱之，问为谁，对曰："臣周新也。上帝怜臣刚直，使主城隍浙江，为陛下治奸贪吏。"言已不见。陶庵拜其祠，赠一对曰："厉鬼张巡[①]，敢以血身污白日；阎罗包老[②]，原将铁面比黄河。"

【注释】①张巡：唐朝中期名臣。安史之乱时，死守睢阳，后被俘遇害。②包老：指包拯，北宋名臣，素以铁面无私著称。

【译文】明成祖因为听信锦衣卫指挥纪纲的诬告而杀死了浙江按察使周新。周新临刑大喊道："活着做正直之臣，死后做正直之鬼。"一天，明成祖看见一个穿着红衣而立的人，呵斥后，问他是谁，那人回答说："我是周新。上帝认为我刚直，让我在浙江做城隍，为陛下惩治奸邪之人和贪官。"说罢，消失不见。我去周新的祠庙参拜，为他写了一副对联："厉鬼张巡，敢以血身污白日；阎罗包老，原将铁面比黄河。"

　　杨顺既杀沈青霞，榜示边塞：有藏沈氏遗文片纸只字①者，按捕抵罪。诸生武崇文敛青霞遗稿，将火之，忽中恶仆地，恍惚见青霞峨冠绯衣，手剑叱之，惧而瘗于后圃。事白后，穴地出之，以授其子小霞。今所传《鸣剑集》、兵书、赤牍②，皆穴地所出者也。

　　【注释】①片纸只字：少量的文字。②赤牍：即尺牍，指信札，书信。赤，同"尺"。

　　【译文】杨顺杀死沈青霞后，在边塞发布告示：有收藏沈氏遗文只言片语的人，捉来问罪。生员武崇文收集家中的沈青霞遗稿，将要烧掉时，忽然中邪倒地，恍惚之中看见沈青霞戴着高冠、穿着红衣，手持宝剑叱喝，武崇文十分害怕，于是把沈青霞的遗稿埋入后园的地下。沈青霞的冤案昭雪后，武崇文从地下挖出遗稿，将其赠予沈青霞的儿子沈小霞。现今流传于世的《鸣剑集》、兵书、书信，都是武崇文从地下挖出的沈青霞遗稿。

　　李文正当国，一日朝退，沈思休致，被带未及解。有道士服紫玉环来见，指公所服带，并自指曰："争如我环，其能弃却入山乎？"公曰："久服无味，入山须之岁月耳。"道士笑，出庭中，微吟踏剑飞去。

　　【译文】李文正主持国政时，一天退朝回家，他沉思着退休辞官，袍带还未来得及解下。（这时）有个佩带着紫玉环的道士前来求见，道士一手指着李文正的袍带，一手指着自己的袍带说："你袍带上的玉环哪能比得上我袍带上的玉环，你难道真能抛弃这玉环而入山归隐吗？"李文正说："长久地佩带这玉环也没有什么兴味，但入山归隐还需要一段时间才行。"道士笑着，走出庭中，低声吟咏着踏剑飞去。

杨爵释归，数日又逮入狱，周怡、刘魁相继至。同囚三年，内殿火，上于火光中闻神语呼三人名，于是三人者得竟释。

【译文】杨爵被释放回家，数日后又被逮捕入狱，周怡、刘魁也相继被逮入狱。三人同被囚禁三年，（某天）内殿失火，皇上在火光中听见神仙谈论、呼唤三人的名字，于是三人竟得到释放。

季祖廷尉公十岁出痘，气色①绝，弃之于地，半日复苏，自言循屏出门，不知所向，见一二熟识小儿，皆已死者。又见衮冕②神人曰："汝祖母心善，且持斋虔。当令汝还。"授以丸药，吞之而醒。自是语遂通灵。时文恭方都试，遂言曰："吾父有③胪传矣。"向家人索梨，曰："无有。"曰："某所有之。"觅之，果得。鼻忽流血，大嘑曰："姨母刺我！"问之，曰："适饭窗下，闻外窣窣④声，戏以箸刺窗眼，不谓中郎君鼻也。"数月始愈，如蝉蜕然，面遂奇丑，后文恭见之，竟不相识。

【注释】①色：疑当作"已"。译文从"已"。②衮冕：衮，绣有龙的礼服。冕，礼帽。③有：疑当作"且"。译文从"且"。④窣窣（sū sū）：形容声音细微。

【译文】我的季祖张廷尉公十岁时出痘，气息已经断绝，母亲将他扔在地上，半日后他重新苏醒，自言他的魂魄顺着屏风走出门去，不知方向，看见一二个熟识的小孩，都是已经死去的。又看见穿着衮衣、戴着礼冠的神仙说："你的祖母心地善良，并且持斋虔诚，应该让你回去。"（神仙）给了他一颗药丸，他吃下后就苏醒了。自此他说的话十分灵验。当时他的父亲张文恭刚在京城参加完会试，于是他说："我父亲将要（进入殿试）被唱名传呼了。"（某天）他向家人要梨，家人说："没有。"他说："某个地方有梨。"家人前去寻找，果然有梨。（有一天）他的鼻子忽然流血，他大喊道："姨母刺我！"家人询问姨母，姨母说："刚才我在窗户下吃饭，听到外面有窣窣的声音，我开玩笑地用筷子刺窗眼，不料刺中了他的鼻子。"几个月后，他鼻子上的伤好了，就如蝉蜕一般，面貌变得奇丑，后来他的父亲张文恭见到他，竟然认不出是他。

方孝孺父克勤，为其祖择葬地。夜梦有一族人来求免。次日开圹，有蛇大小数百条，昂首作乞哀状，其父命聚薪焚之，黑烟一股，直入其家。母方分娩，即诞孝孺，后有灭族之惨，谓是蛇报。

【译文】方孝孺的父亲方克勤，为他的祖父选择了一块葬地。夜晚，梦见一个族人前来向他请求赦免。第二天，挖开葬地，里面有几百条大小不等的蛇，昂着头做出哀求的样子。方克勤命人聚集柴草焚烧众蛇，（焚烧时）有一股黑烟，直窜入他的家中。当时方孝孺的母亲正在分娩，随即生下方孝孺，后来方家遭遇灭族惨祸，人们都说这是当年方克勤烧死的蛇们前来报仇。

夏忠靖治水东南，湖州慈感寺桥下大蚌一珠，常有蛟龙来攫。忠靖宿寺，梦有老人诉曰："家此久，被邻豪来夺吾女，请大人一字为镇。"忠靖书一诗与之。及至淞江，梦一甲士诉曰："邻女聘久，赚大人手笔，抵塞不肯嫁，请改判。"忠靖曰："是慈感寺女邪？"甲士曰："然。"叱之去。次日牒于海神，风雷暴作，一蛟震死桥畔。

【译文】夏忠靖在东南治理水患时，湖州慈感寺桥下有一只大蚌，壳内藏有一颗珍珠，常有蛟龙来抢夺。夏忠靖住宿在寺里，夜晚梦见有个老人哭诉说："我家住在此地很久了，现今势力豪强的邻居要夺取我的女儿，请大人写一个字作为震慑。"夏忠靖写了一首诗赠给老人。夏忠靖来到淞江后，夜晚梦见一个穿着盔甲的武士诉说道："邻居家的女儿我早已聘定，但她父亲骗取了大人的手笔，（现今）她抵赖搪塞不肯出嫁，请大人改判。"夏忠靖问："是慈感寺那家人的女儿吗？"武士说："是。"夏忠靖怒声叱喝，赶走武士。第二天，夏忠靖通牒海神，（顿时）风雷骤起，把一条大蛟震死在桥旁。

花云殉难，侍儿孙氏抱云子渡江，与溃兵争舟。挤之江，得断槎。附入陶穴①之芦中七日，餐莲实以活。夜半闻老父声，呼与同行，问其姓，曰："雷叟。"送之高帝前，置儿于膝，抚顶泣曰："将种也。"赠雷叟衣，忽不见。

【注释】①陶穴：土穴，土洞。

【译文】花云殉难后，他的侍妾孙氏抱着花云的儿子渡江，（孙氏）与溃败的士兵争抢登船，被推入江中，得遇一条断筏。她附在断筏上，漂进一个土洞的芦苇丛中，以莲子为食活了七天。有天半夜，她听见一个老人说话，叫她与其同行，她问老人的姓名，老人说："雷叟。"雷叟把她送到明太祖面前，太祖把花云的儿子抱放在膝上，摸着小孩的头顶落泪说："这是将门的后代。"太祖赠衣给雷叟衣服，雷叟忽然消失不见。

陈松常游商洛，山行，夜宿古庙中，四壁萧寂，惟银杏一树，婆娑覆檐。为诗告神曰："穷人捉笔叩^①穷神，尔我不亲谁是亲？除却清风与明月，眼前都是有仇人。"夜分，神出答松诗曰："独坐空山久，园中果皆落。何以共长霄^②，安得村中酪。"松寤而异之。

【注释】①叩：叩问，询问。②长霄：长夜。
【译文】陈松曾去商洛一带游玩，入山行走，夜晚住在一所古庙中，四周萧条寂静，（庙前）只有一棵银杏树，枝叶繁茂，遮盖庙檐。陈松作诗向庙里的神祷告说："穷人捉笔叩穷神，尔我不亲谁是亲？除却清风与明月，眼前都是有仇人。"半夜，（陈松梦见）庙神现身回赠了自己一首诗："独坐空山久，园中果皆落。何以共长霄，安得村中酪。"陈松醒后，大为惊异。

张伯雨墓，在南高峰左麓。成化间，姚公绶御史营修之，立碑为志，寻复倾颓。至正德中，山民锄地，深数尺，遂犯张圹。见一人盘膝坐，爪发俱长。偶伤其脑，浆忽迸出，良久复合。惊惧，急掩之。墓中有书二册，携其一至郑栗庵家。郑以一金易之，其人云："当复至墓中，再取其一。"至中途，忽风雷大作，失书所在。

【译文】张伯雨的墓，在南高峰左侧的山脚下。成化年间，御史姚公绶重新修建，立碑作为标志，不久墓又倒塌。正德年间，有个山民锄地，深及地下数尺，竟挖到张伯雨的墓。山民看见墓里有一个人盘膝而坐，指甲、头发都很长。山民不小心碰伤了那人的头，脑浆忽然从中迸出，过了很久伤口才愈合。山民十分害怕，急忙将其重新掩埋。墓中有二册书，山民携带了一册送至郑栗庵家中。郑栗庵用一块黄金作为交换，山民说："我要再去墓中，取回另一册。"山民走到半路，忽然风雷大作，他已找不到藏书的墓地所在了。

蒲田①戴大宾，十四岁探花及第，亡何遽卒。榇归，父母悲悼，必欲发棺审视。及发，乃一白须叟，大骇，诘其奴，奴无以对。其夜大宾入梦曰："叟，吾前身也。上帝悯其苦学，白首不第，托生我家，暂享荣名，以酬其志。变形者，不忘其初也。"父母由是止哀。

【注释】①蒲田：当作"莆田"，今福建莆田市。

【译文】莆田人戴大宾，十四岁考中探花，但没过多久，他就去世了。他的棺材运回家时，其父母悲痛伤感，一定要打开棺材来看看。等到他的父母打开棺材时，竟看见里面躺着一个白胡须的老头，他的父母十分惊骇，质问仆人这是怎么回事，仆人不能对答。当天夜晚，戴大宾的父母梦见戴大宾说："那个老头，是我的前身。天帝可怜我学习刻苦，但年老犹未考中进士，于是就让我托生在咱们家，暂享一时的荣华美名，以满足我的愿望。我的身形虽然变化，但仍忘不了当初的样子。"于是，戴大宾的父母止住哀伤。

余状元武贞,读书独石轩,见池中荷叶上有物跳跃,谓是蛙也。细视之,则一魁星,长寸许,握笔提锭,与世人所绘无异。独石轩为董文简中峰书舍,其后则陶石篑,再后则余武贞,俱于此发元。其中读书发科甲者,不可胜记。

【译文】状元余武贞(余煌),在独石轩中读书,看见池中的荷叶上有个东西跳跃,他以为是青蛙。仔细审视后,他才发现那个东西是一个魁星,长约一寸,右手握着一管笔,左手拿着一只墨斗,与世人所画的一模一样。独石轩(最早)是文简公董中峰(董玘)的书房,其后成为陶石篑(陶望龄)的书房,再后来成为余武贞的书房,他们三人都在此读书而考中状元。(另外)在此读书而考中甲科进士的人,多得不可胜数。

黄子澄墓地,万历初为蒋干所占,其孙熊讼之。忽地中声如雷,化青气冲西北去。沟裂,得黄子澄墓志,验实上闻,因表墓^①立祠。及考永乐时举发革除之党者亦名蒋干,其事尤异。

【注释】①表墓:在墓前刻石,以表彰死者的善行。
【译文】黄子澄的墓地,在万历初年时被蒋干霸占,黄子澄的孙子黄熊与蒋干争论。忽然地中发出一声打雷般的巨响,而后响声化作一股青气向西北方冲去。(随即)地面裂出一道深沟,沟内有黄子澄的墓志,黄熊检验真实后报告给官府,于是官府在黄子澄的墓前刻石建祠,以示表彰。考察永乐年间举报效忠于建文帝的党羽的人也叫蒋干,这事情太奇怪了。

余姚吕棘津，貌甚朴实，而口讷讷似不能言者。生平喜作淫词艳曲，如《绣榻野史》《闲情别传》皆其手笔。负此异才，而一生不遇，临终喷血数升，齗舌①而死。

【注释】①齗舌：咬断舌头。齗，砍断，击断。

【译文】浙江余姚的吕棘津，相貌十分朴实，并且言语迟钝好像口吃病人一样。他生平喜欢写作淫词艳曲，像《绣榻野史》《闲情别传》都是他的手笔。有这样杰出的才华，却一生不得志，他临终时吐血数升，咬断舌头而死。

孙尚书玮，童时有出世之志，遇方外异人，遂弃家相随。一日，梦逐一道士登高山，似非人世，饥甚，道士持一器若糜粥者饷之，因谓曰："此糊涂①也。汝从此无神仙分，当弩力干人间事。"惊啼而觉。自此一意读书，遂成进士，仕至尚书。

【注释】①糊涂：一种糊状食品。

【译文】尚书孙玮，童年时有超脱俗世的志向，他曾遇到一个世外奇人，于是就弃家相随。一天，他梦见跟着道士登上一座高山，山上的景象不似人间所有，当时他非常饥饿，道士拿出一碗稠粥给他吃，并对他说："这是糊涂。你从此与神仙没有缘分了，应当努力去做人间的事情。"孙玮惊叫而醒，从此专心读书，后来考中进士，官至尚书。

杭州倪秀才，辛卯科元。旦梦二魁星跳跃其前，自负决中。至八月正，遗告三试俱无，乃喊叫，校士馆文宗①缚送臬司狱中。进狱门，见二门神，乃骇叹曰："此正我梦中所见之魁星也！"狱鬼一名颜大老，一名薛秃一，形状极似魁星。

【注释】①文宗：明清时称提学、学政为"文宗"。此泛指试官。

【译文】杭州倪秀才，是辛卯科状元。（后来他去参加乡试）乡试的当天早晨，他梦见两位魁星跳跃到他面前，（于是）他认为这次考试自己必然会考中。到了八月十五日，人们告诉他三场考试他都没有考中，于是他大喊大叫，校士馆的考官把他绑起来送到提刑按察使司管辖的监狱中。他一进狱门，看见狱门上的两位门神，便惊骇地叹息道："这正是我梦中所见的魁星啊！"狱鬼一名颜大老，一名薛秃一，形状与魁星极其相像。

总督彭泽尝过歙，时新造越国汪公祠，梦白衣人献上梁文①，则云："状元也。"次日，唐皋献文，而以贫故，蓝衫改色成白。彭大异之，而交欢焉，则果大魁。

【注释】①上梁文：建屋上梁时用以表示颂祝的一种骈文。

【译文】总督彭泽有次来到安徽歙县，当时正在新建越国汪公（汪华）祠，他梦见一个穿白衣的人向他献上上梁文，（他问白衣人是谁）白衣人回答："我是状元。"第二天，唐皋前来献文，（当时）唐皋因为贫穷，身上的蓝衫已经旧得发白。彭泽感到十分惊异，便与唐皋结好欢谈，后来唐皋果然考中（正德九年甲戌科）状元。

翁长庸乡试，主司夜阅其卷，见一老妪衣蓝衫，拜阶下。卷不甚佳，旋置之，而妪即哭。复取阅，则又拜，如是者再三，乃荐之。及放榜，主司言及之。长庸涕泣曰："此庸母也。贫无以殓，以庸蓝衫殓之。今得侥幸，则母力也。"

【译文】翁长庸参加乡试，主考官在夜晚阅读他的试卷，看见一个穿着蓝衫的老妇，叩拜于阶下。试卷上的文章不是很好，主考官便把试卷放在一旁，老妇（见状）随即哭泣。主考官重新把翁长庸的试卷拿过来阅读，老妇随即又拜。如是者三次，主考官便录取了翁长庸。等到公布录取名单后，主考官向翁长庸谈起此事。翁长庸哭泣着说："这是我的母亲。我因为贫穷，不能使母亲穿着新衣服下葬，只得用我穿过的蓝衫装殓。今日我侥幸考中，实在是母亲的帮助。"

洪武中，京民史某与一友为伴，史妻色美，友心图之。尝同商于外，史溺水死。其妻无子，友求为配，从之。居数年，生二子。一日骤雨，积潦满庭，一虾蟆避水上阶，其子戏以杖抵落水。后夫语其妻云："史某死时，亦犹是耳。"妻问故，乃知后夫谋，愤甚。次日，俟其出，即杀其二子，走诉于朝。太祖旌其烈，置后夫于法。好事者为作《虾蟆传》。

【译文】洪武年间，京城的史某与他的一个朋友经常结伴出行，史某的妻子相貌美丽，他的那个朋友一心想要得到。有一次，史某与朋友外出经商，史某溺水而死，史某的妻子未曾生育，史某的朋友便向她求婚，她答应了。过了几年，史某的妻子为后夫生下二个儿子。一日暴雨，庭院满是积水，一只蛤蟆为了避水跳上台阶，史某妻子的儿子用木棒把蛤蟆拨落水中，以此取乐。后夫告诉妻子说："史某死时，也像这样。"史某的妻子向后夫询问缘故后，才知道是后夫谋杀了史某，十分愤恨。第二天，史某的妻子等到后夫出门后，立即杀死了自己的二个儿子，跑到朝廷上诉。明太祖表扬了她的忠烈，并把她的后夫绳之于法。好事之人将此事写成《虾蟆传》。

卷第十八 纰漏部

陶庵曰：世间事被无学无识之人做坏者少，被有学有识之人做坏者多。则世间纰漏①之人，由此其选也。乃纰漏之人，能安于纰漏，不识不知，无机无械，则世界可以享无事之福。无奈纰漏之人，不自安于纰漏，而反欲弄聪明，弄学问，则其为纰漏也，不可救药矣。集纰漏第十八。

【注释】①纰漏：错误，疏漏。

【译文】陶庵曰：世间的事被无学无识之人做坏的少，被有学有识之人做坏的多。世间做事纰漏的人，因此被选到这部书里。如果做事纰漏的人，能安于纰漏，不知不觉、无巧诈心思，那么世界就可以安享平静无事的福气。无奈做事纰漏的人，自己不但不安于纰漏，反而还要卖弄聪明、学问，这样他的纰漏，就无可救药了。故集合诸故事将"纰漏部"列为第十八。

黄侍郎绾，为言官所诋，自言背刺"尽忠报国"四字。下南京法司勘验，天下笑之。（按：正德五年，锦衣卫匠余刁宣上疏，自言背刺"尽忠报国"字，诏本当重处，姑杖三十，发海南充军，著国史。黄见之，不当愧死！）

【译文】侍郎黄绾，被御史诬陷，他自称背上刺有"尽忠报国"四字。皇上命南京法司验察，（结果黄绾的背上什么字都没有），天下人都嘲笑黄绾。（按：正德五年，锦衣卫匠余习宣上疏，自称背上刺有"尽忠报国"四字，皇上下诏说本当重重处罚，姑且打三十棍，发配海南充军，此事明史有载。黄绾如果见到此事，难道不该羞愧而死嘛！）

尚书赵从善子希苍，通判绍兴，令庖人造烧茄。判食次问吏"茄"字，吏曰草头下著"加"，即援笔书草下著"家"字，乃"蒙"字矣。时人目之曰"赵烧蒙"。

【译文】尚书赵从善的儿子赵希苍，任绍兴通判，（有一次）他想让厨师做一道烧茄子。写食物清单的时候，他问小吏"茄"字怎么写，小吏说草字头下加个"加"字，他随即在草字头下写了个"家"字，这样就变成"蒙"字了。当时的人们都称赵希苍为"赵烧蒙"。

洪武甲子开科取士，诸勋臣不平，曰："此辈善讥讪，初不自觉。且如张九四①厚礼文儒，及请其名，则曰'士诚'。"上曰："此名甚美。"答曰："《孟子》有'士诚小人也②'之句，彼安知之？"上自此览天下所进表笺，多罹祸者。

【注释】①张九四：张士诚原名张九四。②士诚小人也：这是众人的误读。《孟子·公孙丑下》原文作："士，诚小人也。"
【译文】洪武十七年（1384）开设科举考试选取人才，许多功臣对此心中不平，说："这些读书人善于讥刺，一开始是很难察觉的。就像张九四平日里优待儒生，等到他请儒生为他取名时，儒生就给他取了个'士诚'的名字。"皇上说："这个名字很好。"诸功臣回答："《孟子》里有'士诚小人也'的句子，他哪里知道？"从此，皇上细细阅览各地进呈的奏章，许多读书人因文字而遭遇罪祸。

洪武中，翰林应奉唐肃常侍膳，食讫，拱箸致恭①。帝问何礼，对云："臣少习俗礼。"帝曰："俗礼可施之天子乎？"坐不敬，谪戍濠州。

【注释】①拱箸致恭：民间的一种礼节，即宾主进餐时，先吃完饭的客人把筷子交给主人奉告失陪。

【译文】洪武年间，翰林应奉唐肃常陪侍皇上吃饭，吃完饭后，他把筷子交给皇上奉告失陪。皇上问他这是什么礼仪，他回答："这是我早年间学习的民间礼仪。"皇上说："民间的礼仪能用到天子身上吗？"于是明太祖以对皇上不敬论罪，将他流放濠州。

陆某，为王文成高弟。张璁议大礼，陆以刑部郎中上疏攻之，旋以忧去。服阕①，至京，张璁骤贵。陆复上疏，极称璁、萼②为正论，而深悔前言之失，请改过自新。上恶之，谪为外郡通判。

【注释】①服阕：守丧期满，脱下丧服。阕，终了。②璁、萼：指张璁、桂萼，二人都是因大议礼而显贵的明代嘉靖年间官员。

【译文】陆某是王文成（王阳明）的高足弟子。张璁议大礼时，身为刑部郎中的陆某上疏驳斥张璁，事后不久他便因回家守丧而离开京城。守丧期满后，陆某返回京城，这时的张璁已经骤然显贵。陆某遂又上疏，极力称赞张璁、桂萼的议论正确合理，并且十分后悔自己从前发出错误的言论，请求改过自新。皇上厌恶他的反复无常，将他贬为外郡通判。

丰吏部坊常要沈明臣结忘年交。岁余，人或恶之曰："是常笑公文者。"即大怒，设醮诅之上帝，凡三等，云："在世者宜速捕之，死者下无间地狱，永不得人身。"一等皆公卿大夫与有睚眦者；二等文士①、布衣，沈为首；三等则鼠、蝇、蚤、虱、蚊、臭虫也。

【注释】①文士：原作"文土"，形近而误，今改正。

【译文】南京吏部考功主事丰坊经常邀请沈明臣宴饮，二人遂结成忘年之交。过了一年，有人向他诋毁沈明臣说："沈明臣经常讥笑您的诗文。"丰坊随即大怒，设下道场，向天帝诅咒三等人物说："活着的应当速速捕捉，死了的下无间地狱，永世不得人身。"（他所诅咒的三等人物）第一等全是与他有仇的公卿大夫，第二等是文人、平民，以沈明臣为首，第三等则是鼠、蝇、蚤、虱、蚊、臭虫。

沈石田名重一时。苏州守求善画者，左右以沈对，便出朱票①拘之。石田至，命立庑下画，乃作《焚琴煮鹤图》以进。守不解曰："亦平平耳。"明年入觐，见守溪相公②，首问曰："石田先生无恙乎？"守茫然无以应。归问从者，则朱票所拘之人也。守大悔恨。

【注释】①朱票：用朱笔写的传票。②守溪相公：指明武宗时的内阁大臣王鏊(ào)，字济之，号守溪。

【译文】沈石田（沈周）名重一时。苏州太守寻求善于画画的人，他身边的人便向他推荐了沈先生，太守发出传票命人拘拿沈先生来。沈先生到来后，太守让他站立在廊下作画，沈先生画了一幅《焚琴煮鹤图》进献给太守。太守不解地说："也很一般嘛。"第二年，太守入京觐见，顺便拜谒了内阁大臣王鏊，王鏊一见到太守就首先问道："石田先生还好吗？"太守茫然地什么话也答不出。回来后，太守询问侍从，才知道那天发出传票拘押来的人就是沈石田。太守非常悔恨。

荆溪时大彬善陶制小茶壶，或荐之宜兴令。令喜其制，索之恨少，乃拘之一室，责取三百具，竟以愤死。

【译文】荆溪人时大彬善于制作小型陶茶壶，有人把他推荐给宜兴县令。县令非常喜欢时大彬制作的茶壶，只是嫌他给自己制作的太少，于是便把他关押在一间屋子里，责令他制作三百件，时大彬竟因此怨愤而死。

唐玄宗东封泰山，命苏许公①磨崖刻《东封颂》。自唐至明八百余年，闽人林焊为兖东道，镌"忠孝廉节"四大字于颂上，铲盖之。

【注释】①苏许公：唐代名臣苏颋，袭封许国公，世称苏许公。

【译文】唐玄宗在泰山封禅时，命苏许公磨平崖壁镌刻《东封颂》。自唐至明八百余年后，福建人林焊出任兖东道，他命人在题写

《东封颂》的崖壁上镌刻"忠孝廉节"四个大字，（从此）《东封颂》就被铲毁、遮盖了。

沈石田作《五马行春图》赠一太守。太守怒曰："我岂无一随从人耶？"沈知之，另写随从人送入，因戏之曰："奈绢短，止画前驱三对。"守喜曰："今亦足矣。"

【译文】沈石田（沈周）画了一幅《五马行春图》赠给某位太守。太守生气地说："我难道就没有一个随从的人吗？"沈石田听说此事后，另画了一幅有随从之人的图画送给太守，并开玩笑地说："无奈画布太短，我只画了前面引路的三对随从之人。"太守高兴地："有这些就足够了。"

刘方伯叔子性佻傝①，而冒读书名。里中赛会②，叔子以犒金四两买其马上故事，直入书房。叔子坐书案，见一骑则停笔视之，又读数行，复看一骑。眼虽注视，而口中呷唔，仍复不辍。

【注释】①佻傝（tà）：轻薄，不庄重。②赛会：古代一种迎神活动。
【译文】刘方伯的三儿子性情轻薄草率，并且喜欢装出读书人的样子。乡中举办赛会，他用四两黄金雇人为他撰写他骑在马上参加赛会的事迹，然后他径直走进书房（假装写作的样子）。刘叔子坐在书桌前，看见一匹马经过就停笔观看，然后又读写几行字，接着又停笔观看经过的另一匹马。他的眼睛虽然注视着经过的马匹，口中却呷唔作声，读写不停。

刘方伯家演剧, 其叔子必于其贴壁读书, 书声朗彻, 曲白几不能辨, 而方伯以其子苦读, 辄为色喜。

【译文】每逢刘方伯家演戏, 他的三儿子就必定会故意地在戏台隔壁读书, 书声琅琅, 几乎使人听不清唱词, 但刘方伯看见儿子勤苦读书, 就会脸露喜色。

江西俗俭, 果馌①作数格, 惟中一味, 或果或糖可食, 余悉雕木为之, 谓之"子孙楛"。鱼鳞之上必加葱酱, 使有热气。一客取食, 用箸挑之, 坚不可入, 不觉失笑。覆视其底, 有字云"大德二年重修"。

【注释】①馌(yè): 盛饭食、果品的盒子。

【译文】江西风俗崇尚节俭, 盛饭食、果品的盒子分为数格, 其中只有一个格子里的食物, 或果或糖可以食用, 其余格子里的食物全是雕绘而成的, (这样的果盒)叫做"子孙楛"。(如果某个格子里雕绘的是鱼)鱼鳞之上一定会添加葱酱, 并使其有热气冒出。曾有一个客人误以为真地想食用, 用筷子挑取, 竟然坚硬地插不进去, (客人知道真相后)不禁笑出声来。客人翻过盒子, 察看底部, 盒子的底部写着"大德二年重修"。

王相国荆石宅忧, 某县令作祭文, 称相国为"元圣", 封公为"启圣夫子①", 王却之不受。

【注释】①夫子: 原作"天子", 形近而误, 今据文义改。

【译文】相国王荆石（王锡爵）在家为父亲守丧，某县令作了篇祭文，祭文里把王荆石称作"元圣"，把王荆石的父亲称作"启圣夫子"，王荆石坚决不接受，退回祭文。

尹旻欲诣汪直，属王越为介绍，私问："跪否？"王曰："安有六卿跪人者乎？"越先入，旻阴伺越跪白叩头。及旻入，长跪不起。越尤之，旻曰："吾见人跪，特效之耳。"

【译文】尹旻想去拜访汪直，请王越为其介绍，尹旻私下问王越："（到时候）需要跪拜吗？"王越说："哪有六卿跪拜于人的？"王越先进入汪直的房内，尹旻躲在暗处看见王越一边跪下叩头一边向汪直禀报事情。等到尹旻进去时，尹旻便长跪不起。（二人出来后）王越责怪尹旻不该下跪。尹旻说："我是看到有人下跪，才效仿下跪的。"

迁仙梦中贷人以钱，次早遇其人，索偿甚急。其人曰："汝莫非梦耶？"迁仙沉思半饷曰："然，果是梦，但汝即梦中亦须偿我！"

【译文】迁仙梦见借给人钱，第二天早晨遇到借钱的人，急忙要其还钱。那人说："你莫非是做梦梦见我借了你的钱吗？"迁仙沉思半晌说："是的，确实是做梦梦见的，但（即使如此）你也得在梦中还我的钱！"

王弇州曰："余旧闻正德间，一大臣投刺刘瑾云'门下小厮'。嘉靖中一仪部①谒翊国公称'渺渺小学生'。今复有自称'将进仆''神交小子''未面书生''沐恩小的',皆可呕哕②。"

【注释】①仪部：明初礼部的一个部门，后代指礼部。此指在礼部任职的官员，如礼部主事、礼部郎中等。②呕哕（yuě）：呕吐。

【译文】王弇州（王世贞）说："我从前听闻正德年间，一个大臣拜见刘瑾时投递的名帖上写着'门下小厮'。嘉靖年间，一个礼部官员拜见翊国公郭勋时在名帖上自称'渺渺小学生'。现今又有些人在名帖上自称'将进仆''神交小子''未面书生''沐恩小的'，都令人作呕。"

有游客题诗虎丘寺壁者，后写'某人顿首书'。或戏续其后云'似虎丘老先生政①之'，可发一笑。

【注释】①政：同'正'，指正。

【译文】有个游客在苏州虎丘寺的墙壁上题诗，后面写着"某人顿首书"。又有人戏谑地在下面续写道"似虎丘老先生正之"，也值得一笑。

天镜园，邻老诸孙十余人汆水罛螺蛳①，盈数担犹不已。陶庵过而问之，答曰："明日予祖樊老讳辰做佛事，要放生用耳。"陶庵笑曰："盍若不取？"答曰："不取，则何以放？"

【注释】①汆（cuān）水罛（gū）螺蛳：汆水：下水，在水里。罛：大的鱼网。

【译文】天镜园隔壁一位老者的十多个孙子下水网捕螺蛳，网捕到的螺蛳已经有数担了，却还不停止。陶庵路过，问他们网捕螺蛳干什么，他们回答："明天是我们祖父的生日，要做佛事，这些螺蛳是放生用的。"陶庵笑着说："何不如（让它们待在水里）不网捕它们呢？"他们回答："不网捕，怎么放生呢？"

大学士万安，老而阴痿。徽人倪进贤以药剂汤洗之有效，得为庶吉士，授御史。时人目为洗鸟御史。

【译文】大学士万安，晚年时有阳痿之病。安徽人倪进贤送给他一个汤药秘方，万安洗后非常有效，便提拔倪进贤为庶吉士，授予御史官职。当时的人们都称倪进贤为"洗鸟御史"。

宪宗晏驾，宫中得书一箧，皆房中术也，悉署曰"臣安进"。太监怀恩袖至阁下，示万安曰："是大臣所为乎？"安惭汗不能出一语。后科道劾之，怀恩以其疏至内阁，令人读之。安跪而起，起而复跪。恩摘其牙牌①曰："请出矣。"乃遑遽归第。初，安在内阁久不去，或微讽之，答曰："安惟以死报国。"及被黜在道，夜夜看三台星②，犹冀复用也。

【注释】①牙牌：象牙腰牌，相当于古代官员的身份证。②三台星：宰辅之星，居天穹正中。
【译文】明宪宗驾崩后，宫中发现一箱书，都是讲房中术的，每本书上都写着"臣安进"。太监怀恩袖藏了一本带至内阁，出示给万安说："这是你所进献的吗？"万安惭愧得流汗，说不出一句话。后来科道官弹劾万安，怀恩把弹劾万安的奏章带到内阁，令人在万安面前一份一份地诵读。万安跪下，然后起来，起来后再跪下。怀恩摘下万安的腰牌说："请出去吧。"于是，万安惊惧不安地回到家中。最初，万安长期赖在内阁，不肯辞职，有人暗中讽刺他，他回答："安惟以死报国。"后来，万安被罢职，他在回家的途中，每晚都观察三台星，希望自己仍有被起用的机会。

尚书王天华取媚严世蕃，用锦罽①织成点位，曰"双陆盘"，别饰美人三十二，衣妆缁素各半，曰"肉双陆"，以进。每对局，美人闻声，该在某点位，则自起站之。

【注释】①锦罽（jì）：有纹彩的毯子。

【译文】尚书王天华为了讨好严世蕃，在毯子上织成点位，名曰"双陆盘"，还配饰三十二个美人，其中穿黑衣和穿白衣的各占一半，名曰"肉双陆"，他把它们进献给严世蕃。每次下棋，美人听到指令，应该在哪个点位上，便自己起身站到哪个点位。

严世蕃吐唾，皆美婢以口承之。方发声，婢口已巧就，谓曰"香唾壶"。

【译文】严世蕃吐唾沫，都有美丽的婢女用口承接。他才一出声，婢女们就已经乖巧地张着嘴来到身边，人们把这些婢女叫做"香唾壶"。

籍严氏时，得帕一箱，缘四角，两角系螳螂金钩，皆怪，不知所制。久之，知奉为夫人经裩裆①用。有送溺器者，皆用金银铸妇人，粉面彩妆，以阴受溺，壶底镌馈者姓名。

【注释】①裈裆：裤裆。裈，同"裈"，古代的满裆裤。

【译文】抄没严嵩家产时，得到一箱巾帕，边缘四个角，两个角上系着螳螂金钩，众人都觉得奇怪，不知道制作这巾帕有何用处。很久以后，人们才知道这是献给夫人勒裤裆用的。还有许多人送给严氏父子溺器，这些溺器全都用金银铸成妇人状，粉面彩妆，以阴部受尿，壶底镌刻着馈赠者的姓名。

严氏籍殁时，郡司奉檄往，见榻下堆弃白绫汗巾无数。袖其一以问，客有知者，掩口曰："此秽巾，每与妇人合，辄弃其一，岁终数之，为淫筹焉。"

【译文】严嵩家产被抄没时，当地的地方长官奉旨前往，看见床下堆有许多废弃的白绫汗巾。地方长官便藏在袖子里一条带回家，问人这是干什么用的，他的一个门客知晓，捂着嘴说："这是秽巾，每次与妇人交合，就扔一条在床下，年底计算总数，是计算奸淫过多少妇女的用物。"

张江陵奔丧至楚，楚方伯披缞绖①，代子守苫次②，江陵大悦。不逾年，方伯遂为楚抚。

【注释】①缞绖（cuī dié）：服丧。②苫次：居亲丧的地方。苫，旧时居丧睡的草席

【译文】张江陵奔丧来到湖北，湖北布政使穿着丧服，代替张江

陵作为儿子守在丧棚里，张江陵见此非常高兴。不到一年，湖北布政使便升为湖北巡抚。

中官奉江陵太夫人北上，所经由涉步①皆设席，屋张彩幔。徐州兵备副使林绍至，身杂挽船卒中，为之道护。

【注释】①涉步：水岸。步，水边停船处。

【译文】宦官奉送张江陵的母亲前往京城，所经过的江水岸边，都有官员摆设宴席，搭设彩棚。徐州兵备副使林绍至，混杂在拉船的纤夫中，为之护路。

江陵病，百官为设醮行香①，宰官大老执炉暴烈日中。当拜章则跪拜竟夕，弗敢倦。醮凡三举，一中丞夸曰："三举而吾与者三，膝肿矣。"

【注释】①行香：古代礼拜神佛的一种仪式。各代有所不同，明代多为斋主或亲戚朋友持香炉巡行道场。

【译文】张江陵生病，百官为他设下道场祈福消灾，很多资深望重的大官暴晒在烈日下捧着香炉巡行道场。当诵读祈祷文时，需要通宵跪拜，无一人敢显出疲倦之色。这样的祈福消灾会，一共举办了三次，一个中丞夸耀说："举办了三次，我参加了三次，膝盖都肿了。"

楚抚陈瑞，江陵门人也。江陵父初死，瑞驰至，服缞衣梁冠①，伏哭尽哀。毕则请见太夫人，太夫人未出，跪于庭良久。太夫人出，复伏哭，前谒致慰，乃侍坐。有小阉者，江陵所私留以役也。

太夫人睨而谓："陈君幸盼睐②之。"瑞拱立揖阉曰："陈瑞安能为公公重，公公乃能重陈瑞耳。"

【注释】①梁冠：有横脊的礼冠。②盼睐（xì lài）：顾盼，眷顾。

【译文】湖北巡抚陈瑞，是张江陵的学生。张江陵的父亲刚死不久，陈瑞飞奔到张家，穿戴起丧服、礼冠，伏地痛哭，以示哀伤。哭完后，陈瑞请求拜见张江陵的母亲，张江陵的母亲一直没有出来，陈瑞便久久地跪在庭院内等候。张江陵的母亲出来后，陈瑞又伏地痛哭，（哭完）便上前参拜，致以安慰，然后就陪坐在张江陵母亲的近旁侍奉。有个小宦官，是张江陵私自留下来供母亲驱使的。（因陈瑞向这个小宦官多看了两眼）张江陵的母亲便斜视着宦官对陈瑞说："他有幸得到陈君的眷顾。"陈瑞恭敬地站起身，向宦官作了一个揖，说："陈瑞怎敢看重公公，只有公公能看重陈瑞。"

张江陵给假归葬，有同年御史于业者，罢久矣，与江陵故善，来会葬。至墓所，自诡工堪舆家言，密语江陵："吾相地多，毋踰于此者，是且有天子气。"江陵惧，掩耳疾走。

【译文】张江陵请假归葬父亲，有个与他同榜登科的御史于业，早已罢职，但与张江陵友好，也来参加送葬。到了墓地，于业诈称自己精通风水，秘密对张江陵说："我看过很多的墓地，没有一块比得上此地，这块地有天子气。"张江陵惊惧，捂上耳朵快步走开。

少司徒王祐，谄事太监王振。振一日问曰："王侍郎何故无须？"祐曰："老爷无须，儿子岂敢有须？"

【译文】少司徒王祐谄媚太监王振（便剃掉了自己的胡须）。一日，王振问王祐说："王侍郎为什么没有胡须？"王祐回答："老爷没有胡须，儿子岂敢长有胡须？"

成化中，闲住右都御史^①李实，以进房中秘方，行取至京。试不验，遣归。实上疏谓："忽召忽遣，不知何故。"诏姑与致仕。

【注释】①右都御史：原作"石都御史"，形近而误，今改正。

【译文】成化年间，免职闲居的右都御史李实，因进献房中秘术，调任京职。皇上用了他进献的药方后没有效果，便又免去他的职务，令其回家。李实上疏说："忽然召我入京又忽然令我回家，不知道是什么原因。"皇上下诏说是让他暂时离职。

刘太常介继娶美艳，冢宰张彩欲夺之，乃问介曰："我有所求，肯从，我始言之。"介曰："一身之外，皆可奉公。"彩曰："我所求者，新嫂也。敬谢诺。"少顷，强舆之归矣。

【译文】太常刘介续娶的妻子非常漂亮，吏部尚书张彩想要夺取过来，于是问刘介说："我有个请求，你答应了，我才说。"刘介说："除了我的性命之外，都可以奉送给您。"张彩说："我所请求的，是你的新媳妇。十分感谢你答应我。"不过片刻，张彩便命轿夫强行把刘介的新媳妇抬了过来。

徐珊，王文成弟子。癸未会试，策问诋文成学。珊不对而出，论者高之。及选为辰州同知，以侵军饷事发缢死。时人为之语曰："君子学道则害人，小人学道则缢死也。"

【译文】徐珊是王文成（王阳明）的弟子。嘉靖二年癸未科会试，所设的考题是诋毁王文成的学说。徐珊没有作答就走了出来，人们都对他的行为评价很高。等到徐珊出任辰州同知，他因侵吞军饷的事情败露而上吊自杀，当时的人评价他说："君子学道则害人，小人学道则缢死也。"

先大父令清江，其间士夫交际俭不重礼。开礼帖，有"乾裹坤裹"，不识为何物，令门役传进看之，则男女裹脚二副而已。

【译文】我的祖父任清江县令时，那里的士大夫们因生活贫苦而不注重交际的礼节。（有一次）他打开礼单，看见上面写有"乾裹坤裹"的礼物，不知道是什么东西，便命守门的仆役拿进来察看，原来是二副男女的裹脚罢了。

大父江西入闱，门生六人至署，款之。夜燃羊角灯于席上，一人向其偶曰："好糯米珠。"其偶咈①之曰："莫说，被老师笑，此是羊皮灯。"大父闻之曰："非羊皮也，乃是羊角。"一人起席立曰："老师莫谎，他角大如此，羊如许大？"

【注释】①咈（fú）：古同"拂"，违逆，阻止。

【译文】我的祖父去参加江西乡试前，他的六个学生来到家中，我的祖父设宴款待。夜晚，我的祖父在宴席上点了一盏羊角灯，他的一个学生对同伴说："好大的糯米珠。"其同伴阻拦说："不要说，被老师笑,这是羊皮灯。"我的祖父闻言,说:"这不是羊皮灯,是羊角灯。"一个学生离席站起说:"老师不要说谎,其它动物的角可以这么大,羊角哪能有这么大呢?"

李于鳞为浙江观察使,徐子与以岕茶①最精者饷之。次日灵隐会席,问李:"曾试茶否?"曰:"未也。"徐言:"茶佳甚,价最高,须珍惜之。"李曰:"无有矣,昨以数罂②尽赏皂隶。"

【注释】①岕(jiè)茶:茶名,为茶中上品。因产于浙江罗岕山,故名。②罂(yīng):大腹小口的瓶、罐。

【译文】李于鳞任浙江观察使时,一个徐姓青年赠给他几罐最上等的岕茶。第二天,在灵隐山的筵席上,那个徐姓青年问李于鳞:"您曾品尝过我送的茶吗?"李于鳞说:"没有。"徐姓青年说:"那茶非常好,价格也非常高,您要珍惜它。"李于鳞说:"已经没有了,昨天我把那几罐茶全都赏给了衙役们。"

屠赤水①生平未见演《八义传奇》,一日特令演之。而优人强作解事,每呼岸贾②为"屠爷",赤水笑谕之曰:"尔竟以我为岸贾耶?且赵盾口中,亦不应唤彼屠爷!"

【注释】①屠赤水:明代戏曲家、文学家屠隆,字长卿,号赤水。②岸贾:指屠岸贾,春秋时晋国义士。因屠隆与屠岸贾同姓,故戏班人员"每呼岸贾为'屠爷'",以讨屠隆之欢心。

【译文】屠赤水生平未见过演唱《八义传奇》,一日他特意令人演唱。某个戏子(为了讨屠赤水欢心)故意装作懂事,每次喊屠岸贾时都要喊作"屠爷"，屠赤水笑着告诉戏子说："你竟把我当作屠岸贾吗？即使如此，赵盾的口中，也不应该呼屠岸贾为'屠爷'（译者按：赵盾是屠岸贾的仇人，故不应呼其为'屠爷'）！"

董日铸好饮茶，而不解茶理，喜以大碗啜苦茗，要极热。尝言："陆鸿渐一卷《茶经》，不若我秘诀三字。"或问其三字，曰："浓、热、满而已。"

【译文】董日铸爱饮茶，但不懂茶理，他喜欢用大碗喝浓茶，并且茶水要非常地热。他曾说："陆鸿渐一卷《茶经》，不若我秘诀三字。"有人问他是那三字，他答："浓、热、满而已。"

新安汪伯玉诗本不佳，好为大言欺世。谒白岳①诗落句云："圣主若论封禅事，老臣才力胜相如。"见者无不呕医。

【注释】①白岳：安徽齐云山，古称"白岳"。
【译文】新安汪伯玉的诗本不好，但他在诗里却喜欢以大话欺人。他的《谒白岳》诗的尾联二句说："圣主若论封禅事，老臣才力胜相如。"读到的人无不作呕。

汪伯玉以襄阳守迁臬副。丹阳姜宝为四川提学道，道经楚省，三司会饮于黄鹤楼。伯玉举杯大言曰："蜀人如苏轼者，文章一字不通。此等秀才，当以劣等处之。"众皆愕眙，姜亦唯唯而已。后数日会饯，伯玉又大言如初，姜笑而应之曰："访问胥吏，四川秀才中并无此人，想是临考畏避耳。"众为哄堂大笑。

【译文】汪伯玉由襄阳知府改任按察副使。丹阳人姜宝任四川提学道，路经湖北，他们二人与湖北的地方官聚饮于黄鹤楼。汪伯玉举着酒杯，大声说道："蜀人如苏轼者，文章一字不通。这样的秀才，应当列入劣等。"众人都惊愕瞪目，姜宝也唯唯诺诺。几天后，众人相会为姜宝饯行，汪伯玉又像前几天那样高声谈论，姜宝笑着应答说："我访问小吏，四川秀才中并没有苏轼这个人，想是他在临考时因为畏惧没来参加考试吧。"众人都哄堂大笑。

张凤翼刻《昭明文选纂注》，一士夫诘之曰："既云《文选》，何故有诗？"张曰："昭明太子著作，于仆何与？"曰："昭明太子安在？"张曰："已死。"曰："既死，不必究他。"张曰："便不死，亦难究。"曰："何故？"张答曰："他读得书多。"

【译文】本书《言语部四》亦载此条，二者重出，译文参见前文。

施凤来、张瑞图曾以金爵①馈魏珰，皆凿其姓名。魏当败，抄入内库。是年戊辰，为崇祯龙飞首榜②。二臣主会试毕，殿前赐饭，先帝即以其爵饮之。二臣归邸，即乞身致仕。

【注释】①爵：古代的一种三足酒杯。②龙飞首榜：新皇帝即位后的第一次考试选士。

【译文】施凤来、张瑞图曾经每人赠给魏珰一只金杯，杯上镌刻着二人的姓名。魏当获罪后，这两只金杯被抄入内库。戊辰年，是崇祯帝即位后的第一次考试选士。施凤来、张瑞图主持完会试后，皇上赐其在殿前用饭，（吃饭时）皇上拿出他们当年赠给魏当的金杯作为他们的饮酒器具，二人回到府邸后，随即上书乞求辞官还乡。

天启朝，科道官以魏珰诇事极严，行贿者必于作揖时亲自投递，谓之"袖里秃"。偶以无事相访者，无所出手，本官必伛偻半日，不肯即起。

【译文】天启年间，科道官们因为魏珰刺探情况十分严密，行贿者必须在作揖时亲自投递，人们把这叫做"袖里秃"。无事相求的人偶尔前来拜访，拿不出礼物，该官必然会长时间地伛偻着身子，不肯立即起身。

天启朝，科道有三字诀，曰："是、嘎、唉。"有所陈说曰"是"，有所骇闻曰"嘎"，有所懊惜曰"唉"。终日接见士夫，并不明发一语，此与立仗之马有何分别！

【译文】天启年间，科道官们有三个字的做官秘诀，即"是、嘎、唉。"皇上陈述事情时他们就说"是"，皇上发出骇人听闻的言论时他们就说"嘎"，皇上的话语中含有懊恼惋惜之意时他们就说"唉"。皇上整天接见士大夫，而他们不明说一句话，这与仪仗队里站着的马有什么区别呢！

陈嗣初家居，有客求见，称林逋十世孙。嗣初与之坐谈，起入内，出一编示之，则《和靖传》也。令客读，读至"和靖终身不娶，妻梅子鹤"等语，客默然遽去。

【译文】陈嗣初在家闲居，有个客人前来拜见，客人自称他是林逋的十世孙。陈嗣初与客人坐谈了一会儿，起身进入书房，拿出一卷书，这卷书正是《林和靖传》。陈嗣初令客人读，客人读到"和靖终身不娶，妻梅子鹤"等语时，立即默然而去。

一故相远派①在姑苏嬉游，书其壁曰："大丞相再从曾侄孙至此。"士人李章好谑，题其傍曰："混元皇帝②三十七代孙李章继至。"

【注释】①远派：同姓的远亲。②混元皇帝：指道家创始人老子。

【译文】有一位前丞相的同姓远亲去苏州游玩，在墙壁上写道："大丞相再从曾侄孙来到这里游玩。"有一个读书人叫李章，平时喜欢讥笑诙谐，就在那题字的旁边写道："混元皇帝的二十七代孙李章接着来到这里。"

徐龙寰给谏①，访大父于天镜园，瀹茗供之。问曰："茶佳甚，此何水？"大父曰："惠泉水也。"龙寰抵家，命家人至绍兴卫前取水，水甚秽恶，乃笑曰："张肃之诳我。"

【注释】①给谏：六科给事中的别称。

【译文】给谏徐龙寰去天镜园拜访我的祖父，我的祖父沏茶相待。徐龙寰问："这茶非常好，用的什么水？"我的祖父回答："惠泉水。"徐龙寰回到家，命家人到绍兴卫前取水，取来的水十分脏臭，于是徐龙寰笑着说："张肃之骗我。"

　　商尚书周祚召对平台^①，思宗问铨部诸务，不能对，心急，秽出裤裆，臭闻御座，思宗命太监扶出之。时人谓东方朔小遗殿上，而公乃大遗殿上，古今罕见。

　　【注释】①平台：露天的台榭。

　　【译文】兵部尚书商周祚在一处露天的台榭受到召见，明思宗问他铨选的事情，他不能对答，心中着急，把屎拉在裤裆，臭气被皇上闻到，皇上命太监将其扶出。当时的人们都说东方朔在殿上小便，商周祚在殿上大便，古今少见。

　　清兵下浙，潞王出降。陶庵亲见商尚书曰："明公身居八座^①，世受国恩，定有一番作为，以为诸大夫、国人之劝，幸明以教我。"三问而三不对。力请之，尚书闭目缩头曰："老人筹之熟矣，再肆商量，只是投降，乃为上策。"陶庵不复与语。次日，同姜箴胜渡江，朝见贝勒，两尚书辞以老病，膜拜伏地，命子孙十余人行五拜三叩头礼。

　　【注释】①八座：明清时指称六部尚书。商周祚曾任兵部尚书，故称"八座"。

　　【译文】清兵南下浙江，潞王出降。我亲自拜见商尚书说："您身为尚书，世受国恩，定会有一番作为，以勉励诸位士大夫及国人，希望您明白地教导我。"问了他三次，他三次都不作答。我又再三请求后，商尚书才闭着眼睛、缩着脑袋说："老夫仔细筹划，（与人）反复商量，只有投降，才是上策。"（听到此）我就不再与他说话了。第二天，我与姜箴胜一起渡江，朝见贝勒，看见两位尚书因老病辞官，伏地膜拜，命子孙十余人行五拜三叩头的大礼。

永乐末，诏天下学官^①考绩，不称者许净身入宫教习女官，一时自宫者二十余人，王振亦在其内，以此进身后，遂有己巳之祸。始知竖刁覆齐^②，千古为之鉴戒也。

【注释】①学官：古代官学里主管学务的官员或教师。②竖刁覆齐：竖刁，春秋时齐国宦官。他挑拨齐桓公与管仲的关系，并劝使齐桓公立庶长子无亏为太子，致使齐桓公死后，诸子争位，齐国内乱。

【译文】永乐末年，成祖命令考核官学里教官的成绩，不合格的允许他们净身入宫教授女官，一时之间自宫的人有十多个，王振也在其中，他以此发达后，遂酿成正统十四年（1449）的土木堡之祸。由此可知，竖刁倾覆齐国的事，千古以来都值得鉴戒。

商氏子弟好讥讪人。陶庵小侲演杜祁公看傀儡剧，白云："老夫姓杜名衍，会稽山阴人也。"哄然大笑，谓："山阴是山阴，会稽是会稽，乃曰会稽山阴人，不通之甚。"等轩^①闻之曰："少年且莫笑，回去看看《兰亭记》。"

【注释】①等轩：即上文之提到的"商周祚"，字明兼，号等轩。

【译文】商氏子侄喜欢讥讪他人。我家的小仆人演杜祁公看傀儡戏，独白说："老夫姓杜名衍，会稽山阴人也。"商氏子侄哄然大笑，说："山阴是山阴，会稽是会稽，竟然说会稽山阴人，不通之甚。"商等轩听到后说："少年且莫笑，回去看看《兰亭记》。"

越中先辈有以箍桶匠为"封君"者，受封冠带，执笏倒拿。或言之，就手上翻一转身，银带仄系，则以朝笏筑之，如箍桶样，见者失笑。一日见县官，为其年侄①，不肯对坐，曰："忝与令郎同年②"。封君张目视曰："老父母③也是属狗的？"

【注释】①年侄：同榜中式者对对方儿子的称呼。②同年：县官口中的"同年"指"同榜中式者"，但封君却理解成"年龄相同"，故后文闹出笑话。③老父母：古时对地方官的敬称，意谓其爱民如子。

【译文】越地的前辈中有一个箍桶匠因为子孙显贵而受到封典，他经常戴束着朝廷赐予的礼冠和银带，倒拿着笏板。有人说，他手上的笏板翻转过来，银带斜系，用笏板敲击银带，就是一副箍桶的模样，见到的人禁不住发笑。一天，他去拜见县官，县官是他的年侄，不肯相对而坐，县官说："我有幸与您的儿子同年。"他张大眼睛瞪视着说："你也是属狗的？"

黄慎轩，袁中郎、小修，陶石篑、石梁，冯具区作主同游西湖，月夜坐断桥，席地饮。有狂生狎一少艾，嘤呼而来，见诸公坐地，一拱曰："我孟相公，与若辈同饮一杯何如？"诸公延之坐。出言放诞，旁若无人。小修问其尊号，大声曰："钱唐孟际可。"少艾曰："孟相公今年提学道领批。"孟曰："老丈辈亦有号否？"陶石篑睨而不言。小修曰："此是黄慎轩先生，此是陶石篑先生，此是冯具区先生，此是家兄袁中郎，不肖是小修，此兄为陶君奭。"狂生跳身起，即遁去。

【译文】冯具区（冯梦祯）做东约黄慎轩、袁中郎（袁宏道）、袁小修（袁中道）、陶石篑（陶望龄）、陶石梁（陶奭龄）同游西湖，月夜众人坐在断桥边，席地而饮。有个轻狂的书生一边调戏着一个年轻美丽的女子，一边志得意满地呼号而来，看见众人坐在地上，作了一个揖说："我是盂相公，可以与你们同饮一杯吗？"众人请他坐下。他说话放纵虚夸，旁若无人。袁小修询问他的尊号，他大声说："钱塘盂际可。"那个年轻美丽的女子说："盂相公是今年提学道选中的批卷首领。"盂际可问："老丈们有名号吗？"陶石篑斜视不答。袁小修说："这是黄慎轩先生，这是陶石篑先生，这是冯具区先生，这是家兄袁中郎，我是袁小修，这位老兄是陶君奭。"那个轻狂的书生跳跃起身，立即逃跑。

陆瑞亭侍御，人最浑朴。大父新造矿园成，堂门斋扉，厌用白垩①，都以石黄②作地，上用洒金。瑞亭称叹新居曰："尤妙在许多旧门窗，此间都用得着。"

【注释】①白垩（è）：白土，白石灰。②石黄：即雄黄，一种矿物。
【译文】侍御陆瑞亭，为人最是朴实。我的祖父新建成矿园，各屋的门窗，讨厌用白土涂饰，而是都用雄黄作底，上面洒以金粉。陆瑞亭称赞我祖父的新居说："尤其巧妙是许多旧的门窗，都在这里用得着。"

祝东岱应试，其仆发行李，偶遗其巾于地，曰："巾误落地。"东岱曰："以后不可言落地①，但言及地②。"后其仆将巾箱紧系担上，向主人曰："今生今世决不及地矣。"

【注释】①落地：与"落第"谐音。②及地：与"及第"谐音。

【译文】祝东岱前去参加考试，他的仆人整理行李时，不小心把他的头巾弄在地上，仆人说："巾误落地。"祝东岱说："以后不可说落地，只说及地。"很快，他的仆人把巾箱紧紧地系在担子上，对主人说："今生今世决不及地矣。"

里人有画行乐图者，夫妇同在竹林下，面带微酡。进士童在公题其上曰："齐眉乐，微醺乐，游竹林乐，乐也道在其中矣。夫夫而妇妇，是即所谓道也。石交不以脂韦①间，倡倡而随随，是即所谓乐也。且夫自身而之世，岂不以其道也哉？"

【注释】①脂韦：油脂和软皮，比喻阿谀奉承。

【译文】乡中有人画了一幅行乐图，（图上的景象是）夫妇同在竹林下，面带微红。进士童在公在画上题句说："举案齐眉是快乐的，饮酒微醉是快乐的，在竹林游玩是快乐的，道就存在于快乐之中。夫尽夫责，妇守妇德，这就是所谓的道。坚固如石的交情不必以谄媚阿谀而取的，夫倡妇随，这就是所谓的快乐。即使一人单独处世，难道就不顺道而行了吗？"

倪献如，灯夜作长春观关帝祠对曰："帝曾指日。而日①乃其类也，借五夜以发寸心；帝曾秉烛，而灯亦其类也，见星图益彰大照。"

【注释】①日：疑当作"月"，不然此句有二个重复的"日"字。译文从"月"字。

【译文】倪献如在元宵节的晚上为长春观关帝祠撰写了一副对联："关帝曾经指日发誓，而月是日的同类，它借这五更天启发人的心灵；关帝曾经秉烛夜读，而灯是烛的同类，它见到星图更显出大的光亮。"

余友言冲之，喜改窜古人文字，即《周易》《毛诗》，有不慊^①其意者，都加改削。一日与诵唐人刘威《冬夜旅怀》诗，有"酒无通夜力，事满五更心"之句，冲之沉吟半饷，曰："言酒那得不言醉，言事那得不言愁？"因改作："醉无通夜力，愁满五更心。"陶庵曰："只此二字，大事去矣。方知点金成铁，其药亦不在多。"

【注释】①慊（qiè）：满足，满意。
【译文】我的朋友言冲之。喜欢窜改古人文字，即使《周易》《毛诗》，有不符合他心意的地方，他也加以改削。一天，他朗诵唐朝人刘威的《冬夜旅怀》诗，读到"酒无通夜力，事满五更心"之句，沉吟许久，说："既然说到酒哪能不说醉，既然说到事哪能不说愁？"于是改成："醉无通夜力，愁满五更心。"陶庵说："只改这两个字，就把全诗改坏了。由此可知，即使'点铁成金'，下得催化药物也不能太多。"

卷第十九 诡谲部

　　陶庵曰：诡谲^①之与机变^②，相去无几。其心术正而用以救人则谓之机变，其心术不正而用以害人则谓之诡谲。是犹医者之用药，信石芒硝^③，得其功效，虽毒物亦在为良药；若用以杀人，则参术亦何异砒霜？则是参术、砒霜，其气味犹是，而使其为良为毒，则在明医善用之耳。吾尝譬之，赵文华造绒毯以媚严嵩，周文襄造绒毯以媚王振，同一绒毯也，其用绒毯之意则大相悬绝矣。集诡谲第十九。

　　【注释】①诡谲：狡诈。②机变：权谋。③信石芒硝：信石，即砒石，制作砒霜的原料，因产于信州(今江西上饶县一带)而得名。此指砒霜。芒硝，一种盐状物，煎炼后的结晶可以治疗肠胃热滞等症。
　　【译文】陶庵曰：诡谲与机变，相差不多。其心术正而用以救人的是机变，其心术不正而用以害人的是诡谲，这就像医生用药，砒霜芒硝，让其发挥功效，即使是毒物也能变成良药；如果用来杀人，即使是人参、白术又与砒霜有何不同呢？至于参术、砒霜，其气味还是原来的气味，但使它们变为良药还是毒物，则在于明医的善于使用罢了。我曾打过一个比方，赵文华制作绒毯以谄媚严嵩，周文襄（周忱）制作绒毯以谄媚王振，同是绒毯，但二人使用绒毯的用意却大相径庭。故集合诸故事将"诡谲部"列为第十九。

世庙时,方士蓝道行以乩得幸,上每有所问,密封使中官至乩所焚之,不能答则咎中官秽,不能格^①真仙。中官以密封授道行,使自焚。道行乃为伪封付火,而匿其真迹,所答具如旨。上以为神,益信之。

【注释】①格:来到,到达。

【译文】明世宗时,道士蓝道行因为善于扶乩而受到宠幸,皇上每次有问题要问,都要把问题密封起来,派宦官送到扶乩处焚烧请神作答,(如果神仙)没有回答,皇上就归罪于宦官污秽,不能请来真仙。宦官经常把密封的问题交给蓝道行,让蓝道行自己焚烧。于是,蓝道行将假造的信封投入火中,而藏匿其真迹(作答),所答无不符合皇上的心意。皇上认为蓝道行是神灵,更加宠信于他。

伊庶人为王时,以残暴累见纠于台使者,迫则行十万余金于嵩,得小缓。及嵩败家居,则遣军卒十辈造嵩家胁偿金。嵩置酒款之而好语曰:"所惠金十万,实无之,仅得半耳,而又半费,请以二万金偿。"因尽以上所赐金有印识者予之。既去,而闻于郡曰:"有江盗劫吾家二万金去矣!速掩之,可获也!"郡发卒追^①得金,悉捕军卒,下狱论死。

【注释】①追:原作"退"。冯梦龙《智囊全集》载此事作"追",今据改。

【译文】伊庶人还是异姓王的时候,因为为人残暴多次受到监察御史的纠察弹劾，有一次事情急迫，他便以十万余金贿赂严嵩，得到暂时缓解。后来严嵩势败在家闲居，伊庶人便派十来个士兵到严嵩家里威胁严嵩，让严嵩偿还贿金。严嵩设宴款待来人，并态度温和地说："他说给了我十万金，实在没有那么多，我只得到一半，并且为了他的事又花费了一半，请允许我偿还二万金。"于是，严嵩把皇帝赐予他的带有印记的黄金全部给了来人。等到来人去后，严嵩上报官府说："有江洋大盗抢劫了我家二万金而去! 快派人追捕，一定可以截获。"官府派兵追回黄金，逮捕了伊庶人派来的全部兵卒，并把这些兵卒关进监牢、判处死刑。

京师有黠盗，作贵游衣冠，先诣马市，呼卖胡床①者，与一钱云："吾即乘马，尔以胡床侍。"其人许诺。乃谓马主曰："吾欲市骏马，试可论价。"马主奉鞭策，其人设胡床，盗上马疾驰去。马主谓设胡床者其仆也，及问，知其非，乃亟追之。盗径叩官店，系马于门云："吾某太监家下，欲段匹若干，以马为质，用则奉价。"店睹良马，不之疑，如数异之。负而去。俄而马主踪迹至，店与之争马②成讼。有司不能决，为平分其马价云。

【注释】①胡床：俗称"马扎子"，一种可以折迭的轻便坐具。②争马：原作"市马"，文义不通。冯梦龙《智囊·杂智部第十》载此事作"争马"，今据改。

【译文】京城有个狡猾的盗贼，穿着打扮像四处游历的豪贵之人，他先来到马市，叫来一个卖胡床的人，给他一钱银子说："我即将骑上马，你用胡床供我踏脚上马。"那人答应。接着，他又找到一个卖马的人说："我想买一匹骏马，试好了以后才能买下来。"卖马人恭敬地送上马鞭，卖胡床的人支起胡床，盗贼（踏在胡床上）翻身上马疾驰而去。卖马人以为支胡床的是买马者的仆人，等到询问，才知道不是，于是急忙追赶。盗贼径直来到一家专门供奉内廷货物的商店门前，把马栓在门口，对店主说："我是某太监的家人，需要绸缎若干匹，先用马作抵押，如果主人看中你的货，就按价送钱来。"店家看见那是匹好马，一点也不怀疑，便把绸缎如数拿给他。盗贼扛起绸缎就走了。不一会儿，卖马人跟踪追来，和店主争马不休，直闹到官府打官司。官家不知道如何判决，只好让双方平分了马价作罢。

客有炫丹术者，与从甚盛，携美妾日饮于西湖，所罗列器皿，望之灿然皆黄白。一富翁见而艳之，前揖问曰："公何术而富若此？"客曰："丹成，特长物耳。"富翁遂延客并其妾至家，出二千金为母，使炼之。客入铅药，炼十余日，一长髯突至曰："家㿋①内艰，求亟返。"客大恸曰："事出无奈，烦主君同余婢守炉，不旬日余来矣。"客实窃丹去，嘱其妾挑主人与私媾。绸缪数宵，而客至，启炉视之，大惊曰："败矣！似有触之者。"因詈主人无行，欲掠治其妾，妾尽吐实。主人惭恧②，出厚锵③谢罪。客作怏怏而去。主人以得遣为幸，而不知所陈金银器皆伪物，妾则其所典妓女也。翁以贪淫堕其术中。

【注释】①㿋：原作"损"，文义不通。明·冯梦龙《智囊·杂智部第十》载此事作"㿋"，今据改。②惭恧（nù）：羞惭。③厚锵（qiǎng）：厚礼，众多的钱物。锵，本义为成串的钱，后多指银子或银锭。
【译文】有个自称会丹术的人，车马仆从甚多，经常携带美女、侍妾在西湖饮酒作乐，所陈列的器皿，看起来都是灿烂的黄金白银打造的。一个富翁见到这种情境，非常羡慕，便上前作揖问道："您是用什么方法做到这么富裕的？"丹客说："只要炼丹成功，就能使金银增多。"于是，富翁延请丹客及其侍妾来家，拿出二千金作为丹引，让丹客炼丹。丹客在丹炉中注入铅药，炼丹十多天后，突然有一个长胡子的人来到富翁家，对丹客说："家中遭遇母丧，请您赶快回去。"丹客极其悲痛地对富翁说："事出无奈，烦劳您和我的侍妾看守丹炉，不过十多天我就回来了。"事实上，丹客已将炉内的丹药偷走，（临去前）又嘱咐他的侍妾与富翁私通。侍妾与富翁缠绵数天后，丹客回到富翁家，打开丹炉察看，（故意）大声惊叫说："丹药毁了！似乎有不洁之事触犯了它。"接着他便叱责富翁无德，并装出要拷打讯问自己侍妾的样子，于是他的侍妾把自己与富翁私通的真实情况全部讲了出来。富翁十分羞惭，只好拿出厚礼赔罪。丹客故意装作闷闷不乐的样子离去。富翁对能平安送走丹客感到庆幸，却不知丹客从前陈列的金银器皿都是假货，那个侍妾则是他从妓院中典押来的妓女。富翁因为贪财好色而落入了丹客设置的圈套中。

南京有山西贾人鬻绒，货于三山街。一日，有客偕一道士至，定绒货百余金，先留银一大锭。自是以催货为名，频频到店，到则两人耳语，指天画地①，若甚秘密事。贾人疑而问之，不肯言。诘之再三，客乃屏人语曰："吾道兄善望气者，秦始皇以江南有天子气，因埋金千万以厌之，故曰'金陵'，从来莫知其处。夜来见宝气腾空，知藏金久当出世，未卜其处。今详察宝气所腾之处，在尊店第三层屋下。诚祷祠而发之，富可敌国。"贾人贪，信之，乃具牲醴②，祭告天地，集穰锄数十人，于人静后齐工。发掘至五尺深，至无所见，天已大明，忽闻门外呵殿③之声，则督府某以红简来拜。贾人方惊讶，而督府登堂固请相见。贾人强出，拜伏于地。督府掖起之曰："闻秦皇埋金为足下所发，其富敌国，特来奉贺。方今边饷告匮，肯以数万佐国家之急，万户侯不足道也。某当为足下奏闻。"贾人固谢无有。督府直入内室，见其所掘之地，坎壈甚深，客与道者不及避，俯伏前谒，言埋金实有，但不甚多。贾人不能辩，惧祸，不得已，馈三千金求免，并还其定货之银。由是毡业遂废。

【注释】①指天画地：讲话时助以手势。②牲醴：祭祀用的牺牲和甜酒，泛指祭品。③呵殿：古代官员出行，前有仪卫喝道，后有仪卫跟随，故称。殿，跟在后面。

【译文】南京有个卖绒毯的商人，在三山街开着一家店铺。一天，有位顾客偕同一个道士来到他的店中，定购百余金的绒毯，先留下一大锭银子作为定金。自此，这个客人和道士以催货为名，频频来到店中，到了店中，二人就贴耳低语，边说边比划手势，好像正在谈论十分秘密的事情。商人疑心，问他们谈论的什么事，他们不肯说。商人再三询问，那个顾客才避开人说："我的这位道兄善于望气，秦始皇因为江南有天子气，在某处埋下千万黄金以作镇压，因此南京又叫'金陵'，但从来没有人知道黄金埋于何处。（我的这位道兄）在某天夜晚望见宝气腾空，知道那久藏的黄金将要出世，但没有断定黄金埋在哪里。这几天，他详细观察宝气腾空的地方，就在您家店铺的第三进屋下。他告诉我如果祭祀神灵后挖掘，富可敌国。"商人贪财，相信了客人的话，便备下祭品，祭告天地，聚集数十个扛锄拿锹的人，在夜深人静的时候开工挖掘。挖掘到五尺深了，却什么东西也没有挖到，（这时）天已大亮，商人忽然听见门外传来喝道的声音，原来是督府某某拿着红色的名帖前来拜访。商人正在惊讶之际，督府已经进入厅堂坚持请求相见。商人只得出来，跪拜于地。督府扶起商人说："听说秦始皇埋下的金子被您挖出了，那笔财富足可敌国，我特来向您表示祝贺。现今边塞军饷匮乏，您如果肯拿出数万金以助国家之急，被封个万户侯都算不得什么。我一定会把您的贡献上奏给皇帝。"商人执意推辞，说自己不知道黄金的事。督府径直进入内室，看见挖掘之地，坑洞甚深，那个客人和道士来不及躲避，遂上前参拜，跪地叩头，并言说确实挖到了埋金，但不是很多。商人无法辩解，又担心祸患加身，不得已，拿出三千金赠给督府，乞求免祸，并退还了客人定货的银子。自此，商人经营绒毯的事业便废止了。

　　浙中有子殴七十岁父而堕其齿者，父讼之，惧甚。迎一讼师问计，请以百金为寿。讼师曰："大难。"思忖再三，至次日，忽谓曰："得之矣。辟人当耳语，若子倾耳就听。"师遽啮其耳，断其半轮，血污衣。子大惊，师曰："脱子在是。"庭质时，遂以父啮耳堕齿为辩。官谓耳不可自啮，老人齿不固，啮耳而堕，理固有之，竟免。

　　【译文】浙江有个人殴打自己七十岁的父亲，把父亲的牙齿打落了几颗，父亲告了官，他十分害怕。他请来一个律师询问计策，并赠给律师一百两金子作为寿礼。律师说："这事很难办。"思考再三（也没想出办法），到了第二天，律师忽然对他说："有办法了。但你得屏退他人，我贴着耳朵告诉你，你伸过耳朵来倾听。"（当他伸过耳朵去时）律师忽然咬住他的耳朵，咬断半块，鲜血洒在衣服上。那儿子大惊失色，律师说："这就是救你的方法。"在大堂对质时，那儿子便以父亲的牙齿是在咬他的耳朵时自行脱落为由进行辩解。审判官认为自己无法咬断自己的耳朵，老人的牙齿不坚固，在咬儿子的耳朵时自行脱落，实属常理，竟然免去那儿子的罪过。

吴中刻书多利，而甚苦翻板。俞羡章刻《唐类函》将成，先出讼牒，言新刻书若干，载往某处，被盗劫去，乞官为捕之。因出赏格，募盗书贼。由是《类函》盛行，无敢翻者。

【译文】在吴地，印书的利润很大，但最让印书商头疼的是从事翻刻（即今日的盗印）的人太多。俞羡章编著的《唐类函》即将出版，他先向官府递交了一张诉状，诉状上说他的新书刻印了许多，用车载往某地时，被盗匪劫走，请求官府派吏卒缉捕盗匪。并且他还出钱悬赏，缉捕盗书贼。自此《唐类函》大为畅销，没有人敢于翻刻。

伶人骆嬉嬉以戏剧得名，为冯保太监邀入内府，留为御乐，日久苦之。见朱金庭相公，乞其求免。相公曰："尔殊非假作耳聋！"骆嬉嬉倾耳向朱相公问曰："爷说恁的？"

【译文】戏子骆嬉嬉因为演出戏剧而名声在外，（某天）他被太监冯保请进内府，留下专为皇帝演戏，时间一长，他感到十分苦闷。有次，他见到内阁大臣朱金庭，请求朱金庭免去他供奉内府的职务。朱金庭说："你难道不会装作耳聋嘛！"骆嬉嬉侧着耳朵向朱金庭问道："您说的什么？"

南门朱氏一仆妇姣好，主人与其子共狎之，而瞒其仆。一日，主人子入其室调之，而主人适至，妇嘱其子匿床下，而其仆又来。妇乃取一扊扅①授主人，令其持此竟出。仆见之，惊问曰："主人何以至此？"妇曰："打小主耳。"仆曰："小主何在？"曰："在床下。"因呼之使出。

【注释】①扊扅（yǎn yí）：门闩。

【译文】南门朱姓人家一个仆人的妻子相貌美丽，主人和主人的儿子都与她有私情，但仆人不知道。一天，主人的儿子进入妇人的内室调戏于她，（过了一会儿）恰巧主人也来了，夫人便让主人的儿子藏在床下，（又过了一会）那仆人也回到家中。于是，妇人取过一根门闩递给主人，让主人手持门闩出去。仆人看见，惊问道："主人为何来到咱家？"妇人说："为了追打小主人。"仆人问："小主人在哪里？"妇人说："在床下。"（说完）便把小主人叫了出来。

严世蕃门禁甚厉，有偷儿白日入其书舍，盗文王鼎出。至厅事，遇世蕃朝回，仆从诃之，偷儿捧鼎跪曰："卖文王鼎。"世蕃曰："汝必赝鼎，我家自有真者。"挥使出，偷儿应曰："诺。"持鼎竟去。

【译文】严世蕃家门卫甚严，有个小偷白天进入他的书房，盗出一尊文王鼎。小偷走到厅堂，凑巧遇见退朝回家的严世蕃，严世蕃的仆人喝问小偷来这里做什么，小偷捧着鼎跪拜说："卖文王鼎。"严世蕃说："你的鼎一定是赝品，我家自有真的文王鼎。"挥手让小偷出去，小偷应了一声："诺。"竟然持着鼎走出门去。

越中一巨室，娶妇之夕，夜深，新郎隐几卧，妇坐其傍。有贼来，穴壁探头入。妇暗地以火锨置其颈上，不得出。急拽其夫，大惊觉，方骇异之，乃指其壁罅露有人头，携灯视之，乃其族人也。贼见灯羞赧，急缩出，遂绝吭而死。其夫张皇无措，妇曰："勿急。"空一大箱，纳贼尸于内，令人舁至贼家门首，教以轻弹指数下即归。贼妇开门见箱，谓是夫所盗物，藏之卧内。次日，失贼家以数百两赃物告官辑捕。贼妇知之，藏匿益谨，但疑夫以何故数日不返。箱中大作秽气，开钥视之，乃其夫尸也。惧不敢言，即以箱瘗之。

【译文】越地有一富豪之家，娶媳妇的那天晚上，夜很深了，新郎伏在几案上已经睡着，媳妇坐在新郎旁边。有个小偷来到他家，挖开墙壁，探头进来。妇人暗中把一个火锨放在小偷的颈上，小偷无法出去。妇人急忙拉拽丈夫，丈夫惊醒，正在惊异之际，妇人指指墙洞里露出的人头，丈夫提灯察看，发现那是他的一个族人。小偷被灯一照，十分羞惭，急忙缩头而出，于是被火锨割伤脖颈而死。丈夫惊慌无措，妇人说："不要急。"她让丈夫腾出一只空箱，将小偷的尸体放入箱中，又让人把箱子抬到小偷家的门口，并嘱咐抬箱子的人轻敲几下大门后立即回来。小偷的妻子闻声打开大门，见门口有一只大箱子，以为是丈夫偷来的财物，就把箱子藏到卧室之中。第二天，小偷到过的那家人谎称被人偷走了数百两钱物，请求官府辑捕盗贼。小偷的妻子听闻此事，把箱子藏匿得更加严密，她只是纳闷丈夫为什么在外几天了都不回家。（某天）箱中发出臭气，小偷的妻子用钥匙打开一看，发现箱中装的竟是丈夫的尸体。小偷的妻子非常害怕，但又不敢声张，只得秘密地把箱子埋了。

　　胡汲仲^①在宁海日，偶出行，有群妪聚庵诵经，一妪以失衣来诉。汲仲命以牟麦^②分置群妪掌中，令合掌绕佛诵经如故。汲仲闭目端坐，且口："吾令神督之，若是盗衣者，行数周麦当芽。"中一妪屡开视其掌，遂命缚之，果盗衣者。

　　【注释】①胡汲仲：名长孺，字汲仲，宋末元初人。元朝至大元年，任宁海县主簿。②牟麦：大麦。

　　【译文】胡汲仲在宁海县任主簿时，一次出行，有一群老妇人聚集在尼姑庵诵经。一位老妇人因为丢失衣服前来告状。胡汲仲命人拿大麦放在众位老妇人手中，又令她们合上手掌像原来那样绕着佛像诵经。胡汲仲闭目端坐，并且说："我让神监督你们，如果是偷衣服的人，走几圈后，她手中的大麦就会发芽。"其中一位老妇人多次张开手掌察看，于是胡汲仲命人将她绑上，果然就是偷衣服的人。

　　刘宰令泰兴，有富室亡金钗，惟二仆妇在，置之有司，咸以为冤。命各持一芦，曰："非盗钗者当自若，果盗则芦长二寸。"明日视之，一自若，一去其芦二寸矣。讯之自服。

　　【译文】刘宰任泰兴县令时，一户富贵人家丢失了金钗，当时在场的只有两个仆妇，主人把这两个仆妇送到衙门，二人都说冤枉。刘宰命她们各持一根芦苇，说："没有偷金钗的人，手中的芦苇依然如故，偷了金钗的人，芦苇就会长长二寸。"第二天察看，一个人手中的芦苇还是老样子，另一个则把芦苇截去了二寸。刘宰审问截短芦苇的仆妇，她全部招供。

陈述古知蒲城，有失物莫知为盗，乃绐曰："某庙有钟能辨盗，为盗者摸之则有声。"阴使人以烟煤①涂之而帷焉，令囚入帷摸之。惟一囚手无煤，执之果盗。

【注释】①烟煤：煤的一种，燃烧时火焰长而多烟。

【译文】陈述古任蒲城知县时，有一次丢了东西，但不知道是谁偷的，于是他就哄骗众人说："某座庙里有一口钟，能辨别盗贼，盗贼一摸这钟，钟就发出声音。"他暗中让人用烟煤把钟涂黑，并用布围严，然后令囚犯进入帷帐中摸钟。（结果）只有一个囚犯的手上没有煤，捉过来询问，果然就是盗贼。

京师风俗，有女多许外方人为妾，归家与人野合，谓之"报娘恩"。鄞县一友好渔色，一日在友人寓异一女至，乃其妾也。友方骇愕，而其妾遽前，揪其须漫骂曰："哦你接得好表子，今日却被我捉破，可呸归！"拉之竟去。

【译文】京城风俗，有女儿的人家多把女儿嫁与外乡人做妾，女儿回家后与人私通，人们把这叫做"报娘恩"。鄞县的一个朋友喜欢猎取女色，一天有人将一个女子抬到我朋友的寓所，竟是我朋友的小妾。我那朋友正在惊愕之际，他的小妾忽然上前，揪住他的胡须骂道："亏你接得好婊子，今天却被捉住，快回家。"拉着他竟然走了。

岳正得罪，谪戍肃州。至涿州，夜宿传舍，手梏急，气奔欲死。涿人杨四，素闻正名，为之祈哀。解人受尚书陈汝言旨，不肯宽。杨四沽醇酒醉解人，伺其熟睡，向正开梏。正曰："梏有封印，奈何？"杨曰："烧鏊①令热，以酒喷封纸，就炙之，纸得燥，自昂起。"乃如其言，去钉脱梏，刳其中，复钉而封之。解人醒，觉有异，杨乃告曰："业已然，可如何？奉银数十两为寿，不如纳之。"正以此得至戍所。

【注释】①鏊：一种平底铁锅，俗称"鏊子"，

【译文】岳正获罪，被发配到肃州充军。行至涿州时，夜晚在一家客栈休息，因为手铐铐得太紧，又因为一路疾行累得气息不畅，几乎欲死。涿州人杨四，一向尊敬岳正的为人，他为岳正向差官求情（要求松下岳正的手铐）。差官因为受了尚书陈汝言的叮嘱，不肯松下手铐。杨四便请差官喝酒，趁差官酒醉熟睡，靠近岳正，打算打开岳正手上的手铐。岳正说："手铐上有封条，怎么办？"杨四说："烧热鏊子，把酒洒在封条上，将封条在鏊子上烤一下，潮湿的封条烤干后，自然会翘起来。"杨四按照自己所说的那样做，然后扭松手铐上的铁钉，解下手铐，又挖大手铐中间的空隙部分，接着重新钉上铁钉，贴上封条。差官醒来后，发觉手铐有所变样，杨四具实相告，并说："事已至此，还能怎么办？我这里有几十两银子给您作为寿礼，您不如收下。"岳正因此而平安到达肃州。

刘瑾欲专权，乃集杂戏于武宗前，候其玩弄，则多取各司章奏，请省决。上曰："吾用尔何为，而一一烦朕耶！宜亟去。"如此者数次，事无大小，惟意裁决，不复奏闻。

【译文】刘瑾想要把持政权，就集合了一批杂耍艺人在明武宗面前献艺，等明武宗看得入迷的时候，他就拿来许多各部官员的奏章，请

明武宗裁决。明武宗说："我要你有何用，你竟拿这一件件的小事来烦我！快拿走。"这样几次后，大小政事，全凭刘瑾的意思裁决，不再上奏武宗。

　　江南有富民张老者，妻生一女，无子，赘婿于家。后妾生一子，名一飞，四岁而张老卒。张谓婿曰："妾子不足任，吾以家财尽畀尔夫妇，但养彼母子不死沟壑足矣。"遂书券曰："张一非吾子也。家财尽与女婿，外人不得争夺。"婿乃尽踞其产。后妾子壮，告官求分。婿以券呈官，遂置不问。巡方①至，妾子复告，婿仍前呈券。巡方视券，因更其句读曰："张一非（句），吾子也（句），家财尽与（句）。女婿外人（句），不得争夺（句）。"曰："尔妇翁明谓女婿外人，尔尚得夺其产耶？诡书'飞'作'非'者，虑彼幼，恐为尔害②耳。"以产断给妾子，里人称快。

　　【注释】①巡方：天子派出巡察四方的使臣。②害：原作"言"，文义不通。清·胡文炳《折狱龟鉴补》载此事作"害"，今据改。

　　【译文】江南有一位富有的平民张老人，他的妻子生有一女，没有儿子，于是往家里招赘了一个女婿。不久，张老的小妾生了一个儿子，取名一飞，在一飞长到四岁时张老去世了。张老临终时对女婿说："小妾和她的儿子不能承担大任，我把财产全部给予你们夫妇，你们夫妇只要供养他们母子，使他们不至于穷困而死就可以了。"于是张老立下字据说："张一非吾子也。家中财产全部留给女婿女儿，外人不得争夺。"女婿就这样占据了张老的全部家产。后来小妾的儿子长大，告官要求分得家产。女婿把字据呈报给官府，官府便不再过问。恰巧巡察使来到当地，小妾的儿子又向巡察使告状，女婿仍像上次一样前往府衙把字据呈报给巡察使。巡察使看了一会儿字据，便把字据重分标点来读："张一非（这是一句话），吾子也（这是一句话），家财全都给他（这是一句话）。女婿是外人（这是一句话），不得争夺（这是一句话）。"然后对女婿说："你岳父明明说'女婿是外人'，你怎么还敢占取他的家产呢？你岳父故意把'飞'写做'非'，是考虑到张一飞年幼，怕他被你害了。"于是把家产全部判给小妾和小妾的儿子，乡人（听到这件事）都拍手称快。

何老尚书诏有妾某氏，极狡悍。诏死，某氏舁万金，向其子小尚书鳌敛衽肃拜①曰："此老主人付妾私房也，妾不敢匿，敬上小主。有一言奉告：妾侍老主人，生三子三女，所与连姻者皆大家巨室，行状②中书侧室所出，后日婚娶必为姻娅所轻，妾不惜万金，乞小主权假一继室名色，略存体面。且妾春秋尚富，小主官至八座，犹恐以丁艰碍进取耶？"鳌见万金心动，遂许之。行状刻成，遍送当道及诸亲友。一日小失，某氏竟夺鳌竹杖，劈头乱挝。鳌跪受杖，血流被面，呼其妻子辈叩首膝下，哀求太夫人息怒饶恕，遂勒其所赠万金，加倍奉返。踰年，鳌受气蛊③胀死，其子孙有在庠者，俱被某氏告官，褫革④殆尽。

【注释】①敛衽肃拜：敛衽：整饬衣襟，后特指女子的拜礼。肃拜：两膝齐跪而头不下。②行状：记述死者生平概略的文章。③气蛊：腹部肿胀的病症。④褫（chǐ）革：剥去冠服，革除功名。旧时生员等犯罪，必先"褫革"，才能动刑拷问。

【译文】老尚书何诏有个小妾某氏，非常狡猾凶悍。何诏死后，某氏抬出万金，向何诏的儿子何鳌整衣下拜说："这是老主人给我的私房钱，我不敢私藏，敬献给您。我有几句话奉告：我侍奉老主人，生有三子三女，所与联姻的都是世家大族，如果行状中把他们说成是小妾所生，以后婚娶时必会被对方轻视，我不惜万金，请求您暂时给我个继室的名分，为他们略微存留些体面。况且我还年轻，您官至尚书，难道还担心因为守丧而妨碍升官吗？"何鳌见钱心动，就答应了。行状印出后，何鳌遍送达官显贵及亲戚朋友。一天，何鳌犯了点小错，某氏竟夺过何鳌手中的竹杖，劈头乱打。何鳌跪下受打，血流满面，只得喊来妻子、小妾等跪在某氏膝下叩拜，哀求太夫人息怒饶恕，某氏趁机要回赠给何鳌的万金，并让何鳌加倍奉还。过了一年，何鳌因患有腹部肿胀的病症而死，其子孙有在学的，都被某氏告到官府，几乎全被革去功名。

海刚峰为南直巡抚，作意锄抑巨室，而讦风四起。有投匿名状者，词云："告状人柳跖[1]，告[2]为势吞血产事，极恶伯夷、叔齐兄弟二人，倚父孤竹君历代声势，发掘许由坟冢，被恶来[3]告发，恶又贿求嬖臣鲁仲连得免。今某月某日挽出恶兄柳下惠，捉某箍禁孤竹水牢，日夜痛加炮烙，逼献首阳薇田三百余亩。有契无文[4]，崇侯虎见证。窃思武王至尊，尚被叩马羞辱，何况区区蝼蚁，激切上告。"刚峰见状，颇悔前事，讦党少戢。

【注释】①柳跖：又称盗跖，春秋末期的大盗。②告：原作"吕"，文义不通。清·褚人获《坚瓠集》载此事作"告"，今据改。③恶来：商纣王时的奸臣。④文：原作"交"，形近而讹，文义不通。《坚瓠集》载此事作"文"，今据改。

【译文】海刚峰（海瑞）任南直隶巡抚，决意铲除、抑制豪强大族，却没想到竟因此引发了许多无中生有、陷人于罪的诉讼。（某天）有人向他投了一张匿名状，状词为："告状人柳跖，告被世家大族侵吞辛苦创立的家业之事。大恶贼伯夷、叔齐兄弟二人，依仗父亲孤竹君多年积聚的声势，发掘许由坟墓，被恶来告发，恶来又贿赂请求宠臣鲁仲连得以免祸。今年某月某日，又牵连出恶来的兄长柳下惠，柳下惠捉住我，把我囚禁在孤竹君的水牢里，日夜施加炮烙，逼我献出首阳山的三百亩薇田。只有转让田地的契据，但契据上没有证明我是被迫转让的文字，当时有崇侯虎作见证。我私下里想，周武王是至尊之人，尚且被伯夷、叔齐拉住马缰而羞辱，何况我这个贱如蚂蚁的小人物呢，现今急切直率地把此事上告给您。"海刚峰见到诉状，对前面做过的事有些后悔，（于是改变做事方法）诉讼之风稍有收敛。

燕人李季，好远出。其妻私通于士，季突归，不能出，而妻患之。其室妇①曰："公子裸而解发，直出门，吾属佯不见也。"于是公子疾走出门。季曰："是何人也？"家室皆曰："无有。"季曰："吾见鬼乎？"妇人曰："然矣。""为之奈何？"曰："取五姓之矢②浴之。"季曰："诺。"乃浴以矢。一曰浴以兰汤。

【注释】①室妇：家中的女仆。②五姓之矢：五姓：同"五牲"，指牛、羊、猪、狗、鸡。矢：同"屎"。

【译文】燕国人李季，喜欢出远门，他的妻子暗中与一个青年私通，一次李季突然回到家，那个青年被困在房内不能出去，李季的妻子为这件事发愁。他家的一个女仆说："让这位公子（装扮成鬼）赤身裸体、披头散发，直接冲出家门，我们这些人就装作没看见。"于是这个青年（按照女仆所说的那样）飞快地跑出门去。李季问："（刚才跑出门的)是什么人呀?"家里的人都说:"没有什么人。"李季说:"难道我看见鬼了吗?"李季的妻子答:"是。"李季问:"我应该怎么办呢?"妻子说:"应该把五种牲畜的屎搅在水里洗浴身体。"李季说:"好。"于是就用五牲的屎来洗浴身体。一种说法是李季用以沐浴的是熏香的温水。

洪武时,有画僧顶一冠,道士顶十冠,蓬松其发,一断桥,甲士与民各左右立以待渡,揭于城隍墙上。朝廷见之,勅教坊司参奏,奏云:"僧顶一冠,有官无法;道士十冠,官多法乱;军民立桥边,过不得也。"自是法网稍宽。

【译文】洪武年间,有人画了一幅画,画上的僧人戴着一顶禅冠,道士戴着十顶道冠,并且头发蓬松,画中还有一条断桥,士兵与百姓分立左右,等待渡船,这幅画张贴于城隍庙的墙上。朝廷见到这幅画,令教坊司参究回报,(不久)教坊司上奏说:"没有头发的僧人戴着一顶禅冠,是讥讽朝廷有官无法;头发蓬松的道士戴着十顶道冠,是讥讽朝廷官多法乱;军民分立在断桥左右,是暗示日子难过。"自此,朝廷的法网稍微放宽了一些。

卷第二十 博物部

陶庵曰：张茂先作《博物志》十卷，未免有寒俭之叹。余自有知识以来，凡怪异之物，生平所亲知灼见者，沘笔①书之，得四十余卷，失于兵火。今聊存其一二，特记忆之余耳，嗟嗟！戴嵩②画牛，一牧童能指其失，曰：牛关力在角，尾搐③入两股。今乃掉尾而关，谬矣！戴嵩画牛千万，而不及一牧童之见，则其所见有真有不真也。故凡人于耳目之前习闻习见，而其所未识者尽多。集博物第二十。

【注释】①沘笔：以笔蘸墨。②戴嵩：唐代画家。③搐（chù）：抽缩。

【译文】陶庵曰：张茂先著作《博物志》十卷，未免让人有单薄不丰之叹。我自从具有知识以来，凡怪异的事物，生平所亲身经历、明眼看到的，用笔蘸墨记录下来，共有四十余卷，但是它们全都在战乱中遗失了。现今所存的十之一二，只是我记忆的余留罢了，可惜啊！戴嵩画牛，一个牧童能指出画中的失误，说："牛在斗力时力量集中在角上，尾巴紧紧地夹在两后腿中间。现在这幅画上的牛却是摇着尾巴在斗，错了！"戴嵩画过的牛有千万头，但见识却不如一个牧童，这是因为他们二人见到的东西有真与不真之别。由此可知，凡人的耳目虽然闻见过许多常闻常见的事物，但也还有很多事物未曾知道。故集合诸故事将"博物部"列为第二十。

普陀山海岸，有白石如雀卵，中一缝，拍开两办，用大盘贮醋，石东西放，冉冉移动，顷刻复合。土名相思子。

【译文】普陀山旁的海岸，有一块形如雀卵的白石，中间有一条缝，（顺着这条缝）拍开两瓣，把一大盘醋浇在上面，东西向摆放石头，石头就会缓缓移动，顷刻复合。当地人称其为"相思子"。

萧山越王亭有缠刀块竹、无尾螺蛳、半边焦鱼，云是欧兜祖师①成道时，命家人所弃之物，令②留其种，数百年不变，真不可解。

【注释】①欧兜祖师：钱塘人，生活于元朝至正年间。②令：疑当作"今"，形近而误。译文从"今"。
【译文】萧山越王亭有缠刀块竹、无尾螺蛳、半边焦鱼，相传是欧兜祖师修成正果时，让家人丢弃的东西，今天仍有这些东西存在，数百年不变，实在难以解释。

四川有石燕、石蟹，毛羽鳞甲，无不毕具。人言石蟹在溪中，水性冷洌，蟹遂化石，理或有之。然则石燕飞禽，何时入水，亦化为石？

【译文】四川有石燕、石蟹，毛羽鳞甲，无不全有。有人说石蟹原本是溪中的活蟹，因水性寒冷，遂化为石蟹，或许有道理。如果这样，石燕原本是飞禽，它是什么时候进入水中，化为石燕的呢？

刘学宪^①小鹤言，未央宫址，其地丈余，草皆赤色。相传为韩信受刑之处，其怨忿之气，郁结而成。与明妃青冢相类。

【注释】①学宪：即学政，朝廷派出的督学官员。
【译文】学政刘小鹤说，未央宫的遗址有块面积一丈有余的土地，上面长出的草全是红色。相传此地是韩信的受刑之处，其怨愤之气郁结于此，从而使长出的草成为红色。这与王昭君墓上的草长年青绿相似。

周又新言贵州玄妙观有蝴蝶花树，春时开花，颜色娇艳。至花谢之时，皆成蝴蝶，翩翩飞去，枝头无一存者。

【译文】周又新说贵州玄妙观里有一棵蝴蝶花树，春天开花时，颜色娇艳。等到花谢的时候，树上的花全都变成蝴蝶，翩翩飞去，枝头一朵也不会存留。

钩吻，生深山之中，状似黄精^①，入口口裂，着肉肉溃，食之即死。但其花紫，黄精花白，以此辨之。

【注释】①黄精：一种药草。
【译文】钩吻，生长在深山中，形状像黄精，含在嘴里，嘴就会生出裂疮，触碰到皮肉，皮肉就会溃烂，吃下去就会立即致死。只是它的花为紫色，黄精花为白色，可以据此分辨二者的不同。

虞美人自刎，葬于雅州名山县。冢中出草，状如鸡冠花，叶叶相对，唱《虞美人》曲，则应拍而舞。俗称"虞美人草"。

【译文】虞美人自刎后，被埋葬在雅州的名山县。坟墓中长出的草，形状像鸡冠花，叶叶相对，如果对着它唱《虞美人》曲，它就会应拍而舞。民间称之为"虞美人草"。

蓍草，千岁则一本百茎，其下必有神龟守之，用以揲蓍。多生于伏义陵与文王陵上。

【译文】蓍草，一千年长成一百茎，其下必有神龟守护，（人们采集它）用作占卜。它多生长在伏義陵与文王陵上。

天花，生五台山，草本。花如牡丹，其白如雪，有白蛇守之。人窃其花，则蛇自触死。晒干，点汤，其味鲜美。每朵价索五两。

【译文】天花，生长于五台山，一种草本植物。花如牡丹，其白如雪，有白蛇守护。如果有人偷摘了花朵，守护的蛇就会自己触物而死。把花晒干，用水冲泡，味道鲜美。每朵价值五两银子。

琼花，王兴入秋长山，见琼花，茎长八九尺，叶如白檀，花如芙蕖，香闻数里。

【译文】琼花，相传王兴进入秋长山，看见琼花，茎长八九尺，叶如白檀，花如荷花，数里之外都能闻到花香。

吴兴山中有一树类竹，而有寔似荚，乡人见之，以问陆澄。澄曰："名'洛如花'，里有名士则生。"

【译文】吴兴山中有一种树，像竹子，但能结出荚样的果实，乡人见到后，询问陆澄。陆澄说："它名叫'洛如花'，乡中有名士时就会生出。"

优钵罗花，在北京礼部仪制司。开必四月八日，至冬而寔，如鬼莲蓬，脱去其壳，其核成金色佛一尊，形相皆具。

【译文】优钵罗花，在北京礼部仪制司院内。开花之日必是四月初八，到冬天而结出果实，果实像鬼莲蓬，剥去外壳，其核像一尊金色佛，形貌完整齐备。

《猗兰操》，孔子名兰花为王者香，故蜜蜂采花则足粘而进，采兰花则背负而进，盖献其王也。进他花则赏以蜜，进稻花则致之死，蜂王之有德若此。

【译文】《猗兰操》，孔子称兰花为众香之王，因此蜜蜂采集普通之花的花粉时是用脚粘沾采集，但采集兰花的花粉时却是用背承接采集，大概它是要将兰花的花粉献给蜂王吧。如果蜜蜂进献的是其它花的花粉，蜂王就会赏给它蜂蜜，如果进献的是稻花的花粉，蜂王就会将其处死，蜂王是这样的具有德行。

阿魏树，出三佛齐国①。其树有瘿，出滋最毒，着人身即糜烂。昔年有魏家小女，游嬉其下，触滋即烂。取其腐肉以医疖毒辄劲，遂名"阿魏"。后人取阿魏者，系羊其下，走马射之，滋着于羊，羊即腐烂，取以入药。故曰"飞马取阿魏"。

【注释】①三佛齐国：古国名，在今马六甲海峡南端。

【译文】阿魏树，出自三佛齐国。树身有瘤，瘤中渗出的汁水带有剧毒，人身一旦接触就会糜烂。从前有个魏姓少女，在树下游玩戏耍，不小心触碰到了树瘤中渗出的汁液，皮肉立即糜烂。有人用她腐烂的皮肉医治疖病即刻便有疗效，于是名之"阿魏"，后人取阿魏，把羊拴在阿魏树下，人则骑在马上一边疾走一边以箭射树，树瘤中的汁液流到羊的身上，羊的皮肉立即腐烂，然后取以入药。所以民间有"飞马取阿魏"的说法。

伊兰花，如金粟①，香酷烈。戴之发髻，香闻十步，经月不散。西域以"伊"字至尊，如中国"天"也。蒲曰伊蒲，兰曰伊兰，皆以尊称，谓其香无比也。大约今之珍珠兰是也。

【注释】①金粟：即桂花。因其色黄如金，花小如粟，故称。

【译文】伊兰花，像桂花，香气浓烈。戴到发髻上，十步之外都能闻到香味，整月不散。西域把"伊"字视作十分尊贵的字，像中国的"天"字。（在西域）蒲称"伊蒲"，兰称"伊兰"，都是加以"伊"字表示尊称，意谓其香无比。这种花大体类似今天的珍珠兰。

七星剑草，草如剑形，上有七星，列如北斗。

【译文】七星剑草，草如剑形，上有七个星点，位置排列像北斗七星。

骨牌草，叶上有幺①、二、三、四、五、六斑点，与骨牌无异。骨牌起于宣和，此草不知生于何时，谁先谁后，殆不可晓。

【注释】①幺：同"幺"。骨牌上的"一"点。

【译文】骨牌草，叶上有幺、二、三、四、五、六斑点，与骨牌一样。骨牌兴起于宣和年间，骨牌草不知生于何时，二者谁先谁后，实在无法知晓。

婪尾春，桑维翰曰："唐末文人以芍药花为婪尾春者，盖婪尾酒乃最后之杯，芍药殿春，故名。"

【译文】婪尾春，桑维翰说："唐朝末年的文人认为芍药花就是婪尾春，因为婪尾酒是饮宴时的最后一杯酒，芍药开在春季的末尾，故名。"

今人称泰山五大夫松，俱云五松树，而不知秦始皇上泰山封禅，风雨暴至，休于松树下，遂封其树为五大夫。五大夫，秦官名第九爵也。此可证千古之误。

【译文】今天的人一说到泰山五大夫松，都认为是五棵松树，而不知秦始皇上泰山封禅，风雨骤至，躲在松树下休息，遂封此树为五大夫。五大夫，是秦朝官名，属第九等爵位。这可以证明所谓的"五棵松树"是千年之误。

峄阳孤树，止存一截。明天启年间，妖贼倡乱，取以造饭，形迹俱无。

【译文】峄山南坡的孤桐，只剩一截。明朝天启年间，妖言惑众的贼人叛乱造反，砍下那截孤桐做饭，于是形迹全无。

曲阜孔庙有孔子手植桧，如降香①一株，无枝叶，坚如金铁，纹皆左纽。有圣人生，则发一枝，以占世运。按桧历周、秦、汉、晋千百余年，至怀帝永嘉三年而枯；枯三百有九年，至隋恭帝义宁元年复生；五十一年，至唐高宗干封三年再枯；枯三百七十四年，至宋仁宗康定元年再荣；至金宣宗贞祐三年，罹于兵火，枝叶俱焚，仅存其榦；后八十一年，元世祖三十一年再发；至明太祖洪武二十二年发数枝，极茂盛；至建文四年复枯。

【注释】①降香：一种香木，烧之烟直上，传说能降神，故称。
【译文】曲阜孔庙有棵孔子亲手栽种的桧树，像一株降香树，没有枝叶，坚硬如铜铁，树纹全向左方纽结。世间有圣人出现时，它就长出一条枝干，人们以此预测时代的气运。按这棵桧树经历过周、秦、汉、晋四朝，共一千一百余年，到晋怀帝永嘉三年而枯；枯了三百零九年，到隋恭帝义宁元年复生；生了五十一年，到唐高宗乾封三年再枯；枯了三百七十四年，到宋仁宗康定元年再荣；到了金宣宗贞祐三年，遭遇战火，枝叶都被焚烧，只剩下树身；八十一年后，元世祖三十一年再次发出新枝；到明太祖洪武二十二年又发出几条新枝，极其茂盛；到建文四年又枯了。

泰安州东岳庙东庑，有汉武帝手植柏六株，枝叶郁苍，翠如铜绿，扣其干，铿铿作金石声。曹操时，赤眉作乱，大斧斫之，见血而止。今其斧创尚存。

【译文】泰安州东岳庙东侧的廊屋旁，有汉武帝亲手种植的六棵柏树，枝叶茂盛苍翠，颜色犹如铜上所生的绿锈，敲击树干，铿铿作响，如同金石之声。曹操时，赤眉军作乱，用大斧砍伐柏树，见树出血而止。今天，柏树上仍然存有当年被斧头砍过的痕迹。

嵫县孟庙，有唐太宗手植槐，枝叶蓊蔚，其躯干苗壮而矮。

【译文】嵫县孟庙，有棵唐太宗亲手栽种的槐树，枝叶茂密，树身苗壮而矮。

会稽禹庙有梅梁①，雷雨之夜，其梁夜半飞去，五鼓复还。晓视梁上，常带水藻。后为梅太守易去。

【注释】①梅梁：楠木做成的大梁。梅，楠木，不可理解为"梅树"。梅树屈曲，不宜作梁。

【译文】会稽禹庙有条楠木梁，有雷雨的晚上，它就会半夜飞走，五更返回。早晨仰视梁上，常带有水藻。后来，这条梁被一个姓梅的太守换掉了。

萧山来苏①周山阜，有方石，大者盈尺，细至小骰，石细润光彩，黑如乌木，每发一藏，大小几担，其方正宛如琢磨。湘水衡水县南，有印石，或大或小，其方如矩，累然行列，可二里许。

【注释】①来苏周：村落名。

【译文】萧山县来苏周村旁的山岭上，有许多方石，大的体积一尺，细的小如骰子，方石细润有光彩，颜色黑如乌木，每发现一处藏石之地，就可得到大小不同的数担石块，这些石块方正得犹如打磨过一样。另外，湘水、衡水县南，有许多印石，或大或小，方正如矩，它们行列有序地排列着，约有二里来长。

云桑茶，琅琊山出，茶类桑叶而小，山僧焙而藏之。其味甚清。

【译文】云桑茶，出自琅琊山，茶类似桑叶，而比桑叶小，山中的僧人常将其烘干后珍藏。其味道非常清淡。

松至千年，雷斧断之，俱化为石。越中董文简家有二松段，松皮桱①节，斧锯宛然，难辨木石。

【注释】①桱（chēng）：树皮紧紧地贴在树身上。

【译文】松树长到一千岁，被雷劈断，全身都会化为石块。越地的董文简家有二段这样的松木，松皮紧束而有节，以斧锯之，完好如初，难以分辨是木头还是石头。

金吾，亦龙种。形似美人，首尾似鱼，有两翼。其性通灵，终夜不寐，故用以名巡警。

【译文】金吾，是龙的后代。形状像美人，头尾像鱼，有两翅。其性通灵，整夜不睡，所以人们把皇宫里负责巡查警戒的侍卫称作"金吾"。

广西俗能种羊。初冬，择未日杀一羊，切肉方寸埋土中。至春季，择上未日，延胡僧为吹笛、念咒，土中起一泡，如鸭卵。数日，风破其泡，有小羊如兔毚①，从土中出。此又胎卵湿化之外又是一生也。

【注释】①毚（qūn）：狡兔。②胎卵湿化：即胎生、卵生、湿生（依湿气而生，如腐肉中生出蛆虫之类）、化生（无所依托，自然变化而生，如佛教所说的天神、饿鬼等）。

【译文】广西民间能种羊。初冬，选择未日杀死一只羊，把羊肉切成小块埋入土中。到了春天，选择上未日，延请一名西域僧人在埋羊的地方吹笛、念咒，土中就会鼓起一个土泡，如鸭蛋般大小。几天后，风吹破土泡，有兔子大小的小羊，从土中钻出。这是胎、卵、湿、化四生之外的又一种生长动物的方式。

宁波沿海有蚶田，用大蚶捣汁，竹笤洒之，一点水即成一蚶，其形状如荸荠。用缸砂拥之，蚶即硕大。

【译文】宁海在沿海的地方有蚶田，将大蚶捣出汁液，用竹刷子蘸着洒出来，一点到水上也就变成一只蚶，它长得像荸荠，用缸砂把它们堵起来，就会变得又肥又大。

上虞夏盖湖，产蒲花，状似松花，而细腻过之，香更酷烈。

【译文】上虞县的夏盖湖，产蒲花，形状像松花，但比松花细腻，香气也比松花浓烈。

四川峨媚山有千年不化之雪，其中生雪蛆，大如海参，腹中水甜如蜜，晒干食之，如姚门枣。

【译文】四川的峨眉山上有千年不化之雪，其中生有雪蛆，大如海参，腹中的汁水甜得像蜜一般，晒干后食用，味道如姚门所产的枣。

濒海灶户，买盐卤烧盐，不知其真假。以石莲子①十颗投之，七分卤，三分水，则浮起七枚，五分卤，五分水，则浮起五枚，涓滴不爽。

【注释】①石莲子：经秋坚硬如石的莲实。
【译文】沿海那些以煮盐为业的人家，常用买来的盐卤烧盐，不知是真是假。将十颗石莲子投入盐水中，如果盐水是七分卤、三分水，那么石莲子就会浮起七颗，如果是五分卤、五分水，石莲子就会浮起五颗，丝毫不出差错。

芙蓉花，初开第一朵，摘下晒干，等其分量一钱，次年米价一两。老年米商，恒取以为騐。

【译文】芙蓉花，刚开的第一朵花，摘下晒干，将其分作一钱重的相等的各份，明年的米价就会涨到一两。老年的米商，常以其作为验证。

震余琴，赵子昂家藏，是许旌阳手植桐所斲，雷斧击断，取以制琴，其声清越。

【译文】震余琴，赵子昂家所藏，是用许旌阳亲手所种的桐木砍削而成，（桐树）被雷劈断，用以制琴，琴声清脆悠扬。

天山有神名刑天，黄帝时与战争。帝断其首，乃曰："吾以乳为目，以脐为口，操干戚①而舞不止。"故渊明诗曰："刑天舞干戚，猛志故常在。"

【注释】①干戚：盾牌和大斧。
【译文】天山有神名刑天，黄帝常与其战争。黄帝砍去刑天的头，刑天说："我以两乳为目，以肚脐作口，仍然不停地挥舞盾牌和板斧。"因此陶渊明的诗句说："刑天舞干戚，猛志故常在。"

宣德喜斗促织，天下促织以姑苏所产者为第一。上手诏与太守况锺，取促织三百对，以飞骑送至御前。

【译文】明宣宗喜欢斗蛐蛐，天下的蛐蛐以姑苏所产的为第一。明宣宗亲笔写下诏书给姑苏太守况钟，让况钟搜集三百对，用快马送到面前。

脆蛇无胆，畏人，出昆仑山下。闻人声，即自为寸断。少顷自续，复为长身。凡患色痨①者，以惊恐丧胆，服此可以续命。

【注释】①色痨：即今天所说的"肺结核病"。

【译文】脆蛇没有胆，怕人，出自昆仑山下。一听见人声，就自行断为数寸。片刻后，自行连续，又变为长身。凡患有肺痨的人，因惊恐而吓破了胆，服用脆蛇可以续命。

范文正家有古镜，背有十二棋子，刻十二时，至某时则棋子明亮如月，循环不休。又有市人蒋家十二钟，能应时自鸣。李雁山、宋宗眉皆各有一炉，罩上有十二孔，应时出香。俱不可晓。

【译文】范文正家有一面古镜，背部有十二棋子，刻着十二时辰，到了某个时辰则对应的棋子就会明亮如月，如此循环不止。另外，有一个姓蒋的商人，家中有一个十二钟，每到一个时辰就会自然发出响声。（还有）李雁山、宋宗眉家皆各有一个香炉，罩上有十二个孔，每到一个时辰，相应的孔中就会有香烟冒出。这些都不知是何道理。

太仓董氏捕得一鳖，人首，出水作叹息声，惧而杀之。按《酉阳杂俎》名曰"在此"，鳖身人首，鸣则若云"在此"，故以名之。

【译文】江苏太仓人董某捕获一只鳖，鳖头如人，出水就发出叹息声，董某因害怕而杀死了鳖。按《酉阳杂俎》记载，这种鳖名叫"在此"，鳖身人头，鸣叫之声好像是说"在此"，因此人们称呼它为"在此"。

蜀有王曰杜宇，禅位于鳖灵，隐于西山，死化鸟杜鹃。蜀人闻其鸣则思之，故曰"望帝"。又曰："杜鹃生子，寄于他巢，他鸟衔食，跪而饲之，如奉至尊。"

【译文】古蜀国有位帝王，人称杜宇，把王位禅让给鳖灵后，隐居于西山，死后化为杜鹃鸟。蜀地的人们听到杜鹃的鸣叫就会怀念杜宇，因此杜宇又被称为"望帝"。又传说："杜鹃生下幼鸟后，将幼鸟寄养于其它鸟类的巢中，他鸟口含食物，跪着喂养幼鸟，就像侍奉帝王一样。"

狗缨国献一兽名"貘"，吴大帝时尚有见者。其兽善遁，入人室中窃食，已大叫，人觅之即不见，故至今吴俗躲面哄小儿曰"貘"。

【译文】狗缨国曾向中国进献一兽，名曰"貘"，（这种兽）在吴大帝孙权时还有人见到过。此兽善于逃跑，它进入人的房中偷窃食物，已经听到其大叫之声，但等到人来寻觅时，却不见它的踪影，因此至今吴地民间仍把背面哄小儿称作"貘"。

地中有犬，名曰"地狼"；有人，名曰"无伤"。《夏鼎志》曰：

"掘地而得狗，名曰'贾'；掘地而得猪，名曰'邪'；掘地而得人，名曰'聚'。聚，无伤也。"

【译文】地中有狗，名叫"地狼"；地中有人，名叫"无伤"。《夏鼎志》说："从地下挖出一条狗，名叫'贾'；从地下挖出一头猪，名叫'邪'；从地下挖出一个人，名叫'聚'。聚，就是无伤。"

有出使高丽者，晚泊一山，望见沙中一妇人，红裳双袒，髻鬟纷乱，肘后微有红鬣。使者曰："此人鱼也。"命水工以篙扶于水中，妇人得水，偃仰复身，望使者拜手，感恋而没。

【译文】有个人出使高丽，夜晚停船于一座山的旁边，望见沙滩上有个妇人，穿着红衣裳，袒露着双肩，发髻纷乱，手肘后面稍微有些红色的鱼鳍。使者说："这是人鱼。"命船工用竹篙将其扶到水中，妇人得水，回转身子向使者俯仰跪拜，然后感激眷恋地没入水中

荇菜，出松江泖湖，煮烂食之，其味如蜜，名曰荇酥。郡志不载，遂为渔人野夫所食。

【译文】荇菜，出产于松江泖湖，煮烂食用，味甜如蜜，名曰"荇酥"。地方志中不见记载，于是多被渔人农夫摘来食用。

钱岳阳患目眚①，先大父开空青疗之。以瞳人枯死，不复可治。大父偏呼子孙妾媵，尽点空青。盖空青开瘴迅利，好眼亦剥

去数层。大父及家人二十余口，负痛数月，几至失明。

【注释】①目眚（shěng）：一种眼病，类似于现在所说的白内障。②空青：一种矿石药物，主治眼睛昏花不明等。

【译文】钱岳阳患有白内障，我的祖父用空青给他治疗。有人说钱岳阳的瞳仁已经枯死，无法医治。我的祖父偏偏叫来自己的子孙妾婢，帮助他给钱岳阳点抹空青。空青能迅速地除去遮挡视线眼膜，但好的眼膜也会被剥去数层。我祖父和他的二十余口家人，忍着疼痛过了数月，几乎造成失明。

闽有红茉莉，蜀有紫球，楚有红梨花，燕有黄石榴，天台有黄海棠、白海棠、白紫碧桂花、白玫瑰，洛阳有白芍药，昌州①有香海棠。

【注释】①昌州：古地名，在今四川省东南部、重庆市西南部。

【译文】福建有红色的茉莉花，四川有紫色的球菊，湖北有红色的梨花，燕地有黄色的石榴，天台县有黄海棠、白海棠、白桂花、紫桂花、碧桂花、白玫瑰，洛阳有白芍药，昌州有香海棠。

兰膏，兰花蕊间一滴露珠，食之甘香，不啻甘露，多取之损花。

【译文】兰膏，是兰花花蕊中的一滴露珠，食之香甜，无异于甘露，如果多取就会损伤兰花。

广中有海镜，壳圆，中甚莹滑，照如云母。壳内有小肉如蚌蛤，腹中有小蟹。海镜饥，则蟹出拾食；蟹饱归腹，海镜亦饱。迫之以火，蟹即走出，此物立毙。故曰：水母以虾为目，海镜以蟹腹。

【译文】广东有一种名叫"海镜"的东西，圆形外壳，中间十分晶莹润滑，阳光下看起来犹如云母。壳内有小肉，如蚌蛤一般大，腹中有小蟹。海镜饥饿时，蟹就会出去觅食；蟹吃饱后回到海镜腹中，海镜也就算吃饱了。用火烘烤，蟹会立即跑出海镜的腹中，海镜也会立刻死亡。所以说："水母以虾作为自己的眼睛，海镜以蟹作为自己的肚腹。"

冬日之夕，鹘必取鸟之盈握者，完而致之，以燠其爪掌。且则纵之，延首以望。是鸟东去，则是日不东逐，西南北亦如之。

【译文】冬天的夜晚，鹘必抓取一只可以满握的鸟，完整地带回巢中，以温暖自己的爪掌。天亮时，鹘则放鸟飞去，并伸长头颈远远地张望。如果此鸟是向东飞去，则鹘在当天不会向东去觅食，如果此鸟是向西、向南、向北飞去，则鹘在当天也不会向西、南、北去觅食。

鹤生三卵，二卵出雏，一卵出蛆数千。啄一小孔，伺虫出，令雏食之。蛆食尽，则雏能起行自食矣。故一卵谓之鹤乳。

【译文】鹤生下三个蛋，二个蛋能孵出雏鹤，一个蛋则生出数千蛆虫。鹤在生有蛆虫的蛋上啄一个小孔，窥见蛆虫出来，就令雏鹤取食。等到蛆虫吃完的时候，雏鹤自己也就能站立行走、出去觅食了。所以有人把这个生有蛆虫的蛋称作"鹤乳"。

滇中有鸟，食鱼而不能捕，俟鱼鹰所得偶然堕地者，拾取食之，谓之"信天翁"。

【译文】云南有一种鸟，以鱼为食却不能捕鱼，它只是拾取鱼鹰偶尔掉在地上的鱼为食，人们称这种鸟为"信天翁"。

崇祯间，外国进贡，道武林，曾见吐绶鸡，形状毛色，俱如家鸡。天晴淑景，领下吐绶，方一尺，金碧晃曜，纹如蜀锦；阴晦则不吐。一名"锦带功曹"。

【译文】崇祯年间，外国进贡，途经武林，我曾经看见进贡的物品里有一只吐绶鸡，形状毛色，全与家鸡一样。天晴景美之时，吐绶鸡的脖下就会吐露丝带，面积约有一尺，光彩闪耀，纹如蜀锦；天气阴暗时则不吐露丝带。这种鸡又叫"锦带功曹"。

鹈鹕颔下一胡，大如数升囊，可以盛水。群飞，沉水食鱼。若遇小泽，便各以胡去水，令水竭鱼露，乃共食之。

【译文】鹈鹕颔下有一喉囊，大得像一个能装数升米的布袋，可以盛水。喜欢结群而飞，能把嘴探入水中食鱼。如果遇到小的水泽，便各用自己的喉囊将水盛出，使水竭鱼露，而后共同食鱼。

鹑鸟性淳，无常居，不越横草。所遇小草横其前，则旋行却避，故名之曰"鹑居"。《尸子》曰："尧鹑居。"《庄子》云："圣人鹑居而鷇食[1]。"以此。

【注释】[1]"圣人"句：语出《庄子·天地》。意为圣人像鹌鹑一样居无定所，像幼鸟一样不挑拣食物。比喻生活俭朴，简居粗食。鷇（kòu），初生的小鸟。

【译文】鹑鸟天性朴实，居无定所，不飞越横挡在面前的杂草。遇到小草横挡在面前时，就绕行退避，因此人们把鹑鸟的这种野居无常处称为"鹑居"。《尸子》里说："尧鹑居。"《庄子》里说："圣人鹑居而鷇食。"都是因为这个原因。

船，唐人领上圆袷[1]也。杜甫诗："天子呼来不上船。"言李白醉中，衣袷下垂，不能捉之使上也。如曰"天子呼而不上船"，则无此理。

【注释】[1]圆袷（jié）：圆领。袷，古代交叠于胸前的衣领。

【译文】船，唐人衣领上的圆领。杜甫诗："天子呼来不上船。"说的是李白酒醉时，衣领下垂，不能抓紧、拉上衣领。如果解作"天子传唤李白而李白因酒醉不肯上船"，则没有这种道理。

鹖，状类鸡，首有冠，性敢于斗，死犹不已。《左传》云："鹖冠[1]，武士戴之，象其勇也。"

【注释】[1]鹖冠（hé）：用鹖羽作装饰的冠。

【译文】鹖，形状像鸡，头部有肉冠，性格勇敢爱斗，不斗至死则不罢休。《左传》说："鹖冠，武士所戴的帽子，象征其勇猛。"

稚子，一名竹团，生竹下，喜食笋。善避人，不使人见。故《千家诗》有"笋根稚子无人见"。

【译文】稚子，又名竹团，生长在竹子下，喜欢食笋。善于躲避人，不让人看见。因此《千家诗》中有"笋根稚子无人见"的诗句。

鷩，似山鸡而小，性急，不可生服，必自杀乃能致之。故《周官》："三公服鷩冕，以象人耿介之节。"

【译文】鷩（bì），像山鸡，但比山鸡小，性格急躁，不能生擒，必须等到它自杀后才能将其捕获。因此《周官》说："三公穿戴着画有鷩形的衣服、帽子，以象征其耿介的节操。"

炎帝女溺死渤澥海①中，化为精卫鸟。日衔西山木石，以填渤懈，至死不倦。

【注释】①渤澥（bó xiè）海：即渤海。
【译文】炎帝的女儿淹死在渤海中，化为精卫鸟。每天从西山叼来木石，以填渤海，至死不倦。

虫有名蚘者，一身两口，争相龁也，遂相食，因自杀。人臣之争事而亡其国者，皆蚘类也。

【译文】有一种名叫"蚘"的虫，一身两口，相互争咬，以致因两口相食而自杀。臣子因某事相争而导致国家灭亡的，都像蚘虫一样。

驯象门外操军①某耕田，得镜半面，能照地中藏物。持之盗坟掘藏，大有所获。后事露，镜入于应天府库中。

【注释】①操军：又名"备操军"，相当于今天的预备役部队。

【译文】某个预备役士兵在驯象门外耕田时，得到半面古镜，能照见地下埋藏的东西。他用这半面古镜盗坟掘墓，获得大量财宝。后来事情败露，古镜被没收进应天府的府库中。

关壮缪①采都山铁为刀，铭曰"万人敌②"。后败，惜刀，投之水，成龙飞去。

【注释】①关壮缪：即关羽。壮缪是宋高宗追赠给他的封号。②万人敌：原作"万人"，漏一"敌"字。南北朝陶弘景《古今刀剑录》载此事作"万人敌"，今据改。

【译文】关壮缪采集都山上的铁炼成宝刀，铭曰"万人敌"。后来兵败，爱惜宝刀，将之扔入水中，宝刀化龙飞去。

恙，毒虫也，能伤人者。古人草居露宿，故蚤起相见，问劳必曰："无恙乎？"又曰，恙，忧也。又猰，食人兽。

【译文】恙，一种毒虫，能伤人。古人居住在野草间，睡在露天下，因此早上起来见到别人，问候时必说："无恙吧？"另有一种说法是，恙，指忧伤。还有一种说法是，恙，即猰，一种食人的野兽。

南海有虫无骨，名曰泥，在水中则活，失水则醉如一堆泥。故时人讥周泽曰："一日不斋醉如泥。"

【译文】南海有种无骨的虫子，名叫"泥"，在水中则活，没有水则醉如一堆泥。因此东汉时人讥讽周泽说："（一年三百六十日，三百五十九日斋戒）只有一日不斋戒，还烂醉如泥。"

猫眼随十二时为大小，惟正午时如一线；鼻端常冷，惟夏至一日煖。

【译文】猫眼随着十二个时辰而变大变小，只有正午时如一条细线；鼻端常冷，只有夏至这天是温暖的。

鳜鱼，脊十二骨，每月一骨，有毒。虾蟆，月大尽①前足先生，月小尽后足先生。蛔虫，上半月头向下，下半月头向上。驴马驹，上半月生，走在母前；下半月生，走在母后。猫食鼠，虎食人，上半月自首至腰，下半月自足至腰。

【注释】①大尽：大月，农历有三十天的月份。后句之"小尽"指小月，农历有二十九天的月份。

【译文】鳜鱼，脊背上共有十二根骨头，每月生出一根，有毒。虾蟆，大月时先长出前足，小月时先长出后足。蛔虫，上半月头向下，下半月头向上。驴马驹，出生在上半月，（行走时）就会走在母亲前面；生出在下半月，则走在母亲后面。猫食鼠，虎食人，如果是上半月就会按照自头至腰的顺序，如果是下半月就会按照自脚至腰的顺序。

南海有草，丛生如藤蔓。土人视其节，以占一岁之风。每一节则一风，无节则无风，名曰"知风草"。

【译文】南海有一种草，像藤蔓一样丛生。当地人观察其茎节，以预测一年的风况。每一节代表一风，无节则无风，人们把这种草称为"知风草"。

鼠，甲子夜伏；蝙蝠，庚申日夜伏；璃瑁，甲子、庚申日即不食，谓之"璃瑁斋"。燕避戊己日。土鳖一名过街虫，逢申日则过街。

【译文】鼠，甲子日的夜晚潜伏；蝙蝠，庚申日的夜晚潜伏；璃瑁，在甲子、庚申日就不吃食物，人们把这叫做"璃瑁斋"。燕子在戊己日躲避不出。土鳖，又名过街虫，每逢申日则过街。

临邛白鹤寺有木莲，树高数丈，叶坚厚如桂，以中夏开花，状如芙蕖，香亦酷似。

【译文】临邛白鹤寺有木莲，树身高达数丈，叶子坚硬厚实得像桂树一般，在中夏开花，花的形状像荷花，香味也与荷花十分相似。

芋十二子，遇闰则增一子。藕遇闰则多生一节。黄杨木遇闰则退一寸，谓之"厄闰"。梧桐每年生十二叶，遇闰则生十三叶，而闰月叶小。樱榈^①，月长一节，生半樱，遇闰月益半片。獭肝一月一叶，十二月十二叶，闰月则多一叶，其间又有退叶

【注释】①樱榈：即棕榈。

【译文】芋有十二个籽，遇到闰月就增加一籽。藕遇到闰月就增加一节。黄杨木遇到闰月则退一寸，人们称之为"厄闰"。梧桐每年生十二片叶子，遇到闰月则生十三片叶子，但闰月生出的叶子比较小。棕榈，每月长出一节，生出半片棕片，遇到闰月就增加半片。獭肝一月长出一叶，十二个月长出十二叶，遇到闰月则多生一叶，其间又会有一片叶子退落下来。

熊胆，春在首，夏在腹，秋在左足，冬在右足。象胆，四季流于四足。或曰象具十二少肉，随月转在诸肉，如寅月在虎肉之类。鼍肉亦然。蚺蛇胆，随日转，如上旬近首，中旬在心，下旬近尾。

【译文】熊胆，春季在头部，夏季在腹部，秋季在左足，冬季在右足。象胆，随着四季的变化在四只脚上流转。另有一种说法，象有十二块少肉，（象胆）随着月份的变化在这十二块少肉间流转，比如寅月（象胆）就会在虎肉里。鼍肉也是这样。蚺蛇胆，随着日子的变化而流转，比如每月的上旬（蛇胆）就会在靠近头部的位置，中旬在心脏部位，下旬在靠近尾巴的部位。

昆吾陆盐^①，周十余里无水，自生末盐，月满则如积雪，味甘；月亏则如薄霜，味苦；月尽亦全尽。

【注释】①陆盐：陆地所产的盐。

【译文】昆吾国产陆盐的地方，周围十余里没有水，自己生出细末状的盐，月圆之夜看起来像积雪，味甜；月缺之夜看起来像薄霜，味苦；没有月亮的时候，盐也会随之消退隐没。

灵帝时，有夜舒荷，一茎四莲，其叶夜舒昼卷。扶支国有望舒草，叶如莲叶，月出则舒，月没则卷。

【译文】汉灵帝时，有一种夜晚开放的荷，一茎四莲，其叶夜晚舒展、白天收卷。扶支国有一种望舒草，叶子像荷叶，月亮升起时就舒展，月亮隐没后则收卷。

独活，无风则摇，有风则止。雀芋，置干地则湿，置湿地则干。

【译文】独活，无风时摇动，有风时静止。雀芋，放在干燥的地方它就会变得湿润，放在湿润的地方它就会变得干燥。

烧酒陈十年，则生绿蚁①，泻杯中，冉冉能动，人口则无物。故词曲中有"杯浮绿蚁"，于此方解。

【注释】①绿蚁：酒面上浮起的绿色泡沫，形如蚂蚁，故称。

【译文】烧酒存放十年，就会生出绿蚁，倒在杯中，缓缓能动，饮入口中则什么东西也没有。因此，词曲中有"杯浮绿蚁"的句子，现今我才理解句中说的是什么东西。

山阴沈氏宅中，有物如牛，无头无足，见则人皆疫死。识者谓此地是司狱旧址，狱中冤郁之气所结而成，其名曰"固"。以热酒浇之则白化。

【译文】山阴沈氏宅中，有个像牛的物体，无头无脚，见到的人都会染患传染病而死。知道的人说此地是牢狱的旧址，（此物是）狱中的冤气郁结而成，名叫"固"。用热酒浇之，它就会自行消解。

巴豆与蜣螂涂之，可出箭簇。

【译文】把巴豆与屎壳郎一同捣烂涂在箭伤处，可以顺利地拔出插在肉里的箭尖。

露葵，蔡朗父名纯，因名莼曰"露葵"。圣僧，扬州人呼杨梅曰"圣僧"。桐花饲猪，肥大三倍。

【译文】露葵。蔡朗的父亲名叫蔡纯，（为了避讳）蔡朗便称莼菜为"露葵"。圣僧，扬州人称杨梅为"圣僧"。用桐花喂猪，能使猪肥大三倍。

犬，《晋书》："白犬黑头，畜之得财；白犬黑尾，世世乘车；黑犬白耳，富贵；黑犬白前足，宜子孙；黄犬白耳，世世衣冠。"

【译文】犬，《晋书》载："白犬黑头，养之可以获得财富；白犬黑尾，养之就会世代有人做官乘车；黑犬白耳，（养之）则会富贵；黑犬白前足，(养之)则利于子孙；黄犬白耳，(养之)就会世代有人成为士大夫。"

周周，鸟名，首重尾屈，将欲饮于河，则必颠，乃衔羽而饮之。

【译文】周周，鸟名，头重而尾巴屈曲，如果在河边饮水，必会跌入水中，因此（在饮水时）它一定要含着羽毛而饮。

柏树性忠，朝廷易姓则死。初种小树，尚有存者，而老柏则无有不死。

【译文】柏树天性忠诚，如果朝廷改朝换代了，它就会枯死。刚种下的小树，尚有存活的，但老柏则必然枯死。

鹚，水鸟，能厌水神，故画于舟首。

【译文】鹚，一种水鸟，能镇服水神，所以人们将其画在船首。

肉树，端溪猪肉子，大如酒杯，煮食之，味如猪肉，香而且美。

【译文】肉树，生长于广东端溪，其果实号"猪肉子"，大如酒杯，煮熟食用，味道如同猪肉，十分香美。

酒树，椰也。似酒甘而薄，亦不堪饮。若顿逊国树叶汁，取停之数日，即马佳酒。枸楼国仙浆，取之树腹中。青田核①，以水注之，顷刻成酒。

【注释】①青田核：传说中产于乌孙国的一种果实的核。

【译文】酒树，即椰树。（果实里的汁液）味道甘甜如酒，但比酒味淡薄，也不像酒那样值得品尝回味。若顿逊国有种树，叶子里的汁水，取来后存放几天，就会变成马佳酒；枸楼国有种美酒，是用椰树腹中的树汁制成的。青田核，注水其中，顷刻之间水就会变成酒。

沐猴，小猴也，出罽宾国①。史言"沐猴而冠"，以沐为沐浴之沐，非是。

【注释】①罽宾国：古代西域国名。

【译文】沐猴，一种小猴，出自罽宾国。史书上说"沐猴而冠"，把沐解作沐浴之"沐"，错误。

秦吉了，岭南灵鸟，一名了哥。形似鸲鹆，黑色，两眉独黄。顶毛有缝，如人分发。耳聪心慧，舌巧能人言。有夷人①以数万钱买去，吉了曰："我汉禽，不入夷地。"遂惊死。

【注释】①夷人：古时对中国境内汉族以外的各族人的通称。

【译文】秦吉了，岭南地区的一种神鸟，又叫"了哥"。形状像鸲鹆，全身黑色，惟两眉为黄色。头顶的毛有缝，像人分梳的头发。听觉灵敏，心思聪慧，舌头灵动，能说人言。有个夷人用数万钱买了一只秦吉了,想要带回去,秦吉了说:"我是汉族之地的禽鸟,不入蛮夷之地。"于是惊恐而死。

望前种果则实多,望后种果则实少。桑叶候蚕则叶贱,蚕候桑叶则叶贵。

【译文】每月十五日以前种下的果树,结的果实就多;每月十五日以后种下的果树,结的果实就少。桑叶已长成等着蚕来吃的,其价格低贱;桑叶还未长成蚕就已等候要吃,其价格昂贵。

食鼠泪所滴之物,则生瘰疬[1]。踏鸡子所遗之壳,则生白瘢。

【注释】①瘰疬:感染病菌后颈部生出的核块,俗称"老鼠疮"。
【译文】吃了滴有老鼠眼泪的食物,(脖颈上)就会生出瘰疬;踩过鸡蛋孵化后留下的蛋壳,(皮肤上)就会生出白斑。

蚯蚓午前出穴主晴,午后出穴主雨。或云带泥主雨,无泥主晴。

【译文】蚯蚓在中午以前爬出洞穴预示着天是晴天,在中午以后爬出洞穴预示着天将有雨。另一种说法是,蚯蚓爬出洞穴时身上有泥就预示着天将有雨,身上无泥就预示着天是晴天。

迦陵鸟,鸣清越如笙箫,妙合宫商,能为百虫之音。《楞严经》云:"迦陵仙音,遍十方界^①。"

【注释】①十方界:即十方世界,泛指一切世界、各处各地。

【译文】迦陵鸟,鸣声清脆悠扬,犹如吹奏笙箫一般,妙合音律,能调和各种虫子的鸣叫。《楞严经》说:"迦陵仙音,遍及世界各地。"

昆蹶,后土之兽。神灵能言语,助禹治水,大有功绩。

【译文】昆蹶,护卫土地神的野兽。神灵能言语,曾帮助大禹治水,立有大功。

五台山有鸟名号寒虫,四足,有肉翅,不能飞。其粪即五灵脂也。当盛暑时,文彩绚烂,乃自鸣曰:"凤凰不如我。"至冬,毛尽脱落,自鸣曰:"得过且过。"

【译文】五台山有一种鸟,名叫"号寒鸟",四足,有肉翅,不能飞。其粪便就是中药里的五灵脂。在盛夏时,它身上的羽毛色彩错杂绚烂,常自鸣说:"凤凰不如我"。到了冬季,它身上的羽毛就会全部脱落,这时它便自鸣说:"得过且过。"

蟁母,大如鸡,黑色,生南方池泽茹芦中,其声如人呕吐。每一鸣,口中吐出蚊虫一二升。

【译文】蚊母,大如鸡,黑色,生长在南方池泽边的茹芦里,其鸣声像人的呕吐声。每次鸣叫，口中都会吐出一二升的蚊虫。

狼、狈，二兽名。狼前二足长，后二足短；狈前二足短，后二足长。狼无狈不立，狈无狼不行。若相离，则进退无据矣。故世人言事之乖张[①]，则曰"狼狈"。

【注释】①乖张：不顺，背离，事情不如愿。

【译文】狼、狈，二种野兽的名称。狼的前二足长，后二足短；狈的前二足短，后二足长。狼不借助狈就无法站立，狈不借助狼就无法行走。狼、狈如果分离，就会进退无依。因此，世人把处境窘迫，称作"狼狈"。

化生：雀为蛤，雉为蜃，蟇为鹑，鹤为麞，蛇为鳖，蚕[①]为虾，羭[②]为猿，田鼠化为䴏[③]，黄鱼为鹦武，泡鱼为豪猪，沙鱼为虎，石首鱼为鸟，罗州鱼为鹿。此血气相感，变化则易。草为萤，苇为蚕，稻为蚳，麦为蝶，蚓为百合，竹为蜻蜓，朽瓜为鱼，杨柳叶为鲵鱬[④]，乌足之根为蛴蟧[⑤]。此东植异类，变化则难。

【注释】①蚕：同"蚕"，蟋蟀。②羭（yú）：母羊。③䴏（rú）：一种鹌鹑类的小鸟。④鲵鱬（ní rú）：神话传说中的一种人面鱼身的动物，或曰即娃娃鱼。⑤"乌足之根"句：乌足：草名，车前草的变种。蛴蟧（qí cáo）：金龟子的幼虫。

【译文】无所依托、变化而生的事例有：雀变为蛤，野鸡变为蜃，蟇变为鹑，鹤变为獐，蛇变为鳖，蟋蟀变为虾，母羊变为猿，田鼠化为䴏，黄鱼变为鹦鹉，泡鱼变为豪猪，沙鱼变为虎，石首鱼变为鸟，罗州鱼变为鹿。这些都是有血气的生物,相互感应,变化起来比较容易。草变为萤,苇变为蟋蟀,稻变为蝱,麦变为蝶,蚓变为百合,竹变为蜻蜓,朽瓜变为鱼,杨柳叶变为鲵鳝,乌足之根变为蛴螬。这些都是不同种类的动植物之间的变化,变化起来比较困难。

犹之为兽,性多疑。闻有声则豫上树,回顾望之,无人才敢下,须臾又上树,如此非一。故世人处事之不决者,曰"犹豫"。

【译文】"犹"这种野兽,天性多疑。听见声音就预先躲到树上,回头观望,没有人时才敢下来,片刻后又爬到树上,反复这样几次。因此,世人把做事不果断,称为"犹豫"。

禽鸟之有智者,鹈鹕能敕水①,故水宿之物莫能害。啄木遇蠧穴,能以嘴画字成符,蠧虫自出。鹤能步罡②,蛇不敢动。鸦有隐巢,故鸷鸟莫能见。燕衔泥常避戊己日,故巢不倾。鹳有长水石③,能于巢中养鱼,而水不涸。燕恶艾,雀欲夺其巢,则唧艾置其巢中,燕即避去。此皆禽之智者。

【注释】①敕水:道教法术之一,指荡涤尘秽,使法坛洁净,此指荡除水中的污秽,使水清洁。②步罡:道士作法时的一种步伐,因其步行转折,宛如踏在罡星斗宿之上,故称。此指鹤的步伐曲折,犹如步罡。③长水石:又称上水石、吸水石,吸水性很强的石头。

【译文】禽鸟有智慧的,如鹈鹕能荡除水中的污秽,因此水中的秽物不能伤害它。啄木鸟遇到虫洞,能用嘴画成字符,蠧虫就会自行出洞。鹤的步伐转折,犹如步罡,蛇在它面前不敢移动。乌鸦的巢十分隐蔽，所以鸷鸟无法找到。燕子衔泥筑巢时，会避开戊己日，所以燕巢不会倾覆。鹳有长水石，能在巢中养鱼，而水不干涸。燕子厌恶艾草，麻雀要夺燕巢时，就会衔来艾草放置在燕巢中，燕子（见到艾草）立即就会飞走。这些都是禽鸟里面的智者啊！

龙头上有一物，如博山形①，名曰"尺木"。龙无尺木，不能升天。

【注释】①博山：传说中的海中仙山。

【译文】龙头上有一个物体，形状像博山，名叫"尺木"。龙没有尺木，不能飞天。

龙不见石，人不见风，鱼不见水，鬼不见地。

【译文】龙看不见石头，人看不见风，鱼看不见水，鬼看不见地。

脉望，何讽于书中得一发，规四寸许，如环而无端。用刀绝之，两头滴水。方士曰："此名脉望，蠹鱼①三食神仙字则化为此。夜持向天，从规中望星，星立降，可求丹服食也。"

【注释】①蠹鱼：即蠹虫，能蛀蚀书籍衣服。因其形状如鱼，故称。

【译文】脉望。何讽在书中得到一根头发，圆约四寸，像环，但无接口，用刀截断，两头滴水。方术之士说："这叫脉望，蠹虫三次蛀蚀'神仙'二字就会变成这东西。夜晚拿着它对向天空，从圆孔中望星，

（望见的星星）会立即降落，它也可以用来炼丹服食。"

鞠通，孙凤有一琴能自鸣。有道士指其背有蛀孔，曰："此中有虫，不除之，则琴将速朽。"袖中出一竹筒，倒黑药少许置孔侧。一绿色虫走出，虫背有金线文。道人纳虫于竹筒中，竟去。自后琴不复鸣。识者曰："此虫名鞠通，有耳聋人置耳边，少顷即愈。喜食古墨。"始悟道人黑药，即古墨屑也。

【译文】鞠通。孙凤有一把能自鸣的琴。有个道士指着琴背上的蛀孔说："这里面有虫，不除去，琴就会迅速朽烂。"（说完）从袖子中拿出一个竹筒，倒出少量黑色药物，放在蛀孔旁。蛀孔里有一只绿色虫子爬出，背部有金线纹。道人把虫子纳入竹筒中，就走了。从此以后，琴不再自鸣。有见识的人说："此虫名叫'鞠通'，耳聋的人把它放在耳边，片刻就能痊愈。它喜欢吃古墨。"（这时）孙凤才醒悟，道人所用的黑色药物，是古墨的粉屑。

百嘴虫，温会在江州观渔，见渔子一人忽上岸狂走。温问之，但反手指背，不能言。面体皆黑色，细视之，有物如荷叶，大尺余，眼遍其上，啮住不可取。温令以炽炭烧之方落。每一眼底有嘴如钉，入肉寸许。渔子出血数斗而死。莫有识者。

【译文】百嘴虫。温会在江州看人打鱼，见到一个渔夫忽然上岸疾奔。温会问渔夫发生了什么事，渔夫只是反手指着后背，不说话。渔夫的面部、四肢皆发黑，细细观察，（渔夫的背上）有个如荷叶般的物体，一尺来大，眼睛全都紧贴在背上，咬住不放，无法取下。温会让人用炽热的炭火烤了一会儿，那物体才从渔夫的背上掉落。那物体每一只眼睛的底部都有一个钉子般的小嘴，扎入肉中约有一寸。渔夫流血数斗而死。没有人知道那物体是什么东西。

青蚨如蚕，得其母则子飞来，得其子则母飞来。以其子母血涂钱上，每市物，或先用母钱，或先用子钱，皆复飞归，轮转不已，故曰"子母钱"。

【译文】青蚨形状如蚕，捉到其母则其子就会飞来，捉到其子则其母就会飞来。把青蚨子母的血涂在钱上，每次去集市上买东西，或先用涂有母血的钱，或先用涂有子血的钱，另一枚钱都会重新飞回，如此循环不止，因此人们把这叫做"子母钱"。

守宫，取蜥畅以器养之，喂以丹砂。满七斤，捣治万杵，以点女子体，终身不灭。若有房室之事，则灭矣。言可以防闲淫佚，故宫人点之额上，谓之守宫。

【译文】守宫。把蜥蜴放在器皿中饲养，喂以丹砂。达到七斤重时，捣击一万下，将其点在女子的身体上，痕迹终身不会消失。如果有房事，痕迹就会消失。据说，此物可以防止淫荡，因此常将其点在宫女的额头，称作"守宫"。

寄居虫，形似蜘蛛。本无壳，人空螺壳中，戴以行。触之缩足①如螺，火炙之乃出。

【注释】①缩足：原作"蹭足"，文义不通。张岱《夜航船》载此条作"缩足"，今据改。

【译文】寄居虫，形似蜘蛛。自身没有外壳，人们将它放进空的螺壳中，让它背负着螺壳行走。稍加触碰，它就会像螺一样把足缩进壳内，用火烘烤才能使它出来。

蜮，一名短狐。处于江水，能含沙射人，射中者头痛发热，剧者至死。一名射影，凡受射者其疮如疥。四月一日上弩，八月一日卸弩。人不能见，鹅能食之。

【译文】蜮，又名短狐。生活在江水中，能喷沙射人，被射中的人会头痛发热，病状厉害的还会导致死亡。又名射影，凡被射中的人，身上就生出疥疮。四月一日上弩，八月一日卸弩。人不能看见它，鹤能吃掉它。

蜺，汉灵帝时，有黑气堕温德殿庭中。大如车盖，隆起奋迅，五色有头，体长十余丈，形貌如龙。帝问蔡邕，对曰："所谓天投蜺也，不见足尾，不得称龙。占曰：天子内惑女色，外无忠臣，兵革将起。"

【译文】蜺。汉灵帝时，有股黑气落在温德殿的庭中。大如车盖，隆起迅疾，五色有头，躯体长十余丈，形貌像龙。灵帝问蔡邕这是什么东西，蔡邕回答："它就是所谓的上天降下的蜺，看不见足尾，不能称为龙。占卜之辞说：天子在宫内被女色迷惑，在朝廷没有忠臣，将有战乱发生。"

南方有懒妇鱼，多脂，熬其油点灯，照纺绩、读书则暗，照博奕、宴乐则明，谓之"馋灯"。（今之江豚即是。）

【译文】南方有一种懒妇鱼，多脂肪，熬成油点灯，为纺织、读书照明时则光线昏暗，为赌博、下棋、宴乐照明时就光线明亮，人们把它叫做"馋灯"。（懒妇鱼就是今天的江豚。）

石中金蚕，丹阳人采碑于积石之下，得石如拳。破之，中有一虫，似蛴螬状，蠕蠕能动。人莫能识，因弃之。后有人语曰："若欲富贵，莫如得石中金蚕畜之，则宝货自至。"询其状，则石中蛴螬也。

【译文】石中金蚕。丹阳县某人在积聚的众石间采凿碑石，得到一块拳头般大小的石头。劈开，石头里有一只虫子，形状像蛴螬，缓缓蠕动。没有人知道这是什么东西，于是石匠就把虫子丢弃了。后来，（石匠听到）有人说："要想富贵，不如养一只石中金蚕，（养了它）金银财宝自会来到身边。"石匠询问金蚕是什么样子，（对方告诉他后）他才知道就是他丢弃了的石中蛴螬。

大蝴蝶，一名凤子，见韩偓①诗。《异物志》："昔有人渡海，见一物如蒲帆，将到舟，竞以竹竿击之，破碎堕地，视之，乃蝴蝶也。舟人去其翅足，秤肉得八十觔，啖之，极其肥美。"

【注释】①韩偓：晚唐诗人，其《深院》有"凤子轻盈腻粉腰"之句。

【译文】大蝴蝶,又名凤子,见韩偓《深院》诗。《异物志》:"从前有个人乘船过海,看见一个形如蒲帆的物体,将要飞到船中,他急忙用竹竿击打,那物体破碎落地,他上前一看,才发现那物体原来是一只蝴蝶。船夫去掉蝴蝶的翅足,秤肉有八十斤,做成菜肴食用,味道极其肥美。"

葛洪《遐观赋》:"蜈蚣大者长百步,头如车箱,屠裂取肉,白如瓠。"《南越志》云:"蜈蚣大者,其皮可以鞔鼓①,其肉暴为脯,美如牛肉。"

【注释】①鞔(mán)鼓:俗称"猛鼓",即把皮革绷紧后蒙在鼓框上,做成鼓面。

【译文】葛洪《遐观赋》:"大的蜈蚣有百步之长,头如车厢,切割取肉,白如瓠瓜的果肉。"《南越志》里说:"大的蜈蚣,其皮可以蒙鼓,其肉可以晒成肉干,味道美如牛肉。"

灯烛上有桃虫扑入,摘草心一段,口中念"南无多宝如来,南无宝胜如来,南无妙色身如来,南无广博身如来,南无离怖畏如来,南无甘露王如来,南无阿弥陀如来"七遍,将草心放入灯台烛台上,则桃虫不入。凡见打鱼弹鸟,口持此佛号数遍,则弹网皆空发,不损生命。

【译文】灯烛上有桃虫扑入,摘一节草心,口中念诵"南无多宝如来,南无宝胜如来,南无妙色身如来,南无广博身如来,南无离怖畏如来,南无甘露王如来,南无阿弥陀如来"七遍,然后把草心放在灯台、烛台上,这样桃虫就不会再扑到灯烛上了。凡是看见有人用网捕鱼、用弹打鸟,口中念诵此佛号数遍,则弹网就会空发,不能损伤生命。

初上灯时,执灯草呪曰:"波利瑟咤护生草,救护举生离烦恼。"一气九遍,将草置灯上,诸虫不人。

【译文】(入夜)刚点灯的时候,手执灯草念咒:"波利瑟吒护生草,救护举生离烦恼。"一口气念九遍,然后把草放在灯上,各种虫子都不会扑入。

岩蛇,龟身,蛇尾,鹰嘴。鼍甲下有四足,足具五爪,大如癞头鼋,硬似穿山甲。其壳极坚,其爪极利,其目极弩,其嘴极尖。大小不等,余所见者身如斗大,茅竹青柴,到口即碎。着人肌肤,咬必透髓。台、温山上,此物极多。

【译文】岩蛇,龟身,蛇尾,鹰嘴。甲壳下有四足,足有五爪,大如癞头鼋,硬似穿山甲。其壳极其坚硬,其爪极其锋利,其目极其突出,其嘴极其尖细。大小不等,我所见到的(岩蛇)身形像斗一般大,茅竹青柴,到口即碎。触碰到人的肌肤,咬必深入骨髓。台山、温山上,有很多这样的生物。

谦德国学文库丛书

（已出书目）

弟子规·感应篇·十善业道经

三字经·百家姓·千字文·德育启蒙

千家诗

幼学琼林

龙文鞭影

女四书

了凡四训

孝经·女孝经

增广贤文

格言联璧

大学·中庸

论语

孟子

周易

礼记

左传

尚书

诗经

史记

汉书

后汉书

三国志

道德经

庄子

世说新语

墨子

荀子

韩非子

鬼谷子

山海经

孙子兵法·三十六计

素书·黄帝阴符经

近思录

传习录

洗冤集录

颜氏家训

列子

心经·金刚经

六祖坛经

茶经·续茶经	虞初新志
唐诗三百首	迪吉录
宋词三百首	浮生六记
元曲三百首	文心雕龙
小窗幽记	幽梦影
菜根谭	东京梦华录
围炉夜话	阅微草堂笔记
呻吟语	说苑
人间词话	竹窗随笔
古文观止	国语
黄帝内经	日知录
五种遗规	帝京景物略
一梦漫言	子不语
楚辞	水经注
说文解字	徐霞客游记
资治通鉴	聊斋志异
智囊全集	清代三大尺牍: 小仓山房尺牍
酉阳杂俎	清代三大尺牍: 秋水轩尺牍
商君书	清代三大尺牍: 雪鸿轩尺牍
读书录	孔子家语
战国策	贤母录
吕氏春秋	张岱文集: 陶庵梦忆
淮南子	张岱文集: 西湖梦寻
营造法式	张岱文集: 快园道古
韩诗外传	群书类编故事
长短经	管子